锦翼 著

纸上寻仙记

上

上海文艺出版社

阳春白雪同掩鼻	——神仙的内急问题	299
雪隐逐臭琅天竺	——啖屎鬼的成长之路	321
青词黄溺共氤氲	——屎尿的妖邪之用	341
每日更忙须一到	——人类的如厕简史	361
骑龙攀天造天关	——神仙的出行方式	385
且放白鹿青崖间	——神仙对人间动物的利用	407
飞轮回处无踪迹	——神仙的乘车问题	431
天长路远魂飞苦	——鬼的交通工具	451
黄钱卷风纸马碎	——符咒也要讲艺术	471
后记		485

目录

篇目	副标题	页码
求序记		001
一饮琼浆百感生	——神仙是吃出来的	001
可怜寒食潇潇雨	——做鬼也要想饭辙	037
饱食终日难矣哉	——人类的饮食	087
饥餐何必胡虏肉	——食物的复仇	117
六铢衣上绣云轻	——神仙着装爱轻巧	145
穿来寒暖不关肤	——群鬼穿衣靠甚辽	187
五铢衣上妖气浓	——妖怪最爱本色装	227
人类穿衣无小事	——服妖出没请注意	259
寒到君边衣到无	——且说寒衣与寒衣节	279

求序记——我是怎样请古人作序的

一

我写此书，编辑林君说缺少一个序言，找谁作序呢？想来想去，名人固然多，但是听说门槛甚高，再则，我这里谈鬼论神，他们也未必懂，即便肯为操刀，写出序言来也未必中肯。我对林君说最好能请纪晓岚、蒲松龄或者袁枚来写个序吧，林君说这个主意甚好。我说你知道他们电话号码吗？或者微信也行，林君说不用那么复杂，你拿一根绳子挂到房梁上，站在凳子上，脖子伸进去，然后踢掉凳子，就能见到他们了。

这不扯吗？我这本书就是扯鬼蛋，你还要把我扯成鬼吗？

《西游记》上有个刘全进瓜的故事，唐太宗当年因为玄武门之变被阎王爷招到地府，他答应给阎王爷送个南瓜，这才被放回来，虽然南瓜不值钱，但要找个人送过去，最后刘全承揽了这项业务。那这个刘全不就是个快递员吗，我要找的也是个快递员，把我的文章送过去。

这让我联想到民间在农历十月初一给鬼送寒衣的习俗，家人在路边将已经剪好的衣服焚烧，就表示给鬼送了过去，但我想应该没有那么简单，焚烧衣服只是相当于在前台办理了业务，肯定有快递员要揽件。

于是在这一天晚上，我就匍匐在一堆刚刚焚化的纸灰前，果然，子夜时分就见一辆绿色的厢货车开了过来，下来一个人，将那些灰都装入车里。我赶忙走上前去打招呼："你好，我要邮寄一封快递。"那人回手一巴掌打我脸上："大半夜的搞什么啊，寄快递去邮政局，跟我们环卫工人说什么？"

原来不是地府邮政。

我捂着火辣辣的脸往回走，走得正急，砰地被一个人撞了满怀，身上一阵寒冷，就如同撞在了一块冰上，冷得我急忙后退三步。

这人好大一张脸，一张老脸。

而且高鼻深目，鼻子下两笔浓浓的八字胡和下颌花白的胡子连在一起。

再看身上一袭红衣，后面还背着一个大大的口袋。

竟然是圣诞老人！

我脱口喊了出来，可是今天不是圣诞节啊。

这个老人嘿嘿一笑。

"没错，我是圣诞老人。"

"你今天出来干什么？"

这个老人说："我是圣诞老人啊，今天出来收寒衣，给鬼送过去，阎王为了取悦众鬼，让我这份打扮，说是为和国际接轨。"

我恍然大悟："你就是鬼界的快递员吧？"

这老人一脸不高兴："请叫我圣诞老人。"

好吧，圣诞老人，我拿出我的文稿。

"麻烦你把我的文章送给纪文达公看看，让他们帮我写个序。"

"纪文达公？"圣诞老人一愣，"没听说这个人！"

"就是纪晓岚。"我只好直呼其名。

这圣诞老人大叫一声，说："我不去送，他们都住在冥界的子不语小区里，那儿的人都爱扯鬼蛋，我可不敢去。"

一听他这话，我一把搂住他的身体："不去也得去，他会扯鬼蛋，我也会。"

圣诞老人吓得连连大叫："好，好，我去不了，让我那老妻去还不行嘛？"

二

当天晚上回到家里，我刚睡着，忽听有人在我耳边轻轻吟唱"花冠锦翼安在哉"?

这是一句唐诗,我笔名锦翼,别人问我含义的时候,我惯常用这句来粉饰自己,当即回答"雄飞雌伏俱尘埃"。

就听有个女子嘤嘤笑道:"阁下锦翼先生吗?"

我睁眼看去,竟然是个老妪,老则老矣,但身材婀娜,看得出来年轻时是个美女。

看见美女,我就把持不住,当即微微一笑:"然也。"

这老妪说:"随园老人请你去参加扯蛋大会。"

随园老人,那不就是袁枚吗?我连忙道:"好,我去。"

这女子一把拉住我的手,我顿觉头晕目眩,好一阵才醒过神来。就听周围人声喧哗,有人说道:"锦翼这家伙来了。"

我定睛看去,面前黑压压的一片人,有上百之众。

大都是破衣烂衫,面带愁容,对我怒目而视。

我一阵惶恐,一个老人走了出来。

他的服饰较为华丽,身边还有两位老妪服侍,在众人中十分显眼。走到我面前,上下打量我一番,哈哈笑道:"果然后生可畏,扯得一手好蛋。"说完自我介绍:"在下袁枚。"

我一听是随园老人,赶忙见礼。

袁枚一指身边一个穿着破旧官服的人说:"这位是纪文达公。"居然是纪晓岚,我正要说话,他却哼了一声,不去看我。

袁枚又指着另一位落魄书生模样的老人说:"这位蒲留仙。"蒲松龄先生啊,我上前见礼。

袁枚拉着我将众人一一介绍,这里面有写《神仙传》的葛洪,有写《搜神记》的干宝，有写《夷坚志》的洪迈，有段成式，有张岱……很奇怪的是还有一位面目模糊，袁枚说他是《山海经》的作者，我待细看到底是谁，却怎么也看不清楚。

看着这些志怪的前辈，我团团作揖。最后笑问："拙作《纸上寻仙记》集诸位之大成，和诸家鬼神故事，考据而成体系，现即付诸枣梨，求序一篇，望各位推荐……"

话没有说完，忽觉头上一疼，就见纪晓岚手拿着烟袋锅子，狠狠朝我脑袋上敲了一下，他结结巴巴说："推……推，你……个头。"想不到堂堂的铁齿铜牙是个结巴。

我有些生气："你干什么？"

袁枚笑道："文达公是嫌弃你谬托知己，过度解读他的文章。"

"这也不是，"人群中有人喊道，"袁子才你这么护他，难道他没有扯过你的吗？"

袁枚面有怒色，喊道："扯扯又怎么了，我们这些人生前日日扯鬼蛋，死后被人扯上一扯，也是天理报应。这位小兄弟能于当今科技昌盛之日，读我等文章，广大之，宣传之，蛋疼又何妨。"

众鬼立刻安静了。

我却听得云里雾里。

袁枚回头对我道："是这样的，我们生前日日谈鬼，生前扯鬼蛋，死后被阎王爷罚居在这个子不语小区，不许我们外出，以免他鬼遭殃。但去年以来，日日每有胯下一疼之感，想不到被人扯了。我们商量半日，延请华佗扁鹊也无对策，近日圣诞老人的妻子送来你的快递，我们才知道被你在阳世扯了。所以大家都很生气。"

"啊。"我大吃一惊，赶忙赔不是，要诸位多多见谅。

蒲松龄咳嗽了一声："扯扯也不打紧，我们是觉得你在文章中大段引用我们的文章，怎么也要付一点稿费给我们吧？"

纪晓岚连连点头。

我一听就生气了："衮衮诸公，都是文史留名的人物，怎么如此世俗。"

袁枚叹了一口气说："你有所不知，我们这些人在阳世谈鬼，大家都当成故事听听。可现在到了阴间，大家都是鬼，谁还肯听，生活没有着落，所以才要你……"

原来如此，我哈哈大笑："这个好说，这书如果大卖，一定少不了各位的好处，这样吧，你们联袂推荐一下，再找哪位执笔写个序言，销量如果过了百万册，我一定多多焚化纸钱，请纸马大家制作纸车纸别墅，电子产品也多多烧来，如何？"

众鬼大喜，突然葛洪喊道："我们这里电压不稳，给烧个供电站过来。"

我一口应允。

袁枚低声说："我这两个女弟子都太老了，给我烧几个年轻的美女过来。"

我哈哈一笑："先生放心，我送你三打美女，中俄日美英各国美女应有尽有如何。"

袁枚摇头："西方美女性情豪放，我这鬼骨头不禁折腾，亚洲最好，亚洲之中，扶桑最好。"

我说："请随园老人放心，如果需要，我把我的硬盘烧了给您。"

袁枚回头对纪晓岚道:"那就请文达公执笔,我们每人一句写成序言可好。"

"我先来。"蒲松龄说,"披萝带荔,三闾氏感而为骚;牛鬼蛇神,长爪郎吟而成癖。"

我一听赶忙说:"这些是您在聊斋里用过的序。"

蒲松龄哼了一声:"送给你用了。"

袁枚接着说:"昔颜鲁公、李邺侯功在社稷,而好谈神怪;韩昌黎以道自任,而喜驳杂无稽之谈。"

我说:"这是您《子不语》的自序啊。"

袁枚也一摆手:"送给你了。"

"可是这不成文啊。"我急得要跳起来。

纪晓岚哼了一声说:"你……你……不……不就擅长东……东拉西扯吗,我们每……每人送你一句话,你自己回去看着连起来吧。"他提笔写道:"平生春秋坐消磨,纸上烟云过眼多。这半……半首诗我也送给你了。"

我简直要哭了:"就送半首,是你结巴得读不上来了吧?"

就这样,这些人每人送了我一句话。

最终忽听一声鸡叫,众人倏然散去。

我睁开眼来,已经躺在床上,我手机闹钟铃声里那只大公鸡正叫个不停。

手边放着一张纸,写满了鸡零狗碎的文字。

我给编辑林君叙说此事。

编辑林哈哈一笑:"你被群鬼所戏矣,纪昀谥号文达,死后怎能做鬼，要做也得做神仙，那些文人怎么可能都住在一个小区，以他们的才华，又怎能自拾牙慧……一定是群鬼看你愚痴，玩了一个角色扮演。"

我哈哈一笑："管他呢，序言有了。"

下面是我连缀而成的序言，都是吹捧的话，通篇文绉绉的，其实就是一句话：这是一本好书，都来买啊。

鬼神之言，子所不语，然子又曰不有博弈者乎？为之犹贤。昔颜鲁公、李邺侯功在社稷，而好谈神怪；韩昌黎以道自任，而喜驳杂无稽之谈。至于士君子不得志于时，欲作不平之鸣，而不得施之于世时，更每假鬼神以浇块垒。是以前有三闾氏，披萝带荔感而为骚；后有长爪郎，牛鬼蛇神吟而成癖。至于稗官，上溯《齐谐》，下迫《聊斋》，皆一脉也。无不奇想天开，凭空结撰，陆离光怪，出人意表，使人心惊舌咋，目眩情摇。

然纷纷纭纭，难成体系，况白话文行世，文言式微，古人知音日希。今有赵人锦翼，虽卑为账房，但心有大志，十岁即翻阅古籍，复原邯郸步法。今又根柢六经，炉冶百子。祖《麟经》之义严；效狐史之笔直，承马迁之叙述，操稗官之笔削，作《纸上寻仙记》，成一家之言。正所谓：

纸上烟云过眼多，姑妄看之姑妄说。光怪陆离全扯淡，外孙幼妇赛曹娥。

又道：

莫道笔荒墨又唐，都是古人好文章。镂影雕空笔引虹，玉环金钚入奚囊。

纪晓岚、袁枚、蒲松龄、干宝、洪迈、葛洪等众多志怪作者联袂推荐

《仙传拾遗》上说西王母招待周穆王用餐，先喝了蜂山上的石髓，又吃了玉树上的果实，然后饮了"琬琰之膏"吃了"甜雪之味"，随后还吃了点"素莲黑枣，碧藕白橘"。

一饮琼浆百感生

——神仙是吃出来的

| 不食人间烟火的原理 |

《西游记》智商最高的妖怪我以为当数白骨精，她似乎深谙《孙子兵法》中攻心为上的道理，知道不是孙悟空的对手，就采取了离间的策略。她的三次变化，从送饭的女儿到找女儿的妈妈最后变成等着家人回来的爸爸，三个人物环环相扣，就像自导自演了一出话剧，由不得唐僧不信，终于逼走了孙悟空。如果不是最终一次演得太投入，抽身晚了被孙悟空打死（这也算为艺术献身了），活到现在拿奥斯卡不敢说，得个金鸡百花什么的大奖，应该绰绰有余，而且同时得最佳演员和最佳导演两项大奖。

因为她不光演技出众，在道具选择上也十分用心。

第一次变化的时候，她幻成一个美女，左手拎着一个青瓶子，说这里面是香米饭，右手拿着一个绿瓶子，说这里面是炒面筋，是到地头送饭吃的，唬得八戒直流口水。待到孙悟空及时赶到，将她打跑，那瓶子里的东西也露出真相：白米饭竟然是长尾巴蛆所变，炒面筋是癞蛤蟆所化。

用蛆当白米饭，这是多么有创意的随地取材啊，而且这说明她还是一个饱读诗书的妖怪，因为这里面也是用了典的。

这个典故出自《集仙录》，这本书里记载了一位得道的女神仙谢自然，这位谢姑娘天赋异禀，生下来就不吃荤腥之物，只吃素食，十四岁那年，吃新稻米饭，她看了一眼说："这都是蛆虫。"从此以后就戒掉了任何粮食，开始了人生成仙的第一步。

神仙似乎都看不起人类的饮食，《吕祖志》里神仙中的催眠大师吕洞宾（在黄粱一梦中他就成功催眠了卢生）到庐山开元寺里游玩，见堂上一个和尚正在睡觉，和尚头顶爬出一条小蛇，沿着床的左腿爬下来，看见地上的鼻涕口水就吃掉，爬上夜壶喝了点尿，爬出门外，爬过一条小沟，绕着几朵花看了一阵，又向前爬，又是一条小沟，见水大只能回去，吕洞宾就在他前面插了一把小刀，这蛇吓了一跳，绕开刀子，爬到床边，沿着右腿爬上，又钻进和尚头顶。和尚睡醒，对吕洞宾说："我梦见自己从左门出去，看见一桌好饭，吃完之后，又喝了美酒，涉江又遇见美女数十个，当我回来的时候，竟然有人要杀我，幸好我绕道而回。"吕洞宾大笑而去。也就是说在吕洞宾看来，凡人吃饭如同吃鼻涕唾液，喝酒也似喝尿无二。

而且不光是这些神仙，就是神仙家里牲口——龙，也看不上人间的大米饭。《聊斋志异》里有个故事叫《疲龙》，说有人在大海里遇见了龙，他们将白米撒下去，龙就吓跑了。具体原理就是因为白米长得像蛆，龙害怕蛆，所以就不敢兴风作浪了。

我倒以为龙不一定是害怕，很可能是恶心，就如同在大街上打架，对手突然抓起大便扔过来，你会挺身迎上去吗？

从这个角度理解神仙不食人间烟火，倒不是清高，很可能也是恶心。这么说来，神仙就好比是一群高高在上的特权阶层，看见人类吃白米饭，或许就如同庄子说的鹓鹐看见鸱鸮吃腐鼠一样，只有恶心了。

这么说，猪八戒肯定不高兴，因为他被佛祖封为净坛使者，佛祖就让他享受四方供奉，还说这是个"有受用的品级"，如果是出去吃死老鼠，怎么能称得上是"受用"呢？

这里就有一个误会，佛祖所说的享受四方供奉，不是如同我们凡人那样大快朵颐，神仙所谓的吃不是我们理解的吃。唐僧他们自从得了真经，回去的路上，到了陈家庄，人家设宴相请，众人就都不吃，八戒说："不知怎么，脾胃一时就弱了。"可见得道成佛，即便猪八戒这样的饕餮之徒也弄得跟得了厌食症一样。

　　如果这样的话，八戒的净坛使者真的也没有什么意义了，他又怎样享受四方供奉呢。这一点吴承恩在《西游记》里没有说，但同样写于明朝的《后西游记》里对此事进行了补充说明。《后西游记》里说猪八戒当年离开高老庄的时候，已经在高翠兰的肚子里播下了爱情的种子，猪八戒取经去了十四年，这颗种子就在高翠兰肚子里生长了十四年，八戒修成正果之日，这颗种子才呱呱坠地（哪吒才三年，小猪完胜），当然，这个时候八戒已经在如来佛祖那里位列菩萨，这些当年犯下的错误是不会管的。小猪像小蝌蚪找妈妈一样开始了寻找爸爸的历程，苦心人天不负，终于找到了猪八戒。他对父亲这个净坛使者工作十分羡慕，就想做个不劳而获的富二代，跟着父亲一起享受供奉。八戒虽然懒惰，却不娇惯孩子，他说大家供奉的都是馨香之气，我享受的就是这些空香虚气，你不成佛是享受不了的。

　　由此可见，神佛的吃饭方式不是我们这些凡夫俗子所能想象得到的，这也就很好地解释了为什么平常的供品神佛们动都不动，而信徒们还要一如既往地供奉。面对四方供奉飘来的馨香之气，普通人就不具备摄入的系统。

倘若一个普通人真的具备了摄入系统，也是一件很危险的事情。因为神佛们可以选择吃或者不吃，但是如果一个凡人被供奉的话，他很可能就没得选择，必须被动地接受这些饮食。《玉堂闲话》上说狄仁杰当年在魏州当刺史，颇受老百姓爱戴，后来他到武则天身边当丞相，月初经常醉醺醺地上班，武则天觉得奇怪，狄仁杰解释说是魏州人民给我建立了一座庙，里面供奉着我，每到月初就供酒，于是我就"被喝酒"了。

可见凡人没得选择的，相隔千里，这些食物的馨香之气你也不得不品尝，而且功效一点也不减，照样醉人。

猪八戒不让儿子跟随他在天庭享受供奉也是出于安全考虑，如果小猪在天庭享受起来，每天被迫饮食，早就被撑死了。

后来小猪遇见唐半偈（唐僧的弟子），改名为猪一戒，同样是西天取经，修成正果，也被封为净坛使者，终于享受了供奉，这才叫流自己的汗，吃自己的饭，还真是励志。

所以，凡人要想得到神佛们的待遇，必须要自我修炼，但不是人人都有取经的机会，幸好道家也给我们提供了一个机会，那就是修仙。道家深谙神仙肠胃与凡人不同的原理，修仙第一步都是从肚子开始——辟谷。

成仙是个技术活

一般人理解中的辟谷就是不吃饭。

这样做最直接的效果就是减肥,葛洪就说他从来没有见过肥胖的神仙,这么说倒不是因为神仙重视身体健康,而是因为瘦了在飞行中可以减少空气阻力,腾云驾雾御风而行的时候减少云和风的负重(神仙们好懂物理学啊)。所以过去修仙的人都饿得跟麻秆一样瘦,一则便于他们乘风而去,更重要的是要把体内这些人间烟火给排出去,好让自己的肠胃适应天庭的饮食。

如果这样长期坚持下来,成仙是否不知道,但成鬼那是一定的了——饿死嘛!实际上辟谷是个技术活,并不是不吃饭那么简单,这是一个循序渐进的复杂过程。

在这方面,那位把米饭称作蛆虫的谢自然就是一个很好的案例。

谢自然可以说是神仙界的居里夫人,她把一生都献给了成仙的事业。她把大米饭称作蛆虫是在十四岁的时候,在那之前她还是吃了十四年"蛆虫"的。

十四岁之后,她也不是什么也不吃了,而是只吃柏树叶喝水,七年之后,柏树叶也不吃了,只喝水,九年之后,水也不喝了。

她顶住了世俗的舆论压力，继续绝食，终于当上了天庭公务员，似乎还是个领导，因为她被授予"东极真人"这个让人"不明觉厉"的称号。

谢真人的经历启发了我们，从不吃肉到不吃饭，然后不吃树叶，最后不喝水，完全是一个循序渐进的过程。一口吃不成个胖子，一下子也饿不成个神仙。

谢真人修仙成功之后，还谈了一下成功感想，她说吃米饭让人体重，吃小麦让人体轻，在神仙爱好者的眼里，吃小麦比吃米饭更能让人成仙。

不光是因为大米看起来像蛆，更是因为小麦秋种冬长，春生夏熟。李时珍在《本草纲目》里就说小麦"具四时中和之气，故为五谷之贵"，当然，李大夫是把小麦看成一味治病的药。在魏晋隋唐的时候这可是修炼者眼中的成仙药，就是因为这个"中和之气"。

中和之气有多厉害呢，看看《宣室志》里这个故事就知道了。有个叫陆颙的人从小爱吃面食，吃得越多就越瘦。有一天，一群外国友人（胡人）带着酒肉来找他，请他吃饭喝酒，过两天又送他金子。陆颙的朋友说，小心点天下没有白吃的午餐。陆颙身为公务员，这一点觉悟还是有的，于是他就搬家住到郊外。没想到，这些胡人过两天又找过来了，这次胡人就说了实话："我们想要你肚子里的那个虫子，你爱吃面,并不是因为你爱吃,而是你肚子里的这个虫子喜欢吸收天下中和之气,小麦具有中和之气,所以你就爱吃面。我们想高价收购了你这个虫子。"在以胖为美的唐朝,陆颙怎么吃也不胖的体质估计给他带来了不少烦恼,他没想到这个体质居然可以换钱,当然答应了。胡人给了他一粒丹药,陆颙就把虫子吐了出来,虫子两寸大小,形状像个青蛙。胡人给了他好多钱,于是陆颙一夜暴富,成了一个土豪。当陆颙沾沾自喜的时候,胡人邀请他一起去大海上看看,他们来到大海上,胡人将这个虫子放到锅里,下面用火烤,烤着烤着,就见大海里出来一个小孩献上一颗珍珠,胡人大骂,小孩就走了,过了一会,一个美女拿了十几颗珍珠来献,胡人又把她骂走了,最后又来一个神仙送给他们一个三寸大小的珠子,胡人拿起这颗珠子,收了消面虫,带着陆颙下到大海里,满海的宝物任他随便挑,胡人和陆颙都拿了许多,陆颙这才知道自己得的那点钱根本不算什么。

  这一切的功劳都源于那个吸收中和之气的消面虫——要说还是人家外国人有经商头脑,有了宝物不用来修仙,只用来发家致富。可惜这个虫子现在失传了,要是流传到现在,倒是一个减肥的好东西。

  当然,如果顿顿吃小麦,吃得满身都是中和之气也不能成仙,按照谢自然的理论,下一步应该是走出家门来到荒山野岭吃柏树叶。

  针对吃柏树叶这个行为,谢自然还进行了一下深度说明,她说吃柏树叶最好吃侧柏的树叶，如果没有侧柏，那就最好避免吃靠近坟墓的柏树叶，柏树叶一定要现摘现吃，不能晒干了吃，喝水一定要喝泉水，不能喝井水。除了柏树叶，像茯苓、枸杞、胡麻，都可以试着吃。

这基本上可以说是那个时候道教修仙饮食方面的攻略，许多人就是靠着这种近似偏执狂的饮食方式得道成仙的，不过他们吃的东西却各有不同，成仙之后大家干脆用他们吃的那种食物代替了他们的本名。比如有位赤松子，是专吃松子成仙的，还有一位荔枝仙人，是专吃荔枝成仙的，汉武帝当年第一次看见荔枝就很激动，因为他也听说吃这个可以成仙，就让人在花园里栽培，这个农业实验当然失败了，否则后来唐诗里也不用拿"一骑红尘妃子笑"来说事了。

汉武帝太教条主义了，他不知道神仙吃这些东西就在于因地制宜，在这方面，许多比他卑贱得多的人吃随手得到的东西就成功了，即便不成仙，也能像神仙一样上下飞腾。《稽神录》里说临川有个婢女，受不了主人的虐待，跑到了山中，没粮食吃，就经常吃水里的野草充饥，于是她的身体日益轻健。晚上她睡在大树下，听见虎啸，心里非常害怕，抬头看树，心头刚刚起念住到这儿也不错，身体就飞到了树梢（这基本上是后来武侠小说中那些刚刚得了一甲子内力的高手经常发生的事情）。从此以后，她就可以随心所欲控制自己的行动，完全像飞鸟一样。后来有人砍柴时看见了她，就向主家报告，主家派人来抓，许多人在悬崖绝壁前把她包围了，她身如飞燕掠上山顶。主家非常不服气：一个傻乎乎的奴婢居然成了仙？于是就在她行走的山路上摆上许多好吃的，引诱婢女来吃，结果她吃了一顿，身体就不能飞了，主家抓住她后问她为什么能飞，她讲述了自己吃草的事，描述草的形状，大家才知道这是吃了黄精，再让她去找，却怎么也找不到了。过了几年这个婢女就死掉了。

这一个令人扼腕的故事，充分说明修仙的过程是可逆的，稍有懈怠就打回原形，如果这个婢女不吃那些饭菜，即便不成仙，也可以长命百岁。

《抱朴子》上说汉成帝时期，一个打猎的人在终南山遇见一个遍体黑毛不穿衣服的野人，猎人想要抓住他，哪知野人跟上文中的婢女一样，奔跑如飞，逾坑越谷，直如平地。后来一群猎人形成一个包围圈，终于抓住了野人。这个野人说自己本是秦朝皇宫里的宫女（也是个女人），后来刘邦带兵进入关中的时候，她就逃到这山里，遇见了一个老头教她吃松叶松果等，于是就不再饥饿。从刘邦入关到汉成帝在位有将近二百年的历史，这个宫女可真够长寿的。猎人们发了善心，给她吃粮食，这位宫女刚开始觉得食物很臭，吃了几顿就习惯了，过了一年，身上的毛发脱落，容貌衰老，最终死去。

作者葛洪在文后感叹：如果她没有出山，肯定就能成仙了。

这位神仙专家说得太过绝对了，据袁枚说法，直到清朝还有这种人存在。他在《子不语》里说，在湖广郧阳房县（这个地方南面就是著名的神农架，现在还传说有野人）有很多遍身长毛的野人，鸟铳都伤害不了他们，但是要制服他们也简单，只要拍着手叫："筑长城！筑长城！"这些野人就仓皇逃跑了。为什么会这样呢？袁枚有一个叫张敔的朋友在这儿当官，考察了这件事，这些野人有时候碰见人会问一句："长城修完了吗？"于是人们就猜测他们是当年躲避修长城逃到这儿来的。

这些人都快活了两千年，可以说是长生不老了，估计他们和那位宫女一样，是吃树叶造成的长寿，但是活了两千年还是那么胆小，一句修长城都能吓跑，可见压根没有成仙——人活到这分上，活上一万年又有啥意思？

实际上，不吃饭跟成仙是两回事，对于神仙来说能够不吃饭完全只是挥一挥衣袖的事情。翻开《太平广记》，这里面收录了好多遇见个神仙，随便给一个东西让人吃了，从此就得了"厌食症"的故事。《稽神录》里有个教坊乐师的儿子，经常生病，长得又黄又瘦。他一天碰见一个道士，道士说我能治你的病。随后拿出几个药丸给他吃了，吃完这个道士一看口袋，拍手惊叫："咦错了，给你拿成辟谷药了。不过也好，这药也能治疗你的病，但是从此你就不吃饭了。"后来果然如此。

　　同样是《稽神录》，有个叫蒋顺卿的人，路上碰见一个人，给他吃了两个林檎果——其实就类似苹果，从此他也就不饿了。这个神仙够高级，直接把药弄成了苹果的模样。

　　神仙不但能让人不吃饭，还能让牲口不吃饭，

　　《神仙传》里有个神仙叫沈建，有一次他要出远门旅游，将家里的一个婢女，三个家丁，一头驴，十只羊托付给邻居，给他们各喂了一颗药丸就走了。邻居就很生气：这么多活物，不给我钱，我咋给你养活啊。没想到的是，这些奴婢和家丁，给他们饭他们也不吃，他们像谢自然那样，看见饭就很恶心，喂驴羊吃草，这些动物也不吃，甚至还抵他。这些动物不吃不喝反倒越长越壮，奴婢们也是神采奕奕，比吃饭还好。三年之后，沈建回来，又让他们分别吃下一丸药，人和动物就又开始吃东西了。

　　可见神仙能够随心所欲控制人和动物的饮食。这我们就不明白了，既然奴婢们不吃饭还能干活，不是跟机器人差不多了吗？动物不吃饭还能长肉，这该让多少养殖场羡慕啊。为什么沈建回来之后还要给他们吃解药，让他们继续吃饭呢？

　　我觉得这里就涉及一个世俗社会眼光的问题，因为大家会感觉你很奇怪，为世俗社会所不容，比如那个乐师的儿子，后来父母逼着他

吃饭，于是他就跑到山里去了。吃了林檎果的蒋顺卿受不了世人的眼光，家里人以为这是厌食症，四处寻医问药给他治病，后来碰见一个老头，喂他吃点别的，他就把那两个苹果给吐出来了。

如果沈建让家里的家丁们继续不吃饭，估计也会被神仙界所不容，大家说他虐待员工，工会要找他麻烦的。当然，更重要的一点是，让他们不吃饭的药有效力只能维持三年，三年之后再不吃饭，估计要饿死了。如果继续让他们吃"辟谷"药，制药成本大于让他们吃饭的成本，在经济上不太合算。

后来，葛洪对辟谷这种方法进行了反思，他以为辟谷可以节省粮食，在荒山野岭，掌握诀窍的话可以获得长生（要不掌握诀窍的话咋办？只有饿死了），但就算是获得了长生，在修仙过程中不过是个量变，要达到质变必须要吃点其他的。

吃什么呢？很简单，神仙重要特点是长生，所以要吃那些长了千年的东西，吃了这些东西就可以把它们长生的基因吸收到自己的身体里，所以千年灵芝、千年枸杞、万年雪莲就在人的想象力应运而生了。《神仙感遇传》里有个人叫萧静之，在公务员（进士）考试中失利，就开始修道，估计没少挨饿吃树叶，修了十年却是容颜憔悴，他一怒之下出山做生意，一下子就发财了。于是他就开始盖房子，结果在挖地的时候挖出一个像人手一样的东西，萧静之就把它吃了。从此以后，萧静之精神焕发,齿生发黑,一个道士说:你一定吃了仙药。给他一号脉,告诉他:你吃的是肉灵芝,吃了之后你将寿同龟鹤,如果你能隐居山林,就会得道成仙。于是萧静之开始再度修仙。

注意,这个老道说的是寿同龟鹤,这是因为乌龟和仙鹤寿命都很长,能达千年,但是在各类笔记故事里却不见有人吃仙鹤和乌龟,估计是因为这两者都是祥瑞之物,人类吃了之后,神仙会不高兴的。

然而,这些千年灵芝什么的,从来都是可遇不可求,要是这样忽悠人,上当的人就会越来越少,所以必须寻找新的,能让人接触到的东西,仿佛成仙就在明天。

葛洪在观察了大量的成仙案例后(其实都是他道听途说加想象),提出药分上中下三等,草木是下等药,这些药只能治病,不能成仙;中等药则是指云母、雄黄这些矿物质,吃了这些药可以让人长命百岁;能成仙的是上等药,主要是黄金白银玉石等,吃了这些药立刻就能"身安命延,升为天神"。

遥想当年,葛洪肯定是这么给人传道的:"你看啊,草木这种东西啊,埋了就腐,煮了就烂,一烧就着,生命力这么弱,怎么能让人长生不老呢?再看黄金,你放到火里,百炼不熔,埋到地下,永不腐烂,你想想看啊,把这东西吃到肚子里,不就能保护人体了吗?"这套理论可参见《抱朴子》,葛洪把歪理邪说整得头头是道,那可是迷倒了一片人。

但是金银那么硬，吃了非得胃穿孔不可，怎么吃呢？这就涉及一个加工的问题，那就是炼丹：拿金银丹砂什么的在一起炼制，烧制出仙丹来（其实主要成分就是硫化汞），经过一番折腾之后再毒死人。当然对于炼丹的人来说，死了那也是升天了。

《神仙传》里有个关于魏伯阳的故事，魏伯阳带领徒弟烧制仙丹，烧成之后，他们都不敢吃，魏伯阳就说："先喂狗吧。"结果狗吃了后就死了，魏伯阳说："我炼了这么长时间的仙丹，死了也要吃。"于是他就吃了，结果当场死掉，徒弟们都不敢吃，唯独一个徒弟说："我跟随师父去。"也吃了仙丹随即死掉，其余弟子就出山了。结果他们一走，魏伯阳就复活了，并把自己吃的仙丹分给弟子和狗，一起成仙去了。

我觉得这个故事前半段应该是真的，后面死而复活的传说应该就是神仙爱好者编出来意淫的。这样的故事就是鼓励大家在成仙的道路上不要害怕死亡，那不过是一个考验，通过这个考验，神仙就在云端向你招手。

炼丹是个技术活儿，如果没有一定理论和操作知识就会有危险，据说火药就是人们在炼制仙丹过程中发明的，可以想象，当你怀着激动的心情掀开丹炉盖的时候，等待你的是一声巨响，如果没有诺贝尔先生那样的运气，就会不用服药也能立即登天。所以在当时还有一个相对简便的方法——服用"五石散",即服用五种矿物质。这个方子是现成的,只要你从朋友那儿抄来一份,把五种矿石捣烂服下就行了,所以在当时大行其道。当时的竹林七贤、王羲之等都是五石散的"瘾君子",这玩意当然有毒,服用之后会全身燥热,于是人们都穿着宽衣大袖,走完就跟吃了摇头丸一样快走散热——于是人们就发明了"散步"这种健身方式,这可真是"嗑药改变历史"啊。

由于五石散流行,反而没有什么神秘性,所以人们很早就认识了这种药的危害,开始慢慢反思这种药的作用,所以到了唐朝,像孙思邈这样的一些名医就开始反对,唐朝之后这种药也就慢慢地消失了。但是,由于炼丹有一定的技术性,普通人不敢反对,而且吃了之后立刻死掉,反正死去的人也不会出来辩解,而且死也可以从另一个角度解释为升天,于是仙丹的作用听起来就无懈可击了。

炼丹术贯穿了整部二十五史,神仙爱好者们前仆后继地亲身实验。这当中主要是富人,因为无论丹药还是五石散,没有一定资金是消费不起的,五石散还好点,家境稍微好点就行,炼制丹药堪比往中国股市上扔钱,要是家里没个金山银山还真烧制不起,哪怕你掌握这方面的诀窍也不行,这就需要引进"风投",在古代一般是由皇帝兼任的,比如西汉时大名鼎鼎的李少君,《神仙传》上说他年轻时跟随一个神仙安期生得了"神丹炉火之方"——也就是炼丹的诀窍,但是家里太穷,买不起原材料,后来找到汉武帝"路演",得到皇帝的投资后才开始炼制仙丹。葛洪同样也是如此,他家里穷得叮当响,后来晋成帝司马衍给他投资,派他到盛产丹砂的勾漏县当县令,他的事业才开始步入正轨。

| 等着神仙来喂你 |

这么说来成仙是个权贵们的游戏,屌丝们先想着发家致富吧。那么问题来了,谢自然家里条件一般,就没有吃仙丹,光靠辟谷吃树叶不也成仙了吗,而且还是个领导,这怎么解释?

这个问题很简单,因为有人给她来送成仙的药。《集仙录》里说最后天上的金母(金母和西王母是一个人,因为西方属金,所以西王母又叫金母)来接谢自然上天的时候,为她带来了大量的天上土特产——成仙药。谢自然吃了仙桃,喝了符咒金水,最终登天成仙。而对于西王母来说,这些东西压根就不用炼制,随手拿来就是——这才是修仙的捷径,炼丹什么的弱爆了。

但是神仙这些药不能随便给别人,你得具备一定的条件,比如像谢自然这样——前生是个神仙,西王母见到谢自然第一句话就是:"和你分别两劫了。"劫是种时间概念,翻译成人话就是说:"好久不见了。"

可见谢自然和金母是曾经的熟人。谢自然是道家的,对于佛教来说也是如此,《西游记》里大名鼎鼎的唐三藏,人家本来就是如来座下的金蝉子,到凡间不过是个挂职锻炼,回去就升职了。

当年李白号称谪仙人,他就想给自己造一份好的成仙简历,好让神仙接他上天,但是神仙的人事档案肯定管理严格,一查,压根就没有李青莲,因此尽管李白非常努力,炼丹嗑药无所不为,最后还是没有人来给他送药。

不过在各类笔记故事里,李白最后还是成了仙,只是他这神仙是追授的。李白的粉丝们为李白编了一个死法,说李白是在江边吟诗,看月亮甚好,就想捉来玩玩,结果溺水而亡。这样的说法固然浪漫,但是总让人联想起捞月亮的猴子,太贬低大文豪的智商了。于是各类笔记故事里就说了,李白这不是捉月,而是"水解"——这是一个道教用语,就是通过淹死而成仙了。后来还有人见过李白,《广列仙传》上说白居易的后代白龟年,有一次到嵩山去,突然有个人过来对他说:"李翰林请你去一趟。"白龟年去了,见到了一个风神飘逸的人对他说:"我是李白,水解成仙。在这里掌管各类奏疏。"

不管怎么样,李白是成仙了。

这就说明作为人,前世不是个神仙也能成仙。但是李白的经验不可取,一头扎水里,不成仙,那就成仁了。所以最好的办法就是潜心修道,以真心感动上天的神仙来给你送成仙药。这方面值得一提的是汉武帝，他为了成仙，他采取了自己炼丹和向神仙索要两种方法，他任命李少君为他炼制仙丹，同时设置了承露台，每天接上一点露水，他以为这就是神仙放进去的仙水，所以就配合着玉屑喝掉——但为什么不想想，万一神仙把这个小盘当公共厕所了呢。

神仙的态度是"我可以给，但你不能要"，所以汉武帝想尽了一切办法也没有成功。但他这种诚恳的态度，最终感动了上天。《汉武内传》上说后来西王母过来了，请他吃了仙桃——不过这仙桃对于成仙意义不大，西王母主要给他讲了讲怎么修炼，她这时候是真心让汉武帝成仙的，还请来了另一个神仙上元夫人也给他讲了讲课，又送他好几本书。总之就是不给他药，而是让他好好修炼，将来再让他成仙。但是神仙们走后，刘彻却犯了骄傲自大的毛病，以为自己必将成仙，就开始穷奢极欲。最后天庭生气，收回了对他的承诺，还将送他的书都烧掉了。

汉武帝的这个故事给了大家一丝希望，只要好好学习天天向上，不随便翘尾巴，总有一天会有神仙来给你送药。《广异记》上有个人叫边洞玄，她修道四十年，估计也吃了不少树叶，突然有一天，一个神仙飞到她面前给了她一锅汤饼，说这是玉英粉所制，吃了就能成仙。边洞玄吃了之后，果然就有五色彩云来接——《大话西游》里紫霞仙子的梦想就这样实现了。

不过这里只有五色彩云，没有意中的盖世英雄，因为神仙们对于这些普通修道者的赠送都很随意，西王母这样的大神一般是不会出现的，随便派个普通的使者过来就行了，有时候连个使者也不派，直接从天上扔下来。《广异记》上说黄梅县有个道士叫张连翘，跟谢自然一样，年纪轻轻就开始不吃饭了，但她没有出去吃树叶，而是在家吃枣（枣比柏树叶可好吃多了，《神雕侠侣》中裘千尺就是靠吃枣撑过来的）。后来她直接出家当了道士。十八岁的时候，大概神仙觉得该让她成仙了，就从天上扔下来两枚钱，张连翘去捡，邻居家一个妇人推倒篱笆过来抢，张连翘趴在钱上，才没让她给拿去。这时候天上又掉了三颗药丸，张连翘捡起两颗，那妇人捡起一颗。两人都吃了，同时死去。过了一会两人又活了过来，张连翘开始觉得神清目明，而那妇人却毫无感觉。过了几天就见五彩祥云拥着一辆车自天而下来接张连翘，众人都来观看。可是过了一会云散车飞，张连翘却没有走。她对大家说："你们这么多人看，我就不走，不让你们看。"这肯定是气话，我以为真实情况是上天给了她三颗药丸，她只吃了两颗，不够成仙的资格，所以神仙就放弃她了。故事最后作者说张连翘一直没有走，但长期不吃饭，形体枯悴——都是上级不负责任害的。

聊以自慰的是张连翘还是吃了两丸，倘若三丸要都被那农妇抢走了，自己修了半天道，却是为别人做嫁衣，那不就更冤枉了。

这种事情也不是没有。《神仙传》里说有个人叫权叔本，醉心修道。有一天有两个神仙过来帮助他飞升，变成两个书生前去他家拜访，问他家的佣人陈安世："你家老爷在不在？"陈安世说："在。"陈安世过去禀报，权叔本的媳妇建议："这一定是来打秋风的，告诉他们老爷不在家。"权叔本授意陈安世这么说，于是陈安世出来说："我们家老爷说他不在家。"——两个神仙非常惊叹于陈安世的诚实，将成仙的药给了他，后来陈安世果然白日飞升，成为神仙。

对于权叔本来说，这个故事说明，找个过于耿直的手下，总会以你意想不到的方法害了你，但是对于我们来说，这说明如果不修道，单纯做个缺心眼的好人，也可能会有神仙给你送药。

神仙们对于这些人反倒送得小心，送药之前先要考察一番，看看是否真的缺心眼，一般都是变成一个需要帮助的人，考察你是否能帮助，借此来引导社会风气。

《续仙传》中说在宜君县有个老王，为人热情，有一天一个穿着破烂的道士来投靠他，这个道士遍身恶疮，老王请人为他看病，道士说："给我弄一大瓮子酒泡泡就好了。"老王就为他酿造了一大瓮子酒，老道放了点药进去，自己脱光衣服跑到里面。三天后出来，竟然须发皆黑，面容变成了少年模样。这老道说："你这是好酒啊，喝了可以让人飞上天。"当时他们家正在打麦子，老王就把酒拿出来，和大家一起喝了。喝完之后，就见彩云如蒸，整个房子都飞了起来，鸡犬一起升天，只有猫和老鼠留了下来。

显然那个道士是来给他们送成仙药的，看病不过是个考验，通过这个考验倒还好说，最恶心的是后面那个，竟然把你泡过疮的酒让人喝，这该有多么大的心理承受能力才能喝下去啊。

这充分彰显了两个素质，一个是善良——肯帮助别人，另一个是缺心眼——否则谁会去喝泡澡水？后面这一个条件就把许多好人挡在了门外。

比如《稽神录》上说有个旅店的梅老板热情好客，和尚道士住宿，概不收费。某天一个道士住宿了好长时间，梅老板毫无怨言。这个道士这天对老梅说："你给我二十个新碗，七双筷子，明天你到某某地，我请你吃顿饭。"第二天老梅去了，发现这个道士衣衫华丽，有房有佣人（当时梅老板的心情估计五味杂陈）。道士让人上菜，竟然是一个蒸熟的婴儿，梅老板就跟唐僧看人参果一样，不敢吃，过了一会儿又上了一道菜，是一只蒸熟的小狗，梅老板也不敢吃。道士叹息一声，令人将昨天的碗筷还给他，竟然都成了金子材质的。老道说："你是一个好人，但是成不了神仙，刚才那些都是千年的人参枸杞，你不敢吃说明没有缘分。"说完这个道士就不见了。

这个道士的逻辑太荒唐了，梅老板不吃婴儿不吃狗，这说明他心地善良，居然不让他成仙，他若狠着心都吃了却反倒是成仙的人选。《神仙感遇传》有个《维扬十友》的故事情节类似，但更过分，说维扬十友十个人都是好心肠，经常帮助一个老乞丐，这一天老乞丐请他们吃饭，还顺便请了几个乞丐，端上来的菜也是一个蒸婴儿，维扬十友不敢吃，那几个乞丐无知无畏吃了，最后这几个打酱油的乞丐变成金童玉女升天去了，维扬十友一无所获。

但没办法，这就是规矩，谁叫你不缺心眼呢？神仙对此也有解释，那就是缘分，也就是说这些人如果不吃，那就是缘分不到，如果非要告诉他们这是成仙的好药，引着他们吃，没准会害了他，这方面是有前车之鉴的。

《神仙感遇传》上同样有个故事叫《薛逢》，说是有两个和尚在少室山进入了仙人的境地，这里有吃的，一个和尚就吃了点，另一个和尚不吃，结果吃了东西的和尚没走出去就变成了石头。有时候就算神仙让你吃，食物也会直接抗拒。《续神仙传》里写一个叫王可交的人，他遇见了神仙，神仙说你这个人骨骼清奇，但你做针灸的时候把眉间扎破了，破了你的这份福相。接着神仙给他酒喝，但是酒在壶里怎么也倒不出来，最后神仙也放弃了。

总结原因就是缘分不到，福分不到，而缘分、福分这个东西跟是否做好事没有关系，正所谓"杀人放火金腰带，修桥铺路无尸骸"，也是一样的道理。但是也不用太失望，因为神仙似乎在最后一道关卡审核颇严，具体节点在服药之后，飞升之前。

《集仙录》里有个女人叫杨正见，婆母家里人让她杀鱼她不肯杀，杨正见选择了离家出走，遇见了一位道姑，就拜了师父，住到道观里去了。她在道观里每天打水，去溪边打水的时候经常看见一个胖娃娃跑来跑去，她觉得奇怪，回去后告诉了师父，这师父一听就知道遇见了什么，当即就说："你明天给我抱过来。"这个杨正见不敢听婆母命杀鱼，却敢听从师命拐卖人家儿童，第二天她就把那娃娃抱回去了。走到道观的时候，娃娃变成了一个树根。师父就让她上锅开始煮，恰好道观里没了粮食，师父就出去买粮，告诉她煮三天就可以熄火了。结果师父买了粮食回来路上大雨冲坏了道路，耽搁了十几天，杨正见没粮食吃，闻着锅里香，就只好自己先吃了。她吃完的时候，师父也回来了。

杨正见只是神采焕发，却迟迟不飞升，过了一年多才走。后来她告诉师父："我为什么升天晚了一年呢，是因为当年我爹管公款的时候，我从公款里偷了两块钱，天庭记录在案，罚我在人间多等一年。"

由此可见，天庭在谁吃药这个问题上有点混乱，但是在最后一关的"政审"上还是非常严格的。在人间多待一年，其实就等于判了一年有期徒刑。

杨正见的师父倒真是修道者,她一点也不生气,把一切归结到缘分和福分上去了。如果杨正见知恩图报的话,应该给师父在城里买套房子,弄个书房——书里有个升仙的捷径。

段成式在《酉阳杂俎》里说有个人在书里看见了一根卷成圈的头发,整个是一个环,没有头,于是他就把这个弄断了,断开后流出好多水,拿它放到火上烧,有头发的气味。一个老道听说这个事,大为感叹,说你本来该成仙的,得到宝贝却不会用,错失机会。那个不是头发,而是脉望,蠹鱼连吃三回书上的神仙字样,就会变成这个。你拿着这个晚上看星星,就会有天上的使者下降,送你仙丹,然后再把它弄断,就着流出的水喝了,即可成仙。这个人赶快回去看看书上被吃掉的字,联系上下文看,果然都是神仙字样。

这个方法虽然简单,但让蠹鱼吃神仙二字,必须是随意的,如果刻意为之,没有好处。据《北梦琐言》上说唐朝有个姓张的年轻人,听说了这个事,就抓了几个蠹鱼放到瓶子里,然后将写满神仙字的小纸条扔进去。只是这些蠹鱼却没有变成脉望,他就抓起这些蠹鱼吃了,结果神仙没有当成,却成了一个疯子,满嘴脏话,最后早早死掉了。

看来还真是一切都得靠缘分,但什么是缘分?缘分这个又有谁来决定?有句话叫"缘分天注定"——天不就是你们这些神仙吗?真当我们缺心眼啊。

神仙都吃点啥

在求仙的过程中，周穆王是最强悍的一位，人家不等不靠，开着自己的"宝马"八骏到了昆仑，直接去见神话界的女王——西王母，和西王母一同用餐。西王母非常欢迎这位远道而来的客人，拿出特产来招待他，《仙传拾遗》上说他们先是喝了蜂山上的石髓，又吃了玉树上的果实，然后饮了"琬琰之膏"吃了"甜雪之味"，随后还吃了点"素莲黑枣"和"碧藕白橘"。看西王母给周穆王开出的这份食单，主要食物都是石头类的深加工产品，比如蜂山上的石髓，玉树上的果实——想必也是玉石材质的，至于"琬琰之膏"，琬和琰都是玉石，这两种玉石做成的膏还有甜雪之味，这个比较模糊，一般都说是冰淇淋之类的东西，但我以为要是冰淇淋，也是玉粉制作的冰淇淋，不过这个玉带甜味。除了玉石之外不过"素莲黑枣"、"碧藕白橘"，这些似乎是饭后甜点，作为点缀食用的。

有这么多石头材质的东西，是因为石头是神仙们的主要食物，西王母住在昆仑山，这里本来就盛产石头，庸俗的理解就是西王母就地取材，以石头当做食物，事实上正好相反，不是西王母选择了石头，而是石头选择了西王母。

据"研究"发现，石头里含有神仙身体必需的营养成分，这是根据神仙的"物理学"——五行学说推导出来的。

五行嘛，金木水火石……

什么？五行当中压根就没有石头？

应该是金木水火土，我当然知道，这五行之中什么最重要，不是排在第一位的金，而是排在末位的土。西汉那位著名的董仲舒在《春秋繁露义证》里说："五行莫贵于土。"后面论证了一大堆，其实就一句话：我们吃的东西都是从土里来的，没有土，一切都是狗屁，不对，连狗屁都不是。

好吧，按照课本里的说法，这反映了我们老祖先朴素的唯物主义思想。后来到了三国时代，有个叫杨泉的写了本《物理论》，听这名字就更能上课本了，都开始物理了，下一步就应该化学和生物了，现代文明就该诞生了，但这还是朴素的唯物主义。杨泉在这本书里说"土精为石"，也就是说土的精华为石头。后来道教的高手们继续深化研究，发现"石之阴精为玉，石之阳精为金"，也就是石头中阴阳俱全，阴这一面的精华就是玉，阳的这一方面精华就是金。金和玉可都是让人成仙的宝贝，这不就是滋养神仙的东西吗。

所以说昆仑山上玉石多，正好滋养了神仙西王母，为什么滋养出来的是一位女神仙呢，正是因为昆仑山上玉石多，这正是石头阴的一面啊——而孕育了孙悟空的那块石头肯定是含有金的成分更多一点。

正因为石头中富含神仙生命中不可或缺的元素，看各类笔记故事里，神仙们的饮食主要是石头为主。像西王母这样高级一点的神仙就把玉石进行深加工，制成液体，磨成粉面，是家居必备之物。《西游记》里孙悟空推倒了镇元大仙的人参果树，四处求人补救，每到一处神仙们很欢迎他，都请他喝玉液琼浆就是一个例证。

许多凡人无意之中到了仙界，神仙招待他们的一般也都是这些东西。比如《神仙拾遗》上说嵩山有个老头掉入一个山洞，遇见两个神仙，神仙就给他喝了一杯饮料，然后让他从一口井中返回人间，这口井里有好多青泥，味道鲜美，不知道是什么。回来之后这人就去问张华，张华说你喝的是玉液，那青泥就是石髓。

那口井显然就是神仙的粮仓，之所以放到井里，因为石髓这种东西是高温冶炼出来的，需要一定的保存环境，否则就会变会石头。《神仙传》上有个人叫王烈，无意之中看了神仙们冶炼石头，他在太行山里修道，突然看见大山崩开一道口子，两旁都是青石，中间有一个一尺宽的口子，有像青泥一样的东西流出，王烈拿出一块团成丸状，像热蜡一样很快就成形了，气味像是粳米饭，吃起来也像。他带了一些回去给朋友看，结果拿出来的时候发现那些东西都变成了石头。

后来他们才知道这是神山开裂,神仙们用自来水的形式给人间输送神仙药——石髓,这种东西对于神仙来说应该就像喝的粥。光吃粥肯定不行的,还要吃些干的才行,这干的最好当然是石头的精华——玉。如果到处采集就会太累了,神仙们就开发了新的方式:种植。

西王母请周穆王吃了玉树之实,这种树在别的神仙家也有。《酉阳杂俎》里说晋朝的时候,有个叫蓬球的人去山里砍树,闻到一股异香,循着气味找过去,看见一个大宅院,他走进门去,先看到五棵玉树,有四个美女在弹琴。少女们似乎认识他,说:"蓬君怎么来了?"蓬球说跟着香味来的,然后少女继续弹琴,不跟他说话。蓬球觉得饿了,还想去吃这玉树上的露水,结果被神仙赶了出来。

蓬球这是没有仙缘,如果有仙缘,神仙还送你玉树的种子。《仙传拾遗》上有个人叫阳翁伯,非常孝顺,父母去世后,他在父母坟前痛哭流涕,感动了上天,在坟墓一侧流出一道泉水,阳翁伯将泉水引在路边,供行人饮用。一个老头在这里饮马后,送给他一坛石子,说这是玉种,你要是种到地里就会结出玉石来。阳翁伯种下,果然很快就长出了一对白璧。不过他没有吃这对白璧,而是将白璧作为聘礼娶了一个媳妇,然后跟着媳妇一起升天了——他可真是什么也不耽误啊。

吃石头这么讲究的当然都是高级神仙,对于神仙里的屌丝来说,却只能在人间直接吃石头,例如《神仙传》里就有个老头经常煮石头吃,干脆用石头命名，就叫白石先生（不姓齐），还有个叫焦先的人也经常煮石头，他说石头吃起来有股芋头的味道。

即使是山珍海味老吃也会烦，何况芋头，而且芋头这东西吃多了容易胀气，屁多。所以许多神仙都开发出农副产品，首先当然是农业，他们要种植自己的农作物。

就算种植农作物，他们也尽量考虑到石头成分的吸收。《广异记》上说秦始皇听说有不死草，就去问鬼谷子哪里能找到，鬼谷子说在东海中祖州上，长在玉田里，把秦始皇忽悠得口水直流，派徐福带三百童男、三百童女去海上寻找。

但是他也不想想，如果能有不死草，徐福会带回来给他吗？果然徐福一去不返，据说他就自己成仙了。徐福得道之后想必是把人间的农业与仙草的种植技术结合到了一起，唐朝的时候有个人在海上漂流，遇见了徐福，徐福请他吃的是饭，而不是玉石。

神仙们散居在各地，由于其资源和禀赋不同，所以开发出的品种也不同。西王母开发出来的是桃，在天上种成一大片桃园，而东王公培育出来的是瓜，名为空洞灵瓜，镇元大仙种的特产当然就是人参果了。《西游记》里孙悟空的造反被镇压之后，各位神仙就纷纷献上自己家里的特色产品，赤脚大仙送上的是交梨火枣，南极仙翁送上的是千年灵芝和千年碧藕——西王母招待周穆王时，使用了千年碧藕，估计是采购自南极仙翁的。

　　观察神仙们的这些农作物,就会发现三个特点,第一是成熟周期长,动不动就几千年。例如《西游记》蟠桃园里的桃子就分为三千年一成熟、六千年一成熟和九千年一成熟,镇元大仙的人参果三千年一开花,三千年一结果,三千年成熟,周期也是九千年。不过这都还不算什么,《拾遗记》上说东王公的瓜"四劫"才能成熟。劫是个时间概念,按照佛教里对"劫"的解释,四劫意味着一个世界从生发到毁灭的全过程,这可真是"我等到世界的尽头"。

　　第二个特点是个头大。《神仙传》上说沈羲被神仙接到天上见到了太上老君,老君除了给他仙丹吃,还给他吃了两枚枣,这枣跟鸡蛋一样大。按说不小了,但是跟安期生的枣比起来还是太小了,《神仙传》上李少君对汉武帝说他在大海上遇见了安期生,安期生吃的枣子比瓜都大。

　　第三个特点是质量高,密度大,凡人一吃就饱,一顿顶好几顿。《剧谈录》里有个人叫严士则,在山里遇见了神仙,神仙就给他拿了一颗小豆一样的东西让他煮了吃,他吃了半粒就饱了。神仙的饭是这样,酒就更了不得,似乎度数特别高,凡人一喝就醉。《神仙传》里说麻姑下凡带给大家天上的酒,必须要兑了水才能喝,否则就会肠穿肚烂——这不是高浓缩度的酒精吗?天上能够酿造出这种酒来或许就是因为天上的酿酒原料质量高，密度大。《文枢镜要》上就说在昆仑山旁边一个名叫赤县洲的小山上长着一种"玉红草"，吃它一颗果实，就醉三百年，那肠穿肚烂的酒估计是用这种草酿制而成的。

《述异记》上说魏文帝的时候天上掉下几粒朱红色的李子，吃上一粒好几天不用吃饭，幸运的是有人把果核留下了，现在有一种又大又甜的安阳李子据说就是这样种出来的，不过南橘北枳，这东西种在凡间只是又大又甜，好几天不用吃饭的功效就消失了。当年西王母请汉武帝吃桃，汉武帝想把桃核留下来自己种，西王母明白告诉他："这儿的地太薄，种不出来。"

幸好大部分水果现在人间都有种植，随着各类技术的使用，个头也是越来越大，我们不用太遗憾桃和李子这样的水果，最值得羡慕的是我们这儿没有的水果。

据我阅读所见，有两种食物最令我羡慕，一种是凤脑芝，一种是龙根脯，这两种食物已经脱离了普通食物只能让人吃的低级趣味，它们不光是食物，还是坐骑，融植物的甜美与飞禽走兽的彪悍于一身。

先看龙根脯，《玄怪录》里说在巴邛有个人种了一大片橘林，这年下霜之后许多橘子都收了下来，只剩下两个橘子挂在树上，这两个橘子特别大，像罐子一样。大家都很奇怪，把橘子摘下来，打开后却发现每个里面都住着两个老头儿。老头们在下象棋，一个老头说："我饿了，想吃龙根脯。"从口袋里掏出一个草根，也就一寸大小，但形状如龙。老头一边削一边吃，每削一刀，那东西就自动补齐。老头吃饱了，拿清水一喷，这东西竟然变成一条龙，带着四个老头飞升而去。

龙根脯是神仙的食物，我们凡人可遇不可求，但凤脑芝却是可以想一想的。《酉阳杂俎》里说，首先你要在地上挖一个六尺深的坑，把一块瑰宝种在地里，然后用黄泉的水浇灌，用土牢固培育，三年后就会长出一棵像葫芦一样的东西，这可不是葫芦娃，结出来的果实像是桃子，有五种颜色。这就是大名鼎鼎的凤脑芝，吃了它之后，吐口唾沫就能变成凤凰，骑上凤凰就可以飞升到天上。

如果我们有这种食物，哪怕吃了之后不上天，只在人间也能解决拥堵问题，我们早上起来可以把龙根脯或者凤脑汁当做早餐，吃出龙或凤凰来，然后骑着上班就走了——这该多么拉风，杨过与神雕什么的都弱爆了。

既然龙和凤凰都可以从地上种出来，在天上这两种神兽估计就跟我们养的家畜一样，所以天上吃个龙肉什么的就跟我们吃牛羊肉一样随便。《西游记》里孙悟空闯进蟠桃大会看见的菜品之一就是龙肝凤髓，后来如来佛祖降服孙悟空，玉帝设宴招待，也有龙肝凤髓，但是佛祖吃素，这菜肯定不吃。

注意这里只说了龙肝凤髓，就跟我们吃猪下水一样，只取了一部分,或许这是龙和凤身上最精华的部分吧,诸如龙肉等其他材料估计就随手扔掉了。《聊斋志异》上有个故事就说,龙堆之下,掘地数尺,会看见龙肉,随便吃。估计这个地方就是上天处置龙肉的垃圾堆,可怜人类,刨到了垃圾堆都这么兴奋。蒲松龄老师告诉我们,吃的时候不能说龙这个字,否则就会被雷击死。毕竟吃垃圾不是什么光荣的事情,想吃就吃,不要声张。

蒲老师在这里只模糊地说了一个叫龙堆的地方,不知道确切位置,如果知道,现在估计开采成风了。我要知道这个地方的话,我就不开采,因为既然这个地方是龙肉垃圾堆,龙一定是在厨房屠宰的,天上的厨房肯定就在这附近,我要设法找出厨房所在。

神仙的厨房叫天厨,《甘石星经》上说天厨有六颗星,在紫微宫的东北,是百官的厨房。紫微宫是天上玉帝住的天宫,很显然,厨房就是为玉帝等百官服务的,里面想必有不少厨师,天上的神仙外出访问都会带着厨师。西王母会见汉武帝的时候,汉武帝准备了许多好吃的,西王母连看都不看,吩咐天厨为自己做饭,有意思的是后来上元夫人过来也带着天厨,又专门为自己做了一桌。这还只是出了个小差,有时候神仙犯了错误,被贬下人间,天上还派一个厨师跟着。

《子不语》上说有个叫曹能始的官员吃饭特别精细,家里有个厨子也非常善于烹调,曹能始请客,只要没有这个厨师大家就吃不高兴。

某一年，有人向曹借这个厨师，厨师不去，对曹说："你原本是天上的仙官，我是天厨，所以才给你做饭，其他凡人，我伺候不了，你也快死了，我就先走一步了。"说完就飞升而去，不到一年曹能始就死掉了。

神仙们走到哪里都带个厨师，并不是他们太奢侈，而是神仙们有洁癖，例如看大米都是蛆虫，这可咋吃，所以人间的供奉只能吸食气息，就算他们克服了心理障碍真的去吃，他们的脾胃太虚弱，有的能吃，有的不能吃，甚至吃了还会死掉，例如巴豆。《五杂俎》说"人食巴豆则泻，鼠食巴豆则肥，神仙食巴豆则死"。所以神仙们到处都带着一个厨师，就为防止有些凡人的加害。

有趣的是，人死为鬼，但如果神仙死了也成为鬼，他们还用吃饭吗，请看下一个话题——鬼吃什么。

照《梦溪笔谈》里的记载,唐明皇当年做梦梦见两个鬼,一大一小,小鬼偷了杨贵妃的香囊,自称是钟馗的大鬼把小鬼吃了。从此,钟馗就被认定为专吃恶鬼、降妖除魔的神明。

可怜寒食潇潇雨
——做鬼也要想饭辙

厨师的行业神是春秋的易牙,作为齐桓公的厨师长,他的厨艺不仅抓住了齐桓公的胃,更抓住了齐桓公的心。尽管管仲临死前一把鼻涕一把泪地告诫齐桓公,易牙这家伙狠起来连自己儿子都敢吃,还有什么不能吃,一定要远离他,但齐桓公也就远离了三年,受不了美味的诱惑,又把易牙叫了过来。

我读史书,看到这里不禁扼腕长叹:如果介子推也有这手艺就好了。介子推当年陪着重耳流亡在外,也给老大做了顿人肉汤,不过这肉是从自己腿上割下来的,重耳当时很感动,但也只是感动,估计没过多久就忘了，以至于后来成了晋文公搞绩效考核（封赏功臣），还把介子推给忘了。这说明与其让一个人心记住你，不如让他的胃记住你。倘若介子推有易牙的手艺，何愁晋文公会忘了他。

这事后来还闹大了，介子推的性格相当高冷，你不封，我还不想当呢，带着老娘隐居去了。晋文公搜寻不得，放火烧山逼他出来，结果把母子二人烧死了——从此有了寒食节。我总觉得晋文公纪念介子推的目的倒不是出于愧疚，而是一种鼓励，鼓励大家学习介子推，光干活不要工钱，硬送给我也不要，死也不要。

由于这一天大家不烧火，极大地刺激了中国凉菜行业的发展，所以我认为厨师祭拜祖师爷的时候，也要祭拜一下介子推，凉菜行业能有如此发展，他功不可没。

当然，更应该感谢介子推的还是地府的群鬼，后来大家都在这一天祭祀祖先，给他们创造了一个饭辙，所以群鬼中若有厨神一定是介子推。虽然只是一顿饭，但对于鬼的意义却不一般。

鬼也要吃饭

鬼不同于可以餐风饮露吃石头的神仙，鬼也是要吃饭的，这一点是由鬼的特征所决定的。按照《说文解字》的说法，"人所归为鬼"，也就是说鬼是人的继续，我们的老祖先相信死亡不是生命的终点，不过是换个地方过日子。

因此汉朝人把死亡当成一次迁徙，为了取得正式的身份，他们在临死前要郑重地请当地政府给开一封介绍信，我们现在称为告地书。例如1973年在湖北凤凰山一座汉墓里发现的一篇木牍，上面的内容就是一封通关文牒，大意如此："十三年五月庚辰日，江陵丞敬告地下丞，有市阳五大夫和他的二十八个佣人、十八个婢女、两辆轻车、一辆牛车前去你处，请按照阳间的身份安排相应待遇，特此敬告。"介绍信写得非常严肃认真，估计有了这封信，这位墓主人就能顺利到达阴间，继续享受他的五大夫待遇——五大夫爵位在汉朝二十个爵位中属于第九级，一年能领八九百斤粮食——人家这才叫铁饭碗。

能领八百斤粮食还不算，关键这五大夫爵还是各种爵位的一个分界点，从这个爵位往上就不用服劳役和兵役，肯定也不用纳税了，是享受特权的最末一层。汉朝流行买爵位的时候好多百姓就买这个爵位，因为它"价格便宜量又足"，以至于到了汉武帝的时候，征兵都成了问题（"民多买复及五大夫，征发之士益鲜"——见《平准书》），这个告地书的另一层用意显然是"司马昭之心"——那就是到了阴间不纳赋税。

从目前出土的告地书来看，基本上都宣称自己这一身份或者类似身份，但从墓葬规格来看又显然配不上，这说明我们街头办假证的行为源远流长，不过在汉朝那会"办证"主要是用来骗鬼。

但是他们有没有想到过，如果人人都吃皇粮，没有人纳粮，这免费的午餐又从何说起呢？这就导致阴间吃饭的人多，干活的人少，这种社会结构很快就会崩溃的。

《幽明录》里写一个叫王明的人，死后一年，阴间给他放假，于是他来到自己家中"度假"，对他儿子八卦：三国时那位灭了蜀国的征西将军邓艾在阴间磨铠甲呢，十个指头都快磨烂了；还有东晋那位官至丞相、差点就加了九锡的桓温，在冥界也不过是个小卒。

这充分说明，汉朝人想象的那个等级制度已经彻底崩塌了，无论你当多大的领导，到了阴间也要重新洗牌。

这一切都是粮食稀缺造成的。

一方面是大家都设法逃避劳动，不愿意种地纳税，另一方面，即便他们带着奴仆，可以耕田种地，但要注意那是冥界，光听这个名字就能知道那里阴暗无光，据各类故事里记载，去过的人都描述那里的环境"天色凝阴，昏风飒飒，四顾不闻鸡犬""隐然天气昏惨，迥野四顾无人"，除了没有声音，基本上就跟现在雾霾天气一样。这样的世界植物进行光合作用太困难，哪里适合庄稼生长，即便耕作，收成也不会太好。能够打下点粮食，阎王爷还不够吃呢，你想平白无故领八百斤粮食，门都没有。

因此想要吃的，先做苦力吧，为了能够吃饱饭，磨铠甲、当小卒这样的活也会抢着干吧。

但是既然粮食缺乏，即便劳动了，吃到的也不是人间饭菜，而是鬼的饭菜。我们在前文里说神仙看人间的米饭都是蛆虫，人在饮食上的自卑在鬼这里却可以挽回颜面，鬼的饭菜在人的眼里看来连蛆虫都不如。

先不说别的，鬼的世界里饭菜都是凉的。这一点也是为介子推所影响，人间都不生火了，过寒食节来祭祀，显然鬼也就只能吃冷的了。唐传奇《郑德璘》里，郑德璘妻子的家人都在洞庭湖里被淹死，这些死去的亲人就说他们没有火来做饭。但即便有火，他们的饭菜也烧不热，《太平广记》（出《志怪》）有个人叫张禹，误入鬼宅，看见鬼在家里生火做饭，火烧得很旺，看起来水开了，手伸进去，还是冰凉的（阴间水的沸点这么低，空气也一定很稀薄）。那个世界本就苦寒，又吃不到一口热的，这就跟大冬天吃冰棍一样，肠胃不好的可真是遭了罪，但如果看到鬼的饮食内容，就会觉得吃点凉的、遭这点罪不算什么了。

《耳食录》上有个人叫邓生，傍晚的时候遇见一个人，这个人执意邀他去家里吃饭，摆上的酒菜十分丰盛，小邓大吃大喝，很快就醉了。第二天被人发现他在河道的淤泥里躺着，耳目口鼻中全是青泥，这才明白昨晚那人是个鬼，所谓佳肴都是青泥所制。

这里只看到了饭是青泥所做，没有提到酒。《纪闻》里有个人叫李虚，因事去了一趟阴间，看见一群人饮酒，就想凑过去喝上两口，结果端起酒杯一看，竟然是一杯粪汁，臭不可闻，他不想喝，群鬼却逼着他喝（跟咱们现在劝酒一个德行，不喝看不起我），无奈只好喝了两杯。好在只是臭，并没有什么别的不良反应。

最让人受不了是阴间的水。《广异记》里的刘鸿渐也到了阴间，口渴难耐，看见道旁有河，就想去喝水，一个和尚拦住了他，说：这是人膏，人腐烂之后，骨肉沉淀下去，油脂浮上来就成了河。听着就让人恶心。估计这条河专供贪官污吏们饮用，因为搜刮民脂民膏是他们特有的爱好。

水是人膏，那肉很可能就是人肉了。想想也是，阴间地狱那么多酷刑，油炸、刀锯、石磨，肯定会砍下大量人体的器官，正是鬼的食物。同样在《广异记》里，有个叫韦广济的人到了阴间，在那里遇见了故人，故人请他吃饭，端上来一看全是人的鼻子和手指。故人还劝他，说你要想返回人间，最好还是别吃了。

为什么不能吃？因为吃了轻则生病，重则死掉。《池北偶谈》里有位老王外面游玩，碰见个老头拿着一方古砚，老王估计看上了人家的古砚，就打招呼："吃了没？"老头很明理："刚吃过，家里还有方这样的砚台,明天你去我家,我送给你。"老王第二天去拜访,发现老头住在一处坟墓边,老头说:"渴不渴?这里有浆水。"说着端出一碗汤,老王喝了,刚喝完,就跟嗑了药一样满山狂奔,最后被人抬回去,休养了好几个月才好。

这还只是喝了一碗浆水,如果再吃饭那肯定就是死了。韦广济的那个朋友能够劝他不要吃,足见是真的朋友。倘若遇见其他人,别说告诫你,他们还会把食物伪装成美味佳肴,引着你来吃。

《前定录》里有个人叫薛少殷,他突然死掉到了阴间,见到了他死去多年的哥哥,哥哥说我在这里上班,由于工作太忙太累,就推荐了你过来帮忙(这什么哥哥啊?)。薛少殷连忙哀求,于是哥哥带他去见了领导王判官,王判官请他吃饭,摆了满桌子山珍海味,薛少殷正准备吃,一个和尚突然跳出来拦住他,说吃了就回不去了。薛少殷忍住没吃,最后果然被放回。

看来招待吃饭是一个阴谋诡计,弄得香喷喷的就为了引诱你来吃,好让你留下打工。

薛少殷还是通过死掉进入阴间的,有时候你偶尔做梦到了阴间,也是不能吃东西的。《玉堂闲话》里说邵元休和潘某是好朋友,两人对阴间十分好奇,于是就约定哪天谁先死,一定要把阴间的情况告诉对方。后来他们两个人分开了很多年,一天晚上,邵元休梦见自己来到了一处大堂里，里面有好多人，潘某也在。邵元休混迹官场多年，一眼就认出了哪个是领导，他不和朋友打招呼，先上前拜见领导，领导让他坐了，对他很客气，还命人上茶，邵正准备要喝，潘某连忙给他使眼色，让他别喝。又上酒，潘某也赶忙摇头不让他喝，最后上了大饼，馨香非常，邵忍不住要吃，潘某还是让他别吃。

后来邵元休醒了过来，打探潘某下落，原来这位朋友已经死掉了。朋友是按照约定带他梦中冥府一日游，之所以不让他吃饭，是因为朋友知道，那是鬼的饮食，他吃了就回不来了。

邵元休只是偶尔一梦，可以不吃，但群鬼生活在那里，没有别的选择，他们只有吃。有的鬼乐天知命，就索性吃个痛快，甚至吃出花样。《平鬼传》上第一回里，十个鬼结拜兄弟，摆上桌子的祭品甚有意思，第一碗是"山草驴子放屁"，第二碗是"蒜调猪毛"，第三碗是"肝花肠子"，充满了生活气息。

有的鬼洁身自好，坚持不吃，那日子就如同在人间过大饥荒一样，人间在大饥荒时会出现人吃人的悲剧，阴间也会出现鬼吃鬼的现象，典型的代表就是《平鬼传》的主角钟馗。按照《梦溪笔谈》里的记载，唐明皇当年做梦梦见两个鬼，一大一小，小鬼偷了杨贵妃的香囊，大鬼把小鬼吃了。也就是说这钟馗原本也是一个鬼，他考武举不中就自杀了，估计是不愿意吃阴间饭菜，于是依照自己的武功专吃同类，在阴间"杀鬼放火"。这本是非法勾当，结果被唐明皇一钦定，成了专吃恶鬼、降妖除魔的神明。

这钟馗吃鬼也吃出花样来。《平鬼传》里有他饮食的描写："端上来头一盘是爆炒鬼肚，第二盘是白汤炖肥鬼头。第一碗是红烧鬼肘子，第二碗是炮腌鬼腿。末了一盘是醋熘鬼肝肠。"鬼在他眼里完全就与猪羊无异。

而鬼的确也可以变成猪羊的，例如《搜神记》中那个著名的《宋定伯卖鬼》的故事。宋定伯背着那只鬼不放，最终这只鬼变成了一只羊，他在羊身上吐一口口水就把人家卖掉了。

《耳食录》上有一个《田卖鬼》的故事，故事的主角田乙似乎是这个宋定伯的徒子徒孙，他最爱干的勾当也是卖鬼。所用的手段也是先哄骗，后强拉到天亮让鬼变畜生，最后打个喷嚏让体液附在这些畜生身上定型就卖掉了。他所抢拉的鬼中有的天亮变成鸭，有的变成猪，有的变成鱼，有的变成鸟，不一而足。

为什么会这样，我觉得是六道轮回的作用，按照规定这些鬼应入畜生道，它们变化成什么早就注定了，关键的时候就发生突变。

对于没有卖出去的鬼，田乙有时候就自己吃掉，据说味道肥美。所以钟馗吃这些鬼的时候也是根据这些鬼将来所能"退化"的逻辑来吃，吃起来跟咱们吃肉一样，注定变成鸭就挂壁炉里，注定变成牛的，就来个七分熟的，注定变成羊的就可以切成片涮着吃。

这样说来可以这么理解肉食，就像一条流水线，钟馗吃的是原材料，我们吃的是成品，如此而已。

但就像工厂里一样，如果人人都吃原材料，轮回到人间的成品岂不是大受影响，所以在冥界对吃鬼这种现象的管制还是非常严格的，只有强横之辈才能吃。这就跟人间饥荒一样，有吃人肉的，但不会人人都吃，大部分的人只能吃观音土，明明知道吃了拉不出来，但肚子饿起来实在难受，不得不吃。

鬼也一样。他们为了把肚子骗饱，也乱吃东西，但阴间没有观音土，他们就吃铁球。《报应记》里有个《李冈》的故事，这位李冈没有开车索人命的儿子，他自己反倒被阴间的鬼差错拘了，阴间的一位领导接见了他，当面承认这是一桩冤假错案。可能是为了显示诚意，领导还请李冈吃饭，鬼卒端上来一盘子铁球，将铁球放到一口满是铜汁的锅里去煮。李冈连忙谎称自己吃饱了，这位领导就把铁球吞了，然后又喝铜汁（有饭有汤水）。他告诉李冈：阴曹地府没有别的东西吃啊，只好吃这个。

袁枚在《子不语》里也注意到了铁球这个东西，杭州有位闵玉苍先生是阴间的临时工，每次到阴间上班，就必须吃一颗铁球。据他说吃这颗铁球的目的是为了保证断案的公正无私，一旦有所偏向，这铁球就会在肚子里左冲右撞。

这大概是后来开发出来的功能，他不知道这铁球最原始的作用其实是洁身自好者们的饮食，而且让他这个临时工吃铁球还有一个更重要的作用，吃下之后他就饱了，不会再吃阴间的那些饭菜。

《冥报录》里有个县令叫柳智感，白天当县令，晚上到冥界兼职当判官，刚在冥界上班的时候，中间休息吃饭，他也要吃，大家就说这饭临时工吃不得，吃了就成正式工了。

这说明在阴间，官吏的饭菜比小鬼也好不到哪儿去，我严重怀疑到了唐朝的时候，冥界已经彻底放弃了农业种植。你看《西游记》里面，阎王爷们逮住李世民，"绑架"这么大一个领导，放他回去的条件居然是要一个南瓜，可见冥界的物资已经匮乏到何种地步了。

看到这里你也就明白，为什么死刑犯临死前都要大吃大喝一顿，实在是因为吃了这一顿就很难见到粮食了，正所谓"劝君更尽一碗饭，西出阳关吃饱难"啊。

而且临死前这一碗饭非常重要，如果能吃饱，死后在阴间可以一年之内不用考虑吃饭的问题（这就跟神仙的食物让人类吃了效果一样）。《冥报记》里邯郸有个人叫睦仁茜，他认识了一个在阴间当差的鬼朋友成景。这位鬼朋友告诉他，鬼天天吃不饱，如果吃到一顿阳间的饭，就可以顶一年不饿。可见临死前这一顿饭是多么重要，所以身为鬼，要解决吃饭的问题也不是太难,每年都能吃到一顿人间饭菜就可以了。所以鬼就无比渴望获得人间饮食。

说到这里就不得不提介子推的重要性了,每年都能获得一次祭祀,饱饱吃上一顿,一年不用发愁,这难道不是厨神吗?

当然,鬼在人间获取饮食的方式也不光这一种,对此,我进行了一番"考证",那么请往下看。

| 鬼物获取人间饮食途径考之陪葬:带着粮食上路 |

面对阴间这么恶劣的饮食环境,许多大人物都想方设法做各种尝试,这方面属尧舜禹等上古大领导们办法最好。按照《山海经》的记述,凡是埋葬这些领导们的地方都有一种叫"视肉"的东西,郭璞注解这种东西形如牛肝,有两个眼睛,割下一块吃,就又立刻复原,生生不息,食之不尽。

这显然就是那些帝王的特供肉食,死去的岁月那么漫长,只有这种东西才能保证帝王们吃喝不愁。与此类似的还有很多,《博物志》里的"稍割牛"也有类似功能,这种牛的肉就跟羊毛一样,每天割上三四斤,第二天立刻就长出来了。守着这么一种东西想减肥肯定是不可能了。那些上古帝王在阴间肯定长得又白又胖。

只是这种神兽似乎繁殖能力不强,上古之后就已绝迹,后来的秦皇汉武都无福享受了,他们只能往自己坟墓里陪葬粮食。带上一个粮仓上路,在地府里照样吃喝不愁。

《独异志》中写有个叫王樊的大人物死了,盗墓贼打开他的坟墓,居然看见王樊在跟别人下棋呢。看见了盗墓贼,王樊还挺热情,端了一杯酒给他。盗墓贼喝了酒就赶忙告退(不好意思,走错门了)。王樊随后派一个使者骑着铜马飞奔到城门告诉兵士:有人盗墓,王樊已经用酒把他的嘴唇给染黑了。就这样盗墓贼很快就被抓获了。

盗墓贼喝的这酒应该是陪葬品,如果像粪汁一样,盗墓贼肯定就不会喝了。王樊其实完全可以在坟墓直接把他给弄死,估计是怕坏了自己下棋的雅兴。再说把他杀死了,大家都是鬼,自己的坟墓里平白无故多了一个盗墓鬼多不合适,还是送人间法办比较省事。

《广异记》里有位姓裴的小哥也无意中走到了别人的坟墓。他不是盗墓,而是喝醉了酒,在丈母娘的棺材里睡着了(胆够大的),结果下葬的时候,家人把他一起埋了。他一觉醒来,发现自己在一个大屋子里。一群鬼围着他,有的鬼就说:把他杀死。丈母娘赶忙向群鬼求情:我的女儿还小,还要靠他呢。群鬼这才放过了他。一会群鬼们就开始为庆祝丈母娘的到来开起了派对,一群鬼围着小裴又跳又唱:柏堂新成乐未央,回来回去绕裴郎。可怜这位小哥只好陪着,很快就饿了,坐到筵席上要吃东西,丈母娘告诉他:鬼的东西不能吃。然后拿出陪葬的东西让他吃了。好在后来家人找寻过来将他挖出,裴郎这才重回人间。

这位裴郎应该感到庆幸,一是有丈母娘庇护,二是有陪葬的东西可以吃,而且丈母娘刚死,陪葬的东西吃起来还都保持着原味,否则时间稍微长点,这些东西的味道就要变了。

《志怪录》里有个人叫长孙绍祖,出远门,路上到别人家里投宿,发现这家的女主人貌美异常,有意勾引,不料这女子立即就上钩了。女主人摆开筵席请他吃饭,满桌子珍馐,但吃起来却没有什么味道。不过长孙绍祖当时想的已经不是吃的问题了,也没有在意。吃完饭之后,春宵一度,次日作别,还赠送一个金缕小盒。长孙绍祖走了百余步,回头再看,只有一座小坟,再看所赠小盒,满是尘埃,不知在坟墓里放了多长时间。不过从他吃了食物的反应来看,时间还不算太长,因为只是味道变淡了,并没有腐烂变质,否则他就不光是惊诧了。

《博异志》中的闫敬立是唐朝末年的一位公差,因公出行,天晚到驿馆投宿,发现这驿馆里非常破旧,就问驿官,驿官回答得像个愤青:"天下榛莽,宫阙都长了荆棘,何况一个小小的驿馆。"这话说得十分沧桑,让闫敬立颇有感触,一番言谈,甚是相得。驿官安排人为他们备饭,食物也十分丰盛,临行还给他换了一匹马。次日天色未明,闫敬立就上路了，驿官送了他两里路才作别。结果闫越往前走，越感觉驿馆这马有粪气，又向前走了十几里路，发现一处驿站。驿官非常惊讶地问："您昨晚住在哪里了啊？"闫敬立说了昨晚经历，那驿官说："那是一处荒废了的驿站。驿站后面曾经是河池县尉刘少府的殡宫。"再看昨晚驿官所送马匹已经不见了。派人回去查看，这里停放着几个木马而已。众人忽然觉得腹内一阵恶心，吐出昨晚的食物，竟然是些腐烂变质的东西，都是棺材中陪葬的食物。众人休养了三天才复原。

这充分说明，即便食物是人间带过去的，即便陪葬上一个粮仓，对鬼来说吃饭也是个问题，一是容易变质，二是即便不变质，这粮食也终有吃完的那一天。那怎么办？

很简单，一个字：买。

过去大户人家都有大量金银陪葬，这些可都是鬼的私有财产，比如长孙绍祖遇见的那个女鬼，动了情，不光管吃管睡，临走还赠送一个小盒子，里面想必也是陪葬的宝物。

陪葬品既然可以用来送人，也就能拿来买粮食吃。《聊斋志异》里有个韩元少先生，某日突然来了个官差说家主人请他过去当老师，问姓甚名谁，家住哪里，都不说。差人过了几日备了重礼而来，请他上车就走。韩先生一下车，就看见高楼大殿，似乎是个大领导的家。到了屋里，各种好酒好菜都摆好了，也没有人劝他喝酒，韩老师就只好自己吃。吃完，东西撤去，来了一个少年上课。

孩子倒也聪明，但是家长不过来相见，只是好吃好喝招待，让韩老师气闷。有一天他哀求一个书童带他去见家长，书童偷偷带他去了，到一处大堂前，听见里面有严刑拷打的声音，探头看去，却见屋里剑树刀山，如同冥府。韩老师大吃一惊，里面却发现了他，家长无奈出来相见，解释说："这里是阴间，怕吓了你所以就没有来见。"韩老师吓了一跳，以为自己已经死了，这位家长赶忙再解释："你的所有饮食都是从人间采购的，放心。"

后来韩老师托着这个学生家长的关系还知道了自己的前程，就返回了人间。

我们现在的老师经常托着学生家长办事，从韩老师这儿看，这种风气源远流长啊，不过对方的家长既然是个冥府的大领导，肯定工资很高，而且又有门路，所以他能够从人间采购。

对于普通的鬼，没有工资就只能用陪葬的东西买了，蒲松龄先生十分熟悉这套规则，他还写过一个《爱奴》的故事，主角姓徐，也是一位教书先生，不过他是被鬼请过去的，这鬼是个有钱的主，家里还有个大管家。大管家在酒馆里遇见教书先生，就替他付钱，可见，如果有钱，鬼买东西是非常轻松的。

我们常说有钱能使鬼推磨，这是站在人的立场上说的话，如果从鬼的角度来说的话，有钱别说让人推磨，就算让人当长工也是没有问题的。

不过鬼的财产是十分没有保障的，一旦哪个盗墓贼看上了，或者像现在一样在施工中被挖开了，再多的钱财也会瞬间化为乌有，鬼一下子就从富翁变为无产阶级了。

前面说恒温在阴间当士卒，邓艾在冥界磨铠甲，他们这样的人肯定有大批的陪葬品，为什么不去买呢，就因为他们的坟墓早被人盗光了。

所以金山和银山都靠不住，鬼吃饭最好的方法还是受人祭祀。

| 鬼物获取人间饮食途径考之祭祀：给自己留一张饭票 |

写祭文，最后都有一句"呜呼哀哉伏惟尚飨"，翻译成白话就是"伤心啊，我趴在地上请你们用餐"。这是一句对鬼的礼貌用语，就跟我们请客的时候对客人说："别拘束啊，吃好喝好。"一个道理。

《左传》里说"国之大事在祀与戎"。也就是说国家大事就是让老祖宗吃饭和打仗，而打仗的目的就是让对手的老祖宗吃不了饭，因此这句话可以翻译成："国家的大事就是让自己的老祖宗吃上饭和让对手的老祖宗吃不上饭。"

这句话是《左传》里刘康公见成肃公在祭祀的时候心不在焉说的，过去这些大人物都有家庙，庙里面摆放的就是他们祖先，普通的大户人家也要有祠堂，供奉先祖，就算家里败落，也要树块牌子放到屋里，逢年过节一番拜祭，让这些祖先吃饭——祭祀对所有中国人来说都是头等大事。

这样的话，这些先祖的鬼魂在冥界生活的好赖就完全取决于后代的生活水平了，帝王家里拜祭，山珍海味吃不完，小户人家的祖先估计也就只能喝一碗粥了。

因此有些皇帝为了拉拢臣子，对自己特别看得顺眼的一些大臣就会赏赐"配享太庙"。也就是说，让你死后成了鬼可以到皇帝家这个大食堂来吃饭，言下之意我不光解决你这辈子吃饭的问题，还要解决你在另一个世界吃饭的问题。

这可是无上荣耀，许多大臣都为了这光荣不惜肝脑涂地，但我颇为怀疑，他们真的能吃到祭祀的东西吗？

以我的经验，平常跟领导一起吃个饭，我都要提心吊胆，一会操心领导是否要加水，一会操心要转桌，一会操心为客人倒酒，一顿饭下来累得够呛，根本吃不下去。试想在太庙那个大食堂里，一大群先皇来吃饭，你一个大臣能坐下就吃吗？

后来看了《幽明录》上的一个故事，我突然明白，到了那个世界，阶级身份还不是最重要的。

故事的主角叫陈素,是个土豪,媳妇和一个矮子邻居的妻子同时怀孕,陈素的媳妇生下一个女婴,矮子的媳妇生下一个男婴,陈素的媳妇偷偷和矮子的媳妇换了孩子。孩子养到十三岁,开始祭祀祖先的时候,一个能看见鬼的婢女说:"你家的祖先走到门口就停住了,一群矮子过来大吃大喝。"陈素的媳妇这才无奈说出了实情。

这说明后人的祭祀具有非常严格的血统识别体系,只要不是这个家的,根本就不能进来吃饭。

看到这里也就不难明白,为什么中国人喜欢编"乾隆皇帝是海宁陈阁老的儿子掉的包"这样的故事,因为只要乾隆的亲生爹娘是陈阁老,以后太庙祭祀的时候,来吃饭的就换了人,汉族彻底扳回全局了,多有戏剧性。鲁迅先生嘲笑这种想法"不折一兵,不费一矢,单靠生殖机关便革了命,真是绝顶便宜"。

现在看来好笑,当时的中国人可是深信不疑的,包括乾隆皇帝手下那位大名鼎鼎的纪晓岚,他在《阅微草堂笔记》里写一个官司,两家为自己的祖坟共争一块地方,争了好多年,各说各理,没有定论,最后一个明白的官员出来说:"你们这是争祭祀,不是争产业,那就各自祭祀呗,只要是你们的祖先就一定会来吃,不是你的祖先祭了也白祭啊。"

纪晓岚对这番言辞十分赞赏，后来他还对这个逻辑做了进一步发展，他以为如果收养的孩子是个外姓人，哪怕是妻子的侄子，或者是丈夫妹妹的孩子，祭祀的时候，肯定是他的亲生父母来吃，收养人的先祖也不敢来。如果收养的是同族的孩子，即便出了五服，也没有这个问题，祭祀的时候肯定是收养人的先祖前来吃饭，亲生父母即使来了，也得等人家吃完了才能吃点剩饭。

纪晓岚在后面还拉拉杂杂说了一大堆什么道理，其实不过一句话："非我族类，其心必异。"而且他这理论还充满了对女性的歧视，不把女性当成自己的家人。妻子的侄子，丈夫的妹妹这些都是"人家的人"，对他们再好也是白搭。

还别说这些东西荒谬，关键的时候还真能发挥作用，当年武则天想把皇位传给武家，狄仁杰反对，为了说服武则天，他抬出的理由之一就是："如果传位给武家，你见过谁把姑姑放到太庙里去的。"意思很简单，如果武家当皇帝，你虽然姓武，将来人家在阴曹地府搞聚餐，你也吃不上。这不能不说是武则天顾虑的一个因素，为了死后的吃饭问题，她最后还是选择了还位给李家。

但是作为母亲就一定能吃到家庙里的饭吗，这套迂腐的血统论对女性的歧视还不光体现在小姨姑姑这些"人家的人"上，即便对于亲生母亲，这套血统论也要多一个条件。

《子不语》中写有个秀才参加科举考试，正考的时候，看见一个女人走到他身边，对他说："你认识我吗？我是你母亲。"这秀才说："你不是，我妈妈在家呢。"女人说："我是你亲生母亲，我死去的时候你父亲不给我画像，祭祀的时候我不能来吃饭，多么可怜。"最后这位母亲逼迫秀才答应为自己画像才离去。

按照血统论，这位妈妈完全不用管是否有画像，来了坐下吃就可以了，亲生儿子的饭自己不吃谁吃，但就因为她是妈妈，一个女性，故事发生在她身上，血统论就失效了，必须要画图像才能来吃，这逻辑还真是混账。

这还是有孩子的妈妈，对于那些没有孩子的小妾来说要吃饭就更困难了。《右台仙馆笔记》里有个故事，说一个大家族里有个姚氏，是个王熙凤一样的人物，管理着家政，每年家族祭祀都是她来主持，祭祀前一日，她必做一个梦，梦见一个妇人向她施礼，说："我是马氏，每次祭祀跟着家人一起过来，只能站在一边观看，吃不了饭。请你可怜可怜我，为我摆一副碗筷和座位，并且写明'马氏坐此'，让我能坐下吃饭。"姚氏很奇怪，遍问老人才知道，原来家里先人有个小妾马氏，生前无子，后来祭祀时大家自然就把他忘了。

看到这里不禁让人心生凄凉，一个女人生前地位低下、孤苦伶仃，死后又饱受饥寒，还得向人卑微乞食。这大概是中国古代那些成千上万女性的写照了。

按照祭祀的这些逻辑，后代就是饭票。之所以"不孝有三无后为大"，是因为你会断了前辈的"粮票"，所以民间把男孩叫做"传香火"。香火自然就是家庙里祭祀用的香火，没了"香火"，先祖们就要流离失所在阴间忍饥挨饿了。

《右台仙馆笔记》中还有一个无赖的故事。无赖年轻的时候赌博喝酒无所不为，早早死掉了，死后却跑到家族管事人的家里捣乱，要求为自己立个后代，管事的人就奇怪了：你生前不操心这个，现在怎么突然想起了这个。他说：我死后才知道，没有后代就没有饭吃，不光我没有饭吃，先祖们都纷纷责怪我。

我觉得这个无赖自己挨饿是真的，先祖们责怪他可能是在说谎。按照中国人多子多福的思维习惯，如果不是生理上有问题，绝对不会只生一个好，从投资学的角度上来说这叫分散投资，就怕万一出现这样的败家子，自己还可以到另一家里去吃饭。所以挨饿的很可能就是这个无赖一个人，因为他没有直接祭祀可以吃。

分散投资可以有效解决无赖的问题，但是预防不了犯罪的问题，家族万一出了个方孝孺这样的，敢跟皇帝朱棣叫板，朱棣说我要灭他九族。他说有种灭我十族。结果朱棣真的灭他十族，一个家族被连根拔起，他先辈们彻底没有了饭票。

不过方孝孺本人倒是不愁吃喝，他的忠烈世人皆知，到了万历的时候就有人开始翻案，汤显祖还为他修建忠烈祠。《洞灵小志》上说苏州的蛇王庙里供奉的蛇王就是方孝孺，因为他死后许多蛇过来盘踞在他家宅院里，所以他被大家尊为蛇王——听起来方孝孺好像在印度留过学？一介书生居然成为千古蛇王，总觉得比杜拾遗变成杜十姨还不靠谱。

但不管怎样，他虽然断了祖先的饭票，却可以享受四方供奉，这可比靠后代祭祀靠谱多了，这说明只要你行得端坐得正，完全不用担心死后粮票的问题，这方面最牛的当属屈原，他把自己的吃饭问题变成了一场全民的节日。

《续齐谐记》上说屈原还曾经出面对食物的包装问题提出过要求，当时的人们都把米装进竹筒扔到水里，东汉的时候，屈原从水里跑出来说：你们祭祀我的东西都被蛟龙吃掉了，我吃不到，你们回去将米用叶子裹住，用绳缠住，蛟龙害怕这些，就不吃了。

合着粽子这种食物是屈大夫为自己发明的食物，吃饭吃到这么挑食，众人还这么配合，大人物就这么任性。

其余彪炳千秋的忠烈如岳飞、文天祥、史可法等，虽然不如屈原这么任性，但到了哪朝哪代也都有四方供奉，吃饭完全不是问题了。倒是他们伺候的那些帝王们，一旦改朝换代，家庙被毁，吃饭就成了问题。例如方孝孺死后二百年，等到满清入关，他就可以笑看朱棣挨饿了。

　　对于即将发生的悲剧，在阴间的鬼都能感受到的。《阅微草堂笔记》里有个官宦人家，祭祀先祖十分丰盛，但是能看见鬼的巫师说：你们家的祖先面对这么丰盛的饭菜却是颜色惨淡，一脸苦相，邻居家的鬼却跷腿坐对面屋脊上，洋洋得意。这位官员不久被革职，这才明白先人悲伤的缘由，但是为什么邻居家的鬼这么高兴呢？后来他才知道，因为这个邻居家曾经有个十分漂亮的女儿，自己那好色的祖先用金钱勾引过人家，陪自己睡了好几晚上。所以人家的先祖看他们倒霉就要高兴了——这可真是亲者痛仇者快啊。

　　人间重新洗牌，阴间也要推倒重来，那流离失所的群鬼们又该怎样吃饭呢？

　　对于他们，我们的老祖先为他们创造了一个节日：农历七月十五。在佛教里这一天叫盂兰盆节，在道教里这一天是中元节。佛教里说这一天的创立是因为佛的弟子目连尊者看到母亲在阴间当饿鬼，有心送饭，结果送到母亲嘴边，食物就烧成了火。佛说："你一个人的力量是不行的，要依靠众僧的力量。这一天你拿出好东西请我们吃个饭，我们一起念经把你妈妈从地狱里拉出来。"我解释得虽然俗气，但就是这么一个道理，也就是说这一天是大家斋僧的日子，这一天也叫佛欢喜日——有吃的能不高兴吗，而且吃东西还有个伟大的目的：救鬼。和尚吃了饭，一起念经把家人从地府拉出来。

道教则直接宣称这一天是地府放鬼的日子，群鬼放假出来找吃的，所以人间就要祭祀，不但要祭祀自己的祖先，对孤魂野鬼也要祭祀。要想做个大型祭祀，就要请我们道士过来给你做法，老道们也正好得到一个饭辙。

两派虽然说法不同，但帮助饿鬼的目的却是一样的，于是兼容并蓄的中国人搞这个活动的时候就把和尚也请来，道士也请来，一起念经，在地府吃火苗的，和尚念经把你救出来，放假出来的，道士做法请你们来吃饭——各得其所。

《阅微草堂笔记》里提到，纪晓岚当年在乌鲁木齐的时候跟别人谈起这回事，有个流放到这里的盗贼就说：我曾经想在一家放焰口的时候偷东西，藏在房顶上，就看见一群二三尺高的黑影，或从墙头进来，或从狗洞进来，撒米的时候，忽聚忽散，仰接俯拾，吃得不亦乐乎。纪晓岚听了之后十分感叹，但是他也不想想，这个盗贼说得不像在喂鸡吗——很显然这个家伙是在忽悠纪大烟袋。

其实放焰口的重要作用还不只是七月十五一顿饭这么简单，更重要的是树立了一种"助鬼为乐"的精神。《阅微草堂笔记》里说济南一位公子哥，妻妾都死了，一天梦见自己的小妾，就问她我放焰口的时候,你们都来吃了没有。小妾说在地狱里有事没能过来。公子哥有点伤心,你们不来,放焰口有什么意义?小妾说只要放焰口,就是为我们积德。这可真是一种伟大的鬼吾鬼以及人之鬼的精神。

这种精神流传,连朱元璋这样刻薄寡恩的人都深信不疑。《快园道古》上说当年他修筑陵寝,中间有许多别人家的坟墓,有关部门就建议把这些坟墓迁走,朱元璋说,这都是我们家的邻居,祭祀的时候可以分点东西给他们吃。

——说得好像他多么宅心仁厚一样,其实他无非是求个心安而已,因为他才是真正的饿鬼制造专家,胡惟庸案、李善长案、蓝玉案、空印案他该屈杀多少人,估计这些人化为冤鬼在阴间日日等候他的前来。所以他要做点阴德为自己弥补一下,不光对陵寝中的坟茔,对当年跟随他战死沙场的将士也积极拉拢。

《觚剩》里说朱元璋刚当皇帝的时候,梦见当年战死沙场的将士前来拜见,要求封赏。但这些无名士卒,谁能记得他们的姓名,于是朱元璋就要他们五人为伍,处处吃祭祀。又让江南人家立五尺小庙供奉这些人,称为"五圣祠"。

他万没想到,如此一来流毒甚广,这些兵痞鬼们借机作乱。《狯园》上说他们占据各种地方,在树头称为树头五圣,在花草中称为花花五圣,在房檐称为檐头五圣,在猪圈称为圈头五圣。他们贪得无厌,索要各种祭祀,稍不如意则处处为祟——这已经不是在放焰口做好事,而涉及另一个问题:淫祀。

|鬼物获取人间饮食途径考之淫祀和打工:
自力更生获取祭祀|

所谓淫祀,我以为可以理解为一种封建迷信,但它是有鬼论者眼里的封建迷信,就是你祭祀了不该祭祀的人。像五圣祠,你们跟着朱元璋打天下,该找你们主子要吃的去,却在寻常百姓家里作威作福要吃要喝,在明朝的时候好说,依靠朱元璋的淫威可以推广,到了清朝,就有人看不下去了。《觚賸》上就有官员上奏康熙,要求禁毁,最后将这些家伙都投入火里烧掉,也没有见到他们有什么威风可抖——足见这些家伙都是纸老虎。

但被各种权威吓怕了的中国人,一见"老虎"就哆嗦,我们哪敢去分辨是真是假,因此许多鬼就依靠这种方法作威作福索取祭祀和供奉。

《幽明录》上有个有趣的故事,一人刚刚成鬼,遇见死了二十多年的故人,忙上去请教做鬼求食的方法,老鬼对他说:你去作怪,人一害怕必然送你东西吃。结果这新鬼会错了意,先到一户人家里推磨,结果这家信佛,只感谢佛祖,却不给他吃的。第二次他又去一家舂米,舂了一晚上也没有吃的。新鬼大骂老鬼骗人,老鬼又鼓励一番,这次不干活了,抱一只狗在虚空中,仿佛这狗凌空而起。这家人害怕了,赶忙把狗杀了祭祀。

他成功靠作祟谋得了一顿狗肉吃,故事往下没有了,但不难猜想这鬼以后再也不会去推磨舂米,一心开始干坏事了。

所以许多鬼就由此总结出一条经验:祟人是求食的方式。像这个鬼这样平白无故抱起人家的狗来回跑还只是初级方式,如果生人稍稍招惹了他,他就会纠缠不休。《子不语》里的南京人葛某,爱喝酒,喝了就没正经。什么事都敢开玩笑,一天在雨花台喝酒看见一个棺材败露,显出一片红裙,他竟然上前摆手:"乖乖来吃酒。"结果当晚回家,一条黑影跟着他,啾啾叫道:"乖乖来吃酒。"葛某知道自己招惹了鬼,往后招手:"鬼乖乖,跟我来。"到了一家酒店,要了两壶酒请这鬼来喝。喝了一会,葛某大概熟读《鸿门宴》,就学刘邦的经验,把帽子放在凳子上说我去上个厕所,趁机跑掉了。酒保见四周无人,只有一顶帽子,就捡起来戴上了。结果这鬼眼神不好,只认帽子,缠上了酒保,当晚酒保就上吊自杀了(这个故事说明捡到东西一定要物归原主,特别是服务员,不光是职业道德的问题,更是为了自身的安全)。

如果葛某当时不跟这个鬼开玩笑,而是将败露的棺材予以掩埋会如何呢？不要以为这样鬼就会出来感谢，以往的故事套路是女鬼感激不尽，以身相许，但俞樾老师会告诉你那都是鬼故事里的童话——他在《右台仙馆笔记》里告诉我们另外一个故事，说临平有个农民在野外割草的时候看见了一个骷髅，估计他也是被童话误导了，就挖坑把骷髅给埋了。回到家还自鸣得意——今日行了一善事。不料当晚就发烧，鬼附在他身上说：我在旷野过得悠游自在，你把我埋在土里，闷对黄泥，好不枯燥。家里人赶忙准备酒肉祭它，还焚烧纸钱无数，鬼才离去。

俞樾对此评论：埋骨是仁政，这农民做得对，不过这鬼为了一顿饭借机作祟罢了。

对于这样的鬼，有时候哀求送吃送喝反倒助长其气焰，最好的办法是大耳刮子扇他。《子不语》上讲清朝的时候，定西将军纪成斌被雍正皇帝杀头，在塞外经常作祟，一日附在一个士卒身上说：我是纪大将军，快给我饮食。吓得众人赶快下拜，只有陈对轩不怕，上前扇他两巴掌骂道：你打仗时临阵退缩，伏诛于王法，不知有愧，还敢来这儿要饭吃。骂完这士卒立刻恢复正常。后来这纪大将军再来，只要大家喊一声："陈相公来了。"鬼魂就立刻跑掉。

这位大将军生前打仗是草包，死后当鬼也是脓包，没有什么真本事，幸好还有羞耻之心，所以面对责骂，就羞赧而去，但是如果对方是个不知羞耻的无赖，那该怎么办？那就只能比他更无赖。

周星驰说:"贪官奸,清官要更奸,才能对付得了贪官。"对付卑鄙的鬼只能用更卑鄙的办法,比如下毒。《续搜神记》中刘他家中就无缘无故来了一个鬼作祟,天天偷他们家东西吃,而且还不怕人。有个不信邪的朋友来训斥,结果这鬼拿了主人妻子的内衣扔他脸上——已经完全无耻了。最终刘他在饭菜里下毒,这鬼吃了之后,就听见阵阵呕吐声,最后就销声匿迹了。

这个鬼虽然没有羞耻心,但贪吃贪喝,没有心计,所以中毒了,最可怕的是一个鬼拥有无赖的手段加上机敏的才智,那就要成大事了,比如蒋子文。

《搜神记》上说蒋子文年轻的时候是个无赖,还常自夸自己骨头轻,早晚成神。后来他当了一名县尉,在一次抓贼的过程中被贼杀死,也算工伤死掉吧。本来也没什么,到了三国那会,他突然出现在金陵,要大家给他立庙,否则就让虫子钻入人耳朵。孙权置之不理,结果后来还真有不少人耳朵里钻了虫子,死了好多人。这蒋子文又接着威胁孙权:"快点给我立庙祭祀,否则让你宫殿着火。"孙权依旧不理,立刻有出现了火灾——这分明就是一个绑架了平民向政府提条件的恐怖分子嘛。孙权这次没了办法,只好为他立庙祭祀,还把钟山改名为蒋山。后来这恐怖分子越闹越大,东晋和南朝的帝王们都不断对他封赏,他的威信越来越大,以至于现在的人还深信不疑,有一种说法他就是十殿阎王的秦广王——到这份上,我们就只能说英雄不问出身了。

一个无赖死后都能混到这份上,更别提那些生前就作威作福的大人物了,他们死后往往继续作威作福,企图血食一方,例如项羽。《异苑》上说项羽死后长期霸占吴兴太守政府的大厅,有个官员在大厅摆酒吃饭,项羽竟然拉弓将人家射死。但是项羽却没有像蒋子文这么发展起来,这是因为他遇见了克星:狄仁杰。《新唐书·狄仁杰传》说狄仁杰在南方当官,毁掉淫祀一千七百多处,包括楚王项羽、周赧王、越王勾践、吴王夫差等这样的大人物,其中最厉害的当属项羽。为了让他心服口服,狄仁杰还写了一篇檄文责骂他,也没见他怎样。

倒不是这些家伙不想报复,而是报复不了。《广异记》上有个能看见鬼的人对狄仁杰说:"你身后有个南方的鬼一直跟着你,说他的房屋都被烧毁了,想报复你。"狄仁杰问:"然后呢?"这人说:"你有二十多个鬼神保镖跟着,他也不敢怎样。"

狄仁杰显然是幸运的,这些保镖一直跟着他,《大唐杂记》上宗岱就没有这么好命了。宗岱比狄仁杰更进一步,他不光禁毁淫祀,而且还从理论上予以辩驳,写下一本《无鬼论》,教育了许多人。后来有一个书生拜访他,跟他辩论无鬼说,辩论急了,最后这书生说:"你断了我们的祭祀二十年,过去你有青牛和长须仆人保护,现在长须奴仆背叛了你,青牛也死了,我们要制一制你了。"说完书生不见,第二天宗岱也就死了。

这书生就是个饿了二十多年的鬼,听他所言,宗岱之所以被杀主要就是因为一个保镖死了,一个保镖背叛了。为什么会出现这种情况?我觉得主要是因为他跟狄仁杰不一样,狄仁杰打击淫祀,他并不主张无鬼(他在打击淫祀的时候还保留了一些祭祀,例如大禹伍子胥等),所以对这些保镖们平常也给点吃的,而宗岱是彻底不信,这些鬼神保镖跟着他,什么也吃不到,时间久了,一个饿死了,一个经受不住敌人的策反叛变了。

宗岱这个无鬼论者不明白,给这些大人物"打工"从来是这些鬼的谋食之道。《续玄怪录》上记载,房玄龄和杜如晦还是书生的时候,有一次外出,晚上住店,买了点肉,两人喝酒,忽然看见一双黑毛手从灯下伸出来,似乎要东西吃,两人分别抄了一块肉给他,过了一会两只手五指鞠在一起又伸了出来,两人又倒了一些酒给他。深夜房杜二人正熟睡,忽听有人喊王文昂,就听有人在灯下应答。喊人的说:"东面有一家祭祀呢,酒席丰盛,同去同去。"这人说:"我已经吃饱喝足了,有公事在身,不能去。"那人说:"你哪里来的酒肉吃?"这人说:"我为二位丞相站岗,他们给我吃的。"

这位叫王文昂的鬼倒也真是尽忠职守,一饭之恩,就不擅离职守,看来狄仁杰也是靠这个笼络群鬼的,这倒是一个合法的吃饭的方式。

但世上贵人毕竟是少数，有的贵人又不信鬼神，打工也吃不到东西，双方信息不对称，找到工作也很困难。实在过不下去，又不敢祟人，那就只有当"梁上君子"了，但鬼偷起来似乎不用上房梁，因为他们最常偷东西的地方是厨房。

《子不语》上说洞庭山饿鬼多，蒸馒头的时候一掀开笼屉就见馒头唧唧自动，渐渐缩小，碗大的馒头，瞬间就小成了核桃模样，吃起来就像面筋一样，精华都失去了。有老人传授经验说：这就是鬼在偷吃，起笼的时候，拿朱笔去点，鬼就不能偷了。有人试过，但一边你在点，一边别的馒头就在缩，一个人点也挡不住一群饿鬼来抢啊。

其实对付这些偷吃鬼的最好方法是供奉灶王爷，袁枚在《子不语》里借一个鬼的口说，饭锅上有灶王爷手下的童子看守，看见鬼就赶走。

为了避开灶王爷，鬼就在外面偷东西吃，这也是《子不语》里的故事，有个叫尹月恒的人买了半斤菱角回家，路过一片坟地，忽觉怀内变轻，一看菱角都没有了，回看那坟头上竟然撒满菱角，都已经剥碎。这尹月恒想必也不是富人家，就上前把菱角全部捡起来拿回去了，刚到家就被鬼附身了，说："我好久不吃菱角了，今天想解馋，你却全部拿回去了，做人怎么能这么吝啬。快点给我拿好吃好喝来，否则我不走。"

家人吓坏了，赶忙拿出酒菜来。一会吃完，说是要走，家人赶紧关门，他又说关门太急夹坏了腿，又是一番要挟，最终尹月恒竟被折磨至死。

这简直就像现在结成团伙的小偷，你没有发现，我就偷了，你若发现，我就抢了。这就又走到了作威作福的老路上去了，就像我们前面所说，这样做是有风险的，碰上不信邪的就要倒霉。

｜鬼物获取人间饮食途径考之做鬼也要拼智商｜

这样说来，鬼除了巴结当官的，就是祟就是偷，没有好东西了。那可不可以选择绝食，饿死也不做坏事呢？

答案是不行。

《耳食录》里《河东丐者》一篇就写了一个这样的鬼。这个鬼刚死之后非常饥饿，向一个前辈请教，前辈一指人间一个樵夫说：你给人担柴，他就会给你吃的。他上前就为人担柴，直接送到家。樵夫却吓坏了，柴也不敢要了，鬼什么也没得到。后来又跟着这个老鬼去山下抢劫别家的祭祀，结果被人家打了一顿，还是没有吃到。托梦给自己的儿子，儿子不孝，根本不祭祀。无奈这鬼竟然饿死，死后成为鬼中鬼——<ruby>饯<rt>jiàn</rt></ruby>，但饥饿却不曾因他换了形态而放过他，他依然饥饿，于是这鬼坐在坟墓中反思：已经成了鬼中鬼，再饿死又能怎样？心念至此，忽然金光中闪现出一位菩萨，作为对他这种不怕死精神的奖励，让他从瓕复生为鬼。成为鬼之后他还忍饥挨饿，坚持绝食。菩萨又让他转生为人——成为一名乞丐，每天还是得为吃饭去努力。

但是作为一个鬼，你还是有选择去做好鬼的。鬼当中也不乏乐于助人的好鬼，扶老太太过马路什么的，他们当然不敢做，万一被讹诈一下，求食不成反被敲一笔，实在不合算。他们要做的是见义勇为的大事。

《阅微草堂笔记》里有个人驾车出门，道旁有人放鸟铳，马匹受惊，将他掀下车，眼看车轮就轧向自己，千钧一发之际，马匹突然立住不动。这人回家庆幸自己大难不死，摆酒自贺，忽听窗外有人说：你以为是马匹不动了吗？是我二人给你拉住了。开门去看，寂无人迹，他才知道是鬼暗中相助，第二天拿着酒肉到马惊的地方祭祀。纪晓岚他爹对此评价说：鬼要是都这样要饭吃，谁还讨厌鬼呢？

但这样的鬼不应该只打发一顿饭吧，怎么着也得年年敬奉，毕竟是救命之恩。微薄的奖励形不成良好的冥界风气，所以这样的鬼还是少见的。

有的鬼看见马匹奔逸，别说出手救人，只会趁机捞上一把。《子不语》里有个侍卫在东直门骑马逐兔，将一个在井边打水的老翁挤入了井中。侍卫肇事逃逸，赶忙回家了，当晚，这老头的鬼找他来了，在他家里大搞毁坏，这家人哀求不止，这鬼就提出了条件："给我刻木牌，当成祖宗一样每天用猪蹄祭祀我。"这家人赶忙答应，老头果然安静了。

后来侍卫经过东直门，居然又碰见这老头，老头上前就骂，侍卫也很委屈："我都给你祭祀了怎么还不放过我。"老头说："我活得好好的要什么祭祀。"侍卫就带着老头到自己家中，看木牌上写的姓名根本不是老头的。老人也十分愤怒，拿起牌子扔了，将供品也都撒了一地。这鬼哈哈大笑跑掉了。

不得不说这鬼聪明，如果不是侍卫和老头重逢，这祭祀他可以一直吃下去了。这鬼用计巧妙，一定熟读《三国演义》。

读书当然也要活学活用。《阅微草堂笔记》上也有一个鬼，熟读《三国演义》却沦为笑谈。有个读书人在陈留一村中住宿，晚上遇见一个鬼，对他说："你不要害怕，我是汉朝的蔡邕，虽然我的坟墓还在，但却没有人祭祀我，所以想问问你能否为我做个祭祀。"这位读书人对蔡邕当然肃然起敬，乘机请教汉朝末年的事情。这蔡邕所答竟然都是《三国演义》里面的故事，再问其生平，所讲的都是戏曲里事情。于是这位读书人说："我没钱给你祭祀，但我送你一句话：你以后多读《后汉书》《三国志》再求祭祀更方便些。"这个鬼的脸一下子红到了耳朵根，现形跑掉了。

这就跟骗子在大街上冒充高中生无钱上学是一个道理，我有个老师就拿了一百块钱问一个乞讨的"高中生"：你能给我写出硫酸的化学分子式我就给你钱。结果这位"高中生"张口骂了一句：傻子。老师大为感叹人心不古，现在的这些骗子还不如过去的鬼有羞耻心。

纪晓岚对这种骗子也是怒其不争。他还写过一个类似的故事，河北献县一个农民耕田耕出一口棺材，回家就被鬼附身了，恰好有个读书人在，就问鬼："你是干什么的？"这鬼就说："我是汉朝人，坟地在此。"读书人又问："你是汉朝何地人？"鬼说："我的坟在这里，当然就是献县人了。"这可是撞到枪口上了，读书人就笑了，给他掉起了书袋："这个地方汉朝叫河间国，县名呢叫乐成县，金朝的时候改名为献州，明朝的时候叫献县。那么问题来了，你怎么可能在汉朝就是献县人呢？"这鬼就不说话了，过了一会，农夫就好了。

这鬼就跟现在打电话冒充亲友行骗的家伙有一拼，我一个邮政局的哥们接到骗子电话说："我们这里是邮政局，这里有您一封快递……"哥们告诉他："现在邮政局改名叫邮政公司了，你知道吗？"这骗子就跟鬼一样立即沉默了。

其实如果一个鬼有文化，根本不用在这里行骗，他们可以去给某些大V做做代笔什么的。例如关二爷，死后封神封圣，四处建庙，天天有人祈请，他怎么能忙得过来，必须要请代笔。《续子不语》里某书生扶乩，关羽驾临，他就《春秋》中的一段话请教，乩上批答清晰无误，关羽随即离去。这书生回家越想越觉不对，堂堂关圣帝君怎么能随便就请来回答我一个书生的问题呢？于是写信上天告状，刚写了几行字就听案头有声音说："请慢，我确实不是关圣，我是唐朝横死的一个书生，蒙圣人不弃，为他代笔，并享受一方祭祀。"这人还说，"天下的关帝庙都是我这样的在享受，只有皇帝祭祀的时候他老人家才出来吃一顿。"

这么说来天下的关帝庙都是特许经营店，关二爷为群鬼们提供就业岗位，针对这些代理者，关二爷还有考核体系。《子不语》中说溧阳有个马孝廉，在村中李姓家里当老师。邻居王某家暴严重，妻子常常吃不到饭，无奈之下偷了李家的鸡吃。李家找到王家，王某大怒要杀了妻子，妻子就诬陷说鸡是马老师所偷。

马老师深信离地三尺有神明，就和这女人到关帝庙前卜卦，说：如果是阳卦，这鸡就是我所偷，若为阴卦，则是女子所偷。但占卜三次，都是阳卦，既然关二爷都证明了，大家也就相信鸡为他偷，名声也败坏了，还丢了工作。

后来也是有人扶乩，关二爷驾临，马老师痛骂关羽，关二爷就解释说："你知道轻重缓急吗？当时的情况下如果我说是那女人所偷，她就要被丈夫打死，我说你偷，只是下岗而已。你觉得你冤，我难道不冤，白白被你认为不灵。但是我处置得当，关老爷对我连升三级。"马老师就奇怪了，你已经是帝君了，还怎么升。这"关二爷"说出实情：

"你以为靠你们就能请来他老人家啊？我是个代笔的。"

从这个故事可以看出关二爷对这些代理商管理还是非常严格的，足以让肯德基汗颜。他老人家在成神的道路上平步青云，跟他的管理才能也是密不可分的。

除了跟关二爷这儿，阴间其他地方也为一些鬼提供了就业岗位。《聊斋志异》里有个故事《王六郎》，那个淹死在河里的鬼王六郎就因为屡屡不肯祸害他人而获得赏识，被派到一个地方当土地爷了。但这些选拔条件都非常严格，不但要有文化，而且品行也要好，以至于有时候鬼里面选拔不出来，还得从人间招考。《聊斋志异·考城隍》这个故事里那位宋焘就是活着好好的被叫过去参加一个考试，考上了才通知他要去河南当城隍——上任的前提条件之一就是先要弄死他。这位宋焘以奉养母亲为由才得以再活九年（最后这决定还是关二爷下的），母亲仙去，次日他就死了。

但是再严格的选拔也不耽误出败类，作为这些阴间的地方官，能够享受四方祭祀，再不比作饿鬼的时候，他们吃起东西来也非常挑剔。《阅微草堂笔记》里说二郎神在宋朝的时候被封为"二郎真君"。听起来官大了，他却不高兴，给人间托梦说："自从当了真君光吃素的，不给肉，吃得身上没力气，还是别让我当真君了。"这可是无肉不欢啊。二郎神毕竟还是个正经的神仙，只是托梦要求，有的小鬼成神后稍不顺心就要惩罚人。《夷坚志》上有个地方供奉，厨子不小心划破手指，将血滴入食物中，神就大怒，拉住厨子的手伸到开水锅内，将这厨子烫得皮开肉烂，导致另一个神都看不下去说：这有点过了。

有的时候，即便你把一切都弄得干干净净，他们也不来吃。《阅微草堂笔记》上说有人听到一群鬼呼朋引伴去吃饭，一个鬼说：村中请神，酒食丰盛，我们去吃吧。群鬼说：领导的宴席怎敢靠近啊？这鬼说：这家里兄弟相争，叔侄互轧，乖戾之气，充塞门庭，领导已经放弃他了，咱们快去。

神这样就未免有点太挑了，人家请你过去没准就是为了保佑家庭和睦的，你却因为人家不和睦而不去了，这不是尸位素餐吗？这还真是尸位素餐——所谓尸本来就死者祭祀上的神主啊，他们白白吃饭，正应了这个成语。

有趣的是，这些当了领导的鬼有吃有喝，他们手下的衙役、差吏却还是过着吃不饱穿不暖的日子，不高薪养廉也就罢了，连基本生活也无法保障。这些手下一旦到人间办事，常常是乘机大吃大喝一顿，有时候到了不顾尊严的地步。纪晓岚一个朋友就撞见过，被纪晓岚写在《阅微草堂笔记》中。

这人叫孙虚船，在某家教书。主家母亲病危，家里为老师备下饭菜，孙老师因为有事没顾上吃，就让放在桌子上，忽然看见一个白衣人飘然入室，还没顾上惊讶，就见一个黑衣矮子也进去了。孙老师进屋去看，只见这两人正相对大嚼，吃他的饭呢。孙老师厉声斥责，白衣人急忙跑走，孙老师成功将黑衣人拦在屋内。这黑衣人蹲在墙角不敢动，孙老师就跟他耗着。过了一会就见主家跟跄奔出，告诉他有鬼借老母亲说话，说是冥界官差来拘拿魂魄，结果被你堵在这里了。这孙老师才知道遇见了鬼，于是就放了那黑衣人出门，一会就听主家的人哭声鼎沸——老母亲的魂魄已然被这官差拿去了。

　　这主家未免太过迂腐，既然官差被堵在屋里，那就干脆将他永远堵住，这样老母亲岂不是也能延寿。杭州一位袁观澜就是这么干的。《子不语》中写道，这袁观澜家里穷，四十岁还没有娶上媳妇。不过他有吃窝边草的手段，成功勾引了邻家女，但女孩的父亲却不肯将女儿嫁给他，结果这女孩相思成病。袁观澜这天晚上借酒浇愁，忽然看见墙角有个人，手里拿着一根绳子，后面似乎还牵着什么。袁观澜问：来喝一杯吧。这人点点头，给他倒了一杯。这人嗅了一嗅，不喝，酒却少了。人在空虚的时候就十分热心，袁问：是嫌酒寒吗？这人点点头。袁观澜就把酒热了热给他，结果这人还是嗅而不喝，脸色却是越来越红。袁观澜是个劝酒的高手，知道对方是鬼，竟然将酒倒入他口中。结果这人喝一点这脸就一缩，一壶喝罢，不光脸缩小了，身体也变小了，如同婴儿一样，痴迷不动。再看他这绳后所牵的，是邻家女的魂魄。

袁观澜这才知道此人是索命的鬼差，干脆把他扔到酒坛里，再用八卦图封住口，然后解开女子绳索，一人一魄从此就快乐地生活在一起。后来邻村一个白富美刚刚死去，这女鬼跑过去借尸还魂，袁观澜则跑过去，像王子对白雪公主那样，只不过中国古人不敢轻易亲吻，只能轻轻低语，女子假装复活。从此这袁观澜不但在精神上与相爱的人生活在了一起，而且在实体上拥有了一个白富美，成了人生的赢家。

这两个故事里鬼差还都是忠厚人，换个奸诈的，人家还不屑于骗吃骗喝，而是直接拿手中的权力去寻租。《甄异录》上有个人叫张阎，一次驾车出门，看见道边躺着一个人哀求说：我脚上生病了，不能走。张阎是个好心人，就把车上的东西扔了，让他坐上去。结果到家后，这人说：我好好的，根本没事，刚才是逗你玩呢。张阎有些生气，结果这人说：我是个鬼，奉命来索你性命，你是个忠厚人，我也不忍心拿你，但上级有命，我也不知道该怎么办。这话说得颇有水平，潜台词就是：看你怎么表现了。

张阎立刻会意，摆上酒席招待，吃饱喝足之后，这鬼果然问：有没有和你同名的？张阎说：有个叫黄阎的。鬼说：你带我去。张阎带着鬼去拜访人家黄阎，鬼就抓了黄阎的魂魄走了。张阎这厮活到了六十岁。

鬼夸张阎忠厚，但张阎为了自己活下去，竟然不惜牺牲别人，实在看不出忠厚在哪里。充分说明对于这些鬼差来说，你是什么样的人真的不重要，重要的是你懂不懂事，能给我多少好处。人间地下真的没什么区别。

鬼用什么吃饭

《三国演义》里死诸葛吓走活司马，司马懿一路狂奔，惊魂未定，问了一个经典的问题："吾头尚在否？"问题听起来荒诞，好像没了头他还可以跑这么远一样。实际上古人就是这么想的，这事也不是没发生过。

汉武帝的时候，豫章太守贾雍出城杀贼，不幸被敌人将头砍下，他却没有死，骑马回来，问各位将官："你们说有头好，还是没头好？"按说领导问这样的话，下属得看领导有啥没啥再说好不好，这帮手下大概觉得他快死了，就说："还是有头好。"贾雍说："不对，没头也很好。"说完就死了。

这是《幽明录》上的故事，贾太守最后这句遗言显然是不服气，其实他能够"一字齐肩"从战场上跑回来，说明他内心充满自信，相信自己是可以活下来的。但被这帮不懂事的下属一打击，他就没了自信，只好死掉了。

像这样的案例有很多,那位著名的"此曲只应天上有,人间能得几回闻"中的主人公花敬定,《蜀中名胜记》里说他当年被敌人砍掉头,仍然持刀骑马来到一处小镇上,还下马洗手,浣纱女见了嘲笑他"头都没有了,还洗手干什么?"可怜一代名将,本来自信满满,早就忘掉头没了人就会死这回事,他坚信自己会活下来,结果被这少女一嘲笑,自信心完全丧失,立即扑倒死掉了。

这些没头不死的故事逻辑中,没头其实就跟断了手脚一样,顶多是个残障,生活不便——最大的不便就是没地吃饭了。

但这也不是没有解决的方法,《夷坚志》上说宋朝时,有个官员出差,傍晚时路过一个村庄,到一户人家里歇息,看见这家一个无头人织草鞋,吓了一跳。主人说:这是我爹,当年遭遇方腊之乱被人砍断了头,我把他尸体抬回来,发现身体都能动,于是只好把他的头埋了,身体留着。他脖子上伤口慢慢结痂竟然痊愈,只留下一个小口,想吃饭的时候,这小孔就发出啾啾的声音,我每天吃饭就把米粥倒进腔子里。

这老头是没有文化,所以吃饭发出啾啾声,如果他有文化就可以写字。《广古今五行记》里有个叫崔广宗的县令因犯法被砍头,他就不死,回到家,饿了就写一个饥字,家里人便拿饭从颈上的窟窿里灌进去,当他吃饱了,就写一个"止"字。

最令人惊讶的是他还能过正常生活,妻子还为他生下一个儿子。

过了五六年的，他突然在地上写：后天我就要死了。到时候果然就死掉了。

这些人之所以不死，并不是因为他们生命力有多顽强，而是因为阎王爷不让他们死。《明季北略》上写过一个类似的故事，某人被砍头后，有野兽来吃尸体，突然有人驱赶野兽说：勾魂簿上没有他的名字，不能让他死。从此这个无头人就过上了从大窟窿里喝粥的日子。

也就是说这些人不死都因为阴间的官差误操作，害得他们被斩头，所以就这么将就着让你活下去。崔广宗之所以提前知道死期，也正是因为如此。而贾雍和花敬定之所以先不死，后经人一提醒就死，或许先被这阴间官差忽悠了，感觉这样活着也挺好，但身为领导，被人一指出，就大感窘迫，感觉这样活着还不如死掉呢，坚决要求去死，这才走了。

可惜的是，他们到了阴间也是这样吃饭。《异苑》里说三国的时候，夏侯玄被司马师砍头，家里人为他设祭，夏侯玄来吃饭，就把头摘下放在一边，将那鱼虾、酒肉和水果一起倒进脖子上的大洞里。

和人间没头的时候吃饭相比，现在一是生活可以自理——不用喂了，二是过去只能吃流食，现在什么都能吃了。

这是因为做人要考虑消化的问题，做鬼则不用。鬼吃饭和人吃饭的差别，可以用《夜航船》里一位老和尚的话形容。有人问老和尚：

你吃饭跟我们俗人吃饭有什么区别？老和尚回答：老僧吃饭口口吃在肚里。

老和尚这话在我这种不懂禅机的俗人看来，这是变着法儿的骂人，你吃到肚里，那我们吃到哪儿了？我们难道不是吃到肚子里了，只有鬼吃饭才不吃到自己肚里呢。

《耳食录》中说扬州有几个人外出游玩，看见路边有骷髅，一狂人往骷髅嘴里尿尿，说："来喝吧。"这骷髅之鬼估计也是多年饥寒，竟然道："拿酒来。"这狂人吓得一愣，不敢再说，鬼怒道："你让我喝，为什么不给酒？"狂人无奈只好道："那就来吧。"众人来到城里酒楼上，专为这鬼设了一个座位，众人喝一杯就往地上洒一杯，酒水如泉流到楼下。众人问："醉了吗？"这鬼答得豪放："死且不朽，这些酒算什么？"又为他倒了许多，众人感觉这鬼已经醉了，都偷偷逃去，狂人最后也借上厕所而遁。这鬼在楼上耍酒疯，酒保上来将他一顿责骂，这鬼才离去。

酒都流到地上，根本就没有进到他肚子里去，这鬼压根不用考虑消化的问题，但为什么他喝醉了呢？因为虽然酒未入口，但酒气却被他嗅了，也就是吃的压根就不是酒，而是酒气——既然是气体，那鬼吃东西的工具就不是嘴巴，而是鼻子。

我们平常给鬼敬酒都是把酒倒在地上，在人类的想象里，鬼这时候就趴在地上仔细地嗅着这些酒气。但在鬼的世界里，似乎不光是酒这样，米饭也这样。《子不语》中有个叫李倬的也遇见一个鬼，这鬼吃米饭都把饭倒在地上，然后端碗嗅上一嗅就行了。

不过吃饭倒在地上似乎视个人习惯而定，有的鬼就不是如此。《补录记传》中的柳晦遇见一个乞丐，给了他一点食物，这乞丐接过之后只是嗅了三下而已。柳晦就很奇怪，乞丐告诉他自己是个鬼，只用嗅气体就行了。

只嗅气味这种饮食方式，很符合我们平常供奉之后东西完好的实际，这种说法大行其道，以至于《夜谭随录》说徐某家里有个老太太死了，两个孩子就在晚上看见一个东西如同象鼻，在喝祭品里的酒。编这个故事的人显然是受鬼靠鼻子吃饭说法影响。但是鼻子里吃东西，那感觉肯定不如嘴吃起来痛快，有的鬼想要吃点东西就会采取一种新的方式：借一张嘴，一个肚子。借谁的？当然是借人类的，这种方法我们称为附体。

《聊斋志异》里有个人叫耿十八，死了之后来到阴间，上到望乡台，想起家中老母无人奉养，悲从中来，嚎啕大哭。旁边有鬼自称是个泥瓦匠，对他说："咱们一起越狱吧。"两人就跳下台来，一路狂奔回到家中，口渴非常。肉身醒来之后先喝水，喝了好多。家里人问怎么喝这么多？他说先是我喝的，随后是那个泥瓦匠喝的。

可见鬼依附别人肉体饮水,解的是自己的渴,依附别人的身体吃饭,自然填饱的也是自己的肚子。这倒不错,可以大吃特吃,想吃什么吃什么,吃出高血压和糖尿病来也没有关系,反正不是自己的身体。好多复仇之鬼一旦依附上仇人的身体就这么搞。《子不语·叶氏姊》中一个老寡妇被前生复仇之鬼所依附,本来吃斋念佛的她就开始专吃荤腥,饭量顶好几个人。

有句心灵鸡汤说"食物喂饱你的肉体,书籍喂饱你的灵魂"。但是按照我们鬼故事的逻辑,食物不光喂饱肉体,也能喂饱灵魂,基本上没有书什么事。要是这么得出一个读书无用论就大错特错了——书恰恰就是食物。

宋朝的时候宋真宗赵恒曾经做出过"最高指示":富家不用买良田,书中自有千钟粟。《励学篇》激励了多少士子,所谓"男儿欲遂平生志,五经勤向窗前读"。这"平生志"归根结底不就是个吃饭的问题,自己吃上好的,然后"光宗耀祖",让祖先也衣食无忧。

当然遂了平生志也不能就大吃特吃,成为饕餮之徒,我们老祖先也教育我们"一粥一饭当思来之不易"。要节俭,这不仅是为了我们的品德,也为了我们死后积福。《夷坚志》中说有个人叫黄大言,曾经去过一次阴间,看见一个山洞,洞内臭不可闻,有人告诉他这里是收集阳间浪费粮食的地方,死了之后就让他们吃这个。

看到这里，对比我们之前描述的阴间苦寒的特征，如果死了之后有腐烂的食物可以吃，那也总比喝粪汁强吧，大不了我多扔点豆腐，到了阴间正好变臭，闻起来臭吃起来香，不亦乐乎？这不是变着法儿的鼓励浪费吗？这么想的人就忽略了人吃饭的逻辑问题，你以为粮食说浪费就浪费的吗？人间的饮食规则设计就完全避免了这一漏洞的出现。那么请看下一章——人类的饮食。

《玉堂闲话》上说有个叫朱仁忠的人从来不吃酱,他的一个手下许生被阴曹地府错抓,许生好奇老爷为何不吃酱,管《食料簿》的书吏就在朱仁忠的名下加了几个字,从此朱仁忠就能吃酱了。

饱食终日难矣哉
——人类的饮食

孔子说:"饱食终日,无所用心,难矣哉!"通常的解读就是一个人整天混吃等死,啥也不干,真是很难办啊。我眼前常常浮现出一个老人家痛心摇头的样子,他的面前一定站着一个富二代。

因为只有富二代才能做到饱食终日,无所用心。要是换成一个穷人,做到饱食终日都很难,更别提无所用心了。穷人早起第一件"用心"的事就考虑今天的饭在哪儿,然后一天出去找食——我们现在把这种行为叫工作。所以对于大多数人来说,尤其是在物质不发达的古代,老夫子这句话应该这么说:"饱食终日难矣哉?"——吃饱饭太难了。

我爷爷说，当年李自成小时候家里穷，每天就为吃饱饭而"用心"，他看见地主家里过年花天酒地，握紧了拳头：等我有钱了，一定要天天过年。后来他终于有钱了——拉杆子打进了北京城，当上了皇帝。于是他就开始实现自己人生的理想：天天吃饺子，放鞭炮过年。我感慨道："李自成真好。"我爷爷说："好啥啊？本来他该当十八年皇帝，天天过年，一天就是一年，结果当了十八天就完蛋了。"

这个民间故事流传得很广，后来我看郭沫若《甲申三百年祭》里说李自成因为腐化堕落导致失败，我第一个想到的就是这个故事，郭的结论不过是把民间传说里的过年换成了生活腐化而已。

这也不算什么新鲜的见解，三国时候诸葛亮就说过"俭以养德"，李商隐当年看历史书，也感叹"历览前贤国与家，成由勤俭破由奢"。但这些都是口号，只是一种号召，口号的好处就是容易喊起来激情，坏处就是经不起推敲。

其实我们的老祖先早就认识到了口号的苍白无力，他们早就提出一种理念："别看现在吃得欢，小心阎王拉清单。"——这不是危言耸听，阎王爷那里的确有一个饮食清单，名叫：食料簿。

饮食的阀门

簿是账簿，食料簿其实是核算食料的账簿，核算的对象就是每个人的饮食，详细列出了每个人一生的饮食明细，这个明细就像是后台的程序代码，代码怎么写，在一个人具体界面上就会反馈出来——这就是人的口味。你口味重那一定是你的饮食清单上列的盐多；如果一个人偏食，那也肯定是清单上规定这种食物量大；如果一个人特别吃不了某种食物，那一定是饮食清单上没有这种食物。

《夷坚志》上说泉州这个地方老百姓都爱吃醋（真正的醋），但是有个姓李的妇女却闻见醋味就头疼，一滴也吃不得。她的弟弟有事去阴间一趟，恰好看见了姐姐的饮食清单，里面规定得非常详细，但就是没有醋字。于是这小李四下看看无人，就提笔加了三个字：醋半升。回来之后就看见姐姐饮醋如同正常人了。

这故事给人的感觉就是，饮食清单谁都能翻看，难道就没有人管理吗？事实上也是有人管理的，但管理这人实在不太负责。

《玉堂闲话》上说有个叫朱仁忠的领导从来不吃酱，他的一个手下许生被阴曹地府抓进去了，结果到了衙门，有个拿着账本的书吏说："你是被错抓了，你在这里等一会，我去给领导说一声放你回去。"

临走又嘱托:"不要乱翻我的账啊。"他不说这话倒罢了,一说这话,许生反而更加好奇,四下看去,就看到了书架一本食料簿,就拿了出来。但作为一个家奴,他文化水平太差,看不懂上面写的是什么。正在这时候,书吏回来了,许生赶忙解释说:"我想要看看我们家老爷为啥不吃酱。"书吏翻看了一下,在朱仁忠的名下加了几个字:大豆三合(旧时量粮食的器具)。许生回来之后,就见朱仁忠能吃酱了。

这书吏显然也知道食料簿的重要性,却不放入档案室中保管,随意放在办公室,还不落锁,这不是谁想看就看,想改就改吗?——这还只是加了一点酱一点醋,口味稍微变化。万一被仇人看见,给加上一堆垃圾食品怎么办?我现在身为一个胖子,严重怀疑我的食料簿被人修改过。不光是我的,甚至我怀疑整个中国人的食料簿都被"海外敌对势力"修改过,给我们加了好多化学用品,要不,为啥我们吃了这么多地沟油、苏丹红、三聚氰胺?

上面两个故事里有一个细节,他们在食料簿上加项目的时候,不但写清楚名称,还写了数量。李家弟弟给姐姐食料簿上写的是醋半升,书吏给朱仁忠加的是大豆三合。这就是他们一生所能吃到这种食物之和。倘若这个李家姐姐特别爱吃醋,朱仁忠变得对酱十分钟爱,就会很快超过规定数目,一旦超过,就不是吃这两样东西的问题,而是所有东西都吃不了了——也就是死掉。

这就涉及食料簿上最重要的一个作用：限制你所有食物摄取的总量，在每一个人出生之前，这一生所能获取的蛋白质、脂肪和碳水化合物都规定好了。这还不算，阴间会在仓库里为你备足所有的食料，你每一次吃饭都是一次出库，仓库出空之日，就是生命完结之时。

这么说太抽象，我们看看李德裕的案例。

李德裕就是唐朝牛李党争中李党的老大，官至宰相。后来唐宣宗上台他就失势了，先被贬到洛阳。《宣室志》上说他找一个和尚算卦，和尚说："你的灾难还没有结束，你还要到更南的地方去。"李德裕又问："那我还能活着回来吗？"这和尚就说："肯定能。"李德裕问："为啥这么坚定？"和尚说："你这一生要吃一万只羊，你现在才吃了九千五百只，还有五百只羊等着你吃呢。"李德裕听了大为高兴，他也想起来曾经做过一个梦，在梦里他看见一个人在山坡上放羊，放牧的人告诉他："这都是你要吃的羊。"

现在听了老和尚这番话，他顿时充满了信心，相信自己一定可以东山再起，但他只猜到了开始，却没猜到结局。突然有个节度使朋友给他送来了五百只羊。老和尚叹息一声："你回不来了！你的食料已经用完了。"李德裕说："我不吃还不行吗？"老和尚叹息一声："羊到了你这儿，就算你的了。"——阴间已经为你出库了，你只有接受的份。可怜李德裕最终死在了海南岛。

在《可怜寒食潇潇雨》的结尾我引用了《夷坚志》中的一个故事，说人间浪费的粮食腐烂之后到了阴间还得吃，我以为这是一个制度漏洞，因为腐烂的食物毕竟也是食物，很可能会纵容一些人故意浪费好留着自己成鬼后吃。

而食料簿的设计完全弥补了这个漏洞，如果有人敢以身试法，试图早早清空自己的食料库，通过浪费为自己积攒粮食——他只能是自取灭亡。

《乐善录》中就写了两个同年同月同日生的人，八字相同，但命却不同，一穷一富。结果富的那位早早就死了，他给穷的那位托梦解释自己为什么早死："是因为我家里有钱，吃好的，喝好的，仓库早早腾空了；而你家里穷，吃东西吃不好，仓库里的东西细水长流，得以晚死。"

注意，这个故事里有个前提是两人食料库一样大，才造成富者先死，穷者长寿的现象，千万不要简单地以为越有钱，吃得越好就越短寿，家里越穷就越长寿，这当然讲不通。例如西晋那位"日食万钱犹言无下箸处"的何曾活了七十九岁，而"一箪食一瓢饮"的颜回却只活了四十岁。一个人的寿命长短，与富贵无关，根本取决于你在阎王爷那儿的食料库有多大。

有些人食料库大得足够可以去挥霍，像李德裕这样食料库里有一万只羊的,一共也就活了六十三岁,平均每年将近一百六十只羊,每个月十三只羊,要知道这可是全羊,羊杂羊肚羊下水全是他的,他这一辈子基本上不用吃别的粮食了,光靠羊肉也吃不完,面对这种情况,他想不浪费都不成,特别是最后一下子给他五百只羊,他怎么能吃得了,必须得吃一只扔三只才行。

不过像葛朗台那样的富有而抠门之徒我们也不能怪他,他的吝啬很可能是因为他命中的食料库太小,不得已而为之。《广古今五行记》里说有个叫邓差的暴发户,他因为挖地挖出好多铜而暴富,却不舍得吃穿。一天他在路边看见两个行商吃饭,十分铺张浪费。他就很好奇:"你们两个也就是个做小买卖的,估计也没啥钱,为啥吃这么好?"两个商人说:"人生苦短,不就图个吃穿吗?万一哪天突然死了,岂不可惜。听说附近有个叫邓差的人,家财万贯却不舍得吃喝,不过是个守财奴罢了。"这一番话让邓差大为感叹,回到家就杀了一只鹅吃,结果一块骨头卡在嗓子里,竟然因此死掉了——估计他的食料库里鹅这个明细项目下也就一只。

从心灵鸡汤的角度来看,可以得出这样的结论:每个人都有自己的生活,走好自己的路,不要羡慕别人,如果你是一个守财奴,不必在乎那些人的嘲笑,继续守好自己的财,任何企图改正的想法都是很危险的。

但一个有钱人守着家财万贯却不能吃喝，又是为谁辛苦为谁忙？《原化记》里《王叟》的故事回答了这个问题。这王叟是天宝年间的人，无儿无女，家里非常有钱，粮食有万斛。但老俩口却不舍得吃穿。跟邓差一样，有一天王叟遇见了一个人，吃得非常好。王叟问他是干什么的，这人说是卖香料的。一个卖香料的吃这么好？王叟很奇怪，怀疑人家是贼，这人解释说他有五千文的本钱，每天挣多挣少全部吃掉，留着本钱不动。王叟被这人的生活方式深深打动了，回到家就跟媳妇说："咱也敞开吃喝。"结果刚吃了几天，晚上就梦见自己被抓入阴曹地府拷打，罪名是糟蹋军粮。老俩口莫名其妙，不久就死了。过了几年发生安史之乱，官军路过此地，将他们家的粮食充了公。

老俩口地下有知，恐怕会哭得再死一次，原来这一生的富贵都是替官军守粮仓，而自己的食料库不过一点点。吃点好的，就等于花费公款，立刻受到追究查办。

从李德裕最后那五百只羊的计量方式来看，阴间财务核算采取的原则是收付实现制，也就是说一旦事项发生，不管你什么时候消耗，我这里都要为你入账了，而李德裕以为我收到了不吃，不就没事了吗？这其实一种权责发生制核算概念，也就是以具体消耗的时间作为入账的节点——在我国当前的财务核算体系中，一般企业都采取权责发生制原则，而政府机构采取的都是收付实现制。很显然阎王爷那儿是个政府机构，肯定是采取收付实现制。

领导们显然明白这一点，所以他们吃饭从来不为自己点菜，傻乎乎的办公室主任常常鞍前马后到饭店耀武扬威地给领导点菜，阴间那记账的官吏本来就马虎，很可能就把食料出了办公室主任的库。

有些办公室主任显然明白领导的阴谋，但不能不点，就会设法将责任推回去，比如领导落座后，对营业员说："给各位领导报一下菜，看看是否合口味。"领导当然不会上当，微微一笑说："请客人们看看吧。"这时如果有个不知眉眼高低的客人真的指点一番，也算为办公室主任分担了一点食料。

其实我倒有个主意，办公室主任可以请个有技术特长的人来点菜，阎王爷一般都会特殊照顾一下这些技术人才。《续定命录》里有个和尚法庆，他是个造佛像的技术人才，有一次他正在造一个大佛像，突然死掉了。到了阴间，就有地府领导说："他的工作还没有完成，怎么能就这么死掉了呢？"一看食料簿是食料用完了，于是领导就做了个特批，让这和尚复活，以后不要吃饭，只吃荷叶。果然，法庆和尚复活之后，饭菜都吃不下，每天吃荷叶六枝。

可见有个一技之长到哪里都会受到青睐的，但实际情况是这些人干的是累死累活的工作，吃的饭就算不是荷叶，也好不到哪儿去，还不如早早清掉自己的食料库，下辈子投胎当个领导。

实际上通过清理食料库还真是一个安乐死的方法。《子不语》里有个老太太就通过这种方法实现了无痛死亡。有个县令的朋友林某死后当了土地爷，有一天林某告诉县令："你妈妈命里该被雷击。"要知道，一定是干了很大的缺德事才会被判这种死法，传出去对家里名声也不大好。县令忙问怎么破？林某说只有一个办法了，从现在开始让你妈妈暴饮暴食，多多浪费，早早把食料库清了，就可以抢在雷神赶到之前死掉。于是县令就开始让妈妈和雷神抢时间，果然食料库耗尽，生命终结。过了三年，某日下雨，雷神绕着房子打雷，却找不到对象，气得把林某的土地庙给击毁了。

民国的时候，陕西的军阀陈树藩软禁了胡景翼，他不敢直接杀死胡景翼，于是就采取耗尽食料的方法，将胡关上楼，每天只供应肥肉。但估计胡景翼食料簿里的猪肉比李德裕的羊肉还充裕，软禁了两年，胡景翼只是身体爆肥，变成了一个三百斤的大胖子，生命却没有结束。

当然，这样的自杀方式属于富贵阶层，贫苦的老百姓吃饱还很困难，用这种方式自杀跟"何不食肉糜"一样愚蠢。但是对于一般的人来说倒也不是完全把路子堵死了。如果你有一份工作，不用暴饮暴食，只要你不爱岗，不敬业，天天混日子，这个时候，你拿人家的工资，吃人家的饭也叫浪费。《北东园笔录》上说有个屡考不中的学子，靠当塾师为生。一天晚上他梦见一个死去的朋友说:"你食料库已经耗完,快要死了。"这位学子疑惑说我从不浪费,怎么这么快耗费完了呢?朋友说,你是不浪费,但你当老师误人子弟,不配这份工资,要从你的食料库中扣除,所以你的食料库早早耗费完毕了。果然没多久这学子就死掉了——不敬业等于慢性自杀,这个故事应该被教育部列为师德教育内容。

但是如果反过来想想,如果一个人食料库里的东西太多,还没有吃完,生命却该结束了,那真是太可惜了。所以许多医生一旦发现患者是绝症,通常都会说"该吃点啥吃点啥",言外之意就是别把食料库给浪费了。

有的吃货到了阴间,一看自己的食料没有吃完,就掉头又回来继续吃。例如《阅草堂笔记》里说有个叫张子仪的,得病死了,将要埋葬的时候,突然醒了过来,说:"我不死了。"家里忙问:"为啥?"他说:"我到了阴间,看见三大瓮子酒,上面都写着我的名字,这肯定是我的食料啊,但看看坛子,只喝了半坛,于是我就回来了。"从此以后狂饮二十余年,有一天突然说:"我的酒喝完了,我该走了。"随后就死掉了。

｜一日三餐安排好｜

张子仪这种想死就死，想活就活的做法显得阴间对生死操作非常不严肃，属于极端个例，阴间如果想要一个人死，首先就要设法耗尽你的食料。就像李德裕这样的，临死前一次把你的五百只羊配备到位，然后再收了你。不光对宰相，对普通人也是这样。

《聊斋志异》里有个人经常干一些见不得人的事情。一次他找人算卦，算卦的方士说：你还能吃米二千斤，面四千斤，吃完就死了。这人自己算了一下，一年不过吃面二百斤，至少还能活二十年，于是依旧我行我素，但他不久得了一种名叫"除中"的病，吃了一会就饿，每天吃好几顿，很快食料库就耗费完，不久就死掉了。

从阎王爷的角度来看这个事情，这是一个规避法律风险的方法，就怕万一人将来死了，拿食料簿来说事，就像张子仪这样，还得让他活过来，所以一定要在生前把能吃的都吃了，免得以后矫情，也做到了公平公正。

这么说来"除中"这种病是阴间为了消耗人的饮食而专门投放到人间的，有些人以为这是糖尿病，其实在古人眼里，这是一种虫子在作怪。

《夷坚志》上说有个老太太就得了一种类似的病，经常感到饥饿，好在她的食料库可能也大，这么过了三四年也没有死。有一天她用鹿肉喂猫，在嘴里咀嚼然后吐给猫，咀嚼了几次，就觉得有个东西从喉咙里慢慢探出到了嘴里。老太太伸手抓住了，乘机拽了出来，发现是只大拇指大小的虫子，剖开它的身体，居然已经孕有八子，没有人认识这是什么。但老太太从此却不再觉得饥饿了，很明显之前是这虫子在作怪。

我觉得这种虫子就是地府投放到人间的，很可能这位老太太的食料库太大，地府财务人员一核算，发现她到死也吃不完这些东西，怎么办，只有派这种虫子出马，偷偷放到她肚子里，帮她消耗掉食物。

老太太这虫子什么都吃，是一种全面调账的措施，还有只针对某一种食物专门调账的。《朝野佥载》上说崔爽就特别爱吃生鱼片，每次都要吃三斗，有一次他十分想吃，但是厨房还没有做出来，他就跟这位老太太一样，感觉有东西从喉咙里出来，吐出一物，跟蛤蟆一样。从此以后崔爽就不再吃生鱼片了。

估计这位崔爽食料库里的生鱼片也是太多了，阴间的官吏不得已放一个虫子在他肚子里调账。

除了这种消耗性的虫子，还有阻止饮食的虫子，可能是因为某些人的食料库里已经耗费完毕却赖着不死才被派出来的。

《广五行记》里说有个和尚就得了一种病,什么东西都吃不下去,过了好几年死掉了(什么都吃不下去居然过了好几年才死,他的生命力该有多么顽强),不过这位和尚有科学探索的精神,对弟子说,我死之后,对我胸腔和喉咙解剖,看看到底是什么原因。他死后,弟子从他胸里找到了一只虫子。弟子们把虫放到盆里,跳跃不止,什么东西往虫身上一放,就立刻化作了水,也不怕毒药。弟子们也颇有科学实验精神,各种东西都来试,后来偶尔拿了蓝靛放进去,这次蓝靛没有化成水,这虫子化成了水。从此以后大家就知道了,蓝靛可以治疗这种病。

不过这种方法似乎效果不大,或许阴间财务人员对这种虫子进行了改良。《北东园笔录》上有个叶叟就得了这种吃不下东西的病,蓝靛也不管用。叶叟觉得自己快死了。一天晚上,对灯枯坐,桌上瓶子里有半瓶炒米,就见几个老鼠想吃,但吃不到,然后一个老鼠衔了一根筷子插到瓶子里,嘴里咬住,另一个老鼠咬住他的尾巴,向后一拉,瓶子倒掉,炒米倾出,群鼠上前饱餐一顿。叶叟看得哈哈大笑,笑得太猛呛着自己了,咳出一个红色的东西,随后就觉得自己病好了,怎么吃都行。

叶叟总结此事,归功于自己不养猫,老鼠们这是报恩来了——这就不得不说他封建迷信了,他哪里知道这其实是阴间在为他调账,他的食料库里的东西太少,这是在帮他减少一下消耗,好让食料和他寿命相衬。

针对有些人企图通过暴饮暴食控制自己死亡时间的问题,阴间后来估计也采取了相对策略,你不是暴饮暴食吗?我让你吃得家道中落,没得可吃,你却又偏偏死不了。《古今谭概》上说北宋徽宗时期的那位宰相王黼,家宅跟一座寺庙相连,生活十分奢侈,不珍惜食料簿,阴沟里都经常往外流米,有个和尚经常把米捞起来洗净晒干,过了几年,竟然积成一囤(盛粮食的器具)。后来金兵南下,他们家流离失所,没饭吃了,和尚就把这米送给他们家,他们家人吃得可香着呢。

晚清那位薛福成在《庸盦笔记》里说,乾隆时一位八旗军官生活十分奢侈,结果被罢官后早早败家,成了一个穷光蛋,四处找人乞讨。权贵们谁也不理他,只有当时的帝师朱珪对他客气,每次来都送他一些钱,但这军官非但不知恩,有一次来还偷朱珪的东西。薛福成评价说:这种人应该让他早早死掉。为此他又举了一个类似李德裕的例子。说某人爱吃鸭子,夜里梦入冥府一个大池塘,看见成群的鸭子。有人说,这都是你的鸭子。他非常高兴,大吃特吃,直到有一天他看见池塘里只有几只了,就想戒掉鸭子不再吃了,企图通过这样的方法延长寿命,但恰好他生病了,亲朋故友来看望他,大家知道他爱吃鸭子,礼物自然都是鸭子,一看那数量,正好是池塘里剩下鸭子的数量,结果就只能是"因抢救无效逝世"。

薛福成的意思是,阴间应该像对这位爱吃鸭子的人一样对付这位军官,让他早早耗尽食料,但阴间铁律如山,自然不能随着人的主观意志而改变。与其让他早早死去,还不如让他这么毫无尊严地活着,这惩罚力度更大。

对于小人物可以采取这种方法,对于大人物却不能这样,比如一个品行端正的大人物,你怎么能让他突然变穷?最好的办法就是每天给他安排好一日三餐,每天吃什么,不吃什么都一目了然——于是食料簿又新增了一本流水账。

《前定录》里唐代宰相韩滉有一次传召一位小官,结果这人迟到了,韩滉非常生气,让人拿鞭子抽他。这小官赶快说:"我因为有个兼职所以来晚了。"韩滉说:"你在我宰相这里上班,还去哪儿搞兼职?"这个小官说:"我还在阎王爷那里当差,主管三品以上大员的食料。"韩滉估计吓了一跳,说:"那你说说我明天吃什么饭。"这个小官说:"这是个大事,我给你写到纸上,你先收起来,明天过后,你打开看看我写得对不对。"第二天韩滉去上班,中午跟皇帝一起吃饭,有种糕点挺好吃,皇帝说好吃你就多吃点,又送给他一盘,韩滉只好硬着头皮吃完,当晚回家就便秘了。医生给他开了些橘子水喝了这才好。次日打开小官所写,完全正确。韩滉赶忙请教:"合着人类吃什么不吃什么每天都安排好了?"小官说:"副部级以上的每天安排,厅局级以上的有实权的每旬安排一次,科级以上的每季度安排一次。老百姓一年安排一次。"

故事里没有说这个小官为什么能应聘到阴间兼职,从他这番叙述来看,估计他是一个十分精通财务的官员,因为阴间食料的管理完全是财务的理念,包括所讲的这些不同的人有不同的食料安排这件事,不就是财务的"重要性"原则吗。

只有重要的大人物才需要精心照顾,安排不同的饮食,普通百姓一日三餐不就是个稀饭窝头,也吃不出个花样来,自然不需要刻意安排。

这位小官还比较谨慎,只是先写下来,事后验证,搞得跟魔术套路一样,其实他说出来也没事的。《遗史》上有个人叫李宗回,有一次进京赶考,遇见了一个人,言谈之下,这人说:"我能知道你明天的饮食。"李宗回说:"前面那个县城的县令和我熟悉,一定会好好招待咱们,你算算明天咱们到了能吃点啥?"这人说:"先喝酒,再吃五种馅的馄饨,但最终吃不了主食。"说得很玄乎,第二天一到县城,县令安排在驿站(招待所)吃饭,果然先是一壶酒,过了一会,县令说我家的小女儿八岁了,经常要求做家务,我就让她包馄饨,结果她包了五种馅的,于是就给你们都煮一些。两人刚吃完馄饨,就听有人禀报:"刺史大人到。"县令出去迎接了。李宗回和那人只好回店,感觉没有吃饱,想要再吃点,饭店的厨子已经下班了,只好饿着肚子——完全验证了那位的预言。

故事的结尾没有说李宗回是否考上了,但从为他安排饮食这么精细来看,应该是副部级以上的官运。

但也有人不信邪,偏要跟这些预言食料的人作对。《遗史》上唐朝万年县公安局的李局长(捕贼尉)就是个任性的人。春天招待朋友在公所内吃熘鱼片,结果来了一个外人,赖着不走。李局长有些生气:"你干什么的?"这人说:"我能知道你们的饮食。"李局长说:"那你说今天这熘鱼片,谁该吃,谁吃不到。"本意是对这碍眼外人的讽刺,但这人说:"只有你吃不到。"李局长怒了:"我身为主人,哪有吃不到的道理,我要今天真吃不到,我给你五千块钱,要是我吃到了,别怪我不客气。"说着就招呼大家说:"快吃。"结果他筷子刚举起来,有人骑马过来说:"京兆尹(市委书记)召见。"李局长不敢怠慢,赶快骑马而去,临行前招呼客人吃,不用等他。但叮嘱厨子:"给我留两碟,别让我输了。"过了一会,他回来了,厨子果然给他留了两盘。李局长对那人就骂:"看看老子吃不吃得到。"但刚要夹起来,亭子上一大块泥巴掉下来砸在盘子上,鱼片成了泔水。李局长这才服了,输给人家五千块钱。

万年捕贼尉是个七品的小官,按说食料安排不该这么精细,但作为拱卫长安的地方，万年这里的小官特别重要，而且升迁的可能性特别大，很可能这位李局长保不齐哪天就成了京兆尹，这么安排也不稀罕。

其实这位李局长还可以更任性，他完全可以再去让人买鱼，再做，不吃不罢休，只是倘若他真的这么做，非但吃不到，还会生出祸端来，比如春秋时发生在郑国的"染指"事件。《史记》里说郑国的高干子公食指里面好像有异能，感知异味如同看见美女，会摇动不止。我觉得食指什么的是个噱头，他的真实本领是能看见自己的食料簿。这一天他看见自己食料簿里有甲鱼汤，满怀信心地跟同事吹嘘说你看我食指动了，必然有美味在前方。结果郑灵公跟万年县的公安局长一样任性，我就不让你喝到汤。愤怒的子公就直接把手指头插进锅里尝了一尝，扬长而去，随后发动一场政变，结果郑灵公被杀。

这就是食料簿的威力，后来人们就学会了认命。《续定命录》里唐朝时候说有几个猎人打了一头鹿，准备好好吃一顿，就听空中有声音说："等一会吴尚书。"猎人虽然不知道从哪儿会蹦出个吴尚书，但既然是上天招呼，于是大家都吓得不敢吃，过了很久，不见有人来，大家饿得不行了，又要吃，就听那声音有点生气地说："吴尚书马上就来，为什么不等他一会？"大家又都吓得不敢吃。过了一会就见一个背着包袱的人路过此地，问他姓名，说是姓吴。众人赶忙把他拉入席中，请他吃肉。吃完饭之后，大家都对姓吴的这人说："你将来一定当大官。"而这姓吴的自认不过是个逃兵，不敢想象有这福气，但过了几年，还真的就成了节度使兼兵部尚书吴少诚，称雄一方。

可见这头鹿是上天安排给吴尚书的，这些猎人不过是上天临时为他安排的厨师罢了。幸亏这些猎人没有先吃，如果吃了，后果是非常严重的。《中朝故事》里就说，宰相的工作餐平常人不要随便吃。郑延昌当丞相的时候，有一次他弟弟过来找他，他就让弟弟跟自己一起吃。不料弟弟没吃几口突然中风，一晚上就死掉了。所谓"一丛深色花，十户中人赋"，大概这丞相的一顿饭能够抵普通人好几百顿饭，一下子就把食料库清空了，只能死掉。

既然在哪里、吃什么饭都是规定好的，有时候刻意回避某一顿饭，阴间主管这事的人也不答应，就像银行追讨信用卡债务一样采取各种方法，甚至哄骗你吃了。

《子不语》上有个张姓考生，每年科考都赁寺庙的房子住，他从小张考到了老张，连寺庙的主持都死了，还没有考上，心灰意冷，打算不再考了。这一天晚上庙里死去的那个老和尚托梦给徒弟说："张考生今年必中。"小徒弟赶快过来把这个好消息告诉了张考生。张考生自然欣喜若狂，赶忙来考，但结果下来还没有中。张考生心里这个急啊，跑到老和尚坟前一顿埋怨。当晚梦见这老和尚说："我是负责安排现在科场上考生吃饭的，你命里应该在科场吃十一碗饭，你不来，我没有地方开销啊,所以只好出此下策了。"

这位张生既然注定是一介布衣,为什么给他安排饮食这么精细,其实这里不是在为他个人安排饮食,那个老和尚不是说了吗,他是负责安排科场的饮食,由于科举考试是大人物的摇篮,所以对这些场合的饮食要专门安排。

只可惜这位张生只有在科场喝粥的命,倘若他能考上一个廪生,就能拿到国家补助,明清的时候对这种补助有个专有名词叫"食饩"。《北东园笔录》的一个故事里有两个人,一个叫诸雪堂一个叫赵鱼塘,一起参加考试。当天晚上诸雪堂梦见赵鱼塘撑着一船米过来,对他说:"这是我的,你的在后面。"果然这次考试赵鱼塘中了,而诸雪堂过了几年才考上。作者梁恭辰据此总结说:"拿国家补助就是吃上天给你的粮食,全靠命啊。"有个算卦的就说八字中有天厨星的才可以吃食饩。梁恭辰当年没有食饩,但最后当了大官,他不无得意地说:"我命里的天厨星,不满足仅仅吃个国家补助。"——言下之意就是要大吃公款了。

话说得虽然得意,却不料正暴露了他的褊狭,他似乎把能不能吃上好饭过上好日子视作一切标准,例如他在书里痛骂《红楼梦》,说曹雪芹"以老贡生槁死牖下",是他写《红楼梦》的报应。

这种见识真是好笑,却不知真正的大人物对温饱从来都是不看重的，宋朝的王曾考状元连中三元，有人跟他开玩笑："状元试三场，一生吃喝不尽。"王曾回答："曾平生之志不在温饱。"难怪后来人家王曾能当到宰相，而梁恭辰一生最大也不过是个知府，这就叫差别。

| 吃饭的境界 |

经过上面这么一番论证，我们知道李自成的失败不赖别的，只能赖他妈妈，如果他妈妈从小就给他讲过关于食料簿的故事，李自成进北京之后就不会天天过年，很快搞光了自己的食料库。大好河山，拱手让人。

他最应该学习的人是李隆基，靠政变当上皇帝后，李隆基在饮食上那是一步步试着来的，开始几年吃起来相当节俭。《次柳氏旧闻》里说他有一次跟太子李亨一起吃烤羊腿，李亨手上沾了油，就拿饼擦了擦手，随后把饼吃掉。李隆基看得非常满意，表扬儿子："幸福生活就该这么爱惜。"

这句话足以代表他的基本态度，做人应该惜福，别糟蹋自己的食料库。如此节俭，再加上操劳国事，有一次照镜子，李隆基感叹自己瘦了，说了一句非常高境界的话："吾貌虽瘦，必肥天下。"这时候他已经到达了吃饭的最高境界了："瘦了我一个,肥了全国人。"这也就只有皇帝才能达到的境界,所以他才创造了开元盛世。

做大臣的也有达到这个境界的,那就是周公,他吃一顿饭,常常要吐出来三次,正所谓"周公吐哺,天下归心",但这毕竟不是一个臣子所应该达到的境界,所以当时流言四起说他居心叵测。

王曾说"平生之志,不在温饱",从诛心的角度看,不在温饱?你还要干什么?要尊严吗?这可就麻烦了。要知道一旦有了尊严,这人就不好管了,例如陶渊明就让他去迎接一下上级领导,他居然"不为五斗米折腰"而撂了挑子。

有的不撂挑子,却要动刀子。例如《战国策》里说中山国国王请客,国王请大家喝羊肉羹,但人多羹少,司马子期就没有分到,这位竟然跑到楚国,带领楚兵打跑了中山国君。《左传》里说宋国和郑国打仗,宋国主将华元请大家喝羊汤,忘了请自己的司机羊斟。现在的领导惹了司机,司机会成为反腐斗士。这位羊斟做得比反腐更绝,打仗的时候竟然驾车直奔郑国军营,将自己老大送上去当了俘虏,结果郑国大胜。

司马子期、羊斟他们生活绝对超过温饱了,这一顿饭对他们没什么,他们要的是尊重,是尊严,这种东西太可怕了。所以王曾也就生活在宋朝,当时优待读书人,他还能当丞相。倘若在明代,朱元璋就会想:

"不在温饱,你这是有野心啊。"别说当丞相(他这儿也没有丞相了),直接拉下去就砍了。他们最希望的就是所有臣子们跟猪一样,我让你吃,让你喝,想打的时候,脱下裤子在朝堂上就能打板子,想杀的时候,随手就能杀了——这不就是猪吗?对,皇帝们理想的臣下人格就跟猪一样。

比如大名鼎鼎的岳武穆,我们现在有人说他是金翅大鹏鸟转世,却不知在同时代人的眼里,岳飞就是一头"猪精"。《夷坚志》上审判岳飞的时候,审判官在监狱附近一连几晚看见一头像猪但头上有角的动物。后来他又听说岳飞年轻的时候有和尚看相就说他是猪精,将来手握重兵,但难逃最终一刀,还劝他早早功成身退,但岳飞不听,终成大祸。

我觉得这个故事与其说是在侮辱我们岳王爷,倒不如说是对执政者的讽刺,用人就如同养猪,看得不顺眼,"莫须有"的帽子一扣,随手一刀就宰杀了,而岳飞之所以被杀,正是因为他不屈服于当猪的命运。

后来的李鸿章就很懂这个道理,他自称为大清国的裱糊匠,皇帝太后捅下的篓子都是他去补,尽管老头长得瘦瘦的,也不敢自称是为国操劳成这样,反倒因为家乡在合肥,还被别人骂"宰相合肥天下瘦"。正好跟李隆基那个相反,不明就里的人以为他胖得跟猪一样。但是他安全了,虽然背负卖国恶名,落了个善终。

所以大臣就别想在吃饭上吃出天下兴亡的境界来,他们的最高境界是吃出私德来。

有的人吃出了气节,例如东汉那位大名鼎鼎的董宣,他最著名的事件是挺着脖子拒绝皇帝的命令给公主道歉,不过我最欣赏他在吃饭上的态度。当年他刚刚做官的时候,强硬扫黑,打击当地豪强,因为杀人过多,被上级追查,判了死刑。临行刑前,监狱照例为他准备断头饭。董宣拒绝吃,他说:"我一生没有吃过别人的东西,临刑时自然也不吃。"他宁肯在黄泉路上做个饿死鬼也不肯违背做人的原则,《后汉书》把他列入《酷吏传》,的确够酷的。

还有的人吃出了仗义,例如唐朝那位白敏中。《剧谈录》里说白敏中还是个小官的时候,丞相李德裕就很器重他。既然领导这么看重,大家也就跟着看重,经常有人请他吃饭。来而不往非礼也,白敏中应该回请大家,但是他没钱,李德裕居然送他十万钱,让他安排一场。结果这天他的一位官场上失意的朋友嬴驹来跟他告别。白家的门岗看他那丧气的样子自然不愿意为他通报,嬴驹留了一封信告辞了。白敏中看到这封信后立刻追出去,当天谁也不请,就请嬴驹。宁肯得罪权贵,也不能辜负昔日旧友。

第二天李德裕听说了此事,大大夸奖了一番白敏中,说自己没有看错人。

唐朝真是一个伟大的朝代，要是换别的领导非得骂白敏中一个狗血喷头，说他不识抬举。但在唐朝这是一种风气，落魄如杜甫，愤怒起来要说"朱门酒肉臭，路有冻死骨"。在长安的时候看到有才华的郑虔受到冷落，他也要说"诸公衮衮上高台，广文先生官独冷，甲第纷纷厌粱肉，广文先生饭不足"。

可惜这种仗义到了宋朝以后越来越少，吃饭的境界也越来越低，别说仗义了，基本礼貌都做不到。别人请客吃个饭，都要摆谱，争后恐先，就怕来得早了栽了面子。梁恭辰在《北东园笔录》中痛斥这种风气。他说了一个故事，某地科举考试，考官看一个卷子非常不好，准备扔掉，结果刚刚拿开，就见这卷子又回到桌子上，接连好几次。这种事冥冥之中肯定是有神仙相助的，考官不敢不录，后来，考官见到这位考生就问他平时做了什么善事，能有这福报。考生想了半天说："我活了四十岁，没做过什么善事，只是别人请客的时候，每次都是第一个到，就怕别人等我。"

守时就算是做善事了，这跟不贪就是好官简直是同一个神逻辑，可见吃的境界已经败坏到什么地步了。

这个时候的笔记小说里，关于吃的故事也都是节俭，常见的套路就是某某不节俭然后被雷劈死了。好意固然是好意，但读起来令人作呕，这种故事估计连编的人都不信。因为就在明清的时候，人们开始吃燕窝、鱼翅，这种食物名字听起来美妙，背后却是金丝燕的无家可归和鲨鱼的活体采割。

这种食物，吃的人可以推说不知，但猴脑呢？这可是现场加工，在餐桌上将一只猴子活活敲开脑壳，一群人挖着吃。不知道这些人是怎么就着那惨绝人寰的声音吃下去的。

这是吃饭的最差境界了："虐食"。孟子说"君子远庖厨"，因为"见其生，不忍见其死；闻其声，不忍食其肉"。说的就是一种不忍之心。

《朝野佥载》上说唐太宗的时候需要用一种没有脂肪的肥羊来下药，郝处俊就建议道，用五十只肥羊当着这只羊的面一一杀掉，这只羊就会害怕脂肪散入肉中，就会极肥无脂。但李世民毕竟是一代明君，有不忍之心，拒绝了这种荒诞的做法。

但也就过了几十年，有人做得比这个残忍多了。同样是《朝野佥载》上，说武则天的男宠张易之兄弟吃鸭子时把鸭子关在铁笼内，中间烧炭火，放五味汁，鸭子在烧烤之下渴了就去喝五味汁，烫了就会四处走动，一直到最后毛发脱落，完全成熟。鸭子如果有知，一定对这哥俩质问一声："你们也是寄人篱下，大家是同类，相煎何太急？"

到了明清时期，这种吃法已经泛滥开来，比如有人吃猪里脊，就拿着一根棍子追着猪打，直到把猪累死，里脊肉会无比鲜美。有人吃鱼羹，就把鱼敲碎脑袋倒挂在锅上，下面烧水，蒸汽熏烤，鱼就不停摇摆，直到血水滴尽。

历史上要黑商纣、夏桀这样的末代之君，都爱说他们喜欢搞酒池肉林，其实这倒没什么，不过说明这些帝王有囤积癖罢了——或许人家的食料库就这么大需要浪费，真正可恨的是这些虐食的人，他们还吃得并不多。食料库还真是难管得着。

《清稗类钞》上说山西太原有个卖驴肉的，他将驴的四个蹄子捆在地上，背上再系一根横梁，让它动弹不得，然后用一锅热水倒在驴身上，将毛刮净，再用快刀碎割，吃哪儿割哪儿，等到人们下筷子吃的时候，驴还没有死绝。

这哪里是吃饭，分明是一种凌迟，后来巴延三任山西巡抚，毁掉这家驴肉馆，将老板以谋财害命罪处斩。相比驴的痛苦，一刀砍头对这位老板真是太痛快了。

纪晓岚也是觉得如此，所以他在《阅微草堂笔记》为这种人设计了另一个结局，到晚年的时候这位杀驴的遍体溃烂，就跟他宰杀掉的驴一样。

这不是食料簿的作用，我觉得肯定是那些被虐杀的驴一起来向他报复，因为既然万物有灵，哪里有压迫，哪里就有反抗，这些刀俎之下的食物不甘心自己被屠宰的命运，它们也要奋起，也要抗争，请看下文——食物的复仇。

《玄怪录》里说有樵夫进山砍柴,看见一群山里的动物不甘心被安排为萧大人的猎物而向严四哥哀求,严四哥说要向主管降雪和刮风的神仙腾六、巽二送礼才行,于是动物们想尽办法驼来美女和好酒,托严四哥送去,摆脱了一劫。

饥餐何必胡虏肉

——食物的复仇

| 作为食物的人 |

　　贺兰进明也是上了《唐才子传》的人物，《河岳英灵集》说他"好古博达，经籍满腹"，评价不算低，但许多民间故事里他的名声却是太臭，《广异记》里说他娶了一个狐狸当老婆，这还不算，清朝的《野叟曝言》说他好吃狗粪，小说里写了一出戏叫《贺兰生生做氉》，主角就是贺兰进明。他为了吃到狗粪，让士卒四处搜集肥狗，喂饱之后，将狗齐集一处，他看着狗屁股垂涎三尺，有狗要拉屎，贺兰进明立即张口接受,捧着狗屁股,咬嚼吞咽,牵唇动颔,大快朵颐,狗有窜稀的,淋漓满脸,他也只管对着肛门张口啜吸,吃完之后,手指将脸上的狗粪刮下细细送入口中,咂嘴咂舌,爽利异常。吃不完的,还要用盘碟盛了,日后再吃。吃饱之后,贺兰进明打着饱嗝,摩胸运腹,在牙中剔出粪渣,细细咀嚼。

这当然是戏说,故事的第三出开始和正史连上了,有个叫南霁云的将军来请救兵解睢阳之围,贺兰进明正吃狗粪吃得不亦乐乎,自然不去,南霁云在城下痛骂:"吃狗粪的肮脏奴才。"贺兰进明狗粪吃得却被人骂不得,居然上城回骂,南霁云一箭射去,正中他咽喉,狗粪四溅,立时身死。

真正的贺兰进明如果地下有知,看到这戏,估计也会羞得找个地缝钻到岩浆里去灰飞烟灭,他之所以得此恶名,皆因为对南霁云说了个不字——如果时间能够倒退到公元756年,再给他一次机会的话,他肯定会说:"马上发兵营救睢阳城。"

这一年安庆绪率领十几万人包围了睢阳城,张巡以数千人坚守孤城,南霁云正是他派去求救的,贺兰进明拒不发兵,导致睢阳城最终被攻陷。

按说历史上别说这样见死不救的,就算落井下石的也屡见不鲜,为什么贺兰进明这么遭人恨,皆因为睢阳城一战太过惨烈,城破之日,仅剩四百人。除了战死的,就是被吃掉的。当时城中粮尽,大家饿着肚子打仗,张巡拉过来爱妾:"诸君经年乏食,而忠义不少衰,吾恨不割肌以啖众,宁惜一妾而坐视士饥?"翻译成白话就是:"大家工作这么忙,我当领导的给大家准备点便饭。"不过这便饭是人肉罢了,一开始大家还客气,毕竟这是老大的女人,平常看都不敢多看一眼,怎么敢吃?但张巡强令大家吃掉。

榜样的力量是无穷的,从此以后大家就开始互相请客,先杀奴仆,后杀妇孺,到城破之日,《新唐书》上说吃了三万多人。

这样惨烈的悲剧,按照当时的伦理,还不能怪张巡,因为他为国尽忠,吃个人不算什么,要怪只能怪贺兰进明。所以张巡死后忠烈千古,现在还有庙祭祀,而贺兰进明只能在故事里吃狗屎。

这戏写到贺兰进明被射死还不算,第四出里贺兰进明去了阴间,阎王爷还不肯放过他,判定他世世做猪,只能吃粪,末了还逃不了一刀。

在民间舆论里,生生做猪似乎是最大的惩罚。《聊斋志异》里有个屠户杀猪,刮掉猪毛后见猪身上写着秦桧七世身(秦桧肯定不是世世做猪,因为猪一辈子顶多三年,七世也就二十一年)几个字,煮出来的肉非常臭,狗都不吃。这贺兰进明如果世世做猪,凭他吃狗屎的劲,身上的肉估计也会很臭,狗虽然改不了吃屎,但闻着一股自己大便的味道，肯定也不愿意吃。

谁都没有考虑那被吃的三万多人的心情。如果站在为国尽忠的角度来看，他们比张巡更尽忠，因为他们为国家肉熟骨烂喂饱了英雄，介子推当年也就割了一块肉，这三万多人却跟释迦牟尼一样舍身喂人（前提他们是自愿，有出戏叫《双忠记》，那上面就说张巡的爱妾为了让男人吃饱了杀敌，就自刎而死，让大家放下心理负担去吃），但皇帝表彰却没有他们的份，最后合着贺兰进明这样的人做猪还能逃脱五脏庙。

这三万多人心里一定不平衡，如果他们去喊冤，估计阎王爷会搬出食料簿来说："你看看，你看看，你们注定就是张巡他们的食料。李德裕的食料簿上是一万只羊，而张巡他们的食料簿里就是三万只羊——两脚羊。"宋人庄绰在《鸡肋编》里说：靖康之后，金人乱华，荆榛千里，米价昂贵，人相食，人肉统称为两脚羊。

这说明，有的人在另一些人眼里压根就不是人，是随时都可以吃的食物，如同畜生，最早提出这种说法当属三国的孔融，《物理论》里说管秋阳哥俩和一个同伴一起出门，走到半路，下雪断了粮食，管家这哥俩一商量，就一起把这个伙伴吃了。孔融就很赞同这种做法，他说大家又不熟，这陌生人也就是个会说话的畜生罢了（禽兽而能言者），吃他就如同狗吃狸，狸吃鹦鹉一样——不知道吃的时候要不要弟弟拿起一小块,将大块肉让给哥哥吃。

一般都以为孔融这话太过偏激,但我看来在孔融的理论是吃陌生人,至少吃与被吃的位置是可以转换的,换个环境,管秋阳和别人哥们同行,他也可以被吃。但到了后来,吃与被吃的关系跟权势链接上了,权力高的就是食物链的上层,是食肉的,没有权力的则是吃草的,如同牛羊。所以古代把管理百姓叫做"牧",就因为这一方百姓都是他的牛羊。

既然这些人不过"羊而两脚"者,所以大家才会吃起来不亦乐乎,而且并不像我们上面举的例子是到了无奈的时候才吃,他们平时也吃,而且就像吃羊有炒有炖有涮一样,吃起人来也各种方法。

我以为其中最有创意的当属"嗜痂成癖",嗜痂之癖是用来形容一个人"重口味"的饮食爱好,但看这个成语背后却是一个让人恐惧的故事。故事的主角叫刘邕,是南朝宋时的一位官三代,他的最大爱好就是吃别人伤口结成的痂皮,说吃起来有鲍鱼的味道。有一次他去拜访下属孟灵休,孟灵休当时被烫伤,伤口初愈,有些痂皮落在床上,他就捡起来一块一块吃掉,孟灵休大惊,领导这么喜欢,怎么敢不奉上,就把痂皮一个个剥掉让他吃,剥得身上鲜血淋淋。后来刘邕到南康当官,手下的官吏不论有罪无罪,一律鞭笞,就为了让他们伤口痊愈后结痂供食。

试想一个人被鞭笞——结痂剥掉——再鞭笞——再结痂，如此循环往复，这人大概会觉得自己是个洋葱（如果知道洋葱的话），刘邕真的是在一层一层剥开，不过他可不会鼻酸，不会流泪，因为他甘之如饴。

由于他的吃法独特，让人只记住了他的恶心，没有记住他的残暴。这个成语流传下来，好像他没吃过人一样。鲁迅说翻开史书满纸都写着吃人，可那些被吃的，谁又记得他们？大都成了沉默的羔羊。

第一个挺身而出的是张巡的那位小妾，王士禛在《池北偶谈》里说有个叫徐蔼的，年纪轻轻得了重病，快要死的时候，看见一个白衣少妇，告诉他："你前生是张巡，我是你的妾，你自己当忠臣也就罢了，我有什么罪，杀我喂你的士卒，我找了你十三世，终于得到机会报复。"说完不见，徐蔼随即死掉了。

这个故事说明，总有人不甘心当别人的食物，他们一旦觉醒，就要报复。纪晓岚对这个故事很不以为然，他在《阅微草堂笔记》里主张，为了大义，有些人就应该好好当食物，随便报复是不对的。他还告诫文人，就算有这样的鬼故事也不要记录下来，以免带坏风气。所以我想其实类似这样复仇的故事应该不少，不过被纪晓岚这样"政治正确"的理论所限都淹没了。

纪晓岚持有这种观点，归根结底是因为他本身是个"吃肉"的。《虫鸣漫录》上说纪晓岚自称是野怪转世，特别爱吃肉，一天吃几十斤猪肉，粒米不尝。还说他性欲旺盛，日御数女，早上五更上班前御一女，下班回来御一女，中午御一女，傍晚御一女，临睡前御一女，每日不可或缺，临时起兴而御的更是家常便饭——不得不说他身体真好，据《啸亭杂录》上说这种习惯一直保持到八十岁。

《栖霞阁野乘》上解释了他为什么这么好色，说他要是一日不御女，就会皮肤裂开，全身筋脉倒抽。他在编纂《四库全书》的时候在皇宫内干活，这里的女人他当然不敢御，结果两眼变赤，颧红如火。乾隆见了大吃一惊，得知真情后，当即赐他两名宫女伴宿——乾隆皇帝真是一位好领导。

这本书说上还说纪晓岚晚上能看见东西，以上几条综合起来，这哪里还是人？清朝的文人在文字狱的威慑下想象力缩水，要是在唐宋之前，直接就说纪晓岚是妖怪了。

什么妖？

虎妖！

| 人的反抗 |

老虎非常符合纪晓岚的这些特征，首先在传说里老虎就能夜里看见东西。《酉阳杂俎》里说"虎夜视，一目放光，一目看物。"也就是说老虎眼睛的工作原理是一只眼睛像灯泡一样照明，另一只眼睛去看东西。其次老虎跟纪晓岚一样对性充满了热爱。宋代周密《癸辛杂识》别集上说："凡食男子必自势起，妇人必自乳起，独不食妇人之阴。"就是说老虎吃男人要从小鸡鸡开始吃，吃女人则要从乳房开始吃，而且不吃女阴，这分明就是一个色情狂嘛。

在吃的方面纪晓岚和老虎就更像了，这不光是因为他一天吃十几斤猪肉堪比老虎，更主要是因为他们在吃人的态度上。《酉阳杂俎》上说老虎吃人能让人自动解开衣服，也就是说人被老虎吃掉之前会非常主动地脱掉衣服，来招呼老虎："您老甭客气。"纪晓岚阻止被吃的人发声，封杀被吃者的呼吁，让被吃的人甘愿奉上自己的肉体，这跟老虎吃人方式有什么区别。

张巡他们吃的人叫两脚羊，老虎吃的人当然也不能算人，纪晓岚对此也有一套理论，他在《阅微草堂笔记》里借一只老虎之口讲了出来。说在北京房山有个人在山里迷路，到了晚上，就见山林有几个面貌狰狞的人出来，为首一人告诉他："不要怕，我是神虎，为老虎们安排饭食。"长啸一声，众虎云集，这人举手指挥一阵，众虎散去，唯留一虎潜伏草莽间，一人挑担而过，老虎起身欲搏，看了一眼，却又立刻蹲下。过了一会，一妇女过来，老虎跃出，摁倒便吃。事后，虎神对这人专门做了解释:"老虎不吃人,老虎吃的都是禽兽,但人和禽兽的区别就是头顶是否有灵光,而是否有灵光取决于内心天良存去。那荷担之人虽然为人凶暴,但生活上经常照顾寡嫂孤侄,因为这一点头顶灵光熠熠,老虎不敢吃;而那女人弃夫改嫁,虐待现夫前妻之子,却偷东西给自己和前夫所生之子。天良丧尽,灵光一团漆黑,已经沦为畜生,所以老虎就能吃掉。"

且不管其灵光之说是否有道理,单从这天良有无的判断标准来看,男人凶暴恤嫂叫天良未泯,女人改嫁念子却是沦为禽兽,这价值观真是奇葩。

还是苏东坡说得简单些,他跟弟弟写信讨论过老虎吃人这事,弟弟苏辙说:"只要人不害怕,老虎就不会吃。"苏东坡帮助弟弟举了个例子,说有两个妇女带着孩子在河边洗衣服,有两只老虎过来了,妇女吓得跳入河里,剩下两个孩子在河边玩耍,正所谓初生牛犊不怕虎,初生的孩子也不害怕这大猫咪,依旧玩耍。老虎不敢吃,直接跑掉了。除了小孩,老虎也不敢吃醉汉,因为醉汉不知道畏惧,老虎也就无法下口——这一点武松肯定不信,当年他可是喝醉之后上了景阳冈的。

其实吃与不吃跟什么灵光、恐惧之心都没有关系,最关键的你有没有在老虎的食料簿上。《阅微草堂笔记》里北京房山那妇女遇见的神虎说得很清楚,他是来配食料的,也就是说为老虎安排食料薄的。

当然纪晓岚们可以这样反驳：是啊，专门安排那些天良丧尽的人当下酒菜啊，正如李白自称海上钓鳌客，他钓乌龟用的饵就是"以天下无义气丈夫"一样。但李白太天真，这些不义之人就跟秦桧的七世身一样，臭不可当，根本钓不上来。拿这些人喂老虎，老虎也应该会饿死的。

所以上天为老虎配食料跟天良什么的关系不大，实际上，唐朝有个叫稽胡的，也遇见了专管老虎配食料的虎王，人家说得就没那么复杂。《广异记》上说稽胡是个打猎的，有一天他追逐一只小鹿到了山洞，结果小鹿不见了，只见到一个道士。稽胡很懂礼貌，上前行礼，并自报姓名。道士一听大喜："我是虎王，专门为老虎们安排饮食的，所有动物都有相应的安排。"——看人家说得多么简单明了，哪像纪晓岚说得迂腐不堪。这道士接着说："按照安排，你稽胡今天就该被我吃掉。不信你看，这里有记载的。"说着摊开面前的账本，稽胡一看，果然如此。

这说明人跟动物一样，都属于食料簿里的一种肉食，但是人与动物不同，人不认命。稽胡就赶忙下跪求饶，这道士说："上天安排的，我也没办法。"但还是架不住稽胡的哀求，说："你明天扎个稻草人，穿上你的衣服，拿猪血三斗，丝绢一匹过来，我就饶你。"稽胡当然照办,第二天带着东西来了,道士说:"一会我变成老虎就不认识你了,你爬到树上去,用绢将自己绑好了。"稽胡刚把自己捆好,就见道士伏地变为老虎,望着树上大声咆哮,纵跳几次,够不着他,就一口咬碎稻草人,把猪血吃尽,又变回道士,让稽胡下来,用朱笔勾掉了稽胡的名字——稽胡这道菜算是从老虎的菜单上删掉了。

老虎这种方式其实跟人类的掩耳盗铃一个意思,但作为救人出食料的方式,没有人会笑话他,大家只会赞美人类的聪明才智——上天的安排我也可以瞒天过海。稽胡还只是通过哀求的方式,有的人却敢于直接抗争,身为"鱼肉"逼着"刀俎"妥协。

《解颐录》里就有这么一个故事。唐朝开元年间某峡口常有老虎伤人,后来大家想了一个办法,通过这里的人,民主选举留下二人被老虎吃掉,以保其他人平安,中国历史上第一次因为给老虎当干粮出现了民主,也算一个奇迹。

"民主选举"实行多年,这一年又有一群人路过这里,不巧的是除了两个人,其余所有人都是一拨的,自然这两个人就被选中了。其中一个人说:"我去跟老虎商量下,能不能不吃,你们等我下。"说着上山寻虎,在一个洞穴里,不见老虎,唯独见一个道士在睡觉,旁边扔着一张虎皮。这人就把虎皮披在身上,道士惊醒之后说:"你就是我今天的午饭啊,把工作服给我,快到我碗里来。"这人说:"工作服在我手里,我该吃你吧。"这道士只好说出实话:"我得罪了玉皇大帝,被罚在这里当老虎,吃够一千个人就可以回去了。想不到今天栽在你手里,这样吧,你剪下头发指甲等,然后弄点血出来,用旧衣服裹住,我就当吃过你了。"

于是在吃与被吃的问题上又一次出现了双赢,这个人保住了性命,老虎也完成了任务。

但这也不是长久之计,老虎们如果天天吃这些稻草人、猪血、指甲什么的替代品,估计也会营养不良的。有的老虎被迫无奈,就去吃死人。《五行记》里有只老虎变成少女和人类结婚了,她就经常寻找刚死的人,偷偷跑到墓地里将死人拉出来吃掉,后来被丈夫发现了,她只好离开亲人。由此可见,人对于老虎来说是不可缺少的营养品,死人虽然不太新鲜,但毕竟是人肉。再说老虎如果经常放弃上天给自己安排的食料,上天知道了估计也会不高兴的,于是老虎们后来就提高了条件:可以不吃你,你给我换个人来。

《广异记》里有个人叫费忠,到城里买完米还家,行到山林里的时候天已经黑了,他点火取暖,听到虎啸声,就把帽子戴到米袋上,伪装成人,自己爬上树。随后就见四只老虎(虎爸虎妈和一双儿女),虎爸看见米袋就扑了过去,发现是米袋后不禁大失所望,虎妈领着两只小虎走了。虎爸独留在火边,突然将虎皮脱下,竟然是个老人。费忠跳下树，一把扼住老人咽喉，用刀逼之。老人赶忙求饶，费忠将他的手捆绑好了让他解释。老人说今天上苍安排他吃费忠的，时间地点都告诉他了，没想到是个米袋，就想在这里等一会。费忠不信，老人拿出自己的食料簿给他看，果然如此。费忠就问："怎样才能救了我？"老人说："如果有人跟你同名同姓，就可以让他代替你。"费忠说："南村也有个叫费忠的，他可以代替我吗？"老人点头答应。费忠这才将他放了。过了几天，果然南村的费忠被吃掉了。

其实以费忠的英勇，完全可以一刀把这老人给杀掉，然后成为打虎英雄。这方面最著名的自然是武松，但武松也只是杀死老虎，王士禛在《香祖笔记》写了一个人，他不但将老虎杀掉，还直接将矛头对准了给老虎安排食料的神仙，完成了终极反抗。

故事里有个人也是山行，夜宿山神庙，晚上看见一只老虎跪拜在山神面前，求山神给他安排一顿好饭。山神就说："明天你就吃了邓樵夫吧。"第二天这人就见一个樵夫从庙门过，一问果然姓邓，就把昨夜之事告诉他，劝他回去。但邓樵夫毫不畏惧说："家有老母等着我砍柴奉养，我不能回去。"于是邓樵夫"明知山有虎偏向虎山行"，这人也好奇，偷偷跟着樵夫。果然，那老虎跳出来要吃樵夫，樵夫却毫不畏惧，像武松一样打死了老虎，又让这人带他到山神庙，对着山神示威说："怎么样？"最后还打坏了山神土偶。

这种反抗精神固然可歌可泣，这是因为人作为被吃的一方，但如果调换一下位置，人如果是压迫的一方，比如当动物作为人类食料的时候，这种反抗精神就不太好玩了。

但不幸的是，在我们万物有灵的老祖先看来，既然人类可以反抗，别的动物当然也可以反抗。

｜动物的反抗｜

故事是由人类编写的，对于动物的反抗自然不能像描写人类那样机智，例如动物作为食料被吃的时候就没有谈判一说，只有哀求。《报应录》里有人请一个县令吃饭，县令就梦见一个白衣妇人带着两个孩子前来哀求饶命，梦醒后县令不明就里，一会吃饭的时候他才发现，主人杀了一只母羊，母羊肚子里有两只羊羔，于是明白了哀求的是这母羊。这母羊没有得救，倒也没有怪罪县令，又哀求他不要吃自己的肉，县令答应了，将这羊母子埋葬了。

这个故事说明，作为被吃的一方哀求人类是没有用的，因为人类才不会为了动物去寻找什么变通之计，要求只能去求安排食料的神仙们。曾经有个樵夫就目睹了食物们一次成功的哀求。《玄怪录》里有个樵夫进山砍柴，看见一个巨人召集山里的各种动物开会，说明天刺史萧大人要来打猎,你们都要配合一点,谁谁该被箭射死,谁谁该被网死,谁谁该被棍子打死,谁谁该被狗咬死,谁谁该被鹰咬死,一一作了安排。众野兽唯唯诺诺听完,哀求说:"死在萧大人手上是我们的荣幸,但我们还想活下去,能不能帮帮我们?"巨人就说:"我没办法,你们去求严四哥吧。"众野兽就来到严四哥家里哀求,严四哥就说:"如果能让滕六(主管降雪的神仙)降雪,巽二(管刮风的神仙)刮风,估计就能阻止领导。但是呢,要给人家送点礼,腾六老婆最近刚刚死掉,给他送个美女就行了,巽二好喝酒,给他弄点好酒吧。"众野兽赶忙四处寻找,驮来一个美女,拿来两瓶好酒,托严四哥交过去。果然刮起北风,天降大雪,萧大人也就打不成猎了。

其实这已经不算哀求,而是在行贿了,通过贿赂神仙,制造不可抗力,阻止了大人物来寻找自己的食料,但这只是暂时安全了,因为这些动物已经上了食料簿,这位刺史早晚要找过来,拿回自己的食物。

哀求既然没有用,动物们就只能乖乖地躺在砧板上任人宰割,但执着的动物却不肯认命,它们死后也要上访,也要告状。《广异记》里有个霍有邻活得好好的,突然被带到阴间,就因为一只羊在这里把他告了,好在阎王爷一翻食料簿,发现这羊本来就在他的食料簿上,当即就把羊给赶了出去。故事到这里就截止了,没有交代羊被赶出后的心情,但在另一个《六合县丞》的故事里,六合县丞突然死掉,也是几只羊把他给告了,判官根据食料簿自然判县丞胜诉。这些羊就不干了,说这判官徇私枉法,他们要上天找玉皇大帝告状去。判官却一阵冷笑:玉皇大帝岂是你这畜生说见就见的。

当然,对于有些仗着自己的支配地位滥杀、虐杀动物的人,阴间也是要管一管的,我们在《饱食终日难矣哉》里说虐杀驴的人遍身溃烂而死,这大概就是动物在阴间胜诉的结果。

其实这个屠夫死后也可以自我辩护:我只是一个屠夫,有需求才会有供给,我只是满足了市场的需要,要说有罪,那些买来吃的也有罪啊,广告里说"没有买卖就没有杀害"正是此理。阴间的确也会追究那些"销赃犯"——食客的罪。《玉泉子》上说唐朝有个人叫李詹,吃驴的时候四面点火,将驴架在中间活活烤着,驴受热就要饮水,先给驴喝碱水,清洗驴的肠胃,随后再给驴喝调好的汁水,这样驴被煮熟的时候,内里已经调好味道了。如此残忍,阴间当然不能不管。结果李詹一日突然死掉,面对司法审判,他将罪责都推给了自己的屠夫,随后屠夫也死掉了,屠夫说我只是奉命行事。阴间的判官最后判屠夫无罪,允许其还阳,而对李詹直接判处死刑,李詹又说,这是狄慎思教给我的吃法。结果狄慎思也被地狱给召唤过去了,再也没有放回。

相对于驴死时遭受的痛苦，这两个人这样无痛死去，也太宽容了。这样想就错了，按照我们老祖先的思考逻辑，这两个人多半下辈子要当驴，也要遭受更大的痛苦。书上虽然没有写，我们可以从另外的故事里推理出来。《广异记》里说唐朝有个叫张纵的，好吃鱼。有一天突然死掉了，有个穿黄色衣服的阴间公务员说："阎王叫你呢。"结果见了阎王，却是抓错了。但旁边一个小官说："既然来了就别白来，这个人好吃鱼，就让他知道一下鱼的感觉吧。"张纵就被推到了河里，再看身体已然成鱼，身体长得很快，七天后已经成了一条二尺大鱼，随后被一网捞起，送到一个自己还熟识的领导家里，被刮鳞剪头，鱼死，而张纵的肉身复活。

这应该算是阴间和张纵开的一个小玩笑，毕竟他吃的都是自己食料簿上的东西，不能算犯罪，所以只是让他体会一把，随后又让他复活了。

阴间对这种"以彼之道还施彼身"的处罚，也不一定非要施虐人死后再报应，还可以现世报，有时候这现世报设计得还相当巧妙。《奇闻录》里有个姓陈的渔夫，从小捕鱼，到了晚年得了一种怪病，老是觉得鱼来咬他，疼痛不止，弄一张渔网盖身上，疼痛立刻就好了。《稽神录》上有个男子，替人养马的时候，夜里不想起来喂野草，于是就拿乌梅喂马，马吃了牙酸自然就不吃草料，最终害死了马，这已经不是吃与被吃的关系了。但阴间的处罚方式却是从食料簿上找回来,让这人从此食马粪,就跟贺兰进明吃狗屎一样,吃得不亦乐乎。他还对人自夸马粪有一股乌梅味道。

动物们虽然能从人类受到的惩罚上寻找到一点心理安慰,但这不能改变它们身为食料的命运,不能像人类在老虎那里一样寻找替代方式。相反这些惩罚的措施和手段都是对人类食料簿的维护,是为了让人更好更规矩地吃它们。

完全绝望的动物们,有的就不惜铤而走险,揭竿而起。《法苑珠林》里说唐朝时,长安有户人家新生了一个小男孩,满月这天,家里准备杀羊庆贺,羊向他们一再跪拜,祈求饶命,但众人一点也不怜悯,照样杀了。煮肉的时候,产妇抱着小孩过来看,那锅突然爆炸,母子俱死。这估计就是这只求告无门的羊最后的反击。

这些看似柔弱的羊,反抗得最为激烈。它们活着的时候任人宰割,无力反抗,死后成了鬼,放弃了上访的幻想,开始自己报复的道路。针对屠宰者,它们像恐怖分子一样打起超限战,对于那些贩卖羊的,它们也会进行经济惩罚。《奇事》上说唐朝时洛阳有个人叫朱化,经常到邠宁贩羊,有一次在邠宁他遇见了一个人,这人说,你应该买小羊,小羊买得多,你赶到洛阳就长成了大羊,这样挣钱多啊。朱化一听有道理,表示若有小羊将全部买下,这人就领着他买了百十只小羊,结果朱化赶着这些羊快到洛阳的时候，羊全部变成鬼跑掉了。第二年朱化在邠宁又遇见了这人，自然要跟他理论一番，结果这人说："你卖羊害命，我就是要和群羊报复你。"说完消失不见，这朱化不久就死在了邠宁。

可见这人就是羊死后的鬼所化，他不投胎，不找归宿，只为群羊寻找正义，堪比青青草原上战无不胜的"喜羊羊"。估计它们后来还成立了自己的帮派，名为"未帮"——因为羊属于未，它们的老大称为未神，以震慑那些吃它们的人，来反抗食料簿。《纪闻》上说有个人好吃羊头，一天出门就见有人站在门口，羊头人身，衣冠甚伟，对他说："我是未神，来警告你以后不要吃羊头了，否则，将杀掉你。"这人吓了一大跳，再也不敢吃羊了。

羊的这种反抗精神极大地激励了动物们的斗志，它们终于知道，这世上没有救世主，也不靠什么神仙皇帝，只有自己才是自己的神，于是它们终将高唱"起来，任人宰割的食物"。所谓起来，自然就是站起来，而站起来就表示食物们开始像人类一样直立行走，能够直立的它们必然有一个新的名称——妖怪。

妖怪吃点啥

一旦成为妖怪,就意味着完成了进化上质的飞跃,它们要学习的第一项本领就是用火。只有能够使用火,它们才能够改变茹毛饮血的饮食习惯,有了良好的饮食习惯,它们才能更好地进化。从饮食方式上就能看出一个妖怪的进化程度。

《西游记》上唐僧西行路上遇见的第一批妖怪"寅将军""熊山君"和"特处士",他们吃唐僧随从就是直接开膛破肚生吃,而他们的级别恰恰是最低的,他们连吃唐僧肉长生不老这回事都不知道,结果只吃了两个凡人。

再看其他让孙悟空头疼的妖怪,抓住了唐僧后或蒸或煮或腌,各种烹饪方法不一而足。如来佛的娘舅辈的大鹏精说得更有情调:"待天阴闲暇之时,拿他出来,整制精洁,猜枚行令,细吹细打的吃方可。"——光从这种吃法上来看,就是一个让人心惊胆战的妖怪。

动物成了妖怪,还跟人一样有了理性,它们就会压制本我——妖怪的本我是他们的自然属性。例如老虎的本性是吃羊,了解一个妖怪的本性对制服他有着十分重要的作用。《封神演义》中杨戬总是去借一面照妖镜,这面镜子的作用就是看出妖怪的"本我"(真身),一旦掌握这个秘诀,就可以通过变化成他真身食物链的上一级来对付他。杨戬在收拾杨显的时候就是先用了照妖镜,发现他是一只羊妖,变成一只老虎收拾了他的。《西游记》里昴日星官能够打败蝎子精也是利用本我的这种相互克制的关系。

然而如果他们不是敌我关系,就可以克服这种本我,食物链不同级别的动物也能一起愉快玩耍,曾经就有一只老虎、一只鹿和一只羊一起修成了妖怪,他们就结拜成了兄弟,一起到车迟国应聘,共同找到了工作。如果不是后来遇见了孙悟空,他们没准就成就一番大业,事见《西游记》第四十五回。

三只妖怪之所以能忘记"阶级仇恨"一起愉快玩耍,皆因为这个时候,身为妖怪的他们已经站到了食物链的顶端。

人类自以为这世界上一切都是属于他们的,说什么"天生万物以养人",但人如果不是极度饥饿或者极度变态,在情感上接受不了吃人肉的,而对于妖怪来说,人肉是家常便饭。所以,站在妖怪的角度看,天生人来为养妖。

而且人是妖怪最喜欢的一道菜。

首先当然是因为人肉好吃。小时候我们村里一个老人跟我说:"人肉是最好吃的。"有人问:"毛主席教导我们没有调查就没有发言权,你没吃过，你凭什么说人肉好吃？"这位老人的眼神里闪过一丝慌张，他说："我没吃过，你看猪每天吃糠，肉都那么好吃，人天天吃粮食，肉肯定比猪肉好吃。"后来有人说当年闹饥荒时候，他们家原本有两个孩子，老大是个瘫子，头一天还好好的，第二天就不见了，他们只说饿死了，现在想想也许是被他们吃了。

这种事情的真假自然无从查证，但是老人关于人肉好吃的这个推论颇让我信服，后来我读传奇故事《原化记》里《南阳士人》的故事完全验证了人肉好吃这个推论。故事中一人得了病，一天夜里竟然变成了一只老虎，为了不吓着妻儿，他偷偷走出家门到山上去了，他饿了就在水边吃点蝌蚪，蝌蚪吃不饱就吃点泥，把肚子哄饱了。后来又捉到了一只兔子，吃完发现身上顿时有了力气，才知道还是吃肉好。后来遇见一个采桑的妇女，抓住吃了，果然十分甘美。从此他就爱上了人肉，开始了捕人的生涯。

看来人肉就跟鸦片一样，吃了就能上瘾，一旦吃开了头就刹不住车。

其次也是因为人类好抓。人类这种动物不会飞、跳不高还跑不快，特别好抓，而且人类虽然宣称是靠大脑吃饭的，但各类欲望只要一旦占领制高点，智商就会立刻变为零。《幽怪诗谭》里有个故事叫《误认天台》，主角是由鹌鹑和鸲鹆变化的两个女妖，为了吃人肉，就在山村卖酒，专门勾引男人，有两个措大到此，自然经不住勾引，当晚春风一度，第二天这两人真把自己当成上了天台山的刘晨阮肇，女妖给他二人"仙丹"，也赶忙吞下，但没有成仙，化成了一摊血泥，妖怪像是喝粥一样把血泥吃了下去。

《西游记》里说孙悟空当年在花果山做妖怪的时候，吃人肉也是通过诱惑的方式，据他后来对唐僧说："老孙在水帘洞里做妖魔时，若想人肉吃，便是这等。或变金银，或变庄台，或变醉人，或变女色。有那等痴心的，爱上我，我就迷他到洞里，尽意随心，或蒸或煮受用；吃不了，还要晒干了防天阴哩！"孙悟空不愧是跟孙膑、孙武共一个孙字，吃人都用上了《孙子兵法》。

好吃也罢，好抓也罢，这两条都是客观原因，妖怪喜欢吃人最主要的内在原因是吃人对修炼有好处。中医讲究"以形补形，以脏补脏"，也就是吃什么补什么，动物修炼第一步就是像人一样直立行走，按照中医理论，最好的食物当然就是吃人了，妖怪如果有营养学家，一定也会在电视上忽悠："人肉能够提供妖体必需的氨基酸和类脂酶，能够促使我们的脑容量扩大，对咱们的直立行走和解放双手有着十分重要的作用。"

正因为如此，许多妖怪都试图将自己吃人合理化。《阅微草堂笔记》上说妖魔以人为粮，如来佛经常加以镇压，但妖魔不服，他们跟如来佛争辩："魔众食人，如人食谷，佛能断人食谷，我即不食人。"

说得似乎振振有词，说得再好，人类也不能认同这一点。

但面对智商比自己还要高的妖魔，人类在对付老虎时的那些谈判、哄骗的手段都不好使了，于是人类开始求助，求助于神佛。

人们供奉神佛，就是在为自己寻找保镖，一旦有难，神佛就会出手相救，并且对吃人的妖怪加以严厉打击。作为一个妖怪，吃人也要冒着生命危险。在这种高压态势下，许多"风险厌恶型"的妖怪都做到尽量不吃人，他们只有通过其他方式来吃。

妖怪们最好的选择就是接受天庭的招安，成为一名天庭公务员。比如许多山神其实本质上就是一个妖怪，因为接受招安，成为天庭基层组织的人员，从此就告别吃人，改吃人类供奉。但是一旦人类不给发工资——没有供奉，他们就会去吃人。韦庄的《秦妇吟》中那位大难不死的女子路过华山神庙，向山神祈祷，结果山神说："没有供奉，我自己都饿得不行了，现在每天靠吃人为生。"这位山神到最后还是暴露了本性。

除了当公务员，妖怪们还有一种谋生方式，那就是成为某位神仙的家奴，看家护院、打扫庭院、当个坐骑什么的，例如《西游记》中黑熊精被观音收去看门，蜈蚣精就被毗蓝婆收去守洞。给这些神仙打工最大的好处就是偶尔可以偷偷下界吃人，还不用担什么责任。在《西游记》中，太上老君的牛（独角兕）、烧火的童子（金角银角大王）、南极仙翁的鹿（比丘国国丈）等都是到人间度假吃人的，最后主子罩着，还不用被打死。

以上这两种途径那是可遇不可求的，公务员不是你想当就能当，奴隶也不是你想做就能做的，有的妖怪为此不惜行骗。《纪闻》里一只狐妖变成沈东美员外家一位死去的仆女，自称已经成神，特地回来看看。家里人赶忙招待，这狐妖大吃大喝，结果竟然喝醉了，露出原形，被主人识破，最后丢了性命。这说明行骗还是有一定危险性的，有的狐妖为了安全，就一定要获取某位大人物的授权。《子不语》上有位周生跟张天师在保定住店，见到一位美艳的妇女跪在天师面前，似乎有所祈求。张天师说："这是一个狐妖，求我一张委任状，来受香火。"周生看这女妖美丽，就代为求情，张天师无奈给了这狐妖一张委任状，但是个临时工，只签了三年合同。

三年以后某日，周生到苏州游玩，听说某处山上有观音庙香火很灵，和同伴一起观看，竟然是当年的那个狐妖。周生大怒，痛骂这妖怪没有良心，竟然敢超期代理。那塑像随即坏掉。

这位周生未免太过认真，既然这狐妖甚灵就让她做下去呗，人家不过是混口饭吃，何必这么认真。这位狐妖也做得不对，你合同到了就应该再去乞求天师，没准还能转正，结果擅自做主，这一来，自己毁掉了自己的饭碗。

不过这狐妖如此美艳,如果她肯牺牲色相,吃碗饭应该不难,例如可以傍傍大款。这方面最有成就的狐狸当属苏妲己,不过勾引纣王这种帝王级的大人物,同样也需要神仙的授权,妲己就是女娲娘娘派去的,但是在事成之后,女娲娘娘却为了维护自己的名誉将妲己给除掉了。

大人物勾引不成,勾引个土豪应该是没有问题的,到现在许多中老年妇女听到狐狸精三个词还恨得牙根痒痒。这虽然没有性命之忧,却落个遗臭万年,所以作为有理想的妖怪是不屑的。有理想的妖怪怎么办呢?

有理想的妖怪最好有门手艺,像白素贞那样。白素贞身为蛇妖,她靠着自己精湛的医术为人治病,不但有了谋生之道也赢得了爱情。但是做医生太累了,万一搞不好出个医疗事故,还有被患者家属打死的危险,白素贞最后不就被一个类似医闹的和尚法海给关押在雷峰塔了吗。

最理想的谋生莫过于垄断资源,靠出售资源致富谋生。我说的不是煤老板,而是《西游记》里的如意真仙,这家伙是牛魔王的弟弟,自然也是牛精了,当了个牛鼻子,他就跑到西凉女国的解阳山上的破儿洞,霸占了落胎泉,靠出售泉水为生,书上说"欲求水者,须要花红表礼,羊酒果盘,志诚奉献"。看来这价格贵得很。

但这靠强权得来的买卖，也容易因强权失去，故事里他被孙悟空打了个落花流水，差点死掉，好在孙悟空一心去西天当公务员，才没有夺他的落胎泉，否则，这落胎泉早纳入了花果山集团股份有限公司了。

这一方面，人和妖的逻辑，还真是像。

《搜神记》("敦煌变文"版本)里一个叫田昆仑的人,看见三个仙女在自家水池中洗澡,就偷了一个仙女的衣服,仙女被迫嫁给了他。生活五年后,仙女乘田昆仑出门,诱哄田昆仑妈妈拿出仙衣,结果穿上仙衣就飞走了。

六铢衣上绣云轻——神仙着装爱轻巧

小时候看《皇帝的新装》乐于皇帝和大臣们的愚蠢，长大了再看，却折服于这骗子的手段和演技，首先要他们十分聪明地制定了一个悖论："只有傻子才看不到。"随后他们又配合自己的演技，成功骗倒了所有的人。又聪明又有演技，这两个家伙如果生活在现代，不当骗子，一定是个出色的演员。

冰冻三尺非一日之寒，他们也是站在前辈的肩膀上才做出了这么大的成就，他们的前辈也是经历了无数的失败才达到这个境界的。

早在战国时期，韩非子就介绍过这么一个骗子，这骗子倒不是织布的，而是声称自己是个微雕大师，他对燕王说，他能在荆棘的顶端雕刻一个母猴，前提条件是大王三月不吃肉，三月不进王宫，等到大雨初晴，彩虹架空之日，这母猴就能雕刻而成。燕王一听就奉为奇才，将这骗子养了起来，但是作为大王他不可能三月不进王宫上班，也做不到三月不吃肉，于是也就看不到这荆棘之端的母猴，这骗子成功当上了享受燕王特殊津贴的专家。后来有人告诉燕王，荆棘之尖容不下刀锋，所以普通人雕刻不出，他若能在荆棘上雕刻母猴，就必然要有这样小的刀，你让他把刀拿出来看看就知道真假了。燕王一听有道理，当即将骗子找来要看刀，骗子谎称回家去取，结果跑掉了。

这骗子制造的悖论已经和《皇帝的新装》两个骗子的手法有点相似了，但是这种微雕的做法存在漏洞，他的徒子徒孙们开始设法避免这一漏洞，他们一定勤学苦练，博采众长，终于有一天在高僧明德法师那里听到了这么一个故事，《高僧传·鸠摩罗什》里明德法师为了讲清一味追求空的危害，说了个比喻。某人要求绩师织缕务必要细，绩师竭尽所能织出细缕，这人还是嫌粗，无奈之下，绩师指着虚空说："这就是我的布。"这人说我怎么没看见呢，绩师说："我这专业人士都看不见，何况你。"这人拜服。

那骗子听到这里估计如当头棒喝，这可真是一个好手段啊，恰好这个时候遮须国国王（这个地方的人估计都羞于让别人见到大胡子，都小心翼翼地把胡子挡住,所以这个国家被称为遮须国)就要织出非常细的布,细得如早晨的薄雾,织出来封侯赏地,织不出人头落地,杀人无数,这个骗子终于得到了机会,双手捧着虚空说:"这是我的布。"国王大喜,重赏了这个骗子。

这个故事出自明朝文人陈际泰为他人诗集做的序言里,他说这是一个西方故事,初看之下你还以为他读的是《皇帝的新装》,其实陈际泰死后将近二百年安徒生才出生,这说明骗子的徒子徒孙们后来又一路向西到了欧洲,为安徒生创作世界名著奠定了基础。

但问题是,为什么这些国王都爱这么细这么轻的布呢?

欧洲的国王我们不知道,这遮须国却可以说一说。因为这遮须国国王是个比较熟悉的人。

他叫刘聪,原是十六国时期前赵的国王,《晋书》上说他有个儿子叫刘约,刘约魂离身体,遇见了前赵的创始人也就是他的爷爷刘渊,刘渊带着他从不周山到昆仑山进行了游玩,最后回到不周山,来到一个叫蒙珠离国的地方,这个国家宫室壮丽,人民众多,当年跟着刘渊父子打天下死去的王公大臣都在这里,估计是刘渊的地盘,刘渊对刘约说:"东北的遮须国久没有国王,你爹爹死后将来要做遮须国国王。"

从这个国家所处的地方来看,在不周山附近,从上任的条件来看,要死后才能去,这个地方应该不在人间。而且从他叙述来看,不周山的周围有好多国家，除了这个蒙珠离国和遮须国外，还有一个猗尼渠余国，这个国家的国王还让刘约给未来的遮须国王带上一份礼物，还说将来把女儿嫁给刘聪。这个架构很像佛教里须弥山周围的"欲界六天"。当然以刘聪的造化不会到这么高的层次，估计他就是居住在不周山的最下端，连欲界六天中的四天王天的层次都达不到。不周山的神仙们把他招过来，估计是看上他能打的本领，让他拱卫不周山。

这也就不难明白为什么身为国王的刘聪要那么细的布了。

因为他想要结交上层神仙。

在凡间要参加一个富豪宴会，首先要准备的就是一件得体的衣服。神仙肯定也是如此。刘聪要那么细的布匹，就是要做一件这样的衣服。

而神仙衣服最大的特征就是轻。

有多轻呢？

《法苑珠林》里说须弥山最底层的四天王天的衣服重半两，古人以二十四铢为一两，也就是才重十二铢，其上一层的忉利天人的衣服，还要减少一半，重六铢，再往上的炎摩天人的衣服重三铢，以此类推，越往上越轻。

刘聪所在的不周山大概也是如此，所以他才要设法获取非常细非常轻的衣服，就为了追求时髦。只是他为这骗子所诳，估计要跟《皇帝的新衣》里的那位愚蠢的皇帝一样光着屁股去见诸位神仙了。

这也算为艺术而献身了，这也不算丢人的，爱美之心人皆有之，比如还有——

黄帝的新装

黄帝当年对新衣服的追究不亚于安徒生笔下那位皇帝。当然我们这位老祖先追求的是全新的衣服，因为据说衣服是他老人家发明的，在这之前估计大家还穿着树叶。黄帝对此不满，他开始了对衣服的追求，从他周围一些人的发明来看，你会发现为了做出新式的衣服，大家费尽心力。

先是他媳妇嫘祖发明了养蚕业，这样就有了线缕，随后他的大臣伯余发明了织布机（见《淮南子》，也说他直接发明了衣），这样线缕就成了布，紧接着大臣刘海发明了针，刘海本来最著名的形象是戏金蟾，但民间传说里还把他奉为针匠祖师爷，例如康熙五十一年《重修针祖刘仙翁庙记》里说刘海是黄帝手下的大臣，发明了缝纫的针和针灸的针，帮助黄帝做衣服。有了布，有了针，发明织布机的伯余做出了上衣，另一位大臣胡曹做出了下裳。然后黄帝集其大成——穿到了身上——终于穿上了新装。

当然黄帝他老人家并没有像那位愚蠢的皇帝一样，为了衣服而耽误工作，我们这位老祖先穿上新装，工作样样没有落下，出去战炎帝、打蚩尤、抢地盘，无往不利，捎带手还写了本《黄帝内经》，虽然后来被证实是代笔的，但谁在乎，就跟衣服一样，什么伯余作衣，胡曹做裳，黄帝往身上一穿，发明权就是他老人家，伯余胡曹不过是供货商而已。

司马迁说"黄帝垂衣裳而天下治"，更是将黄帝和他的新装形象进行了完美统一。但是有一点，司马迁没有明说，那就是黄帝做衣服的真正目的是什么？就在司马迁的那个时代，出现了黄帝的传说，《史记》上公孙卿对汉武帝说："当年黄帝一边打仗一边学仙，最终天上飞下来一条龙把黄帝接走了。"这么说来黄帝做衣服的目的跟刘聪差不多，也是为了结交上仙。

按说汉武帝听了这个故事应该立刻下令寻求非常轻的衣服，以备神仙召见，但汉武帝却没有这么做，而是感叹了一句："如果我能成仙，就把妻妾子女当鞋一样脱掉。"（刘备那句名言"妻子如衣服"也许是从汉武帝这里得来的灵感。）

为什么汉武帝要拿脱鞋作比喻，他大概知道了成仙跟衣服关系不大，凡间再好的衣服都要脱下来，公孙卿虽然在这里没有提到这个细节，但后来汉武帝到了黄帝陵前，询问众人："他不是升天成仙了吗？为什么这里还有他的坟墓？"就有方士给汉武帝解释："黄帝成仙走了，这里埋葬的是他的衣冠。"

也就是说黄帝费了那么大劲发明了衣服,在升天之前还是脱光了,最终留在了人间。

为什么呢?这是因为天上的衣服和凡间的衣服完全不是一回事。

如果天上的衣服跟地上的衣服是一回事,那既然衣服是黄帝发明的,在黄帝之前的人应该没有衣服穿的,清朝有个小说叫《豆棚闲话》,里面有个喷子陈斋长,他就提出这么一个疑惑,玉皇大帝这样的神仙都在黄帝之前,难道玉皇大帝就不穿衣服吗?可是为什么庙里的塑像都是冕旒冠裳的模样?

他这就是混淆了凡间衣服和神仙衣服的区别,即便在人间,富人和穷人穿的衣服都不一样,富人穿范思哲,穷人穿地摊货。何况神仙高高在上,其间的差别,又岂是穷、富能够形容的。

神仙看凡人的衣服,第一感觉肯定是重,唐朝诗人贾至拍薛瑶英(丞相元载的爱妾)的马屁说她"舞怯铢衣重,笑疑桃脸开",说她身体轻盈得连六铢衣都嫌重,这分明就夸她是神仙了;接着又夸是"方知汉成帝,虚筑避风台",这是将薛瑶英比作汉成帝的赵飞燕了,她的著名事迹就是身体轻,轻得可以在手掌上跳舞,轻得风都可以把她吹走,汉成帝为了保护她,专门修建了七宝避风台。《聊斋志异·云萝公主》中那位神仙云萝公主就说这赵飞燕不过是她九姐姐的一个婢女罢了。

一个婢女到了人间尚且这样，云萝公主这样的神仙就更轻盈了，她那个俗子老公给她做了一件新衣服，她穿了一下就受不了，说："尘浊之物，几于压骨成劳。"——压得我都受不了。

重了自然就显得笨拙，所以神仙看凡间衣服第二个感觉肯定就是丑。《仙传拾遗》上有个《许老翁》的故事，说唐朝大将章仇兼琼的手下有个姓柳的士兵到吐蕃出差，结果一去不复返。他妻子李氏苦等三年，忽然一天不知从哪里来了一个姓裴的人就和这李氏同居了。而章仇兼琼这个时候也得知了李氏的美貌，也想把李氏拥为己有，他让妻子办了一个大派对，邀请成都府各级领导的妻子都来参加，这个李氏自然也在邀请之列。李氏去之前把最好的衣服穿上了，结果这位裴相公就很不屑地说："凡间的衣服，最好看也不过如此。"回头对仆人说："把箱子里的第三套衣服给她拿来穿上。"李氏说："为什么不拿第一套？"裴相公说："这是神仙的衣服，第三套已经足够亮瞎他们了。"果然，李氏穿着这套衣一到现场，立刻艳惊四座。章仇兼琼这时候也不想着美色了，他要李氏脱下衣服（买椟还珠的真实版），直接把衣服送给李隆基。同时再去找那裴相公，人已经不见了，后来多方打听才知道那姓裴的是天上第二号女仙上元夫人的衣库官，偷了上元夫人的衣服下界的。

从这个衣库官不屑的语气来看，就知道人间的衣服在神仙们的眼里有多丑了，有道是人类一思考，神仙就发笑，从衣服的角度来看，人类一穿衣，女仙们就会撇嘴。当然光丑也就忍了，闭目不看也就是了，最让神仙受不了的是臭。

《博异志》中有个传奇故事叫《阴隐客》，说有个叫阴隐客的人在家里打井，已经挖了两年没有挖出水，这阴隐客却像愚公一样不抛弃不放弃，让工人继续挖，挖着挖着，一个工人忽然听到鸡犬声，就见旁边有一个石洞，走进洞里，就到了一个仙境梯仙国。工人一进去刚走到门口，被卫兵拦住了，随后就见一群人捏着鼻子跑过来说："怎么这么臭啊。"卫兵赶快领着这人去洗了洗澡，又好好洗了洗衣服。

或许有人会说，这是挖井的工人，属于蓝领，身上有汗味那是正常的。那好，我们可以看《纂异记》里另外一个唐传奇故事《嵩岳嫁女》，这个故事的主角一个叫田缪一个叫邓韶，都是当时帝都长安的公务员。这一年八月十五两人骑马带酒，想找个地方赏月饮酒，从这一点看，两人还都是文艺青年，一定非常讲究，身上肯定没有汗臭。这两个人被路过神仙邀请去参加一个神仙的婚礼，席上两人拜见了西王母，结果西王母说："这两个人虽然懂礼仪，但身上臭味难当。不能让他俩靠近新人。"

正因为我们凡人衣服有这些缺点，所以那些到人间出差的神仙对穿衣服都不太讲究，都跟济公一样穿得破破烂烂的，好像不修边幅一样,实际上他们是受不了凡间衣服,他们一旦穿上天庭的衣服,那可讲究了。《仙传拾遗·司命君》上有个人见到了司命君,见司命君穿的衣服破破烂烂,还有点怜悯之心。但后来司命君请他到家里来做客,却见司命君衣衫华丽,光佣人就有三十多个,大起惭愧之心。司命君还只是个男人,如果是个女人,衣服上还要带着各种装饰。《拾遗记》上有种鸟叫藏珠鸟,每次飞翔都要吐出好多珍珠,非常轻便还非常华丽,在日月之下熠熠生辉,仙人就用来装饰衣裳。

所以凡间这衣服成仙的时候是绝对不能带到天庭的,必须要脱下来,汉武帝肯定意识到了这一点,所以不像那个没有文化的刘聪一样对什么轻如晨雾的布匹孜孜以求。

这两个公务员在婚礼现场还见到了汉武帝,这说明他已经成仙了。但众所周知,陕西的茂陵就是他的陵寝,难道那也是衣冠冢?

也是也不是。

汉武帝跟黄帝不一样,黄帝是生前成仙,所以要脱了衣服上天。汉武帝是死后成仙,按照《汉武内传》的说法,他死了,尸首是埋进陵寝的,不能算衣冠冢。但过了几天却突然发现那些原本陪葬的东西或是在市面上被人出售,或是在山洞里出现,而汉武帝的墓穴里也传出声响,内有香气传出,作者说这是成仙了,这种成仙的方式叫尸解,就是死后突然人间蒸发。这个时候如果打开汉武帝陵寝就会发现汉武帝的衣服纽扣整齐，而尸体已经不见了——这时候坟墓就变成了衣冠冢。（实际上汉武帝的陵墓肯定是被盗了，官员们编这套瞎话是怕追责吧，不过我们这里讨论鬼神，就姑妄信之。）

他的后代里当然没人敢去挖他的陵墓验证一下，这一点是从那个帮助汉武帝见他亡故王夫人的李少君那里推论来的，李少君神神叨叨，最终却病死了，按说这是打脸的事情，但《神仙传》上说这不是死掉了，这是化去了——入殓的时候，忽然发现尸体不见了，但衣服纽扣系得好好的，尸体却蒸发了，就像蝉蜕去壳一样（蝉蜕也得有个口），这种尸解的方式称为蝉蜕，那层皮显然指的就是衣服——这也就是说，这些人都是光着屁股上天了。

这种成仙的方法非常好地照顾到了凡间衣服不能带到天庭的设定，所以在古代十分流行（当然，更重要的是可以解释为什么修道的人也要死这样一个尴尬事实——我们固有一死，但我们死后轻如鸿毛，要尸解成仙，你们重如泰山，自然要沉沦下去）。好多人都通过这种方法号称自己成仙了。从汉朝的费长房到唐朝的司马承祯比比皆是，这基本上形成了一个套路，每当一个有道之士死掉，一阵风刮过，尸体忽然不见了，只留下一具衣冠。

这种场面看多了让人也腻歪，作为神仙，你们能不能有点新意，再说你们这样处理死后的垃圾，把我们人间当成垃圾场，不太好吧。

随着神仙修炼技术的进步，后来成了神仙的人就开始设法处理自己的垃圾。比如葛洪当年在罗浮山修行，最后一天到来的时候，他沐浴焚香，盘膝而坐，然后就死去了。弟子将他装入棺材，忽然觉得轻飘飘的，再看里面已经只剩下一件衣服了，他的尸体不知道什么时候已经"蒸发"了，附近的百姓都来看这个稀罕事，葛洪大概是反对偶像崇拜的，于是他的衣服变作了一只只蝴蝶——一直到现在成了一个景点，为当地旅游部门创收。葛洪真不愧是神仙的集大成者，将垃圾再利用到了极致。

既然衣服是累赘，那如果修行的时候光着屁股是不是更好。这个是自然，但是我们生活在世俗之间，就怕被世俗所不容，所以最好要有一个封闭的环境。《萤窗异草》中有个《仙涛》的故事，主角仙涛是个美女，她爸爸将之居为奇货，待价而沽。仙涛某天晚上在外面捡了一只猫回来，结果这猫到了屋内就变成老虎，驮着仙涛就跑，一口气跑到深林里，从此老虎就将仙涛"包养"起来，每天供她饭食，她身上衣衫烂尽，每天就裸身而居，骑虎而行，游历山川。后来仙涛身轻如叶，不用骑虎也能随心所至。这么快乐的生活，她突然动了凡心要回家去。老虎就把她驮了回去。结果被一个男人看见了肉体，于是仙涛就嫁给他（修了这么多年还这么俗气），后来这个男人考上状元，仙涛也当了官太太，两个人快乐地生活在了一起。

其实这世上最封闭的环境就是坟墓了，那如果死后尸解成仙，不穿衣服岂不是更好，反正尸解的人都会将衣服如蝉壳一样褪下，那直接不穿不就得了吗，何必费那事？理论上也行，但关键的问题是死后你穿不穿衣服不是你能做得了主的。

《右台仙馆笔记》里有个善于看风水的窦老汉，为人看风水，从来都是挑最吉利的，老头临死前，两个儿子问："你看了这么多年风水，有没有为自己看一个呢？"老汉说："我已经看好了，就在咱们这屋子里。"他要孩子将他尸体裸葬，头朝下，脚朝上，面朝东。埋葬之后闭门七七四十九天才能出去。

老头死后，俩孩子觉得这样安葬毕竟不孝，于是进行了变通，用布帛将身体缠裹，直立着进行了埋葬，其余完全听父亲的安排。接着就闭门谢客，结果他舅舅过来串亲戚，见俩人不开门，一问知道他们父亲亡故，当即大怒："父亲死了不告诉我，还这样不按礼法埋葬，快快开门，否则我将报官。"二人无奈只好开门。当晚就见五彩气在他们家房顶徘徊，第二天雷雨大作，将老头葬身之屋击坏，两个孩子去看，就见老人尸体已经变成了龙形，头角毕备，两眼紧闭，只是身上缠满了丝网，正是裹身的布帛。随后一声雷响打下来，老人身体糜烂成泥。

这老人显然也是想化龙登天，可惜他功败垂成，就是为这世上俗礼所害。所以"道法自然"最好的办法就是别人咋着你咋着，该穿衣服就穿衣服，然后再想法脱掉就是，不能随便省掉程序的。

神仙授衣的方式

这么说来，成仙要跟成名一样，要敢脱。

想来也比较有趣，该成仙了，就脱得光溜溜的，白日飞升。像汉武帝那样死后尸解倒还行，反正你在棺材里偷偷从衣服里钻出来飞走了，谁也看不见。但如果像黄帝那样，正在那儿上班呢（当时刚刚铸完鼎），突然专车（龙）来了，通知你："跟我们走吧，先脱掉衣服。"男的还好说，女的那得多难为情。

当然不是这样，当个保安还发工作服呢，当个神仙第一件事情就是发衣服。当有"专车"过来的时候，一般都会带着一套衣服供成仙之人换上。

《续玄怪录》里有个女人叫杨敬真，为人不苟言笑，虽然她也嫁人生子，但从来不串门子说闲话，在公元817年（元和十二年）农历五月十二日的夜晚（说得有鼻子有眼），她对老公说："今天晚上我想一个人安静会。"老公就带着孩子去别的屋了，杨敬真开始沐浴更衣，换上一套新衣服，这摆明了是要出远门，但她老公也不问。第二天一早推开门进去就发现媳妇不见了，只有她的新衣服掉在地上——这分明是有事啊，但在神仙思维的灌输下大家想到的是"哎呀这是蝉蜕了啊"。县太爷也来了，还把这个房子给围起来，当成文物古迹保护起来了。过了几天杨敬真竟然回来了，她说："那天晚上，仙乐彩仗，霓旌绛节，鸾鹤纷纭来到我房中（这么热闹，她老公居然没有听到），有神仙对我说'你本该成仙，现在户口已经办好了（仙籍嘛），这就走吧。'就见两个小孩捧着两个箱子，里面有一身非常香的衣服，我穿上，骑上仙鹤就走了。"至于为什么回来，她说是因为想念老公公，要服侍他老人家。

从这个故事里可见，当神仙是会发一件衣服的，她回来之后就一直没有走，那件天衣肯定也被神仙给收回了。因为神仙对仙衣控制非常严格。在《集仙录》里女神谢自然的故事也提到了这一点，当谢自然还是一位预备神仙的时候，神仙每次考察她，让她去天庭上课，来接她的神兽身上都带着天衣，她要在家换上天衣，再上天去，回来的时候，她还要把天衣脱掉，换上凡间衣服。可见天庭不但发衣服，而且管理严格，绝不能随便流入凡间。

有意思的是，管理严格的似乎都是女仙的衣服，男神仙的衣服则相对宽松一些，那些在凡间的男神仙似乎随身携带着仙衣，不过平常不穿，到了上天的时候才会换上。

《神仙传》上有个人叫王遥，是个大夫，给人看病从来不用针药，只是在地上铺一块布，病人坐一会就会好。有一天晚上下着大雨，他找出一件从没有穿过的葛衣换上静坐，他媳妇可比杨敬真的老公敏感多了，忙问："你这是要舍我而去啊？"王遥说："只是临别一段。"但他一去不复返，再也没有回来过。故事里说这件衣服早就有，只是从未穿过，可见这仙衣他一直留在身边，不像谢自然的衣服必须留在天上。

从他临别对媳妇的撒谎这件事来看，估计他多年一直对媳妇编瞎话，结果害得媳妇上了当。他媳妇要知道他这样决绝，肯定会把这衣服给他偷偷扔掉。

所以，作为神仙，把仙衣带在身上也要注意，务必要妥善保管。有的人不惜将这衣服藏在坟墓里。《十二真君传》中有个兰公的故事，这兰公事先被天庭领导斗中真人通知可以成仙，有一天他和朋友在野外看见三座坟，他意识到机会来了，就说："这里面的人都已经成仙了。"别人问："你怎么知道？"他说："第一座坟里埋着一位真人的肉体，第二个坟墓里埋着两件仙衣，第三座坟墓里埋着玉液丹，喝了就能成仙。"朋友不信，找人挖开，果然如此，兰公就喝了玉液，穿上仙衣，嗖的一下就飞到了半空。可见这个坟墓其实就是一个储物箱，天庭把仙衣给你放到这儿，到时候你开箱自取，简单易操作。

简单是简单了,但跟女仙相比,男神仙这样发衣服的方式水平太低,一点也体现不出做神仙的优越性。难道神仙歧视男性吗?这倒不是,真实情况是,男神仙的衣服质量平平,比如王遥那件说起来就是一件葛衣,女仙的衣服大不相同,所以让你随身携带,即便丢失。而杨敬真的衣服则"非绮非罗……珍华香洁,不可名状"。好得无法形容,谢自然的衣服也是这样"其衣缥缈,执之不着手",缥缈得要抓不住。

出现这样的差别,是由于性格不同选择不一样,女仙爱美,所以衣服就要精妙一些,而男人通常都没那么讲究,就不修边幅了(实际情况可能是为了迎合信徒的心理,让女信徒更容易上当——修仙就穿好衣服,快来吧)。

这也说明了神仙们衣服的多样性,那神仙都有什么衣服呢?

│神仙的简单衣服│

神仙的衣服款式自然多种多样,这个我们无从得知,但从衣服材质上看,可以分为以下三种。

首先是皮草,这皮草当然不同于我们日常所穿皮草,神仙如果如同我们人类活活剥下其他动物的皮衣穿在自己身上,那也太违天道了,神仙要穿皮衣都是自己造,身体长出来的。东汉的仲长统说"得道者生六翻于臂，长毛羽于腹，飞无阶之苍天，度无穷之世俗。"也就是当你得道，胳膊上就会长出翅膀，肚子上就会长出羽毛——好可怕，那岂不是变成鸟人了。

那怎样才能得道呢？曹丕有首《折杨柳行》开头几句是这么写的："西山一何高，高高殊无极。上有两仙童，不饮亦不食，赐我一丸药，光耀有五色！服之四五日，身体生羽翼。"也就是说当你吃了仙药，身体的基因就会发生变化（可以参见《一饮琼浆百感生——神仙是吃出来的》），就能长出羽翼来。

神仙这种穿衣的方式十分流行，《论衡》说"图仙人之形，体生毛，臂变为翼……"说的就是汉代人画的神仙，身上长毛，胳膊变成翅膀，可见这种鸟人的形象深入人心。《山海经》写过一个羽民国，这里的人都长个大长脸（原文是长头，然而头长脸必长），国人遍体生羽毛，这估计就是一个神仙国。张华在《博物志》里说这里的人都飞不远，但是这个国家有鸾鸟，下蛋让他们吃，吃了之后就可以飞行四万三千里。鸾鸟蛋的作用大概就跟曹丕所说的仙药差不多，在最后起着质变的作用。

前秦的王嘉在他的笔记小说《拾遗记》也连着写了两个羽人的国家，一个是勃鞮之国，一个是扶娄之国。勃鞮国里的人"无翼而飞，日中无影，寿千岁"；扶娄国的人能变化万端、兴云吐雾。虽然没有明确说他们是神仙，但看这种本领与神仙也差不了多少了，可以将他们等同于神仙。王嘉在另一个故事里写昭王遇见的神仙就是一个遍体长满羽毛的人，这个神仙充当了昭王成仙的导师，为昭王做了一个换心的外科手术，帮助他成仙。

正因为这种理念深入人心，羽衣成了那时候凡人提升气质的利器，凡人当然长不出羽毛来，就只能靠掠夺动物的羽毛来做衣服，其中又以鹤氅最多。最著名的如《世说新语》中，王恭在下雪的时候穿着仙鹤羽毛织成的大氅行走，被没见过世面的孟昶惊呼神仙中人。《三国演义》里诸葛亮出场的时候也是"身长八尺，面如冠玉，头戴纶巾，身披鹤氅，飘飘然有神仙之慨"，一下子就迷倒了粉丝刘备。

羽衣后来成了神仙的代名词，例如《西游记》里，孙悟空去蓬莱岛请福禄寿三星为自己说情，虽然三星穿的是宽衣大袖之服，但形容他们的时候，吴承恩用词也是"彩雾千条护羽衣，轻云一朵擎仙足"。

为什么这些神仙不穿羽衣了呢？大概因为这羽衣有个缺陷——太暖和。神仙住在不胜寒的高处，穿这个也就罢了，但是如果到了人间，又遇上夏天，这衣服就有点不合时宜了，再有钱的土豪也不会在三伏天里穿着自己的貂啊。

王嘉在《拾遗记》里说颛顼时，那个全是羽民的勃鞮国就有个人来到中国，但咱们这儿的天气暖和，他们就有点受不了，羽毛就开始掉。

这说明这个神仙的国家在咱们北边（要不总不能在南极吧），那生活在南边的神仙都穿什么呢？

有个叫屈原的南方人在诗里写到"被薜荔兮带女萝"，就是说穿着薜荔绕着女萝这两种植物，他这诗的名字叫《山鬼》，但从描写来看，她骑着豹子登上山巅，看脚下云散云涌，这分明是一位女神，山鬼不过是她的名字，就跟女孩子叫胜男一样。

《聊斋志异》中有个《翩翩》的故事，主角叫罗子浮，在南京嫖娼嫖得分文皆无，只落得一身性病，最后在大街上要饭，却不知道为什么被一个仙女看上了，带着他到了山洞里，为他治病，还为他做衣服，仙女所用材料就是芭蕉叶子，最气人的是这仙女还跟他洞房，还跟他生孩子。

蒲松龄在文章末尾也愤愤不平地说："用树叶做衣服似乎是神仙，但这帷幄戏谑跟凡人一样。"言下之意其实就是愤慨，仙女怎么看上这号人？我这么有才却不来找我？

如果翩翩和山鬼是不是神仙还存疑的话，那我们再来看两个神仙的诗作，一个是吕洞宾写葛洪的："罗浮道士谁同流，草衣木食轻王侯。"在他的想象里，葛洪就是穿的草衣。另一个是邋遢道人张三丰了，他在诗里写道："醉跨苍龙游玉宇，闲呼白鹤到瑶京。上天陪得高真坐，下地能随丐者行。木叶做衣云作笠，神通自在属先生。"他都能骑着苍龙驾着仙鹤四处旅游了，见识不可谓不广，他说"木叶做衣"，可见神仙的确是"衣法自然"啊。

跟羽衣一样，凡人对这植物的衣服也跟风。《东坡志林》中说有个医生善于开一道著名的药方：服绢方。就是吃绢，号称神仙药。苏东坡就打趣说，这衣物本是御寒，却要拿来吃，那冷了就只能穿稻草了，常言道吃饭穿衣，这下变成吃衣穿饭了。

苏东坡说穿稻草，其实用草编织而成的衣服不就是蓑衣吗，柳宗元最著名的那句诗"孤舟蓑笠翁，独钓寒江雪"。其中让人为之一凛的就是这个蓑笠翁，后代武侠片就常用这样的镜头表现世外高人，而让人觉得他是世外高人的一个关键就是他的蓑衣和斗笠，如果换成"孤舟棉袄翁，独钓寒江雪"，这境界一下子就下来了。

唐朝的张志和也写过一首非常有名有关蓑衣诗："青箬笠，绿蓑衣，斜风细雨不须归"，这形象太有仙人范儿了，他本人就是个道士，《续仙传》干脆就说他成仙了。

但张志和可不是穿着蓑衣成仙的，他跟颜真卿等在平望喝酒，喝到兴处，就把坐席铺在水上，他上去如同坐船，在水上飘忽一阵，来了一只仙鹤把他接走了（真实情况估计是淹死了）。

他去跟朋友喝酒肯定也不会穿着蓑衣，升天前，也没提他换衣服，估计也是提前换好的。这说明上天赐给他的仙衣并不是他最爱的蓑衣。

毕竟嘛，蓑衣这玩意穿的前提是"斜风细雨"才行，大晴天穿着就是傻了。即便不是蓑衣，像屈原那样"被薜荔兮带女罗"，独处还可以，如果真的在大庭广众穿这个，大家会以为你是亚当夏娃穿越过来的。

更关键的是，如果当了神仙就全身长毛，或者像元谋人一样穿着树叶，修仙诱惑力就大打折扣了，谁还会跟着你去学仙，是会影响信徒数量的，特别是女信徒。

那怎么办？神仙必须要穿高档的衣服。

《神仙传》里有个叫刘根的人，在山里修行，平常便不穿衣服，身上长的毛有一二尺长，可是每当有客人来，他一坐下，就是身着高冠玄衣——故事里想用换衣服这么快来证明他有道行，但这也透露了神仙也要照顾世俗的态度，你可以把这些毛衣、植物衣来作为家居服，但对外形象一定是要跟大家一样的穿戴。

不过这一样也只是外观上的一样，神仙衣服材质那可高端得很。

有多高端呢，高端得超出人类的想象。

好多想象力丰富的名家写到神仙衣服的时候不由自主就会用一个词——"不可名状"。例如《汉武故事》里上元夫人的衣服也是"非锦非绣，不可名字"，这故事的作者号称是班固，但后来被人证实是伪作，但即便真让班固来写，他虽然能写《汉书》，也不一定能写出神仙的衣服，因为即便是号称最后成了仙的葛洪，在《神仙传》里写麻姑的衣服最多也是"其衣有文章而非锦绮，光彩耀日"，再往下写就是四个字"不可名字"。

或许要说班固是政治家、文学家，不是神仙专家，见识广却不研究神仙，葛洪虽然是研究神仙的专家，却不是政治家，见识太少，所以都写不出来。但唐朝的牛僧孺政治上当过丞相，见多识广，在神怪方面他还有一本"专著"——《玄怪录》，两者兼备。他写起来神仙的衣服也是这个套路，例如我们前面提到的杨敬真的故事，写她的衣服就是"非绮非罗……珍华香洁，不可名状"，《麒麟客》一文里写神仙的衣服也是"衣服鲜华，不可名状"。

牛僧孺倘若早生个百十年，他就会生活在李隆基的朝堂上，在唐玄宗的手下当过丞相，他一定就会知道神仙衣服什么样子。

因为李隆基见过神仙的衣服。

| 神仙衣服的布料问题 |

《杜阳杂编》写一个轸国使者上贡给唐玄宗李隆基一匹神锦，神锦虽然图案精美，却只有婴儿服大小。这匹锦的神奇之处在于，用水一喷立刻变大，有两丈见方，遇火则缩回去，有点"冷胀热缩"的道理。看来这神物真不是我们人间物理所能管得了的。据轸国使者所讲，织成神锦的蚕丝叫水蚕丝，他们养在用五色石砌成的池塘里，一开始这种蚕只有人的睫毛大小，但长得非常快，半个月就能长到五六寸长，它们在荷叶上结茧，自带五色光华。唐明皇惊得感叹"天上的东西就是神奇！"不过这轸国在也就在东海南边三万里，最多靠近朱雀的轸宿，算不得什么天上。只能算是山寨版。

后来李隆基在方士罗公远的带领下步入月宫观赏歌舞，才真正见识了什么叫天上的东西，他所看见的仙女穿着便是霓裳羽衣（从他后来所作《霓裳羽衣曲》可以看出），也就是以用云霞做裙子，用羽毛做上衣，羽毛做上衣属于"毛衣"，这里估计是演出服装，那裙子倒是告诉我们天上仙女所用衣服是云霞做成。天上云霞绚烂多彩，是做衣服的上好布料。

而天上的云霞，正是织女织出来的布匹。

《殷芸小说》上记载织女传说，便说"天河之东有织女，天帝之女也。年年机杼劳役，织成云锦天衣。"既然是纺织，那就少不了蚕桑，许多神话典籍里都记载了东方有棵大桑树，那大概就是神仙养蚕的地方，东方朔在《神异经》里就说得很明确，东方有一棵大桑树，八十丈之高。树枝全都张开，自相辅助。树叶长一丈，宽六七尺。树名叫桑。树上自然生长着蚕。此蚕作出来的茧，长三尺。只缫一个茧，就可以缫出一斤丝来。织女大概就是用这种丝来纺织的。

织女织出布匹，铺在空中装饰天庭，需要用的时候就裁剪衣服。

但是天上那么多云彩，都是织女一个人纺织的吗？

她一个人织得了那么快吗？

应该没有问题！

《搜神记》上大孝子董永卖身葬父，一个土豪资助了他，董永服丧三年后打算到土豪家里干活还债，结果遇见了一个女孩非要嫁给他，董永就带着她到了土豪家里，还想在人家这里找一份工作，且美其名曰你买了我，我就要到你这里上班，算我还你账吧。人家土豪压根就没有想让董永还，但是董永一副我绝不欠人家情的嘴脸非要还，土豪被逼得没办法，就说让你媳妇帮我织布一百匹吧。一百匹布要三千六百米，这可是个大工作量，估计土豪是想让这两个人知难而退。没想到这董永媳妇十天就织完了，织完之后，董永刚要拉住媳妇"夫妻双双把家还"，结果女孩说："我是天上的织女，被天帝派来帮你还债的。"说完飞走了。

从她织布的速度看，每天都能织出三百六十米，使用的还是凡间的织布机，她在天庭使用的织布机肯定更好，织得更快，天上的一天又相当于地上的一年，一天怎么着也能织出十几万米。

值得注意的是，这个故事里除了土豪一点都不阴险外，帮助董永的是织女不是七仙女，织女只是帮助富豪织布，织完就走了（我怎么感觉织女是帮助土豪的，为了不让好人吃亏），织女并没有嫁给他。

当然织女肯定不能嫁给他，要不牛郎怎么办？实际上在牛郎这件事上，有一种声音说织女也是冤枉的。明代的《剪灯新话》上有个故事，一个叫成令言的人无意中到了天上，见到织女，织女向他发牢骚，大意反正就是说："我本是一个清白女子，从来没有跟牛郎谈过恋爱，下界的人们胡乱造我的绯闻，毁我的清白。"

最后织女请成令言当她代言人回到下界为她正名，还送他两匹锦缎作为报答。成令言带着锦缎回来，打开看看这锦缎也没什么特别的地方，就一直在箱子里扔着，后来遇见了一个波斯商人，这个老外向他详细描述了这锦缎的好处："文顺而不乱，色纯而不杂。日光所照，升起葱葱瑞气，灰尘难近，冬暖夏凉，用做帐幄，蚊虫不入；用做衣服，雨雪不湿"，真是绝妙非常。

从描写来看，这显然是锦缎的，其实织女纺织品种甚多，除了这锦缎的，还有纯棉的。

《聊斋志异·翩翩》里仙女翩翩用树叶给罗子浮做衣服，到了冬天的时候，给他做棉衣，便是拿来白云装填衣服，这为我们提供了一条线索，原来天上的白云都是纯棉的，只有彩云才是蚕丝的。对于罗子浮这种浮浪之辈，最多也就只能用纯棉，天上的绚烂锦缎他是不配穿的。我们凡人一提到"凤冠霞帔"就会想到那些太后、娘娘和命妇（有封号的妇女），因为普通人是不能穿戴的，在天上也是如此，只有天上的高级神仙才能穿得了这些高档衣服。

那织女作为一个纺织女工，按道理是个蓝领，但其实她身份非同一般，《殷芸小说》说她是天帝之女，《汉书·天文志》说她是天帝之孙。不管是女儿还是孙女，总之是最高首长的直系亲属，自然不会穿得太差。

成令言到了天上，据他所描写的织女"衣冰绡之衣，曳霜罗之帔，戴翠翘凤凰之冠，蹑琼文九章之履"。也就是说她上身外面罩了一层冰绡衣，肩上披着霜纨做成的帔，头上戴着漂亮的帽子，脚下穿着华丽的鞋子，可惜成令言这个书呆子只看见了织女外在衣物，没有注意她内里穿的是什么。

这么说似乎有点无理，内里穿什么，只有她老公牛郎知道啊，但哪有老公跟别人谈自己媳妇穿什么的？要谈只有那些给牛郎戴了绿帽子的人去谈，好证明自己跟织女真的有一腿。

比如说郭翰，他就不光看到了织女的外衣，还看到了织女的内衣。《灵怪集》说郭翰长得姿态美秀（就是非常帅），夏日夜晚，在院里消暑，忽闻见一股香气，就见织女从天而降。郭翰先看见的衣服跟成令言所见一样，"衣玄绡之衣，曳霜罗之帔，戴翠翘凤凰之冠，蹑琼文九章之履"。由此可知，这和成令言遇见的是一个人（实际上《剪灯新话》成书于明，《灵怪集》可是唐朝的作品，明显是《剪灯新话》抄袭。）。

但这个织女跟成令言遇见的那个织女性格可完全不一样,织女说了一大堆文绉绉的话:"久无主对,而佳期阻旷,幽态盈怀。上帝赐命游人间,仰慕清风,愿托神契。"这段翻译成白话文就俩字——"约吗?"郭翰当然不会拒绝。织女带来婢女张开薄如霜雾的蚊帐,铺上水晶做的凉席,打开电风扇(原文是会风之扇,应该跟电风扇差不多——这算自备家伙事,唐朝真是开放,而《剪灯新话》上那个织女那么保守,实则是因为那书写于明朝,道学先生多了),屋内立刻就凉如清秋,十分宜于洞房。两人脱衣上床,郭翰就见织女的内衣是红绡衣,如同一个小香囊,香气弥漫室内……

不好意思,跑题了,我们还是回到学术,关注一下织女服装。

织女外面罩着一层冰绡,内衣一层红绡衣。

这内衣的红绡衣或许是织女自己纺织的,但这冰绡估计是买来的。

因为织女纺织的是云锦天衣,长处在于色彩灿烂,却不是很擅长于这些素色的织物,这一点上鲛人就比她强。

《搜神记》上说鲛人居住在南海外,"水居如鱼,不废织绩,其眼能泣珠"。眼睛能哭出珍珠这一点许多人都知道,但所谓不废织绩,织的又是什么?

《述异记》上说:"鲛人,即泉先也,又名泉客。南海出蛟绡纱,泉先潜织,一名龙纱,其价百余金。以为衣入水不濡。南海有龙绡宫,泉先织纱之处,绡有白之如霜者。"鲛人的纺织物叫鲛绡,特点是白如霜雪,入水不湿。跟织女纺织的云锦天衣不一样,鲛人纺出来的纱专门可以卖给人类。

《博物志》中也说曾经有个鲛人从水里出来,住在别人家里卖龙绡,走的时候,向主人要了个盘子,哭出一盘子珍珠送给这家人——估计是当房租了。这鲛人简直就是致富神物,随便哭一场就够我辈一生吃喝了。但这些眼泪对于鲛人的确不算什么,最珍贵的还是她的绡,要不她为什么不送给人家一匹绡呢?

要穿她这绡不是位高权重就是富可敌国,比如遮须国国王后来就穿上了鲛绡,不过这时候的国王不是刘聪而是曹植了,而曹植之所以能穿上,是因为他有一个水里的绯闻女友:洛神。唐朝的裴铏在《传奇·洛神》里记载了此事。有个文艺青年萧旷,在洛水边弹琴,一个美女从洛水中出来,自称是曹植笔下的洛神。萧旷挺八卦,就问道:"听说你就是曹丕的甄皇后,你和曹植态度暧昧,有这回事吗?"洛神很大方地承认了。萧旷又问:"那曹植现在在干吗呢?"洛神说:"现在是遮须国的国王了。"并且她还重点说明就是刘聪的那个遮须国。

据此我们可以猜测,刘聪因为之前得不到薄如晨雾的衣服,光着屁股唐突神仙,估计被神仙罢免了,而曹植有洛神相助,得到这个就容易多了。在这个故事里,洛神随后就召唤出自己的闺蜜织绡娘子——肯定就是鲛人了。鲛人还送给了萧旷一匹轻绡，嘱咐他至少万金才能卖掉。

为什么鲛人的绡要卖得这么贵？白如霜雪这个特点太平常了，难道仅仅是入水不湿？这作用对人的意义也不大啊，谁会闲着没事老往水里钻？就算当雨衣穿，一年也穿不了几次。

我以为，鲛绡贵就贵在这种衣服的原材料让人想象不到。织女的纺织材料跟人间也没什么区别，不过蚕茧大一点而已，而鲛人的纺织材料却非棉非丝，而是水。

这虽然在意料之外，却也在情理之中。因为海底当然不能种植棉花，更不能养蚕，取之不尽用之不竭的能源就是水了。《琅嬛记》有个故事可做证，一个风雨潇潇的晚上，有个叫沈休文的人在家独坐听雨，忽然有个拿着络丝工具的女子不客气地走了进来，她用手中工具引带雨丝，络绎不断，好像蚕丝一样，一会就缠绕数两，这才停住，对沈说："这是水丝，送给你。"然后就不见了。沈休文后来将这水丝纺织成布，做成一把扇子，像水一样鲜明洁净，夏日拿在手，不摇自凉。既然水丝可以用来纺织，鲛人居于海底，肯定就是用这个来纺织的。

如此说来，这种绡为什么能入水不湿也就不难理解了，因为它本来就是水做的，沾水不沾水也就没有意义了，而且夏天着身，还能起到降温的功效，也难怪织女要穿在身上。虽然与织女云锦相比还少了一项冬暖的功能，不过也算是奇特，特别是在咱们现在这个全球气候变暖的环境下，若能加以开发，既低碳又实用，一定能获得诺贝尔奖。

云锦也好，鲛绡也罢，他们毕竟还是需要他人纺织，特别是织女。《殷芸小说》上说她"容貌不暇整"，忙得连化妆都顾不上，神仙穿这样的衣服，难免有成为剥削阶级的嫌疑，唐朝的牛僧孺就很为神仙着想，他在《玄怪录》里写了一个神奇的国度和神国，这里虽非仙界，但人们的生活乐比神仙，衣服也不用纺织，从树上长出各种色彩的绫罗绸缎，人们随意收取就是。树上直接长出布匹，养蚕纺织两大步骤都省略了，天庭应该抓紧把这种树移植过去，对织女鲛人之辈可真是一个大大的解放。

可惜这里长出的毕竟还是布匹，成为衣服，还需要裁剪才成，难道神仙也有裁缝吗？

似乎是有的，这个裁缝很可能就是织女。因为每年七月初七，除了是牛郎织女相逢之日，也是人间乞巧之时。《桂苑丛谈》上记载唐肃宗在位时候的某年七月初七，有个十六岁的少女在院子里乞巧，这天晚上就梦见织女来找她了，送给她一根针，用纸裹了，放入裙带中，让她三天不说话，必将乞巧。

织女都拿针授人了，说明织女的用针本领必然非常之高，而她之所以本领高，定然是多年缝纫所致，那她一定是天庭的裁缝。从纺织到成衣，织女基本上垄断了天庭所有的制衣行业。这也难怪玉帝让她和老公一年见一次，就怕她沉溺爱情而忘了工作。

从织女跟郭翰偷情这事来看，当时她工作的状态已经非常不好了。天庭不得不提拔新的针神，前后至少提拔了两个，前面说了刘海是男针神，他因为帮助黄帝做衣服，被奉为针神，但一个男人哪会有耐心当针神，刘海一天到晚弄个线戏完金蟾，混成了财神一般的人物。另外还有一个女针神，名叫薛灵芸，曹丕给她取了一个很让人想歪的名字"夜来"。这位倒是履职严格，《王子年拾遗记》上说她本是魏文帝的妃子，十分擅长女红，即便处于黑暗之中，裁缝衣服也是非常精准，曹丕是她的头号粉丝，不是她缝制的衣物就不穿。后来她就被奉为针神，死后估计就到了天上当了裁缝。

但织女的地位是不可撼动的，织女这时候就研制出了无缝制衣技术，压根不用针线，号称"天衣无缝"——这个秘密也是那个跟织女做了一阵夫妻的郭翰发现的，他当时很惊奇："你的衣服怎么没有缝？"织女不屑地说："天衣本非针线所为。"神仙的衣服压根不是针线做成的——大概神仙将布匹往身上一披，布匹立刻就根据身形变成得体衣服。其中原理就不是我们所能知道的了，或许如贺知章所言："不知新衣谁裁出？二月春风似剪刀。"

许多高级的神仙对于这种技术也是不屑的，他们做衣服都是自己动手，因为这衣服不光是华丽丽地出去忽悠凡人，还有更重要的作用。

神衣的功用

许多笔记故事里提到神仙的衣服，都要说什么具有冬暖夏凉的功能，这就跟农村老太太想象皇宫老太后一天到晚盘腿坐在床上，拿着馒头蘸白糖吃一样搞笑。且不说神仙都是法力高强，体温能够自行调节，天庭上四季如春，但论御寒蔽热，根本就用不着穿衣服。神仙穿衣服除了维护人伦秩序，更主要的是因为衣服是他们的做法工具。例如《西游记》中镇元子擅长的法术袖里乾坤，一招使出，孙悟空师兄弟三人转眼之间就被笼入袖内，完全没有抵抗力。

镇元大仙是地仙之祖，所以能把衣服使得出神入化，但对于大多数神仙来说，衣服的作用是防护。这其中最著名的莫过于《封神演义》中的紫绶仙衣，殷洪下山，赤精子送给他紫绶仙衣，穿上这件衣服，就算姜子牙的打神鞭打上去都毫无感觉，其作用和防弹衣差不多。紫绶仙衣是为神仙量身定做的，对于凡人来说，神仙们随便一件衣服都有这功效。

帝王的好榜样舜帝当年龙潜之时估计就收过神仙送的两件宝衣。《宋书·符瑞志》上说当年舜帝的老爹想要害死他，让他修房子，然后从下面点火想要烧死他，舜就穿着鸟工衣飞去了；又让舜去挖井，他爹从上面把井填住，想把舜给活埋了，但舜何等彪悍，早就料想这一点，穿着龙工衣就出来了。虽然没有明说这龙工衣和鸟工衣是什么，但在《烈女传》上说得很清楚，舜这龙工衣和鸟工衣都是他的两个媳妇让他穿的。他这两个媳妇是尧帝的女儿，尧作为上古第一代领导核心，肯定是通神的，弄个神衣什么的不在话下。从字面上理解那鸟工衣应该就是有着鸟功能的衣服，所以能飞，而龙工衣则是有着龙功能的衣服，不过这龙应该是个钻地龙。

这是上古时期，衣服取名还比较简单，到了唐朝时候衣服取名就比较华丽了。《西游记》第七十一回，观音菩萨的坐骑金毛犼变成妖怪赛太岁抢了朱紫国王的老婆，禽兽与美女在一起，国王的帽子硬是没有变绿，就因为那个从宋朝穿越过来的紫阳真人张伯端送了一件五彩霞裳送给了这金圣宫娘娘。这名字听起来光灿灿的，实际上这衣服是他用一件旧棕衣变化来的。就这么一个破衣服，硬是害得这有来头的禽兽本性逼回，和金圣宫娘娘谈了三年柏拉图式恋爱，防护层级之高难以想象。

如果没有这五彩霞裳，万一金圣宫娘娘怀孕了也不要紧，只要神仙拿出另一件衣服也能保全金圣宫娘娘的名节。《聊斋志异·云萝公主》里云萝公主怀孕后，把自己一件内衣脱下来让婢女穿上，婢女就替她生下了孩子。

有时候神仙不必把衣服送给凡人，只消让凡人看上一眼就能趋福避凶。

《神仙传·尹思》上晋朝的元康五年正月十五夜里，尹思考他的儿子："你看月亮里有什么？"他儿子回答："有个人穿着蓑衣拿着剑，今年恐怕有大水了。"尹思看了一下说："不对，那人是披着铠甲拿着长矛，估计要发生兵戈之乱了。"

这事说起来有点玄，这不仅说明尹思的眼神比他儿子好，更说明尹思比他儿子有经验，要知道当时是两晋时期，打仗都是家常便饭了，预言打仗比预言发大水当然要概率更高。似乎算不得什么神奇。

我们再看管仲的一个故事。《管子》里说齐桓公当年去攻打孤竹国，离卑耳溪十里的时候，齐桓公突然看见了一个人提着右边的衣服从他面前一闪而过。管仲就告诉他："这是登山神俞儿，他给我们提示呢，你看他提着衣服，肯定是有水，提着右边的衣服则表示可以从右边过去。"再往前走，果然一条大河——卑耳溪。左边的水能够淹没人，右边的水则深不过膝。齐桓公对管仲佩服得五体投地。

当然，这个故事的真相很可能是作为政治家的管仲先前打探过地形了，但这么一说，更加证明了神仙衣服的非同凡响。

这俞儿于现在是个陌生的名字，春秋战国那会可是十分有名。《庄子》说他善辨五味，鼻子十分好使，从他过一条河都要提着裤子这点来看，估计是个级别不高的神仙，否则早就飞过去了，而他之所以不能飞，很可能他的衣服不具备"飞行模式"。对于一些低级神仙来说，衣服是赖以飞行的工具。

《建安记》里有个《乌君山》的故事，说有个道士叫徐仲山，一次在山里遇雨，仓皇之中看见一处宅院就去求避，守门的人很客气地接待了他，还告诉他这是神仙的居所。过了一会仙官接见了徐仲山，还要将自己的小女儿许配给他，当天就结婚了（谁说好事多磨，看人家这来得多快）。徐仲山看见院子里挂着许多羽衣，妻子告诉他这是神仙们的衣服，神仙倏忽便到万里之外，全靠这些羽衣。而且这些羽衣还分着不同等级，领导及其家属都穿黑色的，婢女穿翠绿色的，打更的这些杂役们穿得一身灰，像鹡鸰一样——这足以证明他们是低级神仙了，还没有脱离仿生学的飞行理念，你看孙悟空这样的高级神仙，一个跟头便是十万八千里，何曾需要羽毛。

更能说明他们是低级神仙的是故事结尾，因为村民们要烧山，竟然逼得这些神仙不得不搬家。妻子仓促之间没有给徐仲山造衣服，新婚夫妻只好分别。

徐仲山也太过厚道，就这么眼睁睁地看着妻子飞走了，其实他只要把妻子的衣服藏起来，两个人就可以幸福地生活在一起了。

《搜神记》记载豫章县有个男子就这么干的。这个男人看见田地里有六七个女人,就匍匐过去偷了一件她们带来的毛衣,一会众人飞去,只有一个不能飞,只好嫁给了他,生了三个女儿,后来得知毛衣藏在何处,穿上就飞走了。

这里还没有明确说女人是仙女,到后来句道兴版《搜神记》(敦煌变文)里把这个故事演绎得十分有趣了,说这男人叫田昆仑,自己家田内有个水池,有天看见三个美女在这里洗澡,他就偷了一个年龄最小的美女的衣服,一会其他两个飞走,只剩下这么一个。美女吐露实情,她们本是天女,来此游玩,哀求田昆仑把衣服还她,她便嫁他为妻。田昆仑相当聪明,把自己衣服脱给她,然后把她的天衣藏了起来。女孩无奈,乖乖地嫁给了他,共同生活了五年,生了一个儿子。小仙女却无日不想着找到天衣。后来趁田昆仑出门的时候,对田昆仑的妈妈说:"我想看看我的天衣是不是变小了。"老太太一时糊涂拿出给她看了,结果她穿上就飞走了。

这完全是一个少女被拐骗后和人贩子斗智斗勇,终于逃出牢笼的故事,衣服对她而言太重要了。

男神仙也有被偷衣服的。《神仙传·董奉》里董奉成了一名职位较高的神仙,他的女婿就仗着老丈人的位置,常常去偷庙里神仙的衣服,这些小神拿他没有办法,对外抱怨:"我倒不是心疼衣服,只是怕凡人觉得自己没用,连件衣服也看不了。"可是不光他们这些小神丢了衣服没办法,有些大神丢了衣服也没办法,《子不语》写过一个故事,有个地方官员塑城隍像,以檀香雕身,绣衮做袍,可是一天晚上,这地方官员梦见一个人光着身子,只有头上戴着一顶帽子来找他,他急忙前去城隍庙里查看,原来神像的衣服被偷去,神仙是找他来报案的。城隍本是一城的保护神,位置不可谓不高,还要光着屁股找凡人帮忙,大概也是因为丢了衣服失了法力的缘故吧。

可能是因为男神仙丢的都是自己雕像上的衣服,那是凡人供奉的,不是他们自己真正的仙衣,没有发生过太严重的后果,不像女神仙那样,丢了衣服就像被拐卖的少女一样,被迫嫁人。没听说哪个男神仙衣服丢失后被凡间女子强行霸占的事。

这些都是小偷,真正的大盗都去偷天上大神仙的衣服,比如孙悟空。

| 神仙衣服的管理 |

孙悟空当年在天上不光偷过蟠桃,还偷过王母娘娘的衣服,这事在吴承恩的《西游记》里没有提,可能老吴出于为尊者讳的想法把这事给隐瞒了,但在元朝人杨景贤的杂剧《西游记》里却明确提到了,在杨景贤笔下,孙悟空比金毛犼都厉害,他抢了金鼎国国王的女儿当媳妇。他到天上偷东西并不是出于什么反抗精神,只为讨好自己的老婆。哄女人嘛,光有吃的当然不管用,所以孙悟空还偷了王母娘娘的衣服和帽子。书上说这些衣服"金灿烂光闪烁,多管是天孙巧织紫霞绡",也再次证明天上的衣服是织女织出来的。不过偷神仙的衣服那可是大罪,杨景贤写的孙悟空可没有吴承恩笔下的孙悟空那么厉害,托塔李天王带着几千个士兵就把他给抓住了,幸亏观音说情,让他去取经,这才没死。

有些法术低微的人偷不了东西,但可以仗着自己和仙人的关系借一件衣服到下界炫耀一下。《聊斋志异》中写过一个巩道士,可能也有些法术,为了在鲁王面前表现,他从天上偷了仙衣给鲁王看,这衣服光彩灿烂,把整个房子都照亮了。结果鲁王不信,非要近前触摸,看清果然是无缝天衣,这才信了。可是这巩道士却着急了,他说:"这衣服是从织女那里借来的,现在被你搞污浊了,怎么还给人家。"——毕竟借来的衣服要完好无损地还给人家才对。

既然脏了,那就只好洗洗。

但即便是我们凡人的衣服,价格昂贵的洗起来都有各种讲究。神仙这衣服也是如此:不能水洗,更不能干洗,而是要火洗。

唐诗形容宝剑"龙泉再淬方知利,火浣重烧转更新",神仙这衣服和这宝剑有同等之妙,放在火里一番烧灼,衣服不会化为灰烬,而会焕然一新。当然神仙这衣服不可能像铠甲一样是用铁做的，关于这种衣服的制作材料，东方朔在《神异经》里有过记载，在南荒之外有座昼夜燃烧的火山，山上有一种老鼠，重达百余斤，毛长一尺二寸，其毛可以用来纺织，织成的布匹就耐火烧。从这一点来看，巩道士偷来的仙女衣服就是这种布匹所制，属于仙衣中的"毛衣"一类。

后汉的梁义超就曾得到这么一件仙衣，他为了向众人显摆而大宴宾客，席间，他故意将油污洒在衣服上，正当众人惋惜的时候，他将衣服投进火中，一番烧灼，拿出来一看已经焕然一新。这倒不是传说而是真事，不过梁义超的这件衣服并非火老鼠皮，而是石棉，石棉可以耐九百摄氏度的高温——这么说透了就一点也不奇幻，反而没意思了。

除了火烧，在仙界的昆仑山上还有一种洗涤方法：风洗。《仙传拾遗》上《许老翁》的那个故事里，姓裴的将一件仙衣交给女朋友穿，章仇兼琼得到后，又进献给李隆基，中间不知经过多少人手。最终天庭要收回这件衣服，收回的方式就是将衣服放在一个干净的地方。一阵旋风刮过，衣服就卷起飞上天了。

这阵旋风不光是在回收天衣，也是在进行洗涤。《拾遗记》上说昆仑山上有一处高地叫昆陵，这地方刮各种大风，有四面一起来的风，有祛尘之风，如果衣服上有尘污，让风一吹就立刻变得干净。只可惜世间无此好风，若有的话，一定是"大风起兮云飞扬，卖洗衣机的全下岗"。

上面所说各种把衣服搞脏，都是因为经过凡人触摸，其实在天庭上的衣服纤尘不染，是完全不用洗涤的。所以对于神仙们来说，保持衣服最干净的方式莫过于不让凡人触摸。于是他们设立了衣库官，专门管理自己的衣服。例如《仙传拾遗·许老翁》的故事里那个姓裴的便是上元夫人的衣库官。虽然也会发生监守自盗的事情，但只要内控制度合理，是完全可以防止类似风险发生的。

既然衣库官在天上专门管理神仙的衣服，在凡间理所当然就被奉为衣服神，《许老翁》的故事里说他姓裴，而据《说文解字》解释裴就是长衣的意思，神仙给他取这个姓也是大有深意的。《许老翁》却没说他叫什么，我猜他应该叫厌多，全名裴厌多，因为《琅嬛记》上说得很清楚："衣服神曰厌多"。估计神仙提醒自己不要太贪得无厌积攒衣服吧。

其实衣服不光有神，还有鬼呢，那衣服之鬼又叫什么名字呢，请看下一篇——鬼的衣服。

《右台仙馆笔记》中有个姓张的人，妻子死后续娶了周氏，一天晚上，周氏见到一个自称是张某前妻的妇人穿着一身紫衣前来找她，拜托周氏善待自己的孩子，而前妻所穿的紫衣就在家中箱子里。

穿来寒暖不关肤——群鬼穿衣靠甚辽

鲁迅批评《三国演义》"显刘备长厚而似伪,状诸葛多智而近妖",我觉得还应该加上一句:"彰关羽之神而乱吹"。特别是在关羽死后,吹得有点都不顾逻辑了,先是满天大叫"还我头来"——没头你用什么在喊叫?普净老和尚抬头看去,就见关羽在空中骑着赤兔马,提着青龙刀,带着周仓关平两个马仔,基本上还是原来的配备。赤兔马这时候绝食而死也就算了,但这青龙刀还尚在人间,已经落入吴将潘璋手里,后来潘璋被关兴所杀,此刀又落入关兴手中——为什么关羽还能提着这把刀?

后来关兴被羌兵元帅越吉追杀，差点没命，关羽突然从天而降显灵救了儿子，这时候关羽也是"绿袍金铠，提青龙刀，骑赤兔马"，关兴只顾着激动，却没注意到为什么世界上有两把青龙偃月刀。更没有想想这时候距离走麦城已经有了七八年，为什么关羽还穿着那套绿袍？以至于《三国演义》的头号粉丝毛宗岗都忍不住说："况青巾绿袍，并青龙偃月刀，皆依然如故，得毋衣物器械亦有魂否？"——难道衣服器械也有魂吗？

这话问得妙！这是无鬼论与有鬼论者交锋时候的一记杀招。

创造此招的乃是唯物主义的一位东汉前辈——王充。他在《论衡》里说，你们都说鬼是死者的精神，如果确实这样，那这鬼就应该光屁股，为什么呢？因为衣服没有精神啊，人死之后与肉体一起腐朽。那为什么你们说见到的鬼都穿着衣服呢？

这话无异如利剑，从最平平无奇的地方入手，一下子就刺中了有鬼论者的要害。想想也是，魂毕竟属于有生命的东西，总不能随便一件衣服、一把锤子都要有鬼魂吧？那我们裁缝的剪刀岂不是生死之门，铁匠的熔炉该燃着地府的烈焰了。

有鬼论者这时候要自圆其说，那就只能让鬼光着屁股出来，比如《三国演义》里这段，关二爷和周仓、关平三人就该光着屁股骑着马，手无寸铁地出现，那这还是显灵吗，这是现眼啊。

所以有鬼论者只能保持沉默，依旧自说自话，他们描述的鬼还是要穿衣服的。无鬼论者仗着这一杀招开始对有鬼论者的进攻，《世说新语》上阮宣子说："今见鬼者，云着生时衣服；若人死有鬼，衣服有鬼邪？"这已经深得王充真传了，他甚至挥刀砍伐社树，直接危及有鬼论者的存在。

有鬼论者拿他没有办法，就拿他的族人开刀。《晋书》上说阮瞻也持无鬼论，谁都辩论不过他，某一天突然有人前来和他谈鬼神的事情，阮瞻一番陈述，说得那人张口结舌，无言以对。最后这人怒道："我就是鬼。"化为狰狞之态，须臾而灭。阮瞻神色大变（信仰崩塌了），由此而病，因病而逝。

阮瞻和阮修本来就傻傻分不清楚（例如著名的"将无同"公案），所以我以为这里没准就是在说阮修。有鬼论者不讲理了，你说世上无鬼，我就让鬼出来教训你，把你带走，这已经涉嫌人身攻击了。

当然也有人从无鬼论者逻辑中挑毛病，《古今谭概》里有人就这么反驳：人在梦里都是穿衣服的，难道衣服也有梦？初听之下似乎有点道理，但有鬼论者完全可以顺着这条线问：梦里穿衣，因为梦是假的，这么说来鬼也是假的了。所以这一招不足破敌，被有鬼论者弃而不用。

到了唐朝，有鬼论者一派里终于出了一位名家段成式，他从另一个角度看问题，与其否定衣服有鬼，那倒不如承认。他在《酉阳杂俎》

里写道"衣服之鬼名甚辽",就是明白地宣称,衣服有鬼,这鬼就叫"甚辽"。就这么一句,没有任何赘言,说得简洁明了,斩钉截铁,仿佛这就是毋庸置疑的,不需要任何抗辩的,一下子就让有鬼论者转换了视角:你们无鬼论者又不是衣服,怎么知道衣服没有鬼,你们这么随便地否认衣服有鬼,你们考虑过衣服的感受吗?

再回到《三国演义》这个问题上,毛宗岗是清朝初年的人,这时候有鬼论者这套说法已经臻于完善了,他在批注里发出一个疑问,随即他就给出了答案:"衣服器械肯定有魂灵的,它们随着主人的灵魂而去,马、刀、巾袍随着云长一起永垂不朽了。"

也就是说,这些关二爷死后所穿的巾袍就是他生前巾袍的灵魂,所用青龙刀也是原来青龙刀的精神,这么说来,倒也可以解释,为什么同样一把青龙刀在关二爷手里出神入化,在关兴手里就平平无奇,那是因为这刀的精神已经追随二爷登天了,留在人间的不过是它的尸体,作为一具尸体不好用是必然的了。

毛宗岗在这里说得激动,其实他如果读书仔细的话,就会发现罗贯中这种写法因袭的是唐传奇《离魂记》,在这个著名的故事里,倩娘的魂魄与表哥王宙私奔,当时倩娘的身体并不是没有遮掩,她当时穿的肯定就是衣服的"甚辽"了,他们两个在一起生活了五年,还生了两个孩子,等到后来自念生米做成熟饭,回去探亲,倩娘的肉体与灵魂相见，肉灵合一，作者专门提了一句"衣裳皆重"，就是说灵魂身上的衣服和肉体身上的衣服也合在了一起。

可见衣服追随灵魂而去并不为关二爷这样的神人所独有，平凡如倩娘这样的弱女子也可以，甚至都不用死去。只不过倩娘离家五年，肯定不能只穿一件衣服，肯定是要换洗的，她回家时穿的就未必是衣服的灵魂了，很可能是衣服的"肉身"，衣服的两个"肉身"融合在一起有点说不过去。纪晓岚就注意到了这一点，他建议应该让倩娘脱下衣服再重合——如果乘机描写一下倩娘的肉体，这《离魂记》就有点《金瓶梅》的意思了。

纪晓岚本人完全是段成式（唐代笔记小说《酉阳杂俎》作者）的拥趸者，甚至进一步发展了段成式的理论，在《阅微草堂笔记》里展开了一番论述："人的精气没有散去的就成了鬼，布帛的精气自然也就成了鬼的衣服。"

但无鬼论者可以追问下去，既然衣服有鬼，有精神，那说明衣服也有生命，那为什么衣服要跟人一起死去呢，衣服又没和人类拜把子，干吗和人同年同月同日死。

有鬼论者固然可以说："那是因为衣服跟着主人一起埋葬，等于是殉葬了，随着肉体一起腐烂了。"但在《离魂记》里倩娘可是没有死，那衣服的魂魄为什么要随她而去呢？这个问题简单得很，这是因为——

衣服是低级生命

我们说衣服有精神,并不代表着衣服就一定是有自我意识的高级动物,如同衣服在"活着"的时候"无知无识"一样,我们想穿便穿,想裁就裁,甚至可以让衣服替自己去死。

《子不语》里有个叫成其范的人善于算卦,一天去东华门一个同事家吃饭,刚坐下,突然将帽子腰带放到桌上,对主人说:"我肚子疼上个厕所。"出门就喊自己的轿夫,抬着他一路飞奔回到了家。轿夫问他怎么回事,他说今日将有一大劫数,酒席上的几个人都在其中,我不敢不到,于是就将衣冠放在那里糊弄过去。话音刚落,就听见一声巨响,东华门火药局发生爆炸,祸及周围十余家,那个同事家也成为灰烬。酒席上诸人自然也无一幸免。

像这样的法术有很多,《夷坚志》上有个叫范子珉的道士也擅长此术,故事里有人中邪,范子珉就让人取了两件衣服念咒焚化,中邪的人就无恙了。他们这法术原理就是用衣服为自己顶缸,而衣服之所以能够顶缸,就是因为衣服也有鬼,到了阴间可以凑个数。但成其范那件衣服如此冤死,独自来到阴间难道不会向阎王爷控诉自己的冤情?当然不会。因为衣服在"生前"是个物件,死后成为"甚辽",对于鬼来说还只是一个物件,没有人,更没有鬼会考虑它的感受。众鬼发现多了一件没有主的衣服,伸手拿起披上就是了。

《庚巳编》里说,明朝洪武的时候,有个太监卫生搞得不好,朱元璋一怒之下要杀他。太监穿着工作服"金团背子绿衫"被绑缚刑场,围观的人远远就看见这太监面前有个人,衣服相貌完全一样,拱手而立,肯定是他的灵魂,穿的衣服都一样,显然是衣服的灵魂穿在他身上,这拱手就是要和肉体告别了。但过了一会朱元璋下令又不杀了,这太监捡回一条命,那灵魂连带着衣服的灵魂冉冉而逝——一定是又灵肉合一了。

站在太监鬼魂的立场上看待这个过程,当时只觉得肉体要完了,当即挣脱躯壳就钻了出来,恰如我们起床的时候拿起一件衣服穿上一样,这灵魂肯定是抓起现在身上的工作服之魂穿上就出来了,所以他灵魂的衣衫和肉体的衣衫完全一样。不过后来一看,不用死了,他的灵魂就带着衣服灵魂一起回归肉身。

倘若这位太监当日脑袋搬家,估计他的灵魂就穿着衣服的灵魂一起飞走了,但这里就有一个问题,他的那件衣服就彻底成了一件"尸体",按照朱元璋节俭的个性,这工作服要从他身上扒下来,提供给后来的太监穿,那后任太监穿上这件衣服岂不是穿了一件衣服的"尸体"吗?这种"岂曰无衣,与鬼同袍"的事情并不少见。

《右台仙馆笔记》中有个姓张的死了妻子，续娶周氏，一天晚上周氏见一个妇人穿着一身紫衣前来找她，自称是张某前妻，拜托周氏善待自己的孩子。周氏哪敢不答应啊，连连应承，前妻才离去。让周氏最为惊奇的是，这前妻所穿的那身紫衣就在箱子里，自己也经常穿，怎么就穿到了这死人身上？

她哪里知道，周氏穿的乃是衣服的灵魂，而她箱子里不过是这件衣服的尸体，这位前妻还是个厚道人，挥一挥手只带走衣服的灵魂，还留下衣服的"尸体"供后任使用，有的鬼小肚鸡肠，自己穿了灵魂，还要毁灭肉体，不给他人穿。

《子不语》有个《鬼买儿》的故事，洞庭葛姓人家，妻子周氏死后，丈夫续娶李氏，李氏看见周氏遗物中有绣九枝莲红袄一件，于是就穿上了。不料前任周氏的鬼却不干了，上了李氏的身，对她又打又闹。家人说：你已经死了，你穿你的甚迗，要衣服的实体干啥？周氏鬼说：我就是气量小，从前衣服妆饰都不能给她，快烧了给我。家人无奈，只好烧了给她，这才作罢。

其实烧掉衣服是一件损人不利己的事情，人类固然无法穿了，这件衣服的"甚迗"无所凭借，也就无法"还魂"了。正如人类的鬼魂只能在夜里出现，一听鸡叫就必须往回赶一样，否则就会魂飞魄散。鬼的这些衣服也一样，《博异记》上一个女鬼吟诗说"当时手刺衣上花，今日为灰不堪著"。正是这个道理。

蒲松龄在《聊斋志异·公孙九娘》里就提到了这一点。故事中莱阳生受鬼友之托,去和自己那成鬼的外甥女提亲,邂逅女鬼公孙九娘,两情相悦,定下终身。成婚当晚,九娘追溯往事,吟诗两首,其中一首便是"昔日罗裳化作尘,空将业果恨前身。十年露冷枫林月,此夜初逢画阁春"。九娘是在异族刀下被冤死的鬼,诗里自有一股悲愤。单看这一句"昔日罗裳化作尘",凄冷之外,也是一种实情。人死之后,衣服随着形体一并腐朽,罗裳自然要化作尘。后来由于阴阳殊途,两人被迫分别,临别时,九娘还赠送他罗袜一双,莱阳生回到阳间,手中罗袜"着风寸断,腐如灰烬",也正好诠释了九娘这首诗,说明在阴间九娘身上穿的衣服就是布帛精气,这精气回到阳间自然就是一堆灰烬了。倘若地府公平,查得九娘冤情,判她还阳,九娘也要裸体回来了。

《通幽记》上有个人叫韦讽,是个宅男,闲来无事就爱读读书种种花什么的,一天正在锄草,就见地上好多头发,往下锄去,头发越来越多,再向下挖了尺许,竟然挖出一个人头……女人头……活着的女人头。韦讽赶忙继续挖,像挖萝卜一样挖出一个少女,这少女的衣服被风一刮就化为尘粉飞去。少女告诉韦讽她是很久之前的人,给人做妾,大娘子将她打死,活埋在这里。她死后向阴司控诉,本来一个判官已经快给她结案了,结果,这判官因违纪被免职,这事就搁下了,一晃就是九十年,后来阎王清理陈年旧案,发现她这个事情,这才让她还阳。韦讽很好奇地问她:"你死了这么久,为什么身体不腐烂呢?"少女说:"我这案件不判,阴司对我的身体敷药来保全。"

这个故事说明阴间的防腐剂功效不错,能够保存这么久(科幻小说里常有冬眠措施,来让人跨越时间,阎王爷这个方法也不错)。但防腐剂只防人的肉体,对衣服的实体完全不管,所以她出土后,就只能光着屁股见人了。

尽管将衣服烧掉对大家都没有好处,但到后来只要家里条件还过得去,一般都会把死人的衣服一把火烧了——谁会愿意跟鬼合穿一件衣服呢?万一哪天自己灵魂出窍的时候,还得裸奔。但大家烧啊烧,烧成了一种习俗,给大家造成一个错误的印象,以为只有烧掉才能送给鬼,实际上,鬼不但可以穿衣服的灵魂,也可以穿衣服的"肉体",不过他们更愿意穿衣服的灵魂罢了。

这是因为衣服的实体容易腐朽,阴间又没有正经的纺织行业,衣服烂掉更换不容易,再则鬼一般情况是无形的,最好还是穿一件无形的衣服,倘若穿着一身有形的衣服,人类就会看到一件衣服自己在那里晃来晃去,会引起恐慌,让大家感觉到这衣服成妖了,继而招来法师,对自身安全不利。

《阅微草堂笔记》里也说，有个人买了一件绿袍，一天出门发现忘记带钥匙，回家隔着窗户看去，却见那绿袍自己站了起来。他一声惊呼，绿袍才倒下。有人就说这是死人的衣服，是死人的鬼魂回来找这件衣服，只是这鬼魂太弱了，给人一声惊呼就吓跑了。当即就有人建议把这件衣服烧掉，也就是直接赠送给鬼，但也有懂鬼身体原理的，建议将这衣服放到阳光下暴晒，充分接受光照，鬼就不敢靠近了。

这个鬼显然是十分钟爱这件绿袍，但差点给自己带来杀身之祸，此后跟这件绿袍恐怕再也没有缘分了。当然，如果一个鬼有特殊定力，能够保持自己可见的状态，不怕太阳，自然可以大摇大摆地穿着衣服的本体——能做到这些，那还是鬼吗？那不就是人了吗？

《翼駉稗编》上有这样一个故事，北京某人被押送法场斩首，刽子手行刑前，先摸了摸他的脖颈，说："我要开刀了，走吧。"这人拔腿就跑，一口气跑到了河北雄县，在这里开面馆为生，娶妻生子，过得也十分舒适。过了两年，那刽子手路过此地，在他面馆吃饭，这人就上前感谢。那刽子手奇怪道："当时，我只那么一说，是让你灵魂出窍，你就不怕疼了啊，但最终我将你杀了。"这人一听此话，立即身体一软，不见踪影，地上留下一摊衣服。

这个鬼仗着一口求生的欲望竟然能维持两年之久，和生人厮混，还能娶妻生子，自然也能穿得了人类的衣服，不过一旦被人点破，那口气一散，立即化作无形鬼物，这衣服也就委顿在地上。这时候如果有人看到他的鬼魂，他一定还是穿着那身衣服，不过已经是衣服的鬼了。

鬼既然最钟爱的是"精神"，聪明的人类很快意识到衣服的实体不重要，那何必用布帛呢，那么贵。正所谓"鬼不知寒人要暖，少夺人衣作鬼衣"，那何不用点便宜的东西做衣服呢，比如说纸，于是纸衣就诞生了。

鬼对纸衣也是欣然接受的。《广异记》上有个叫王琦的，经常被鬼索贿，他只能摆出好吃好喝的来招待，但鬼吃完了也不走，向他索要衣服，王琦就制作了纸衣数十件，还用绿纸做绯绿色的衫子，在院子里烧了，群鬼穿上就散去了。

他是用烧这种方式送给鬼的，并没有留下衣服的"肉体"，这是因为纸衣专为鬼制，人留着也没有用，所以大家就都干脆烧了送给鬼独享。

《夷坚志》上说宋朝的海门县主簿（办公室主任）临时担任县尉（公安局长一职），估计这人是个书呆子，没见过大风大浪，结果到海上巡警，竟被海潮吓出重病。一天跟媳妇说："有个妇女在我身边问我要衣服。"妻子知道是见到鬼了，就用红纸（既然是妇人，就用红衣了，这红衣也是女鬼最爱，后面再说）缝了一件衣服烧了。这书呆子告诉妻子："那鬼谢谢你，但是衣服差了一块。"妻子在灰中检视，发现有一块没有烧尽，于是又缝制了一件烧了过去。

这说明给鬼送衣服要么不烧，鬼还能取其"精神"使用，要烧就必须烧干净，否则烧一半留一半，就等于毁了这衣服，必须得重新做了。

但这衣服的材质可以将就，绝不是说可以随意糊弄了，衣服的大小是绝对不能含糊的。《子不语》上说袁枚的弟弟家里有个老太太突然被鬼上身了，这鬼自称是前任领导的小老婆，被大太太害死。做鬼多年，不改小老婆本色，特别八卦。对阴间的事情无所不谈。有人就问自己夭折的女儿在阴间生活，这鬼道："你女儿生活得挺好，就是今年你们送她的衣服太窄小了，穿不上。"这人回到家里盘问佣人，才知道祭祀的纸衣被办事的人弄成了两半，于是这人就跑到集市上偷偷买了一件替代。可见鬼这衣服必须要大小合身，否则那就是给鬼"穿小鞋"。

这说明鬼的衣服虽然虚幻，但不能不讲究，其实鬼衣还有许多长处是我们不及的。

| 鬼衣的特征 |

鬼衣最拽的一个特征就是没有缝，我们只知道天衣无缝，这鬼衣竟然也跟天衣一样。但是我以为这只是一个表面现象，细究原理还是不同的。天衣无缝那是因为天孙手巧，这鬼衣无缝则是因为鬼衣乃是衣服的精神，作为精神、作为灵魂，乃是一团气体，你何尝看见气体有缝的，这就跟鬼作为一团气体在日光下无影是一个道理。但这么说来太"封建迷信"了，那我们从科学的角度——制作工艺上来看，没有缝隙显然是受了纸衣的影响，因为他们的衣服都是纸糊成的。糨糊粘粘就成，肯定是不需要缝纫了。

鬼衣无缝和鬼体无影成为鬼的两大特征，大家目测一个人是不是鬼的时候，就依据这两个标准。《已疟编》里有个《于梓人》的故事，这个人当官的时候因为使用了法术被人检举为妖人，结果瘐死狱中。家人将他埋了，一天晚上他突然回家，家里人吓了一跳，以为遇见鬼，再看了看他的衣服，见有缝，这才放心了。他回家小住一段，从此就到深山隐居了，说到底这是一位修真高人，到最后他若成仙，披上天衣，肯定就不能回家了，因为那时候他衣服也没有缝隙，靠这一点证明自己不是鬼已经不行了。

这里要注意一点，鬼衣无缝指的是一件完好的衣服，如果此衣服在人间的时候被缝过补丁，成为"甚辽"后这衣服还是会带着补丁，特别是这一缝补在人间还是身份象征的时候——我说的不是乞丐，而是官员。明清的官员喜欢在官服上打个补丁来代表身份，称为"补服"。这一特征可不能因为鬼衣无缝而去掉。《子不语》上有个姓蒋的人在北京卖人参,一天突然看见自己三年没有音讯的叔叔来到店里,这叔叔用布裹着头,衣服上还有补子,说:"我在甘肃某县当官,结果被乱兵所杀,尸体就埋在居延城下,快来接我回去。"这侄儿依言去寻,果然找到尸体,叔叔的头骨被人打碎,身上的衣服还有补裰痕迹。蒋某这才明白叔叔为什么用布包着头,他是怕头盖骨散掉,那补服正是他身份的象征。

鬼衣虽然无缝,但不代表着就不用做针线活,其实许多勤劳的鬼,特别是女鬼,成了鬼也不废女红(主要是因为这些故事都是男人编出来的吧)。

唐朝《博艺志》中写一个小官李昼在夜间行路,看见一个坟头上有光亮透出,他过去看,这坟里竟然点着一盏灯,五个妇女围灯而坐,手拿针线,一面缝补一面唠嗑。李昼胆子不小,大喝一声,霎时灯灭,只剩一座孤坟。李昼这时候知道害怕了,上马要走,就见五团火从坟墓出来追了上来,他拿鞭子去抽,鞭子立刻被烧掉了。他打马疾驰,那火紧追不舍,跑了十几里地,听得狗叫,那火才散了。这时李昼回头看马尾巴已经烧没了,自己的腿也被烧伤了。后来他才打听得知那地方是五女坟。

对李昼的最终遭遇,我们只能说活该。人家五个女鬼自己缝补衣衫,没招你惹你,自以为当个官就了不起,随意恐吓,女鬼烧他也是替天行道了。其实只要李昼以礼相待，她们也会热情招待，因为她们如此勤劳，定然也不会是什么恶鬼，而且她们缝补的没准都是亲人的衣服。

《续玄怪录》上有个《唐俭》的故事，唐俭也是夜晚赶路，看到路边一个小屋内有个妇女在灯下缝袜子，唐俭过去求了一碗水喝，这妇女为他端了水，就继续缝补，神态十分匆忙，唐俭就问："为什么做得这么着急？"妇人道："我丈夫薛良是个小商贩，我跟他结婚十年了，都是在外，没有伺候过公婆，明天我丈夫来接我，我们都要回家了，所以才这么匆忙。"唐俭动了歪心思，有意勾引发展一夜情，这妇人根本不搭理他。唐俭讨了没趣，告辞赶路，走到半路想到自己的书忘在妇人家里了，回头去取，却见昨晚投宿的地方摆满了纸人纸马，一问之下才知道这是薛良的丧事，听到这个名字他吓了一跳，询问之下得知，十年前商人薛良的妻子死在这里，就地安葬，现在薛良也死了，薛良的哥哥来将他们夫妻的灵柩带回去埋葬在家族坟地里。唐俭这才知道昨晚遇见的是个鬼，她那双袜子估计是送给阴间公婆的见面礼。她的身体是劳作的，她的心里一定甜美得很，因为她马上就要和丈夫"夫妻双双把家还"了。

这妇人是跟着老公薛良迁居，倘若一个妇人靠不住丈夫，她也可以靠自己的勤劳双手来实现回家的梦想，段成式在《酉阳杂俎》里就写了这么一个妇女。小说里有个叫郝惟谅的人，清明这天在外面蹴鞠回去得晚了，走到一户人家，这家只有一个老妇人，身上衣衫素雅，正在做缝补的活计。老妇待人也热情，招待郝惟谅喝水，停了一会说出实情，大意她是女鬼，丈夫戍边不还，她客死此地，想要迁葬，请他帮忙。郝惟谅表示心有余而力不足，只因没钱。这妇女说："我虽是鬼，却没有废弃女红，自从埋葬这里，一直在做雨衣卖给当地富户胡氏。攒钱十三万，迁葬足够了。"

郝惟谅当即应承，第二天还跑到富户胡氏家里去询问，那富户的确是经常买雨衣，却不曾想都是鬼织的，当即和郝惟谅开启坟墓，果然一堆散钱放在棺材上，数了数正好十三万。富户也被感动了，再赞助七万，花费二十万风风光光地让她迁葬。

这可真是一个自力更生的女鬼，简直就是阴间版本的工薪阶层买房故事。她所织的雨衣，应该就是蓑衣，唐朝诗人许浑在《村舍》中有句"自剪青莎织雨衣，南烽烟火是柴扉"，可见她要织雨衣必须事先要去割草，然后再编织，大费周章才能织出一件。

不知道她是怎么拿到胡家的订单却不被人发现自己身份的，因为她首先要遮盖自己的衣衫，不能让人家看到衣服上没有缝隙这个特征，作为一个鬼，这些交易想必都是夜间进行的，还好瞒过。但是胡家负责采购的人只要稍稍留意一下就会闻得着她衣服上特殊的气味——土味，正是鬼衣的第二个特征。

这个特征也是理所当然的，毕竟大部分的鬼居住在地下，久不见阳光，难免有股泥土的味道。这个特征一旦被人发现，鬼也有一套辩解的说辞。我们来看《情史·宁行者》的故事，有个叫宁行者的人住在寺庙里，某天晚上，有一个美女过来找她。按照笔记故事的套路，这种大晚上送到床上的艳福，非狐即鬼。这位宁行者却不知道，将女子迎入屋，当即就闻见她身上一股土气，女子解释道："衣服一直放在箱子里没有晒过，所以才有了泥土的味道。"这宁行者精虫上脑，哪里还考虑这么多，当即就信了，遂有一夜风流。幸亏第二天得到老和尚指教，这才没有深陷下去。

当然，也不能一概而论以为所有的鬼都有土气，有的鬼不在泥土里，比如那些淹死的鬼，尸体也没有打捞上来的，他们生活在水里，衣服肯定没有土气，但他们身上有股羊臊气，这是袁枚在《子不语》上说的，他还说闻到这股味，就要立刻回避，回避不了的，要立即在手上写一个嚣字，河里的鬼最害怕这个。为什么他们害怕这个字呢？嚣是《山海经》里的一种怪兽，最大的特征是胳膊长，能一下子将鬼推出百丈之外。从这个字上看，这个怪兽最大的特征我觉得应该是嘴多，脸上一口气长了四张嘴，自然就没有鼻子，没鼻子肯定就闻不到羊臊味。

需要说明一下，鬼的衣服只是闻起来有股土气，并不代表他们的衣服就很土，鬼的衣服作为灵魂，土不土取决于死人身上所穿的衣服。即便原来的衣服就很土，变成鬼衣看起来也会比原来好一点，至少变新了，颜色也要亮一些。

毕竟衣服的本体天天风吹日晒，灵魂深藏在其中，自然要新一点。

《子不语》中袁枚家一个女婢的奶奶晚上正要睡觉，突然发现屋里多了一个老妪，老妪的身体开始还比较短，后来越来越长，这般变化肯定是个鬼了。女婢的这位老奶奶也七十多了，料想自己离成鬼的日子也不太远，见这老妪也不害怕。只是这老妪身上穿着蓝布裙，那个蓝色十分鲜艳，比自己的要鲜艳很多，就问道："这位阿婆你的蓝布从哪里染成的？"那老妪也不答话。女婢的奶奶就生气了："怎么不说话，你是个鬼吗？"那老妪说了两个字："对了。"这位奶奶上前就是两个耳刮子，跟这鬼妪打了起来。

这位奶奶也真是强悍，但是她问人家衣服从哪里染的，这鬼妪也是没法回答，阴间没有染房，她这蓝布裙的衣服很可能是这位奶奶的衣服之鬼，被她强硬夺取了。

按照这三个特征，我们可以想象鬼在阴间的样子了：他们的衣服浑然天成，毫无缝隙，颜色靓丽，身上散发出淡淡泥土香气（或者是羊臊味——没准鬼们还会因此研发一种这样的香水呢）。但是《阅微草堂笔记》里说一个叫罗两峰的人能看见鬼，他见到的鬼看起来像烟雾一样，衣服"则似片片挂身上"——一个个都跟乞丐一样，毫无时尚的感觉。这不应该啊，按照咱们上面的叙述，即便不像纸衣那样靓丽，但就布匹衣服而言，鬼穿的衣服"甚辽"应该跟本体一样，甚至衣服颜色还要鲜亮一些，怎么能跟片片一样挂在身上呢？

这是我们错了？还是罗两峰在撒谎？

我们也没有错，罗两峰也没有撒谎。

我们上面说的都是理论，理论上鬼该穿这样的那样的，但在现实常常会出现很大的偏差，这就跟你压根没有住房，但另一个人却坐拥五十套房产，按照统计理论，你们俩平均拥有二十五套房产。虽然有阴阳之隔，但道理却都是一个道理。那么我们就看看——

｜鬼的实际情形｜

鬼的实际情形，比罗两峰看到的还要差。罗两峰还只是说衣衫褴褛，实际上有的鬼连衣服都没得穿。

《韩非子》里有这么一件事，有个叫李季的人喜欢旅游，估计是太喜欢旅游了，天天出去玩，难免冷落了自己的媳妇。于是他媳妇在家和别人好上了，有一天奸夫正在家中，李季回来了。这个女人急中生智，就让奸夫光着身子，披头散发，快速地从家门跑出去。李季猛然看见一个裸体男人从家门口跑出去,愣了一下才反应过来,问道:"这是什么人?"妻子说:"什么也没有啊,你看见了什么?"李季揉了揉眼睛待要细看,但奸夫早就跑远了,果然就如妻子所说什么也没有。他疑惑地说:"难道我看见鬼了?"他媳妇说:"肯定的。"李季说:"那我该怎么办?"媳妇说:"你要去除邪气啊,快点用五牲(大概是牛羊猪犬鸡)的粪擦身子。"于是这李季不但帽子变绿,身上也变臭了。

从李季的反应来看,说明那时候大家的共识就是有些鬼是不穿衣服的,这不是为了迎合唯物主义,而是因为这些都是穷鬼。同样罗两峰之所以见到的鬼都是衣衫褴褛的,正因为他看到的都是穷苦之辈。罗两峰本名叫罗聘,是扬州八怪之一,他的《鬼趣图》很有名气,他画卷里的鬼都是骨瘦如柴,腰间围了一块遮羞布,估计这些鬼搁在春秋时期就是裸体鬼,毕竟从春秋到清朝隔着两千多年,生产力在发展,穷鬼的生活也在进步,这进步就表现在腰间那块遮羞布。

罗两峰的这些画充分表现了底层鬼的艰苦生活,尤其是当这些鬼和地府的一号打手、统治阶级钟馗在一起的时候表现尤为明显,钟馗衣冠楚楚俨然是一个老员外的模样。如果钟馗知道罗聘这样表现地府群鬼的穷困,估计他要把罗聘叫过来责备一下的——"我地府也有富贵之鬼,你这么单方面暴露我地府的丑恶,用心何等的险恶。"罗聘活到六十六岁就死了,或许有这方面的因素吧。

罗聘为什么不表现地府富鬼呢，倒不是他的无产阶级立场，而是因为他没有见过。《韩非子》中那位戴了绿帽子的李季，他之所以见到裸体的人就想到鬼，也正是因为他没有见过富贵的鬼，以为鬼就该这么裸体。这跟人间是一样的，你我每天遇见的都是忙忙碌碌谋食之辈，达官贵人自然无缘得见。富贵的鬼，也只有富贵的人才能见得到。

例如《墨子·明鬼》说的杜伯复仇故事，杜伯身为大忠臣，天天给周宣王提建议，周宣王烦得不行，干脆直接把他弄死了。三年以后，周宣王在外面打猎，就见杜伯乘坐白马素车，红衣服红帽子，拿着红色的弓，带着红色的箭，非常高调地射死了周宣王。

同样生活在先秦时期，作为周朝高级领导的鬼魂，杜伯他不但有车马，衣服还这么高调，而有的鬼却被大家想当然的认为该赤身露体。

为什么会出现这么大的差距呢？《左传》上子产对此有精辟论述，子产说一个人生前富贵，用的东西又好又多，那他的魂魄就会强大，反之如果一个人生前贫穷，他的魂魄就会很弱——也就是说鬼是不是穷，是由在世时的生活水平所决定的。

看看，一切都是生前决定的，谁让你生前不富贵，活该你死后光屁股。什么富人上天堂比骆驼穿针眼都难，那都是穷人自我安慰的话，即便都在地狱当鬼，富人的生活也比穷人好。

最可悲的是鬼界不同于凡间，凡间可以通过努力来改变自己的命运,例如通过创业来发家致富跻身富贵行列,鬼的社会结构是非常呆板的,上下层之间很难流通,你生前的财富积累就完全决定了你作为鬼的生存状况。

《集异记》上有个蒋琛的故事,打鱼的时候一只巨龟经常钻到他网里去,但蒋琛却不是鼠目寸光的人,他要做的是放长线,每次都放了它。果然一天晚上这乌龟过来报恩,请他参加水族的派对,席上他见到了春秋时期的范蠡和屈原。范蠡生前是越国丞相,功成名就辞职下海,也是大商人。范蠡出场就是前簇后拥,身上穿的红衣红帽(跟杜伯一样,看来富贵的鬼流行红色),再看屈原生前郁郁不得志,投江而死(投江真不如下海,下海就是发财,投江只有一死),几百年了,故事里说他"服饰与容貌惨悴",伛偻着腰就过来了——完全是个穷酸的模样。范蠡就笑话屈原"这么多年不长进",还将屈原的盘子抢过来。好在屈原还有一副好口才:"你没听过能射穿七层板的箭,不射笼中之鸟,能劈开大钟的利剑不去切案板上的肉,你这么嘲笑我,何异于强弩射病鸟,利刃割腐肉……"这话听起来漂亮,但其实就是在示弱,用咱老百姓的话说就是 "好鞋不踩烂狗屎",堂堂屈大夫以病鸟腐肉自居,做鬼也真是可悲。

但是生前富贵,死后也并不一定衣衫靓丽,倘若客死异乡,大家偷偷把你埋了,没人给你送衣服,你有再多的富贵也是无用,这方面典型的代表是周昭王。他去南方打仗,渡汉水的时候,船夫看他不顺眼,送给他一艘用胶水粘上的船(《射雕英雄传》中黄药师也有这么一条船),结果昭王淹死在河里。他的臣下觉得这是一件丢人的事,《史记》上说"其卒不赴告,讳之也",估计是嫌死得丢人,偷偷将他埋在了嵩山的少室山上。

过了两千五百多年,《子不语》上一个叫钟悟的人,他一生行善,却贫困而死,深感世道不公,有意找阎王评理,结果在阎王大殿中遇见了一个比他冤的人,就是这位周昭王。周昭王正在询问阎王,为什么他的祖先文治武功,到他这里要倒这么大霉。故事中说他衣服衮冕玉带,依旧是帝王的打扮,身上还是湿淋淋的(估计还有一股羊臊味),可怜地府苦寒,从西周到清朝,两千五百年的时间里衣服还没有干,身为帝王也不能换一件衣服,真够倒霉的,难怪人家要"上访"。

这位昭王之所以不能换一件衣服,就是因为当年淹死异乡,被偷偷埋在了少室山上,从此大家就忘记了他,他的儿子周穆王爱好驾车,奔驰到了西王母那儿,都不来看一下他,没人给他送衣服,只好穿着湿淋淋的衣服了。而且后来这里还修建了一座赫赫有名的宝刹——少林寺,被这么一群功夫高深的和尚围着,他想作祟都作不了,就只能"上访"了。

对于他们的"上访",阴间是这么答复的,管人间之事的有两个大王,一个姓李,一个姓素,这李自然就代表理了,表示某事就该理当如此,素则是指数,也就是命,表示某事就该命当如此。例如周昭王这事李大王也认为他很冤,但素大王则认为你命该如此,多说无益。两个大王打了一架,最终素大王赢了。这个故事最终就一个结论:一切都是命。潜台词就是别申诉了,该干啥干啥去吧。

周昭王白白浪费这千年的时间,他若有智慧就该招朋引伴,利用一个共同特征来把大家都组织起来,这个特征就是在阴间只能穿一件衣服,纵是再湿再脏再破也不能更换。这样的鬼还真不在少数,而且他们都跟周昭王一样有着一段伤心往事。

例如三国时期孙权的小女儿孙鲁育,她在宫廷政变中被姐姐孙鲁班诬陷杀害,被随便埋葬在石子岗,连埋在哪里都没有人知道,肯定也只有一件衣服可穿。后孙皓即位,为之平反,想要将其改葬,可是石子岗就是一个乱葬岗,坟冢遍地,想找到公主的坟墓实在不容易。好在宫女们记得她死时穿的衣服,这便提供了一个重要线索。《搜神记》里写为了寻找公主的坟墓,两个巫师埋伏在那里悄悄观察石子岗的鬼魂,根据衣服找到公主的鬼魂,跟踪鬼魂从而找到坟墓。

但是孙鲁育得以平反后,肯定不会没有衣服穿,估计会退出周昭王的团队,但这只是个案,更多的人估计没有机会昭雪的,人数应该不少。

如果实在不行的话,还可以把那些连一件衣服也没有的鬼拉拢过来。

裸体鬼

一件衣服也没得穿就是裸体鬼了,之所以没有衣服穿,乃是因为死的时候就光着屁股,例如人正在裸睡,被鬼差从被窝里带走了。《广异记》上有个叫胡勒的人就是这样被人带走的,好在他遇见了个在阴间当领导的邻居,就放了他回来。

胡勒还是幸运的,不是因为他被人放回来了,而是因为他死在被窝里,死得舒服。大部分的裸体鬼都死得很惨,最普遍的有两种,一种是游泳的时候掉在河里淹死了。他们和周昭王被淹死的情形不同,周昭王是穿着衣服落水,然后被人打捞上来再死的,他们则是光着屁股死在水里,葬身水底,自然没有衣服穿了。

《子不语》里写过这样一个故事,有个成衣师傅王二,带了几件衣服往家走,突然从河里跳出来两个赤身裸体的黑面鬼,拉住他就往河里拽,这个时候从树上又跳下来一个吐长舌的吊死鬼,显然双方是在争替身,吊死鬼就劝那两个淹死鬼:"王二是成衣师傅,你们光屁股在水里,又不用做衣服,拉他干什么,不如让给我吧。"——从吊死鬼不屑的语气来看，淹死鬼是真不穿衣服的。

还有一种原因就是死前被人剥光衣服，这种事情更多发生在一些女性身上。

《还冤记》里写东汉的时候，某地一处楼上，常有恶鬼夜杀人。有一天新上任的县令王忳路经此地，就住在此楼上，半夜便听见有女子哭诉，她说自己有冤情，身上没有衣服穿，所以不能见人。王忳就扔给了她两件衣服，这女鬼穿上衣服后见人，告诉王忳自己是被此地的亭长杀死的。王忳答应为她申冤。有意思的是，这个女鬼最后"投衣而去"——把衣服扔下来走了。这个鬼大概是取了衣服的灵魂而去。

这个故事也说明，东汉时期的鬼已经彻底摆脱了春秋时期的样子，不能再满世界裸奔，他们已经有了起码的耻辱心，没有衣服就只能画地为牢，不敢出去。这个女鬼不断杀人其实就是为了吸引眼球，引起领导的注意。

这个女鬼是幸运的，她碰见了一位胆子大又有责任心的领导，《阅微草堂笔记》里的那个女人就没有那么幸运了。这个女子在一座破庙里被人所害，死的时候没有衣服穿，现在成了鬼也只能光着身子，她碰见了一个来这里避雨的普通百姓，所以她也就不抱什么申冤的梦想了，只求这人能送她一件衣服，纸衣服就行，就为了能入轮回，不再做这孤魂野鬼。可是就这么一个小小的请求，这人当时答应，随后竟然也没有做到。可怜这个女鬼，只能还在这荒郊野外受苦。

别说女鬼，即便男鬼不穿衣服也很难见人，例如著名的戏剧《乌盆记》中，绸缎商人刘世昌在窑户赵大家里被害，赵大将他尸体烧成乌盆。后来这冤魂就藏匿在乌盆中，迟迟不敢出来申冤，便是因为身上没有衣服穿，直到遇到鞋匠张别古，张别古给了他衣服，他这才跳出去找包青天去申诉冤情。

不过在他们的世界里，穿不穿衣服似乎只是个道德问题，不是个法律问题。如果一个鬼魂敢于放浪形骸，我自颠来我自狂，任凭他人道短长，衣服就完全不是个问题了。《萤窗异草》里写一个生前风流的富家女，与少年私通，被父母发现后，竟然不容活在世上，父母将她处死，还裸体埋葬（这是什么样的父母啊！）。她的好处在于她认命，也不需要外出见领导申冤，索性在阴间也就那么裸体待着，遇人就说自己"不惯被服"，已经不习惯穿衣服了，将自己美丽的胴体一览无余地呈现在那个幽冥的世界里。

但是阳间尚且众口铄金积毁销骨，在那个本就阴暗的环境里，估计一条柔软的舌头也能打断人的脊梁骨，大多数的鬼，为了得到一件衣服，不惜苦苦哀求，倘若能得到，结草衔环那样去报答。《拾遗记》里刘备的小舅子糜竺就曾经帮助过一个女鬼。糜竺原本是个商人，他经商的本领很高，买房子置地，住上了别墅。有一天他听见马棚里有哭声，循着哭声看过去，竟然是个光着脊背的妇女，这个妇女告诉糜竺，汉朝末年，她被赤眉军所害，一直没有衣服穿，不敢白天见人，请求糜竺帮忙给弄件衣服。糜竺给她弄了一身青布衣服，而且还将她重新安葬。后来这个女子就把他从阴间得来的小道消息告诉糜竺，让糜竺避免了一场火灾。

但是倘若糜竺不给这个鬼衣服穿，这个女鬼也不是遵纪守法的"鬼"，认定要从他这里得到衣服，就会采取各种方式来获得鬼衣。

鬼获取衣服的方式

鬼衣服唯一来源是人间的"出口"，大多数鬼都依靠亲人的供奉，哪怕是工作制服。《夷坚志》上说有个人在钱塘江淹死了，给他媳妇托梦，我死后在江神这里找了个工作，每天负责推潮，非常辛苦，需要草鞋和杉板，给我多烧一点过来。钱塘江大潮滚滚原来都是苦命的鬼给推出来的，而这些鬼推潮所用的劳动工具是他们家里辛苦送过去的。现在每天看潮的人那么多，收的门票钱应该拿出一部分改善这些推潮鬼的工作条件，减轻他们家里人的负担。

这人还只是个苦力，但即便位高如阎王，官服也要自备的。《子不语》上有个人叫杨四佐，一天晚上忽然梦见有金甲人告诉他："现在阴间第七殿阎王爷空缺，决定要你去上任，手续正在办理，赶快准备衣冠。"杨四佐家人不信，没有为其准备，哪知当天晚上那金甲人又来了："让你准备衣服怎么这么慢？现在调令已下，跟我们走吧。"杨四佐当即就死掉了。

后来他的家人应该是抓紧为他准备了衣服，头七的时候有个姓胡的朋友来祭奠，结果就遇见了这杨四佐蟒袍盛服，十分威严。杨四佐还直接调了这姓胡的去地府当判官，尽管老胡苦苦哀求，还是给带走了。

不得不说杨四佐真不够义气，其实他完全可以让老胡到阴间去当临时工，阴间的确有这种用工形式。《续子不语》上《含元殿判官》的故事里，另一个姓胡的就是这种用工形式，而且临时工待遇比阎王还要好，还要给发一身制服。故事里的这人叫胡纪谟，白天在阳间工作，晚上就被阴间抽调去当判官，上任的时候就要换上一身制服，这制服系一袭纸衣——人类给鬼送去的衣服大都是纸衣，但鬼取其"精神"，这衣服穿在鬼的身上跟布帛无异，但这鬼判官所见即是纸，这大概是阴间自我研制的，奇妙之处在于自带"纪检程序"。一旦有私心，这衣服就会自燃，只能光屁股见人——这一点我们的法院系统应该学学，作为法官判案时的工作服，谁要收受贿赂有所偏袒，那就烧掉他的衣服，让人们看看他的真面目。

但这只是临时用工的制服，倘若这胡判官改成了正式工，家里人还要为其准备正式的衣物。正是利用这一原理，人们发明了一种占卜方式：当一个人有病的时候，用衣服可以预测这病是否能好。《阅微草堂笔记》记载了两个神奇的方法，一是剪一块挨着身体的衣服，用火焚烧，如果衣服灰上有纹丝如同小篆或者籀书文字字样的，则这个人必死。大概篆籀是阴间通用的字体，看见这样的字体就类似于阎王给病人下了"速来"的通知，所以无救；第二种更为奇特，用纸糊衣被，不用糨糊来粘，而用秤砣在砧板上捶打，如果缝隙合起来这个人必死。这大概是因为人一旦要死，阴间就同意为其准备衣物，准备远行吧。

由于给鬼送的都是纸衣，不会给人类造成太大的经济负担，因此对于鬼的衣服需求，人类可以说尽了最大的善意，人类创建了寒衣节，在农历十月初一这一天，为群鬼送寒衣，这项送温暖工程极大地改善了鬼的生活条件（关于寒衣节，是个大问题，我们另有文章描述）。

但有的家人比较抠门，特别是有的鬼提出的条件苛刻，非要穿布帛衣服的时候。《广异记》上某令死后给妻子托梦："我活着的时候爱舞文弄墨讽刺别人，结果死后下了地狱，前几天被阎王爷打了一顿，裤子也烂了，你给我送一条裤子来吧。"妻子表示家里没有布料，这鬼就明确指出："前几天不是刚有人送了两匹绢过来吗？"看来这鬼就知道媳妇抠门，料定会推脱，事先已经把家里摸得一清二楚，让媳妇只能应承。

有的时候，由于死去的时间太久，找不到家人了，鬼就会设法去寻找前世的"仇人"——这时候,仇人比亲人更管用,亲人隔了一世早就不认了,但仇人不同,仇人亏欠你的,可以正大光明地索求。《子不语》中写一个老妇人为恶鬼所缠,这鬼就号称是这老妇人前世的妻子,老妇人前世是个男人,因嫌弃妻子长相丑恶,就把妻子毒杀了。妻子变成恶鬼,天天想着报仇,上一世没有寻来机会,于是就到这一世前来报复。老妇人的弟弟替姐姐哀求,说要找高僧为其超度。这等好事,恶鬼却不答应,只要两件新衣服穿。老妇人的弟弟急忙为她准备衣服,得了衣服,这鬼便离去了。大家以为几件衣服,把这鬼打发了,哪知这鬼却说:"往日衣衫破旧,无法见官,有了这身衣服,可以到官府那里去申冤了。"原来她将自我复仇的方式改成了正常复仇的方式,而之前之所以没有到官府申冤,只是因为缺少一件衣服。这个故事说明阴间的官府跟某些高级场所一样,衣衫不整者不得入内,看来做鬼不但要有衣服,而且还要有好衣服。

所以鬼对衣服十分苛求,这个丑陋的鬼找的还是自己的仇人来获取衣服,有的鬼却开始找无辜的路人甲,干起了碰瓷的勾当。

这事也被袁枚写进《子不语》。书生慕崇士有一次上厕所,看见有一个女的跟着他,以为碰见了女色狼,拿砖瓦砸了一下,这女子倏忽不见。等他回去,却见这女子一身戎装,手拿大刀找上门来。女子自称是一个王将军的小妾,今天被慕崇士蹲在厕所侮辱,不能善罢甘休（明明是人家上厕所，你跟着去的，却说人家侮辱你，这鬼摆明了就是个碰瓷的）。家人朋友赶忙求饶，这鬼才说出目的："送我两套衣服就行。"家人慌忙中把衣服弄好，她拿走后，一会又返回来，责怪说这衣服领子和袖子还没有开褶，让她怎么穿，慕崇士家人又对衣服整治一番，她才离去。

有意思的是，慕崇士后来中了科举，到河南某县任职，赴任途中，路过寺庙，发现庙里停着一具棺椁，牌位上赫然写着王将军妾。当夜这个女鬼就来见他，一改往日凶恶的模样，温柔地说来答谢当年赠衣之恩，言下有"献身"的意思。慕崇士当即拒绝，次日让人毁掉棺椁，烧了尸体，后来这个女鬼就再也没有出来。故事的发展或许正好说明了这个鬼其实本是善良之辈，只不过为了讨衣服才变得如此凶神恶煞。看来这衣服如同金钱一样，能改变鬼的本性。

正是利用鬼的这一执念，聪明的法师开发出了两个招术。一个是利用衣服来招魂，通过一件衣服，能够找回来远在冥界的鬼魂。《唐阙史》中有个韦氏子和一个妓女相恋，由于那个妓女非常有才华，韦氏子十分喜欢她。可惜红颜薄命，这女的早早就死去了，韦氏子十分想念她，从嵩山请来一个法师任某为之招魂，好让他们阴阳相见。任某的法术除了吃素、焚香这些常规套路之外，最有特色的就是让韦氏子提供一套这妓女生前穿过的衣服。韦氏子拿出了一条裙子，任某就用这裙子引来了女子的魂魄。衣服能引来鬼魂,利用的"科学"原理或许是衣服的稀缺性,鬼特别想要衣服,感受到"甚辽"的召唤,于是就赶了回来。

或许正是因为这一点,一些法师擅长"过阴"——临时到阴间办事,常常嘱托家人千万不要动他的衣服,否则将无法回来。想必魂魄返回阳间也要凭借"甚辽"的召唤,否则衣服一动,"甚辽"的指引就会偏差,阳间差之毫厘,阴间就会谬之千里,魂魄自然也就无法赶回了。

由此我们还可以想到衣冠冢,许多人死后,没有尸体,就用衣冠埋葬,想必也是利用衣服可以招魂的功效,因为衣服埋在这里,死者的鬼魂为了衣服就会赶回来,于是一切祭拜也就有了名目。

招魂的主要作用是用来寻找亲人的鬼魂,但如果是恶鬼,法师就要利用其对衣服的贪念来诱杀之了——这便是第二大招术。

《子不语》中写有人被女鬼骚扰,每日不得安宁,求助于道士。这道士显然很了解鬼的欲望,用彩纸剪成华丽的纸衣数件,这鬼一来,果然大喜,拿起来便穿,她一穿上,这衣服立刻化成了大网,将其捉拿。有趣的是这鬼还有丈夫,这丈夫来为女鬼复仇,道士故伎重演,这鬼却丝毫不吸取妻子的教训,拿起来便穿,又被捉拿。区区几件纸衣,竟然让鬼如此着迷,如同飞蛾扑火一样以死相犯。

鬼对衣服如此无所不用其极,但也不是什么衣服都敢穿的,因为鬼衣在阴间还其他重要作用。

鬼衣的作用

鬼衣在阴间的第一个作用就是表示身份等级。《履园丛话》上有人写诗"早知一向为黄土，虚费区分紫与朱（衣）"，是说早知这衣服都要化为黄土，就不必去争什么朱紫贵衣了，说得甚是豁达，作者却不知道这衣服的等级在鬼那里也是丝毫马虎不得的。

《右台仙馆笔记》里有个叫樊希棣的，有一妻一妾，小妾姓姚，为人非常有眼色，深得大太太喜欢。后来这樊希棣在贵州为官，妻妾在四川。有一天樊希棣就见姚氏飘飘然来到门口，一身大太太的衣衫，樊希棣惊问："你怎么穿这个？"这姚氏对他磕了一个头，不见了。他后来回到四川才知道姚氏死了，樊希棣就问妻子："你是不是用自己的服装埋葬了她？这样是不符合规定（礼制）的。"他妻子吃了一惊，说出实情，实在是出于姐妹情深，就为她提高了规格。

可见就算死了，衣服也有明确的级别，这个小妾用自己一生的恭谨才换来这样一身行头。

或许要说这是封建社会对女性的歧视和戕害，但男人又何尝不是如此。

古代读书人皓首穷经，舌疮肘破，不就是为了那一身官服吗？笔记故事里，人死到阴间，有前生未了的恩怨，阴间都要让人照一面镜子，倘若前生是个领导，自然一身官服，是个武人则一身戎装，前生是个和尚就一身僧衣，是个皇帝当然是一身黄衣……

《灵怪集》上说唐太宗当年远征辽东，走到定州的时候，看见路边一个鬼穿一身黄衣站在坟头上。李世民很好奇，专门派人过去看看，这人却吟了一首诗："我昔胜君昔，君今胜我今。荣华各异代，何用苦追寻。"说得不着边际，再看那坟墓，竟然是后燕国国王慕容垂的墓。

这慕容垂是皇帝，爱穿黄色是顺理成章，出身普通的鬼自是不敢，也不想穿，普通的鬼最爱穿的红色。《阅微草堂笔记》中说鬼穿红衣，出入家中，家里的中霤神（家宅中的土地神）也不管，他们可以随意报复自己看不顺眼的人。

正因为衣服在身份的识别上如此重要，在穿衣上就必须十分讲究，绝对不能僭越。袁枚在《子不语》写了一个天津卫无赖鬼王老三，他附身在一个女人身上作威作福，逼迫女子丈夫家人供奉他，还索要衣服。结果买来衣服，他却不敢穿，因为这衣服里有个金色的帽子，理由是"我没有当过官，也没有上过学，这帽子怎么能戴"，大家把这金色的帽子拿走他才敢穿上。

袁枚似乎有意提醒世人注意此事，他后来在《续子不语》中又专门提了此事。这次故事的主角换成了一个唯物主义者。这人一生不信鬼神,临死前却突然信了(大概怕不信死了没地方去吧),对媳妇说:"我某某日要死,抓紧给我准备后事吧。"家里人为他买来一身蟒服,他非常生气:"我没有当过官,怎么能穿这衣服呢,一定会被别的鬼笑话的。"家人为他换了,这才了事。

他说会被别的鬼笑话,实际上后果远比笑话要严重得多,有可能出现死不成的尴尬局面。《酉阳杂俎》说扬州海陵县有个人,原本是和尚,后来还俗,死的时候却又想起佛祖来,临时抱佛脚,让弟弟为他剃光头,穿和尚衣服。可是过了一晚上,他却活了过来,对弟弟说:"我到了阴间,阎王说海陵没有和尚,让我回来换衣服。"他换上俗家衣服,这才彻底死去。

但这种惩罚的方式未免太轻了,万一哪个奸猾之人顺水推舟一直在阳间穿着僧衣,那是不是就不用死了。后来阴间进行了改革,设立了一个类似海关的场所"剥衣亭"。《北东园笔录·冥游记》上有个陈氏死后来到阴间,就见到了这个地方,小鬼导游告诉她,主要查验衣服有无僭越,若有立即剥去,只能光着身子裸奔。

这小鬼只跟她说了一半,却没告诉她,执掌剥衣亭的有两个人,一个叫夺衣婆,还有一个叫悬衣翁。他们可不光剥下僭越者的衣服,非僭越者的衣服也要剥下。

根据《十三经》等佛教书籍所说，夺衣婆剥下人的衣服，交给悬衣翁，悬衣翁将衣服悬挂在亭边一棵树上，根据树枝的下垂程度来判断一个人生前的罪孽，两者基本上是正比例关系，树枝下垂越低，此人罪孽也就越重，难道说人的衣服还有记录善恶的功效？我们在人间每做一件坏事，这衣服就记录了下来，"甚辽"也就重了一些，而且当人换衣服的时候，这些记录还自动上传云端，等人死后，这些记录就统统下载在衣服上——这可真是一套先进的系统。

既然僭越者和非僭越者都要剥下衣服，那这僭越和不僭越又作何区分，我以为这僭越者本身就是一项罪恶，记录在衣服上，肯定更沉了，不僭越者自然要轻一些。轻与重决定了下一步你能否从灰河大桥上过。

灰河是阴间的一条大河，据说是这条河里烧的都是火，什么东西都要熔化，但这只是一个传说，《夷坚志·黄法师醮》里有个人参观地狱，所见到的灰河，流的就是水——血水。河上有一座桥，只有无罪的人才可从此桥过，有罪的人就要脱下衣服涉水而过。所脱下的衣服挂在一根木头上，有小鬼过来将木头放在车上，从桥上推过去。过了河就可以再穿上，保持衣服的干爽，阴间还真是人性化。

过了桥，这衣服不穿也罢，因为当一切办妥，还有一条河——奈河。在这条河边倒是不用区分是否从桥上过，但也要脱衣服。《宣室志》上一个名叫董观的，被一个死了的和尚带着游览地府，来到这河边，就见河边衣服成堆。和尚告诉他过了此桥便是生天，就要投胎了，人赤条条来到世间，这一身"甚辽"要留在阴间的。

能脱下衣服投胎，这也无罪的人才能享受到的，倘若罪孽深重，还要给穿上一身衣服呢。《里乘·毛甲》上说有个人与同伴外出做生意，同伴病故，他侵吞了同伴的钱财。结果一天忽然被阴间逮捕了，有人送给他一件黑衫，让他穿上，猛然推他一把，再睁眼变成了一只小猪崽——原来已经投胎。小猪长大之后被杀，他又见到那人，向他索要黑衫，他急忙去脱，还没脱完，那人又推了他一把，这次重投为人，但由于脱那黑衫的时候，左袖还没脱下，导致左手还呈猪蹄状。

原来那件黑衫其实就是猪皮，这种衣衫估计在阴间有很多，根据一个人的投胎物种选择不同的衣衫，其实这也算不得衣衫了，严格地说应该叫皮囊，从这个角度来说成为人也没有什么好骄傲的，不过一副皮囊而已。

而且到时候阴间还要收回这一副皮囊，苏东坡说"长恨此身非我有"——这一身皮囊都是从阴间租借的，肯定不是你的。但想不还也不是没有办法，那就是修行，作为人若能得道成仙，或者修成正果，跳出三界外不在五行中，这皮囊自然就归你了，对于动物来说，倘若能修成法术，度过劫厄，成为山中妖王，自然也可拥有此身，不过作为妖怪，也要面对穿衣服的问题，那么请看下篇——妖怪的衣服。

《河东记》里的申屠澄上任途中娶了妻子,卸任归途路经娘家时,妻子找到墙角一张虎皮,披上后化身为虎,留下申屠澄和一对儿女,呼啸着钻入山林不见了踪影。

五铢衣上妖气浓
——妖怪最爱本色装

《清稗类钞》上有个笑话,一个名叫李九溪的前辈评一个后生的诗"放狗屁"。有人怪他刻薄了,李说:"我这是一等评语,说他放狗屁,其中还有人言,只是偶尔放狗屁,次等评语是狗放屁,虽然是狗,但非终日放屁。末等是放屁狗,狗以屁名,放个不休。"

话虽诙谐,但细思其中道理,也令人信服,按照他这个逻辑,我觉得将人骂人的话分为三个境界。骂人经常拿人和畜生比,最重的自然"禽兽不如"。作为一个人连禽兽都不如了;其次是"禽兽"——人和禽兽已经分不清楚了;最轻的该是"衣冠禽兽"——作为一个禽兽,但还知道穿衣服,这是一个文明的禽兽了。

关于衣冠禽兽这个词,甚至有人说这本是一个好词,因为大明朝的公务员穿补服,就是衣服上打个大补丁,文官绣着各种鸟儿,武官绣着各种走兽,所以那时候衣冠禽兽是个好词,表示要当领导了。

对于这种解释,我是不认可的,首先衣服上绣禽兽这种样式,元朝就有了,其次要想证明衣冠禽兽是个好词,至少你要在文献里找出一个这样的用法,但持此论者没一个举出例子来,所依据的推论无非就是明朝的官服制度,相反骂人的用法倒是能找出来一大把。

但是宋朝却有一个类似的词叫衣冠枭獍,同样是骂人的话。《北梦琐言》里说唐朝末年苏楷为人品行不端,世人将之称为衣冠枭獍。枭是吃母的恶鸟,獍是食父的恶兽,显然衣冠禽兽这个词是从这个词演化过去的(《辞源》上就是这么说的),怎么可能是好词?

衣冠枭獍这个词再往上追溯,其源头应该是"沐猴而冠"。项羽当年"创业"初步成功,不是想着留在大都市(咸阳)巩固市场份额,竟然是要回到自己家乡,其理由是"富贵不还乡,如锦衣夜行"——在他看来,人生最大的成功就是穿一身好衣服大摇大摆地回到家乡,在七大姑八大姨面前炫耀一番。他的手下韩生脑补了他回到家后那个场面,就打了一个比喻:"沐猴而冠。"

他那意思就是项羽回家炫耀的那个德行跟猴子洗了澡戴上帽子让

人围观的样子差不多，由于描述得过于生动，项羽当即将他下了开水锅——韩生是在用生命创造成语啊。有人曾经纠正我对于这个成语的理解，说沐猴不是洗了澡的猴子，而应该是猕猴，韩生普通话不太好，将猕猴错读成了沐猴。也就是说沐猴而冠的意思是猕猴戴帽子，跟洗澡不洗澡没有关系。

这么理解起来就没有原来那么生动了，少了一点童话的韵味。我还是固执地以为就算是猕猴也应该是爱洗澡的猕猴。后来我发现将沐猴解释成猕猴是西晋陆机的提法，而在他之前一百多年的东汉，有个语言大师许慎对此有不同的解释，许大师在其专著《说文解字》里在解释"禺"的时候说："母猴属，头似鬼。似猕猴而大，赤目长尾，亦曰沐猴。"也就是说沐猴的学名叫"禺"，像猕猴，但比猕猴大一点，头跟鬼一样（鬼长啥样可不好说了），跟猕猴不是一回事。

禺为什么又叫做沐猴呢，许慎没有说，我不负责任地推测，很可能是因为这个猴子喜欢水，整天泡在水里，好像一直在洗澡一样，所以大家就干脆称他为沐猴。

当然，天天泡在水里，上古的人们很自然地就以为它的水性好，拜他为水神。等到后来洪水肆虐，我们没有诺亚方舟的祖先们想法治水，当时的水利部部长鲧一生都在对洪水围追堵截，在给孩子取名字的时候，他自然想到了这个神奇的动物，随手就为自己的孩子取名为禺——

我没有写错字,"正规"的写法就应该是这个禺字,我们平常见到的那个禹那是过去没有文化的人写的,鲁迅先生可以作证。他在《故事新编·理水》里借一个乡下人的口说:"'禹'也不是虫,这是我们乡下人的简笔字,老爷们都写作'禺',是大猴子。"他之所以写此一句,是因为当时顾颉刚认为禹是一条虫子,鲁迅很不以为然,有意跟他争论,在这个小说里,他将顾颉刚称为鸟头先生,多次揶揄,他认为大禹叫这个名字就跟乡下孩子叫阿猫阿狗一样,这个乡下人还说:"您叫鸟头先生,莫非真的是一个鸟儿的头,并不是人吗?"

可见这个禺在古代是一个吉祥物,它为我们中华民族带来好运,降服了洪水,只不过这个动物的地位后日渐没落,只剩下了一个卑贱的名字沐猴,以至于项羽听到这个词勃然大怒,倘若这个时候有个语言专家过来给他讲讲:"哎呀领导,沐猴就是禺啊,这是夸您跟大禹一样呢。"估计韩生就不会变成白水锅涮羊肉了。

禺的名声为什么会越来越弱呢?我以为主要是受"禹"这个错别字的影响,按照鲁迅"乡下人都写作禹,老爷们都写禺"的说法,乡下人的数量肯定是多过老爷们的,尽管是错别字,流传开来,慢慢大家都知道禹,没人知道禺。禹就成了上古领袖的专用字,而禺成了一种爱洗澡的猴子,洗了澡还爱戴帽子——后人只以为这是在骂人,其实一个猴子讲卫生爱洗澡,还爱戴帽子,说明这只猴子是在努力要求进步，积极向人类进化。

原来早在大禹的时代齐天大圣就已经初现端倪了，我猜想当时大禹在治水过程中，这只猴子老是捣乱，一开始大禹以为它是水神，况且自己的名字也来自它，就一再忍让，到后来发现这个猴子跟洪水是一伙的（没准鲧也是它害死的），一怒之下，大禹就将它封印在傲来国的一块石头里，一直到了很久以后，这猴子得逢机缘从石头里蹦了出来，它找不到大禹，就夺来大禹当年治水所用的定海神针，也算出一口恶气。但尽管过了几千万年，它先祖的基因却没有变，观音菩萨想必是查过它的祖谱了，将紧箍藏在帽子里，孙悟空一见就喜不自胜地戴上了。

问题是禹当年作为进化了的猴子，为什么对戴帽子这种事这么热衷呢，很简单，一只动物要想过人的生活，这肯定是妖怪，所谓进化，不过是修炼罢了。他们就像在伊甸园里偷吃了禁果的亚当夏娃一样，第一件事就是有羞耻之心，意识到自己赤身裸体是多么难堪，所以他们需要穿衣服。那为什么要说沐猴而冠，而不是沐猴而衣呢，难道帽子比衣服更重要，这就涉及动物修炼成人类的一个逻辑问题。

动物进化的逻辑

按照妖怪"进化论",一只动物修炼成人形,就如同大猩猩进化成人一样,身体各个部位都要发生变化,例如前腿前蹄(对于鸟类则是翅膀)进化成手臂和手,后腿后蹄成为腿和脚,身上的毛羽则进化成衣服。这些都是必备的进化条件,其余的根据不同的先天优势可以进化成不同的东西。

例如有蹄壳的动物可以"进化"出鞋子,比如猪。《集异记》上有个李汾的故事,李汾住在深山里,山下有个张老庄,张老庄的老张只有一个爱好:养猪。他办养猪场的目的不是为了发财,养猪已经成了他人生的一个理想,养的猪都是颐养天年,这下为猪成妖创造了条件。一天晚上,这李汾正在弹琴,听有人叫好,抬眼看,发现叫好的人是个绝色美女,只是嘴边有点黑色。李汾当即就动了情,那女人借势而上。两人一夜缠绵,晨鸡报曙,女子要走,这李汾有意要与对方做对长久夫妻,偷偷藏了女子的一只青毡鞋,这女子百般哀求,李汾就是不给。女子无奈之下只能哭泣而去。次日天亮,李汾见床前斑斑血迹出户而去。他吓了一跳,赶忙取出青毡鞋,哪里是鞋,分明是一个猪蹄壳。他循着血迹找到张老庄,猪圈里一只母猪的后腿少了一个猪蹄壳——显然这妖怪的蹄子进化成鞋子。老张听说此事，当即杀掉了这只猪。

还有些动物能进化出帽子来，比如大公鸡。《搜神记》上有个安阳书生，夜间读书，遇见了一个戴红帽子的妖怪，一问之下就知道是个大公鸡变化而来的——这特征也太明显了。

但是猴子作为灵长类动物，头上没有大红冠，进化不出帽子来，缺什么才会爱什么，所以它们对帽子十分感兴趣。所以沐猴就喜欢戴帽子（它们也进化不出鞋子来，但因为猴子上蹿下跳，对鞋子不感兴趣）。

我们现在说来容易，实际上，这对修炼的动物们来说是一个非常痛苦而又漫长的过程，以毛羽进化成衣服为例，至少要经过三个阶段。

在第一阶段，毛羽只能幻化成衣服的模样，并不像衣服一样可随意脱下，在这个阶段衣服只是徒具其形，好让自己看起来像是个人类。

皮毛幻化成的衣服，自然要保留着皮毛原来的特征，有时候看起来像是奇装异服。《朝野佥载》上有个人叫黎景逸，他家附近有棵树，树上住着一只喜鹊，小黎同学是个好心人，每天用米饭来喂这只喜鹊。但是他没有碰上好邻居，这个邻居家里的布匹被盗了，就诬告黎景逸偷了他的。黎景逸被抓入监狱，关押审讯一个月也没有结果。有天就见这喜鹊叽叽喳喳在监狱窗外对他叫，似乎有什么好事跟他说。过了几天有消息说皇上要大赦天下，官府问消息从哪来的，传消息的人说是在路上听一个黑衣服白领子的人说的。果然三天后消息传到，大赦天下。黎景逸回到家，看见喜鹊，他恍然想起那黑衣服白领子的人显然就是喜鹊变化而来。

看来这喜鹊已经修炼得初具人形，没有什么本领，只能先一步将消息传来报道自己的恩人。它的衣服显然也是处于初级阶段，黑衣白领满满的都是喜鹊的特征。

鸟儿这种动物都是自由自在，没什么严密的组织，只会报信，跟《齐谐记》里的那只蚁王比起来可差得太远了。蚂蚁一般是黑色的，所以人们遇见的蚁妖自然也是一身黑衣。遇见蚂蚁的这个人叫董昭之，有一天他乘船渡江，舟行江中，看见水里一只蚂蚁爬在一根芦苇上，董昭之动了恻隐之心，将蚂蚁救到船上。当晚他就做了一个梦，梦见一个黑衣人来感谢他救命之恩，说以后有事请吩咐云云。后来这董昭之还真遭到了牢狱之灾，想起来这个黑衣人，就随便抓了一只蚂蚁放到口边将自己需要帮助的话说了一遍，结果当晚他就梦见了黑衣人，黑衣人说："我已经派遣蚂蚁把你的枷锁咬断了，你快跑吧。"醒来一看果然枷锁尽开，于是他顺利逃亡。

这个故事里黑衣人一直在梦里与董昭之相见，想必法术修炼得不是很到位，故而连面都不敢相见，只是在精神世界里相遇，不过即便是在梦里，他们还是难脱天生的肤色。

但是世上万事最忌生搬硬套，如果你在梦里遇见一个黑衣人，千万不要以为你就遇见了蚁王，这要结合你白天的具体行径具体分析，常言道骑白马的不一定都是王子，还有可能是唐僧，穿黑衣的不一定都是蚂蚁，还有可能是乌鸡。《朝野佥载》里有个叫卫镐的领导下乡视察工作，来到一个叫王幸在的老百姓家，决定在这家吃饭。他可能是有点困，就打了一个盹，结果两眼刚闭上就看见一个黑衣妇人带一群黄衣小儿请他救命，敢情是遇见申诉的了，但刚撵走，就又回来了，卫领导不胜其烦，索性就醒了过来。一个亲信过来对他说：这个姓王的家里面太穷了，根本没有吃的，他想把一只乌鸡杀了，但这乌鸡刚抱了一窝小鸡。卫镐突然明白过来那黑衣妇人就是这乌鸡，而那黄衣小儿则是小鸡。心下戚戚然，不再让王幸在杀鸡。

不过一只正在抱小鸡的老母鸡算不得妖怪，说得煽情一点，这或许是母爱的力量，它舍不得那几个孩子，被逼无奈才通过梦里申诉。这只乌鸡还真是幸运，这位卫大人还算有点同情心，最终放过了它。但这里有个疑问，这只乌鸡在梦里为什么不对卫镐明说自己是一只鸡，你要吃掉我了，而只是瞎求情。想必它是害怕直接说吓着卫镐，万一他认为这是妖物作怪，索性一不做二不休直接全部杀掉了事。好在衣服的颜色给了卫镐启示，让他慢慢接受了这个事情，最终动了善心。这个故事里本色的衣服无形之中是起到了好的作用，但这是申诉，如果是去检举揭发,穿本色衣服就会引火上身。

这事也记载在《朝野佥载》里,渤海的一个富豪高嶷得病,月余死掉了,但死了几天又活了过来,据他说,原来自己不是死了,而是因为在阴间吃了官司,被阎王爷叫过去应诉了。在地府一个瞎眼的白衣老汉把他告了,说这高嶷杀了自己妻儿,但阎王爷经过一番审理,判他无罪送他回来了。高嶷回来后,感觉很奇怪,怎么会有人告自己杀人呢,经过前思后想,突然明白过来告自己的人就是家中的瞎眼白公鸡,估计他是吃了母鸡又吃了雏鸡,这瞎眼老鸡不但不为自己亲人葬身五脏庙而光荣,却还要到阎王那里告状,真是岂有此理,他毅然杀掉了这只公鸡,后来就一切平安。

估计这只公鸡告状之前也掂量过分量,知道所带来的危险性,想必是匿名举报的,故事里的阎王爷似乎也颇有职业道德,只对高嶷说有人告状和简单案情,并未透漏告状者的真实身份。但可惜这只公鸡到了阴间也不能换件衣服,还得一身素衣,结果为富豪留下了线索,最终惹下杀身之祸。

所以作为妖怪在这个阶段务必要低调,其实从以上故事里可以看出这些妖怪大部分还是比较低调的,它们如果不是因为要报恩或者为了求活命,估计是不会在人类面前露出行迹的。就连那只告状的白色大公鸡,它也是被气愤冲昏了头脑才做了错事,只是个例,大部分的妖怪在这个时候还是比较理性的，它们知道自己本领低微，不足抗衡人类，所以它们必须低调的修炼，这样它们才能进入到第二阶段。

｜当妖怪的皮毛能够脱下来｜

但是到了第二阶段——皮毛进化成真正的衣服，可以脱下来。妖怪的理性就开始动摇了。因为脱衣服换衣服这种事情在人类看来简单，但在妖怪们的进化历程上却是一个里程碑式的事件。这标志着他们已经真正成为人类，这当然是好事，但人类的各种臭毛病他们也都具备了，比如性欲。

动物当然也有性欲，不过动物们每年的发情期固定，是可以预测的。但成为人类，那就不一定了，人看起来虽然高级，但发情期却是一年四季都有，就算是正常的人类，精虫上脑也是白痴，何况这些刚刚从动物变化过来的家伙，一旦"兽性"大发，理性早就被践踏得一塌糊涂。

在"皮毛"能脱下来之前，没法宽衣解带，要勾引人类有点困难，只能忍着恶心和同类度过发情期，当然也有的妖怪会恶心那些低级同类，会在幻化出来的衣服外面再罩一层布匹衣服来蒙骗人类，但这时候只能徒具夫妻形式，因为一旦除去布匹衣服，露出里面还有一层，摸起来还毛茸茸的，人类肯定就会起疑心。

例如《洛阳伽蓝记》里有个狐妖，估计刚刚成为人形，连尾巴都没有修炼去除，就想要过人类的生活，她嫁给了一个叫孙岩的唱挽歌的人，但和丈夫在一起她却不敢脱去外衣，生怕露出自己的尾巴来。但这孙岩娶媳妇总不能只是聊天吧，有一天晚上乘媳妇睡着，偷偷剥去她的衣服，结果脱下裤子先看见一个三尺长的大尾巴，立刻把胆子都吓了回去。这夫妻自然没法做下去了，孙岩叫来邻居帮忙捉妖，这狐妖显出原形跑掉了。

试想第一阶段都有妖怪敢这么做，到了现在能脱下衣服的阶段，就更不屑于和同类为伍，这时候看见人类的俊男美女也要垂涎三尺了。

但是妖怪在这个阶段，增加的本领也就是能脱衣服一项，别的本领都还不行，这时候形象还不固定，估计不能够长期以人类形态存在，一般他们都晚上变成人，白天还是变回原形，这就要求他们不能将自己本色的衣服脱下来换掉，因为一旦换成人类的布匹衣服，再变回原形的时候，这些布匹就会委顿在地。这时候如果要变回人形，本色衣服没在身边，变出来的人类就会赤身裸体。

《阅微草堂笔记》中，几个小流氓抓住了两只母狐狸，因为知道这里的狐狸能够幻化成人，他们就强逼狐狸变化成人，一开始两只狐狸像普通狐狸一样只是叫唤，这几个小流氓就杀掉了一只狐狸，另一个狐狸才说："我没有衣服穿，变化成人就得赤身裸体。"小流氓要的就是这个效果,自然更加兴奋,强逼这狐狸变化成人。狐狸受刑不过,终于变化,真是一裸体少女。小流氓们大喜,为所欲为。这个可怜的狐妖想必刚刚修炼成人形,毫无反抗之力,受尽凌辱。

所以妖怪在这个阶段就只能还是来去一身衣,这种状态要去勾引人类,也不安全,因为这样会给人类留下线索。

小时候老家的村里人逗小孩:"给你说个媳妇咋样,身体十分结实,平常爱穿一身真皮黑氅,双排大纽扣……"不等他说完,小孩就猜出他说的是老母猪,因为只有母猪才一身黑皮,肚子上两排乳头。现在看来这是村里人一种对孩子的训练,训练孩子识别妖怪的变化,因为历史上的确有老母猪变化成美女勾引男人,不过母猪的迷惑性可比他们说的大多了。比如我们前面那个被李汾夺去鞋子的老母猪,人家猪蹄壳变成的青毡鞋都能以假乱真,更别提衣服了。

《夷坚支庚》里有个姓祝的少年,在家读书,突然有个女人每天晚上都过来陪他,相貌十分美丽,只是皮肤有点黑,皮肤黑也就算了,无论寒暑都是一身黑衣。但是相貌美丽,皮肤黑点算什么,小祝肯定也没有想那么多,两个人鱼水之欢甚是相得。不过小祝这夜夜狂欢,身体受不了啊,他的父母终于知道了这个事,就让小祝到女的家里去一趟。结果这女的当晚就领着小祝去了,黑夜之中,他只觉得道路很是难走,最终到了一处富丽堂皇的宅邸前,家里有八九个童仆,设宴相待，但吃的东西却非常差。小祝回来后告诉父母，父母四下寻找，却没打听到这么一家。一个见多识广的老人从姑娘老是一身黑衣这一点想到了小祝家的老母猪，再看母猪现在的小崽正好是八九头。父母当即决定将母猪带着猪崽一起卖掉。当晚这少女就哭泣着向小祝作别了，第二天连母猪带猪崽都不见了踪影。

  正是这一身终年不换的黑衣出卖了它，主要是因为那时候我们的猪都是黑色的，要是当时引进了白猪，猪有白有黑，就不好判断了。但即便真的五颜六色，有经验的人类也有办法。

  祝枝山在《灵怪集》里写过一条初步得道的白母狗，跟那头猪一样，这白狗白天老老实实看家护院，晚上摇身一变成为美女，看上一个小伙子，就每夜过去寻欢作乐，结果害得小伙子得了痨病。小伙子家里请来一个道士，道士非常有经验，详询之下，就知道对方是个第二阶段的妖怪，要求小伙子当晚剪去妖怪衣服的一角。小伙子依言而行，第二天却见剪去的衣服一角成了一撮白毛，四下查探，发现邻居家的白母狗背上少了一块毛，当即将这狗打死了。看来妖怪这皮毛变化出来的衣服一旦脱离整体，还是会显出原形的。所以下次如果有了春宵一度，就把对方的衣服剪下来一块，看看对方的真实面目。

  从母猪和母狗用情这么专一来看，它们是动了真情的，这是最不该的，因为一旦动了情，就容易死靠一个人，等于在一只羊身上薅羊毛，早晚得被人家发现。所以聪明的妖怪都打游击战，打一枪换一个地方，世上男人多得是，逍遥自在就行了呗，但这也不一定有安全了——还要防着人类动真情。

《搜神记》里有个姓王的人乘船，看见一个美女在岸边徘徊，这老王果然就上了钩，招呼美女上船，当晚留宿，一夜夫妻，他动了真情，将一个金铃系在少女手臂上，算作定情信物。他让仆从跟着少女回家，想来是有意提亲，但仆人见少女进了一户人家，进去之后相问这家却没有女孩，四下寻找，听得金铃声响，来到猪圈旁边，只见母猪的前腿上系着一个金铃。

很显然，这头猪四处游荡，并不打算有固定的伴侣，不过是利用这位大哥排解寂寞，这位老王何尝不是此意呢，大家萍水相逢，各取所需，好聚好散便是，老王非要动情，这下恶心到自己了吧。但更倒霉的是这头母猪，人家潜心修行多年才有这造化，被你这个金铃给毁掉了。

这三个故事里的主角都是女妖怪，难道男妖怪好一点吗？当然不是，男妖怪只不过不像女妖这么温柔，男妖怪更喜欢霸王硬上弓，同样也是险象环生。

《萤窗异草》里有个男狐妖看上一个女裁缝，乘着女裁缝落单，逼其就范，没有想到这女子十分刚烈，一刀斩断他的是非根，让他成为狐妖中的东方不败。

当然也有得逞的,《稽神录》里说晋州神山县有个张某,他老婆被一个穿黄褐色衣服的人强奸了两次,然后就怀上了,之后就开始爱吃生肉,还老说吃不饱,性格也变得十分暴戾,最后孩子生下来竟然是两只狼,生下来就会跑,老张自然不甘心戴这个绿帽子,找不着奸夫,就下狠手将奸夫这两只狼崽子打死了。

很显然那个穿黄褐色衣服的人就是一只狼,这是因为狼一般都是黄褐色的。他看着自己的亲生儿子被人这么活活打死,肯定会痛不欲生。

也有用了情的男妖托人说媒,和钟爱的女子成婚的,但是由于道行不够,他的衣服同样也会出卖他。

《三吴记》上说东吴的时候,会稽一户王家有个女儿生得十分美貌,很多人都托媒来提,父母都没有选到合适的。某一天来了一个非常帅的小伙子亲自提亲,老王夫妇一见倾心,当即就答应了。小伙子带着钱财在王家成亲(倒插门?),过了几年姑娘怀孕,最后却生下来一个绢囊似的东西,岳母用刀割开,见到的都是鱼子。老王夫妻就开始怀疑自己这女婿有问题了,等他睡觉时,老夫妇俩偷偷拿来他的衣服,一看这衣服上还有鳞甲之状的东西,当即明白了,将衣服藏在大石头底下。第二天一家人早起就听见女婿在那里大声咒骂寻找衣服。过了一会骂声停止,就听啪啪拍打之声,推门进去,床下一尾白鱼正在翻腾。

老王赶忙拿刀将鱼砍死了，当然女儿也不会为妖怪守寡，另行改嫁去了。

好好的一头鱼妖，道行不够就出来贪婪美色，最终葬送了修行。这些妖怪真应该向白素贞学习学习。人家出来寻找意中人，那是在修行圆满之后，道行高深，生下来孩子也不呈现出半点蛇的样子。这时候她已经进入到了妖怪穿衣服的第三个境界：想穿啥穿啥。

但即便如此，白素贞穿衣也有一个缺点：只穿和自己本色颜色相近的衣服，在电影或者戏剧舞台上白素贞永远是一身白，小青从来都是一身青——这估计也是服装道具想象力差造成的，但我愿意从更科学的角度来解释这个问题，那就是妖怪本来的出身决定了他们在衣服上审美上的眼光。

从小白色身体的蛇一旦修炼成人形，在挑选衣服的颜色上肯定会觉得白色衣服好看，所以许多妖怪就算能更换衣服，他们的衣服款式也是自己的本色，没什么特别原因，习惯了而已。

到了这个阶段，妖怪所穿的衣服都是要像人类一样，凭借外部资源获取，妖怪们也就随地取材。这时候也不是所有的动物都跟白蛇一样法力高强，其中也不乏法力平平者。

《幽明录》中记录了一个故事，曹魏时期，一个叫周南的襄邑县令，有一天看见一只穿着衣服的老鼠从洞里走出来说，周南，你哪天哪天该死了。说完就回到洞穴了，周南这人倒也坦然，没有当回事，到了这天，这老鼠穿着红衣戴着高冠走了出来，又对周南说："你今天中午死。"周南还不理它，这老鼠走进洞穴，一会又出来重复一遍这句话，周南还不理它，它又走回去，但过了一会又出来说，如是者再三，但周南似乎秉持了一原则，不理你。到了中午的时候，这老鼠走出来大声说："周南你不理我，我也不说啥了。"说完，他自己倒地而死。显然这老鼠咋咋呼呼的是想出来骗吃骗喝，偏偏周南相信见怪不怪其怪自败，这老鼠最后咒死了自己，真是无能又无聊。

老鼠居所靠近人类，自然穿的也是人类的衣服，想必是从人那儿偷过来的，有的妖怪则是就地取材，例如《幽明录》中那只水獭，有个叫吕球的人在曲阿湖游玩，看见一个少女乘船采菱，身上没有衣服，唯有满身荷叶，吕球问道："你怎么穿成这样？"这女子颇有文艺范儿，引用屈原的诗歌作答道："你没有听说过'荷衣兮蕙带，倏而来兮忽而逝'这句诗吗？"说着拨转船头就跑掉了。吕球搭弓射箭，一箭射中，少女现出水獭原形。一会向前走，又碰见一个老妇人，问道："见我女儿没？"吕球再度引弓发箭，射中老妇人，变成一个老水獭。故事最后说，这母女二人在此好长时间了，有时候还到别人家里去，跟当地人相处得非常不错。看来这还是一对平和的母女妖怪，吕球这么做实在太过霸道了，真不应该。

但作为一个妖怪，这对母女也太过不小心，应该向袁枚《子不语》

那个狐仙"黄小将"学习一下,有个李大法师被一只狐仙请过去赴宴,宴席上那只狐狸"黄小将"一身绸缎衣服,他的仆人都是黄鼠狼,这些黄鼠狼穿的都是纸衣。黄小将对李大法师解释道:"这些黄鼠狼命薄,不能穿绸缎,一穿绸缎就死了,只能穿纸衣。"这大概就是妖怪世界的精神麻痹理论,类似于我们人类世界中的"劳心者治人劳力者治于人"理论。这个狐仙竟然能对仆人提出这样的理论,真是厉害。但这么厉害的一个狐仙,却是行事小心,他请李大法师来的目的就是要法师监管他的徒子徒孙,不让他们为非作歹。想必也是怕惹毛了人类,引来杀身之祸。

虽然有着这么多的选择,但妖怪们最珍惜的恐怕还是自己的本色衣服,即便是金缕玉衣,在妖怪眼里都不值一提。为什么呢?不光是因为怀旧,更是因为这件衣服在他们的一生中有着非常重要的作用。

| 妖怪本色衣服的特征和作用 |

既然妖怪的衣服是皮毛进化而来,那自然不同于我们平凡人的布匹衣服,当然也比不上神仙的五彩仙衣。他们的衣服粗看不过是平平常常,但是据几个曾经近距离观察的人说,他们的衣服还具有一定的原始特征。这并非是我顺口胡说,那个不为五斗米折腰的五柳先生陶渊明可以为我作证,这事都记录在了他的《搜神后记》里面。

第一个特征，妖怪的衣服具有皮草的特质。这么说似乎是废话，因为妖怪的衣服本身就是皮草进化过来的，当然具有皮草的特质。不过咱们要说的是，妖怪的衣服在看起来像是布匹之前，估计要经历一个一眼就能看出来是皮草的过程。丹阳人沈宗擅长算卦，有一天有两个穿着皮衣皮裤的壮汉来找他算卦，问沈宗："你说我去西边找吃的好呢，还是去东边找吃的好呢？"沈宗给他们认真地算了一卦，告诉他们东边好，西边估计不好。这两个人又找沈宗讨水喝，他们把头伸到桶里像牛一样喝水。喝完就往东走，行了百余步，长啸一声，两个人都化作了猛虎，从此以后，东边就开始闹起了虎患。这两只老虎身为妖怪居然还搞封建迷信，找人算卦，一看就是刚出道的，所以一身皮草，弄得跟个暴发户似的，一点都不低调。难怪他们现在成了保护动物。

第二个特征呢，妖怪的衣服禁不住火烧，即便外部看起来都进化成布匹模样了，但是如果用火烧，还是有一股皮毛烧焦的气味，这说明这些衣服也只是看起来像似布匹，实际上内部成分还是皮毛的。

这一点是有人做过实验的，这人叫伯夷，不过他可不是饿死在首阳山那位，他姓郅，是一个好奇心和胆子都非常大的人。据说在当时的林虑山下有个亭子，经过这里的人，如果在这里住过一宿，就会得病而死。传说每到深夜，这里就会有十几个人，有男有女，或穿白衣或穿黄衣在亭子里赌博，俨然把亭子当成了一个棋牌室。伯夷同志决定去玩一把，他故意住在亭子里，点着蜡烛看书，到了深夜，果然有十几个穿着或白或黄衣服的男女走了进来，他们邀请伯夷一起赌博。伯夷一面下注，一面悄悄用蜡烛烧他们的衣服，一股皮毛烧焦的气味立刻充溢亭内。伯夷马上明白这些不是人，抓住一个一刀刺下去，那个人立刻变成了死狗，其余也当即逃走了。显然这里的白衣人和黄衣人就是白狗和黄狗了，这些家伙刚具有人形就不学好，先沾染了人类的赌博恶习，不光法术浅薄，知识也浅薄，多少看点书就会知道，能够使用火是人类与动物区分开来的第一个标志，明白了这一点，看见伯夷点火就会避让，也不会让人家烧出原形。一句话：没文化真可怕。做人如此，做妖何尝不是如此。

第三特征是妖衣没有缝隙。我们知道天衣无缝，那是因为神仙高深莫测；鬼衣无缝那是因为用纸糊成的关系；而妖衣无缝则是天然形成的，因为妖怪的衣服源于自身的皮草，除了偶尔留下一个伤疤，肯定不会有缝隙的。这一点是平都县的一个十三岁的尹姓小儿亲眼所见，那是一个夏天，小尹在家看门，看见一个二十岁的少年一身黄衣，骑着白马带着四个随从来到他家，对小尹说："我在这儿歇息一下。"小尹颇有家教，相当有礼貌，招呼他们到家里来坐，他就惊奇地发现这些人衣服没有缝隙。这些人歇息了一会就告辞了，临走那少年说："我明天还来。"他们走后看似下大雨，第二天就山洪暴发，他们家危在且夕之际,就见一条长蛟盘在他家周围,保护他家安全。或许有人看了这个故事认为这条长蛟是神仙而不是妖怪,但神仙那是跟公务员一样的上层人物,莫说不会到一个老百姓家歇息,即便歇息了,也不会因此而出来保护你的。所以我要说即便这是神仙,也是刚被招安的妖怪,还有一点草根情怀,好吧,我祝愿这样的妖怪都能进入神仙体制。

  以上衣服的三个特征虽然都是记载在陶渊明的《搜神后记》里,但毕竟是三个人分别发现总结的,还有一个人同时见识过妖怪衣服的好几个特征,这人的事迹记录在《夷坚志》里。书里说有个董秀才在州里面上学,一天去上厕所,看见一个白衣妇人在徘徊。董秀才真是什么都懂,上前搭讪,白衣妇人说:"我就住在附加的菜地里,我丈夫死了,无依无靠,不知道如何是好。"董秀才大喜,和她谈了一会,感觉挺能说得来,就留下自己地址。当天晚上这白衣妇人果然前来,自然也就成了好事。但很快董秀才就生病了,众人都来探望,学校里的老师也来了。学生将董秀才的遭遇告诉老师,老师毕竟见多识广,问道:"那女子留过什么东西吗?"董秀才居然拿出一件白色内衣,秽气熏人,细看之下,竟然还没有缝隙,老师立刻让他把衣服扔到了火里面。大家一起出去寻找这女子踪迹,一个种菜的老农说曾经有个小孩在此放羊,一只白羊掉到了井里,无法捞出,只好放弃,这女子也是白衣,莫非就是那只羊出来作祟了。老师请来道士做法,从此平安无事了，不过这董秀才却没有救活，最终死掉了。

估计这只妖怪是在道士的驱赶下逃离了这里，但她的本色衣服被人烧去了，从此她这一生就坎坷许多了，因为没了这衣服，她就没有了回头路，再也做不回动物了，因为要做回动物第一件事就是重新披上自己的本色衣服。

《河东记》里的申屠澄，他上任途中为躲避风雪来到一户人家，看见人家闺女长得好看就讨为老婆，带着上任去了，妻子也十分贤惠，为他生下两个孩子。上任期满，他带着妻子回走，经过女子父母家，却是空无一人，唯有墙角一张虎皮，妻子大喜道："这个还在啊。"披上虎皮，咆哮一声，吓得申屠澄一愣，却见妻子化身为虎飞奔入山林不见了踪影。老申对着山林痛哭一阵，独自带着孩子走了。

故事没有明说，但细加推敲应该明白，他这老婆一家想必就是老虎修炼而成，这女子好不容易褪去虎皮有了人形，而且她似乎还能穿各种衣服，性格也贤惠得如同小鹿，这该是何等进步。然而看见虎皮，或许难舍这本来的衣服，一时忍不住，披上了虎衣；抑或是她做了十几年人，还不如老虎悠游自在，这才毅然披回虎衣，再入山林。

这样说来也太颓废了，一个动物费尽心力成为人类，这代表着进步，怎么能随便退化呢，或许激进的修炼者就是要故意烧掉自己的本色衣服，以作背水一战的架势，但要是这么做，有一天他肯定会后悔的，因为这件衣服在将来获得上层神仙们认证的时候也起着非常重要的作用。

《履园丛话》上有个人叫朱方旦，平日爱好道术，有天一个道士来找他，愿意将女儿嫁给他，而且道士这个女儿长得特别漂亮，朱方旦自然应允了。婚后两个人生活得十分幸福，但这少女却不肯居住在乡下，带着他到北京城来创业。当时恰好久旱未雨，天师也求不来一滴，这女子却轻易招来一阵大雨。皇帝大喜，对朱方旦封官赏爵。朱方旦当了大领导，跟天师也就混熟了，女子说："我有一件衣服，请让法师给我盖个章。"——想必就是想请上天认证一下。天师顿起疑心，将这衣服放到火里一烧，化作一件狐皮。女子知道后大哭："让天师认证一下，原为升天，现在露出原形，皮毛已无，只剩下了骨肉，活不成了。"

从妖狐的最后叙述来看，本色衣服在最后关头有着非常重要的作用，只要能够获得天师认证，就可以升天了，虽然天师拒绝了，但反过来看，如果没了这件衣服，连被拒绝的机会也没有。

天师做得太绝，直接把妖狐的本色衣服给毁掉了，这可真是一件损妖不利己的事情，倘若把这件衣服留下来，至少还能做件狐皮大衣冬天穿。天师身为正部级的领导，当然不缺少一件狐皮袄，他毁掉大衣，主要是从安全方面考虑。因为这些衣服一旦被人类得到，可能还会造成人类的"退化"。

许多笔记故事都证实，一旦穿上这样的衣服，立刻就能具备这个动物本身的特征。《耳食录》里有一个人看见大雁高飞,感叹一声大雁多么自由,就发觉有人将一件衣服罩在他身上,再看自己已经是大雁了;好不容易变回人形,又见鱼儿快乐,忽觉一件衣服罩在身上,变身为鱼。总之他每次变化,感觉都是一件衣服罩在头上,好在每次都是体验一下,回头又打回人形,这似乎上天在给他开一个玩笑。但这些都是小动物,如果是猛兽,这种玩笑就开不得了。

《传奇》上有个人叫王居贞,有一次出门,回来的时候和一个道士同行,为了省钱,两个人就同居一室(古代也有标准间),但这道士白天从不吃饭,每天晚上熄灯之后,王居贞就看见这道士披上一件衣服出去了,天将亮时才回来。他起了疑心,一天晚上假装睡觉,乘着道士披衣服的时候一把夺过来他的包裹,这道士赶忙哀求归还,告诉王居贞自己是只老虎,晚上披上的是张虎皮,显出原形出去谋生——显然这是一个处于第二阶段的妖怪,不过他的习惯特殊,白天做人,晚上做回原形。王居贞就问这皮有什么用,道士说披上之后就可夜驰五百里。王居贞大为好奇,他当即披上,往家奔去。到家时还是深夜,他怕吓着家人,没敢叫门,但是看见门外有头猪,正好饿了,当即将猪吃掉了,又飞奔回来,将虎皮还给道士。第二天继续返程,但他一到家就听到一个噩耗,他的儿子晚上出去被老虎吃了,被吃的那天就是他穿上虎皮回来的日子。

这说明，即便是人类，一旦披上动物的本色衣服，也就化为这种动物，理性和良心顿时消失，纵是虎毒不食子，但你化为老虎，亲生儿子在自己眼里也就是一头猪了。想想还真是可怕，这种衣服还是不披的好。

这王居贞还算运气好，毕竟当晚回去，将虎皮脱下来还给了道士，他要是经常穿，没准哪天就脱不下来了。《高僧传》里有个和尚捡到一张虎皮，觉得好玩，披在身上吓唬路人，结果路人受惊，丢下东西跑了，这和尚起了歹念，就把这个当成了职业，每天在道路旁边等着吓人捡东西，结果有一天就怎么也脱不下去了，彻底变成了一个畜生，开始干起吃人的勾当。

故事的最后这个和尚突然良心发现，变回人，又做和尚，投入到圆超上人的门下，经过圆超上人的开释，从此潜心修炼。

| 其他妖怪的穿衣问题 |

实际上万物有灵，能成妖的可不光是动物，例如还有植物，还有各种器皿都可以成妖，它们的衣服又从哪儿来呢，它们又没有毛羽可以变成衣服。

对于植物妖怪来说很简单，它们的枝叶就是他们的衣服，和动物的皮毛一样，这些"植物人"的衣服颜色取决于他们的花色。例如著名的唐传奇《崔玄微》，崔玄微遇见几个植物修炼成的女子，那杨花女子就是一身绿衣，那桃花女子就是一身红妆，而石榴女子则是一身绯衣，十分显明好认。不过崔玄微和这些女子只是互相帮助，他帮这些女子度过风劫，女子助他延年益寿。崔玄微和这些女子没有肌肤之亲，我们也就无法确证他们的衣服就是他们的枝叶了。

《夷坚志》中一个叫顾超的仆人却是地地道道见识了一把植物妖怪的衣服，顾超一天晚上遇见一个绿衣女子，女子说她跟妈妈吵了架，被赶了出来。这顾超还算有点心眼，问了一句你家在哪儿，女子说在紫竹院（北京海淀区真有这么一个地方）。顾超觉得自己有了艳遇，当即带着女子回家，然后……他就憔悴了，他的老板很快就发现了这一现象，得知实情后就认定这是一个妖怪，当晚女子前来，顾超一把抓住女子的衣服，结果掉下一块衣袂，细看竟然是芭蕉叶。循迹找过去，发现一棵芭蕉树，才知道这是一个芭蕉怪。这也说明一个问题，植物妖怪的衣服因为是枝叶变化而来，肯定不太结实，非常容易脱落，不知道到了秋天妖怪们会不会随着落叶变得赤身裸体。

所以有些植物妖怪的本事精进一点，就开始穿人类的衣服。汤用中的《翼駉稗编》里说山东济宁有棵槐树成妖后跑到如皋做生意，生意做得也非常成功，还娶了一个媳妇。过了十几年，他带着媳妇衣锦还乡，到了济宁他却让媳妇等着，自己先上岸了，不料这一去不回还。

家里人上岸去找,就见一棵大槐树上挂着他的衣服。家里人这才知道他是一个槐树精。从衣服挂在树上这一个举动来看,这槐树精平日穿着的就是人间的衣服了。

植物虽然不像动物那样,但好歹还是有生命的,但那些没有生命的怎么办?难道他们穿衣只有靠人类的恩赐了吗?当然不是。再贫贱的东西也有本色衣服。

例如泥——庙里的泥塑成了仙也有本色衣服,那衣服就是泥塑的衣服。例如《聊斋志异》中有个泥书生的故事,说某家的小媳妇一夜独宿,常常被一个书生骚扰,老公怒了,待这书生来时拿起杖子一阵猛打,打得这书生衣服帽子都掉了,第二天一看那衣服和帽子都是泥做成的。

或许有人说,泥书生毕竟是泥塑造成的人形,衣服都已经具备了,那些没有生命,连人形都不具备的物件呢?那我们就拿最常见的一种东西来说吧。

这种东西,虽然没有生命,却能不胫而走不翼而飞,在某些人眼里高贵过一切生命,这就是钱。钱也会修炼成妖怪,他们既没有皮毛也没有枝叶,那他们穿戴什么呢。不用着急,古人说钱能通神,这样的东西修炼成妖怪还愁没有吃穿,他们什么也不用穿,本色出行,珠光宝气自然令人侧目。例如《博艺志》中那个著名的《上清童子》故事,岑文本遇见上清童子拜访,这童子头戴青圆角帽子,穿清圆头鞋子,衣服轻细如雾,自称是五铢服——这名字恰好和神仙的六铢衣相对,听起来好像还透露着一股仙气。但是尽管轻了一铢,稍有学问的人就能认出这是一个钱的名字,很快就被岑文本识破,将它从地下挖掘了出来。不过我觉得他为自己的装扮取名五铢衣,倒是可以作为妖衣的代名词,听起来充满了山寨意味。

这上清童子还只是一枚古代的铜钱,如果是货币的天然本相金银修炼成妖出来,那就要光彩照人了。《搜神记》有个《细腰》的故事比上清童子有趣多了。说有个姓张的人家原本非常富裕,后来家道中落,就把宅子卖给程应,但程应入住后,全家害病,没办法只好再度转手,卖给了邻居阿文。这个阿文是个有心人,晚上拿着一把大刀爬到房梁上,到了三更时分,有个戴高帽子的黄衣人走了进来,喊道:"细腰,细腰。"就听有人应了一声,黄衣人问:"为啥有生人气。"细腰说:"没有啊。"这黄衣人就走了。过了一会,又来了一个青衣人,也喊细腰,问了相同的话,细腰还是说没有。过了一会又来了一个白衣人,也是这么问,细腰还是这么答。阿文就奇怪了,看看天色将亮就从房梁上爬下来,学着他们的样子喊:"细腰,细腰。"细腰居然也应声,阿文就问:"那黄衣的人是谁?"细腰说:"是金子,在西墙根底下。""白衣人呢?""银子,在房屋东北角柱子地下。""青衣人呢?""是铜钱啊,在井口附近。"

阿文一一问了仔细,末了还问:"那你是谁。"这细腰回答:"我是木杵，在灶台地下。"阿文按照它说的一一找过去，挖出了巨额财富，发了大财。他还在灶台下找到了那有问必答的木杵，阿文对这个出卖朋友的家伙却毫不留情，一把火烧了它。从此之后，这座房子就变得平静了。

所谓木杵，其实跟棒槌差不多，金银铜钱被迫现形，全因这细腰的出卖，这可真是一个完全没有脑子的家伙，常听唐山人用棒槌来形容人的愚笨，莫非就是因此而来。但这么一个东西也修炼成精，不过还没有具备人形，令人好奇的是，像这种不值钱的日常生活用品如果修炼成人形，他们的衣服该是什么样子呢？

这倒也不难，因为日常用品常常和人类接触，身上肯定要上漆的，外面是什么油漆自然就穿什么样的衣服。《稽神录》记载，宋朝有个姓李的小青年深夜读书，有个穿黑衣服的矮胖子带着酒推门进来，小李吓了一跳，转身要跑，这黑衣人生气道："李白都是我朋友，你跑什么跑。"小李站住，这矮胖子就脱下来帽子给他倒酒喝，正在这时候小李的父亲走进来，拿石头赶跑了他。再看他的帽子，竟然是个酒盖。第二天小李在粪池里找到一个酒榼，打听之下才知道，这里原来是李白曾经住过的地方。

不过这矮胖子粗鲁不堪，哪里有半点青莲居士的形象，或许在大粪池里被玷污了吧。但这个矮胖子是个生活用品变换而来的，如果不是生活用品，而是天然的东西，比如说一块石头，他们得天地之灵气修炼成妖又该穿什么衣服呢。《西游记》不足为证，因为那块石头变出来的是孙悟空，孙悟空身为一个猴子是天生带毛的，不用衣服。我们要说的是那些直接变化成人的石头，这样的石头肯定没有衣服，他们只有借助如树叶这样的天然衣物了。

《子不语》上有个叫吕著的人，他在武夷山中读书，一天傍晚，他看见台阶上的石头忽然像人一样立了起来，寒风吹来，树叶挂在石上，瓦片也纷纷落在石头上，石头全部变化成人，树叶变为衣服，而瓦则化为帽子。吕著还跟他们交谈，石头人告诉了他不少前朝的历史，让他增长了不少见识。别说，这从石头里蹦出来的妖怪就是有水平。

说了这么多妖怪穿衣的问题，既然石头都能成妖，那么衣服能不能成妖呢？当然能，而且衣服成了妖这可是一个大妖怪，在历史上有个专有名词——服妖，这是令人闻之色变的大妖怪，它可以推动王朝兴替，可以主宰历史走向。至于这个妖怪穿什么我们不得而知，我们可以知道，这个妖怪既然是衣服变来的，肯定来源于人类，我们就只能从人类的穿着去寻找一些这个妖怪的蛛丝马迹，请看下篇——人类的穿衣问题。

《子不语》中说有个人死后到了阴间,被领到一面镜子前,镜子中可以找出他前生和再前生的样子。

人类穿衣无小事

——服妖出没请注意

人类为什么穿衣服？

为了御寒？为了遮羞？

这些都是西方价值观，我们老祖先从来不从这么低端的层次来谈问题。董仲舒在《春秋繁露》说得十分霸气："天地之生万物以养人，故其可食者以养身体，其可威者以为容服。"也就是说我们穿衣服是为了有尊严，《尚书》里说舜帝规定了衣服的十二种花纹样式，就为了彰显领导的尊贵。

穿衣服和天下

这么说来我们穿衣服是为了区别社会阶层,想想也是,如果大家都光着屁股,哪里还有尊卑可言。既然要区分尊卑,就要在衣服的样式、颜色各个方面规定各个阶层穿着,一眼看上去就知道你是干什么的。

正因为如此,所以我们常说人靠衣装,佛靠金装,还说人配衣裳马配鞍,无论是拿人和圣洁的佛祖比,还是拿人和低贱的畜生比,都说明穿衣服真的很重要。

常在网络上有人愤愤不平地说"这是一个看脸的社会",其实不对,看脸的基础是看衣服,有衣服衬托着才会在脸上区分。《子不语》里有个人死后到阴间,被领到一面镜子前,这面镜子可以照出你前生和再前生的样子,这人一照,不是先看自己前生的长相,却只看自己的衣服,只见自己方巾朱履像是一个明朝人,又照一下看到了三生,他还是只留心自己的衣服,只见自己乌纱红袍,玉带皂靴,是个大官。

他照了两次神奇的镜子每次都看到自己的衣服,从来不看脸,这说明看衣服就够了,脸一点也不重要。有了衣服就能说明一切了。

既然是区分贵贱,一切衣服中最尊贵的自然是官服了,你能穿什么样的官服都是上天定好了的。

《玉溪编事》上说有个叫刘审义的，晚上梦见一个穿孝服的人领着自己爬树，那人还拿出一件绯色的衣服给他穿。不到一年，蜀郡的长官选拔人才，本来选中一个姓杜的人，但此人正在为父母服丧期间，不能前去，就推荐了刘审义去，从此他就穿上了官服。这说明公务员的服装是上天备好的，他不过是个替补队员——替补也会有春天。

　　正因为官服是上天注定的，所以文人非常珍贵自己的官服。《集异记》上说武则天赐给男宠张昌宗一件鸟羽缝制的衣服，这时候狄仁杰进来，武则天就让狄仁杰和张昌宗打双陆，并设定赌注，狄仁杰说我如果赢了，就要这件鸟羽袍。武则天说如果你输了呢？狄仁杰说，那就把我的官服给他。武则天笑了：人家这衣服可太贵了，你一件官服又能值几个钱。狄仁杰说：我这是朝廷的命服，跟他这件嬖幸宠遇之服相比，高贵不知多少倍，我还嫌赔了呢。结果双陆打下来，狄仁杰完胜，拿起袍子到门口给了家奴——这说明评判衣服贵贱不是靠价格，而是完全靠社会等级决定的。

　　衣服区分的就是这个社会秩序，这是咱们老祖先认为衣服最重要的一个作用，为了防止破坏这个秩序，乱穿衣服在许多时候都是一项重罪。

　　有了秩序，自然就可以建立国家，衣服从被发明的那一天起就跟治理国家这样的大事关联起来。《易经·系辞》上说"黄帝、尧、舜垂衣裳而天下治",垂衣裳竟然和天下治理关联起来了,下面接着解释这竟然叫"取诸乾坤",这可真是太考验想象力了,这垂个衣裳竟然还是效法乾坤的,难道天地也有衣服?照这么说天地的衣服还都是垂下来的。孔老夫子说"惟天为大,惟尧则之"。也就是说天这么大,尧跟着天学习,难道尧学习的内容就是穿衣服?

当然不是,孔老夫子还说:"天何言哉?四时行焉,百物生焉。"看来孔老夫子觉得天最好的榜样就是啥也不说,默默无闻地把事干了,回家连日记都不写。估计尧舜黄帝所谓的垂衣服就是衣服垂着不动就把天下治理好了,一副得心应手毫不费力"烹小鲜"的样子,再看看没有列在榜上的大禹,《庄子》里说他"腓无胈,胫无毛,沐甚雨,栉疾风"——风里来雨里去大小腿上都不长毛了,完全是一副挽起袖子拼命的架势,这跟"垂衣裳"形成太鲜明的对比了。

可是为什么必须要垂衣服,难道上班不应该把衣服扎到腰带里吗,垂下去显得多没精神啊——你以为尧舜黄帝都像你一样有裤子吗,虽然他们身为一代帝王,却是没有裤子穿的,虽然都说黄帝发明了衣服,实际上黄帝估计就是在一块布上钻个窟窿,把头套进去身上一披,垂下来就可以了,这么说就不难理解为什么衣服要"垂"了。

这可能也是为什么以黄帝的聪明才智不发明裤子的原因,当时人口少,壮大部落才是最主要的,如果穿上了裤子,那多不方便。

这一点我们可以从《汉书·外戚传》里得到证明，霍光的外孙女当了皇后，为了让自己这个外孙女独享皇帝，霍光就借口皇帝身体不好，要求皇宫内所有宫女都穿上裤子，还得系上腰带。目的显然就是给皇帝制造障碍，别处处留情。反过来想如果没有裤子，制造起人类来那岂不是要简单得多。作为中华民族的始祖黄帝，非常高瞻远瞩地想到了这一点，所以他英明地决定不发明裤子。

那裤子是谁发明的呢？这么文明的产物，当然是一个喜欢制定规矩的人发明的，《中华古今注》上把发明权归到了周文王的名下，想想也是，周文王当年在推演八卦的时候，在写出"艮覆碗"这一卦的时候，看到"上一连下两断"这个样子，他当时脑海里想象的想必不是我们后人所谓的"覆碗"，而是一件服装，于是他就做了一条这样的衣服，上面那"一连"代表着腰，下面的"两断"肯定就是裤腿了，于是一件伟大的发明出现了，不过当时叫"裈"——光听这个字音跟艮就很像嘛，不过他发明的时候估计是在夏天，因为《中华古今注》上说他设计的这件衣服只长到膝——看来是件大裤衩——后来经过无数大人物的改进，才终于有了今天裤子的模样。

周文王的伟大之处不只在发明了裤子，更伟大的是他让女人穿上了裙子，这也是《中华古今注》上说的，看来在这之前，无论男女都跟《后汉书》说倭人的装束一样，"衣如单被，贯头而着之"。不过裙子可能不是周文王发明，在这之前已经有了，大概是男人的专用品，周文王发明了短裤之后，就规定出女子可以穿裙子了。

这时候的裙子还都是一些最简单的制作，后来秦始皇规定女子可以穿五色花罗裙，听这个名字就很漂亮了，到了隋朝，奢侈的隋炀帝更是为自己宫中的女子送福利，设计了好几款新的裙子。

这些大人物在为裙子的改进上做的努力只是材料上的，却不敢做式样上的改进，因为这可是一个危险的动作。例如宋朝有个人随便改了一下裙子的设计风格，然后他就死掉了。这事记载在《荆湖近事》里，当时的武安节度使周行逢，他的妻妾中估计有爱好服装设计的，搞了一个新的发明创造，她们穿的裙幅都不缝，让裙幅们散落在四周，称为散幅裙，其实这也没多大新意的一个设计，但是作者认为散幅听起来跟散福一样，你把福气都散了，能不倒霉吗？于是过了没多久周行逢就死掉了。

服装设计把一家之主给设计死了，多么可怕，但这还是幸运的，因为这裙子只在他们家里穿，没有在社会上流行开来，否则一旦举国流行，散掉的就不光是他们家的福气，而是整个国家的福气了，这时候这衣服已经不是衣服，而是成了服妖。

服妖是一种非常大的妖怪，大得没有人见过这种妖怪长什么样子。但是这种妖怪在各类正史上不绝于书，由不得人不信。《汉书》里说"风俗狂慢，变节易度，则为剽轻奇怪之服，故有服妖"。也就是说当社会风气不好，随便更改时尚潮流，穿一些奇奇怪怪的衣服，于是服妖就出现了。从他这语气里，我猜测这妖怪是一直存在的，并不是某一件衣服修炼出来的，一旦社会风气不好，大家都爱穿奇装异服，就等于揭开了妖怪的封印，服妖就出现了。

那么我们就先看看，怎么揭开这个妖怪的封印。据我总结，有三种情形。

| 胡服之妖 |

第一种就是随随便便穿少数民族的衣服。

孔老夫子当年欣赏管仲的时候说："没有管仲，我们早就披散头发，把衣服往左扎了。"他的意思就是如果不是管仲打败那些蛮夷之辈，我们就得跟他们一样了，但是他不用蛮夷这样词句，以免落下民族歧视的话柄，而是用发型和服装习惯来指代。

他的后人们敏感地捕捉到一个信息，孔老夫子在这里之所以用发型、衣服来代指少数民族，是在提示着一个重要的问题：小心服妖。因为有时候少数民族族不必用刀枪打过来，他们的服装文化就可以长驱直入（用现在的话说这叫文化入侵）。

例如东汉的败家子皇帝汉灵帝刘宏，他的一个爱好是裸体，《拾遗记》上说他建造了一个"裸游馆"，夏天的时候和一群美女裸体游玩，连衣服都不要了，服妖自然无从谈起。但是他的另一个爱好却是喜欢穿胡服、住胡帐、坐胡床、吃胡饭，听胡乐，除了不说胡话，他的生活基本上被胡字贯穿了。《后汉书》里就明确说了，这就是胡妖，汉灵帝已经打开了关妖怪的瓶子，胡妖钻了出来。造成直接的后果就是他死后不久董卓就带着胡兵入京，看来这个胡服妖象征的就是胡兵入侵。

说到这里，好多人都会想起大名鼎鼎的赵武灵王，他可是胡服骑射的开创者，要说他也是放出了这只妖怪，但是赵国并没有被胡人入侵啊，但是要知道，他身为一国之君被活活饿死，这也是妖怪对他的回应。颜之推就曾说"哀赵武之作孽，怪汉灵之不祥"，将赵武灵王和汉灵帝并称，有趣的是这俩人的谥号里都有一个灵字。《逸周书》里说"乱而不损曰灵"，就是说乱搞一气却没有发生损害就是灵，显然将赵武灵王的胡服骑射当成了跟汉灵帝一样的乱搞一气。

其实这也怪不得领导们提倡，主要是胡人的东西好用，比如咱们堂堂中华没有椅子，大家要么坐在床上，要么席地而坐，搞得挺累，但是胡人有，遇见好的自然要学过来——是为胡床，《宋书》就说晋武帝的时候胡床非常流行，发展到后期，大家都从胡人那里学习用毡做头巾、络带和袖口等，这等于在衣服上胡人为领为袖，这下一步必然要为领袖了，所以当时老百姓都说："以后中国必为胡所破矣。"——这当然是服妖了，果然后来就有了八王之乱及以后的三百年乱世。

后来这只胡服妖在唐朝的时候也出现过，据说安史之乱就是因为唐人喜欢胡服而召唤出来的，到了宋朝这只妖怪又召唤出了靖康之耻。岳飞的孙子岳珂在《桯史》里就说宣和年间京师的人都爱穿一种短衣襟的衣服，这种衣服居然还叫"不制衿"——这不是"不制金"吗，果然不久就发生了金兵南渡的事件。看来只要当年早具慧眼，将这只妖怪扼杀在摇篮里，金兵就会老老实实地在北方待着，岳飞也不必有风波亭之冤，秦桧也不用背千古骂名——你说好好的你乱穿衣服干什么啊。

实际上"赵官家"早就想到了这些，《宋史》上说宋徽宗明确下令，敢穿契丹服的一律以违背最高指示罪（违御笔）论处。但是最高指示又能怎样，你大宋朝照样南迁，照样被蒙古铁骑逼得小皇帝跳海。

因为这一切压根不是一件衣服能决定得了的，企图将这一切推给一件衣服不过是个荒唐的借口。有趣的是，我们把少数民族的服饰习惯称为妖，人家少数民族同样也将咱们的衣服看作是不吉利的着装。清军入关前，皇太极就要求不得废祖宗时冠服，轻循汉人之俗（《清史稿·舆服志》）。究其原因，他也是吸取辽金元三朝教训，认为衣冠改用汉唐仪式，是导致国势变弱的原因之一，所以清军入关后，强令要求汉人改服剃头，结果激得民变四起，许多人为此丢掉了性命。这一次服妖高歌猛进，统领了华夏几百年。

一直到晚清，革命党引进西装，"以胡制胡"，这时候很难说出谁是服妖的召唤者了，到后来孙中山先生设计出中山服，才为服饰定出主旋律来。这时候服妖已经被彻底收服，到现在中华人人胡服，也不见其行什么妖来造什么孽。

这时候连小朋友都不惧怕胡服所带来的服妖了，我记得小时候和小朋友玩打日本鬼子的游戏，扮演日本鬼子的一方为求逼真，经常拿一块布条系在头上，也不见有智慧的老人过来劝说别弄出了服妖。但是有一次我从家里找出一根白色布条，很为这个道具而得意，当即绑在头顶主动要求扮演日本鬼子。但我这个鬼子刚演了一会，就见我爹气冲冲地跑过来了："你爹还没死呢，你就把孝服穿上了。"把我拉回去一顿胖揍。

我爹打我并不是因为我穿胡服，而是因为那太不吉利，这也是服妖的一种。

不吉利的服妖

当年曹操为了勤俭节约，就用白布缝制帽子，称为帢（qià），写《搜神记》的那位干宝就说这白色是凶丧之象，不吉利，穿这种衣服无异在召唤服妖。不过这种服妖对曹操似乎没有形成什么不利影响，但是干宝说到了西晋时候这帽子又稍微改制了一下，取了一个新的名字叫无颜帢。这下麻烦了，无颜跟无言音同，结果很快发生了永嘉之乱，皇帝都被匈奴人掳走了，大家自然无言以对了。而这些竟然都是当年曹操没事搞服装设计种下的祸根——曹操阴间暗笑："让你司马家夺我曹家江山，老夫早就布好了这一步棋来报仇。"

当然将这些都怪在曹操身上也是不公平的，因为晋朝的人也用不吉利的服饰召唤了服妖。早在晋武帝的时候，司马炎似乎很喜欢车，他先是发明了一种羊车，用羊拉着车子在后宫走来走去，羊停在哪个嫔妃门口当晚就临幸哪个嫔妃。羊和祥相近，这还算吉利的，但同时他还改变外出乘车的样式，用白蔑来装饰车子，干宝（又是他）在《搜神记》里说这是丧车，太不吉利了。这虽然是车子，但也属于服妖，召唤出了晋武帝的一个强悍儿媳妇贾南风，从而又引发了八王之乱，为西晋的衰亡掘下了第一抔土。

到了永嘉年间，《晋书》上说士大夫都爱穿一种单衣。结果就有人考证出这是古代诸侯为天子穿的丧服，这多么不吉利，等到永嘉之乱发生后，晋怀帝被掳走，又被刘聪毒杀——大家才知道这些帝王真是配合，这丧服还真是不白穿。

有趣的是有些皇帝一点也不以史为鉴，到了北齐的时候，有位皇后的衣服突然自己站了起来——这是真正成了妖啊，很快这皇后就死掉了。这算是给这个朝代提了个醒，表示服妖要出现了，小心点别把它召唤出来了。结果到了齐后主高纬的时候，他也跟白布较劲，他学曹操设计头巾，也用白布，估计效果看起来跟孝帽子一样——这当然是不吉利的。果然没几年，北周就灭掉了北齐，高纬父子同时被害。

不吉利还不光体现在衣服上，还体现在发型、眉毛各个方面。《后汉书》上说东汉权臣梁冀的妻子孙寿喜欢标新立异，设计了新的发型"堕马髻"，发明了新的画眉方式称为愁眉，改良了新的化妆方式叫做啼妆（大概就是哭脸），创新了微笑的方式称为龋齿笑，笑起来跟牙疼一样，所有这些都在京城蔚然成风，这孙寿活到现在一定是个潮流达人。但是很不幸，她召唤出了服妖，没多久汉桓帝看他不顺眼，在一帮宦官的帮助下将梁冀一家给铲除了。

当然这个服妖只是害死了梁冀，但就在同时另一个不吉利的服妖也被召唤出来了，令人意想不到的是罪魁祸首竟然是鞋——木头鞋，当时称为木屐，就是用木头做鞋底，前面用绳子做个绑带（其实就是个人字拖吧），穿起来舒适便捷，特别是下雨天还可以防泥水，所以非常流行，但没有想到这竟然也是服妖，就因为前面的绑带看起来像是捆绑人一样，《后汉书》上说后来汉桓帝时发生的党锢之祸就是因为这种木鞋召唤出来的服妖所导致的（"皆被桎梏，应木屐之象也"）。

党锢之祸究其根源是因为宦官专权，而宦官之所以专权，是因为汉桓帝当年对付梁冀的需要，在消灭了梁冀之后，汉桓帝还宠信太监则是因为另一个服妖。这个服妖跟汉桓帝当时戴的帽子有关。汉桓帝裹头的巾，上面短小，而下面长，盖住了耳朵，这看起来有点充耳不闻的意思，于是就有人认为这就象征着宦官蒙蔽圣听，弄权使坏。

这么说来这三个服妖前后呼应，共同将东汉推向了坟墓。

木屐和头巾看起来不吉利造成祸害，有的却因为听起来不吉利也召唤出了服妖。

东晋的孝武皇帝司马曜就遇上了两个这种服妖。首先是一种鞋，过去鞋前面都有一块薄薄的一片向上翻起，中间有缝由上到下，像个卯，称为露卯，但是后来估计大家穿这个穿烦了，就将前面的翻起那一块样式改了，改成了有缝不到底，同时也起了一个新的名字叫阴卯，这下麻烦了，《晋书》上说这是阴谋，显示大臣必有阴谋，后来果然骠骑将军袁悦之谋反。

其实在《晋书》上袁悦之只是劝会稽王司马道子多操心国家大事，并没有亲自拉杆子。要说当时真正有阴谋，而且得逞了的是张贵妃，司马曜晚上吃饭的时候开了个玩笑说明天要废掉她，这女人竟然当晚弄死了他——当时的妇女真是强悍。

在当时，妇女们还用假发召唤出了另一个服妖。也是司马曜的时候，妇女流行戴假发，假发还要做成各种发髻，为了方便佩戴，她们先用假发在木头模子上做成样式，这样就可以即插即用了。当时将这样的发髻称为假头。穷人家做不起这种样式，有时候出门就借用她人的，称为借头。这就有点不吉利了，自然召唤出了服妖，果然没多久，司马曜就死了，随后东晋就陷入了动荡时期，先是桓玄造反，随后刘裕夺权，在这一片动荡中，很多人惨遭刑戮，那些丢掉了头的人，死后埋葬就要用木头刻一个头陪葬，称为假头，这时候许多人都不禁想起当年妇女借头之事，才明白这都是服妖做的孽。

看起来不吉利、听起来不吉利，这些都还好说，最让人防不胜防的是明明看起来很吉利，听起来也很美妙，却因为一个谐音也召唤出了服妖。南宋末年，妇女常常以琉璃为首饰，就因为琉璃听起来像流离，从而形成了服妖，造成了后来蒙古铁骑南下，许多人都为此流离失所。

要照这么说，珍珠也不能佩戴，听起来像真猪，这要召唤出来服妖，那岂不是要把自己变成一头猪，想想还是戴钻石吧，听起来像攥屎，就当自己攥了一泡屎吧，只是脏一点，也没啥危害。

但是只要你戴首饰，就是在打扮自己，而你一旦打扮自己，也能召来服妖——

│臭美带来的服妖│

臭美其实是人性的体现，咱们上面说穿胡服也好，穿白衣也好，这其实都是臭美的体现，不过是走了弯路，误入歧途，其实就算你费尽心力避开了胡服，设计出了吉祥的样式，取了一个非常吉利、谐音再读也都是祥瑞，也不代表着没有服妖了。

例如爱美爱到了残忍的地步，为了自己的美丽，不惜剥夺其他生命赖以生存的皮毛，这肯定会召唤出服妖来。最早死于这一点的是春秋时期郑文公的儿子公子藏。当时太子公子华谋权篡位被发现后处死，郑文功就看他所有的儿子都是白眼狼，想把他们都弄死，公子藏逃亡到了宋国。本来郑文功打算放他一马，但是这公子藏有一个不良嗜好：收集鹬鸟的羽毛做帽子。他爹郑文功听说这个消息，勃然大怒，派出杀手将他在陈宋边境杀了。

这事记载在《左传》上，没提服妖的事，但是汉朝的刘向认为这就是服妖，据说这鹬鸟能够感知天气，快要下雨的时候就会鸣叫，那时候干"气象"工作的将这种帽子作为制服,公子藏戴这种帽子也许是想观察天象,找机会利用自然规律弄死他爹,自己好回去接班。只是没有想到他先放出了服妖,让自己出师未捷身先死。

掠夺动物皮毛做衣服最有名的还属唐朝的安乐公主。她用鸟的羽毛做了一条百鸟裙,正看、侧看、日光下、暗室内分别呈现不同颜色,结果引领了潮流,当时王公贵族纷纷效仿,害得鸟不聊生,自然要召唤出服妖了。服妖借李隆基之手发动了政变,杀死了安乐公主母女俩。

到了宋朝有了更残忍的,人们用胎鹿皮制作帽子,为了取胎鹿皮常常需要杀死鹿的母子两条性命,《宋史》上说当时政府严禁这种残忍的事情,估计是害怕弄出服妖来,但是禁而不止,豪门大户依旧捕杀——胎鹿皮冠成了豪门的专用。

其实冠这种东西本来就是人家贵族的东西嘛,春秋的时候子路跟人战斗,生死关头,帽缨折断,不顾性命也要去结帽缨,结果被砍成肉酱,就因为冠是他身份的象征,值得用生命去捍卫。

但是到了汉朝的时候,昌邑王刘贺却不管这些,他设计了一种帽子名叫仄注冠,制作了许多,他派人带到长安,估计是想在帽子设计界扬名立万,见人就发,上至王公贵族,下到贩夫走卒,甚至连大白狗都发,这肯定是要出服妖了,后来他仗着运气好,登上皇位,霍光看他不顺眼,将他废掉,成为废帝海昏侯,这一起一落多丢人。

看来送高帽也得分个层次，注意阶级立场，不该送的坚决不能送。非但如此，冠这种东西还要注意不能随意改动。《宋书》上说东晋末年，大家突然都喜欢戴一种小帽子，身上却喜欢穿宽大衣裳，有能够看懂天象的就说："这是要发生禅让了啊。"估计其推算原理是把冠当作皇帝，衣裳当做臣下，冠小衣大，显然是帝弱臣强。当时刘裕专权，很快就逼迫东晋末代皇帝司马德文禅让给了他。而刘裕一坐到皇帝龙床上，这种风俗就变了回来。看来这服妖没准就是刘裕放出来的。

抛开帽子不谈，单就上衣下裳而言也能区分出君臣来，上衣自然代表着帝王或者是整个统治阶层，下裳则肯定是臣下或者普通民众。按照帽子的逻辑来推，一旦上下不平衡就说明要出服妖。《后汉书》上说东汉献帝的时候，流行一种上衣长下衣短的服饰，当时益州的一位官员从中推断这是阴阳不平，天下要乱。当然我们知道后面就是三国两晋南北朝，还真让他给蒙对了。

但是到了三国时期，这种情形又出现在三国中的吴国，当时是景帝时候，跟汉献帝时不同的是，不是上长下短，而是上丰下俭，上面穿五六件衣服，下面只穿一两条裤子。这时候已经天下三分了，不能再往天下大乱上扯了，干宝在《搜神记》里说："这表示着领导们太挥霍，而民众们太穷困了。上下用度不公。"但有趣的是到了三国一统归晋的时候，这种情形颠倒过来了，《宋书》上说晋朝初年，衣服流行一种上俭下丰的样式，穿的上衣都盖不住裙子，甚至到不了腰（露脐装？），这当然也是服妖，表示国君衰弱，臣下太强了——这跟汉献帝时期的推论相矛盾啊，凭什么献帝的时候上长下短就不表示君强臣弱呢。显然，这是因为献帝本来就很弱，无法往这上面靠的关系。

这么一对比就能明白所谓服妖的真相了，不过都是一群事后诸葛亮，牵强附会，人嘴两张皮，咋说咋有理。

我们鬼扯这么多，其实就为两个字"有趣"，为古人这方面想象力而赞叹，只能如此，要是当真，那就无聊了。

锦翼 著

纸上寻仙记

下

上海文艺出版社

《帝京景物略》上说明朝人们还用五色彩纸剪成衣服、帽子和鞋等,到了清朝改成了白纸,不久之后规矩又变了,有人开始只为死去的亲人烧一个纸包裹,里面随便塞点纸张,美其名曰衣裳包。

寒到君边衣到无
——且说寒衣与寒衣节

每年农历十月一日对于鬼来说是一个重大的日子——"寒衣节"。

进入农历十月就意味着冬天不远了,人们要准备衣服,地狱苦寒,鬼们更要为过冬准备衣物了,这一天正是在阳世的亲戚们为他们送衣物的日子。活在世上的人们就会拿着五彩纸剪成的衣服烧给他们,让他们在地狱里不至于受苦寒。所以这一天对鬼来说十分重要,他们不要钱,只要御寒衣物。这一天和清明、中元并称为三大鬼节。

现在说这些似乎充满了鬼趣,但最早的时候这个节日完全与鬼无关,而完全是一个为人设立的节日,而且充满了人道主义关怀。

| 从九月授衣说起 |

据说寒衣节的起源可以追溯到《诗经·豳风·七月》里，全诗都是在讲述三千年前的劳动者辛苦的命运，开篇一句"七月流火，九月授衣"，这九月授衣的意思就是在夏历（农历）的九月份把衣服发给奴隶们，听起来是一种不错的福利措施，但是这好像并不是让奴隶们穿的，因为诗句的下面紧接着说到"无衣无褐，何以卒岁"。可怜的奴隶们如果能领到过冬的衣服，怎么还会发出这种牢骚。于是就有人猜测授衣就是发布料，让奴隶们做好，然后再收回来，奴隶主老爷们是留着自个儿穿的，这一点从后面的"为公子裘""为公子裳"可以看出来。

不管谁穿吧，反正天冷了就是要穿衣服的，这是一个大事，都唱到了歌里面，在业余生活单调的三千年前，就有必要把这么一件大事发展成一项大的娱乐活动，固定在每年的一天，自然就成了节日。不过从《七月》这首诗里来看，成为节日的是十月，而不是九月。在十月里，大家拿出酒来，宰杀一只羊，走上公堂，祝福老爷们"万寿无疆"（十月涤场，朋酒斯飨，曰杀羔羊，跻彼公堂，称彼兕觥，万寿无疆）。这里没有提穿衣服的事情，但是只要想想，九月份让奴隶们做衣服，十月份估计就是交工的时候，老爷们想必在这一天也换上了衣服，因为再不换上天就真的冷了下来——冬天要来了，立冬就在这一月。

现在提起立冬，不过是一个简单的节气，但在古代，这可是一件大事。从天文上看，这一天日月会于龙尾（东方青龙中的一个星星，在青龙的尾巴上），地上的水开始结冰，万物上冻，似乎老天爷发怒了，板起了面孔。那时候无论多大的官，一想起老天爷，都会觉得自己只是一个屁民，在他老人家生气的时候，自然就要拼命讨好他老人家。

据《礼记·月令》记载，提前三天，负责观察天象的官员就会向周王报告："某日立冬，盛德在水。"周王就要沐浴更衣，斋戒三日，到了立冬这天就要带领文武百官来到王城北郊，举行一次大规模表演，迎接"冬气"回家。回来后要对为国捐躯的烈士进行表彰，对烈士家属以及孤寡老人发放过冬物品。

这里虽然没有提到为人发放衣物，但是《月令》上还说"是月也，天子始裘"，也就是说在这一月，皇帝要穿上裘皮大衣了，连皇帝这种"生活不能自理"的人都要穿上衣服，想必给孤寡老人和烈士家属的过冬物品里也少不了衣服。

秦朝的"十一"和唐朝的孟姜女

秦朝人跟我们现在一样,每年也都过十一,而且也是个隆重的节日。当然他这个"十一"是农历的,和我们的国庆节不同,人家是"十月里来是新年,大年初一头一天"。在秦朝,十月初一是新年的开始,和我们的正月初一是一个意思。

秦朝之所以把十月初一定位新年,源于十月"盛德在水",按照干支纪月法推算,十月是亥月,而根据阴阳学家的定性亥是属水的。秦朝人以为周朝五行属火,他们既然能替代了周朝,全因为自己兜头给周朝浇了一盆冷水。所以他们对五行中跟水有关的一切都感兴趣。十月既然盛德在水,那自然要作为每年的开始,从此十月就多了一个专用的名字"秦岁首"。在十月初一这一天,秦始皇就召集群臣坐到一起,饮酒作乐。

秦政向来以残暴著称,对自己的子民像严冬般无情,估计《月令》上记载的那些体恤孤寡的事情他们是不会做的。他们如果有这样好的福利措施,老百姓也不会跟着陈胜吴广造反了。

秦朝残暴直接导致一个苦命女子声名大振,她的爱情悲剧惊天动地,泪水湿透了二十四史,这就是孟姜女。一般故事里是这样讲的:

她的丈夫参加了国家大型工程长城的建设，以身殉职，埋在长城下，孟姜女万里寻夫，来到长城脚下，大放悲声，悲怨的泪水像洪水一样决堤而出，冲垮了长城，露出了她丈夫的尸骨。

但是孟姜女为什么会走出去寻找自己的丈夫呢，过去的民间小调都有这么一段："十月里来十月一，家家户户缝寒衣，人家的丈夫把寒衣换，孟姜女万里寻夫送寒衣。"她之所以万里迢迢赶到山海关去把人家秦始皇的长城哭垮，就是一件寒衣引起的悲剧。

有民间传说把孟姜女送寒衣的故事当作十月一送寒衣的源头，但连孟姜女本身也是一个民间传说，这个起源的说法也只能当作一个传说了。

不过传说虽然缥缈，但也是现实的投影，我们不妨顺着这个传说梳理一下，也能看出一点寒衣的影子。顾颉刚先生考证，孟姜女的传说原型是战国时期的杞梁妻，最初见于《左传》，齐侯带兵攻打莒国，随征的杞梁战死了，部队回来的时候，半道上遇见了杞梁的妻子。估计齐侯也没把死个人当回事，就做个顺水人情向她吊唁。杞梁妻子却是个不简单的人，她对齐侯说："如果我丈夫有罪，您就不必吊唁了，如果他没有罪，您就该到我家里吊唁了。"这番话说得大义凛然，这个没名没姓的刚强女子因此被人们记住，从此一再被人提起，故事也就越传越离谱。

到了刘向写《列女传》的时候，杞梁妻就开始嚎啕大哭，而且还哭倒了一段齐国的城墙，从此这个伟大的女性就开始在哭城墙的道路上越走越远，终于到了唐朝走到了极致，杞梁妻子成了秦朝人，去寻找自己在外修筑长城的丈夫，她一声哭断了长城，再哭一声杞梁的尸骨露了出来。唐朝的诗僧贯休将这个传说还写成了一首诗《杞梁妻》，写得非常明确："一号城崩塞色苦，再号杞梁骨出土"。除了主角的名字，这基本已经是我们看到的孟姜女故事了。

这个故事之所以在唐朝成型，主要是因为唐朝虽然不像秦朝那样残暴，但战事极多，今天高句丽明天突厥，战士的兵役时间很长，"十五从军征，八十始得归"的事情更是常见，边塞诗中雄壮的声音那是主旋律的高调，每一声凯歌的背后都有无数的闺怨，他们家里的妻子苦候丈夫不归，或是魂绕于"渔阳"或是梦萦于"辽阳"或是情牵于"玉门关"，她们的怨愤不敢发于当代，只能借史浇愁，让杞梁妻子代自己走出家门，来到边关痛哭。

杞梁妻子走出家门的理由就是送寒衣，这是因为寒衣在唐朝是一个十分流行的东西。

花木兰和寒衣

其实孟姜女之所以被称为民间传说,是因为她这种苦怨只有民间的升斗小民才有,在高高居上的官老爷那里,这是一种典型的"小农意识",只关注自己的悲欢离合,不考虑国家大事,她这种精神是要加以批判的,相比较来说,领导们还是更喜欢木兰。木兰深明大义,代父从军,和孟姜女只顾个人谈情说爱完全相反。

但是值得注意的是,《木兰辞》里木兰上战场之前,"东市买骏马,西市买鞍鞯,南市买辔头,北市买长鞭。"这当兵怎么跟打游戏一样,所有装备都得自己花钱买,国家啥也不发?理由很简单,这是制度规定的,这个制度就是府兵制。

该项制度的大致意思就是把老百姓分为两种,一种专管种田,一种专管当兵(木兰他们家就是专管当兵的,所以尽管父亲年迈弟弟年幼,他们家还是必须要出一个人去当兵),种田的不用当兵,当兵的不用交税,不用服劳役,但是去打仗跟种田的一样,一切材料自备。木兰不光走的时候买这买那,到了冬天他们家还得给她做冬衣送到前线去。豫剧大师常香玉《花木兰》里面的名段《谁说女子不如男》有一句"咱们这鞋和袜,还有这衣和衫,千针万线可都是她们连啊"——

看来当年的编剧也是根据府兵制写出这样的经典唱词。

唐朝初年实行也是这种府兵制,虽然玄宗的时候废除了府兵制,但是像冬衣这种御寒物品,还是由家属自备。将士在外卖命,到了十月份妻子就要为他们缝补衣服送到前线,这就是送寒衣。李白的名诗"长安一片月,万户捣衣声。秋风吹不尽,总是玉关情。"便是军嫂们在为自己远在玉关的亲人准备寒衣。这就决定了寒衣在唐诗里成为一种非常悲凉的意象。

寒衣里装满了妻子们的思念和担心,她们有意多装一倍的绵,但仍担心交河的寒冷——"征衣一倍装绵厚,犹虑交河雪冻深"(陈陶《水调词十首》);她们想象丈夫在关外受苦,已经瘦了,所以绵衣要做得窄小一些——"苦战应憔悴,寒衣不要宽。"(白居易《闺怨词》);但是即便寒衣做好,打仗的人居无定所,他们能保证这寒衣送到吗?——"征客去来音信断,不知何处寄寒衣"(张泌《怨诗》);所以即便寒衣寄出,她们也会担心,还要写信询问:"一行书信千行泪,寒到君边衣到无?"(陈玉兰《寄夫》);然而常常是衣服寄到了,战士的尸体已经埋入黄沙,坟头野草都长出来了"白骨已枯沙上草,家人犹自寄寒衣。"(沈彬《吊边人》)

因此作为闺中人唯一的期盼就是"何日平胡虏,良人罢远征"。有时候苦侯丈夫不回来,聪明的女性就会想起投机的招儿来。唐武宗的时候，有个叫张暌的将士戍边十年不得归还，他的妻子侯氏就写了一首诗，巧妙布局，呈龟形绣在了一块白绢上："暌离已是十秋强，对镜那堪重理妆。闻雁几回修尺素，见霜先为制衣裳。开箱叠练先垂泪，拂杵调砧更断肠。绣作龟形献天子，愿教征客早还乡。"这诗写得倒是平常，但形式新颖，终于博得皇帝青睐，让张暌回来，夫妻团聚，以后她再不用见霜先为制衣裳了。

但一个人的幸运却恰恰反衬出所有人的悲哀，"夜战桑干北，秦兵半不归，朝来有家信，犹自寄寒衣"。在古代没有阵亡通知书，这些沙场战死的兵士到死也就是个数字，甚至连数字都算不上，那些功成名就的将士们为了夸大战功甚至会将他们作为自己不光彩的一面抹去。家里的妻子们苦侯丈夫不归，年年送的寒衣没有音讯，想必也会明白发生了什么。但她们不愿相信这个事实，所以才让传说中的杞梁妻子抱上寒衣远走边疆，对着长城那声声大哭，其实就是代替所有闺中妇女抒发心中的积怨，长城焉有不倒之理。

正因为这种悲声太有代表性了，所以在后来的传说中杞梁妻不见了，被替换成了一个更能代表女性的名字——孟姜，这个名字在诗经里已经出现过，那时候就是女性的代表，让她出现在故事里，更能代表所有女性的悲哀。

或许是因为这种悲声过于强烈，有时候皇帝们也会大发善心，让宫女们为前线将士缝制寒衣。这些久在深宫的少女虽然较为安逸,但在宫墙内孤苦一生和这些前线出生入死的兵士一样悲凉。她们对这些兵士充满了好奇,幻想着穿上自己缝制的衣服的将士是多么帅气,期盼着这些将士穿在身上能感到自己的温存,或许她们还会羡慕那些在家里等待丈夫归来的女子,她们终归还有所期盼,而自己却注定像浮萍一样,在这深宫里被岁月之风慢慢吹黄。于是她们按捺不住这种莫名的相思,个别有才华的就会缝制一首诗在棉衣里,像玩漂流瓶一样希望能撞上自己的大运。

其中还真有中奖的,在唐朝至少有两次。

一次是在唐玄宗的时候,有宫女就在衣服缝制一首小诗:"沙场征戍客,寒苦若为眠。战袍经手作,知落阿谁边? 蓄意多添线,含情更著绵。今生已过也,结取后生缘。"有个幸运的兵士得到了这件衣裳,后来衣服破裂,露出这首诗。偏巧这位兵士还没有结婚,他把这事告诉将军,消息最终传到李隆基耳朵里,这位《长恨歌》的男主角还有点浪漫情怀,他找出这位宫女,对她说:"别等后生缘了,我为你结今生缘。"促成了一件好事。

后来唐僖宗的时候,有个宫女在衣服里秘密缝制了一把小金锁,也写了一首诗:"玉烛制袍夜,金刀呵手裁。锁寄千里客,锁心终不开。"结果兵士马真收到了这件衣服,发现金锁,他不为爱情所动,却为黄金所喜,到集市上去卖锁,被人告发,事情最终惊动了唐僖宗,这个跟李隆基一样曾经被人追赶到四川的皇帝,在这件事的处理上和唐明皇一致,让宫女嫁给马真。

这些说来好听,但都是极个别人的幸运,宫女们只能白头说玄宗,将士们也只能年年战骨埋荒外,"可怜无定河边骨,犹是春闺梦里人"才是赤裸裸的现实。

到了五代时期,那个兵荒马乱的年代,皇帝们都拼命巴结武将,每年到十月初一开始为武将们发制服。依靠别人给自己披上件衣服而登上皇位的赵匡胤,建立宋朝后,也同样注重手下衣服的问题,每年到十月初一将发衣服作为一项福利发给文武官员。宋朝初年还只是给京官们发,后来慢慢涉及京师军队"将校禁卫以上",普通兵士也不再靠家里送过冬寒衣了,《续资治通鉴》上说到冬天要为兵士们发一件羊皮大袄,不过春天还要收回来。虽然没有所有权,家里的怨妇们却不用给他们送寒衣了。

| 别冻着在另一个世界的亲人 |

宋朝独守空房的妇女们不用再制作寒衣了,她们在传说中也像孟姜女那样走上边疆,不过不是为丈夫而哭泣,而是擦干眼泪,代替丈夫为国家守边关，这便是杨门女将的故事。这些女将固然英姿飒爽，但是即便在边关，想必每当十月初一，她们也会为自己丈夫送寒衣。因为丈夫已经死去了，她们要为丈夫烧几件纸衣。

这并非是我凭空的想象，这种风俗在宋代已经十分流行了。《东京梦华录》上说，东京汴梁九月"下旬即卖冥衣、靴鞋、席帽、衣段，以十月朔日烧戏故也"。从九月份下旬就开始售卖，足见当时需求量之大。《梦粱录》上说到了这一天，无论王公贵族还是平头百姓都要出城上坟，这就是送寒衣。杨门女将们肯定也不能免俗。

这个风俗在宋朝的流行，并不是因为宋朝时不用往边关送寒衣，于是人们就开始烧寒衣玩，实际上这种风俗的流行也经过了上千年的准备。

早在周朝，十月份就要举行烝祭，烝（zhēng）是一大群人的意思，烝祭顾名思义就是一大群人参加的祭祀，诗经《七月》里所唱"十月纳禾稼"，看那股热闹劲，有人猜测就是一种类似这样的祭祀。不过他们的祭祀不能叫烝祭，因为只有最高领导周王举行的祭祀才能用这个名字。

举行烝祭的时候，周王就带领一大群人来到自己祖先的庙里，将各种祭品摆上，让祖先享用，还要用一种名叫圭瓒的玉勺盛酒洒到地上，让长眠于地下的祖先饮用。虽然没有明确提到给自己死去的祖先送衣服，但这种让祖先喝酒吃肉的关怀行为已经和送衣服的目的完全一致了。

魏晋时期道教兴盛，又将十月初一祭拜先祖的风俗向前推了一把，道教规定有五腊，十月初一为民岁腊，据说这一天是东皇大帝的生日，四周的领导都要赶过来，大家一起开个会，算算人间谁该当多大官，谁该活多大年龄，谁该得绝症，谁该得感冒等等，基本上相当于一次关于业务考核的会计会审。

因此在这一天，老百姓先拜玄祖——就是老子李耳先生，然后要少吃饭，莫要睡大觉，两口子莫要行房。总之呢，这一天非常神秘，这里虽然没有规定祭拜先祖，不过作为普通百姓，想要升官发财、多活几年，光拜这些人让人心里没底，毕竟大家都拜，照顾谁不照顾谁那可说不准。所以还要顺便拜拜自己那死去的先祖，让先祖在各位神仙领导那里疏通一下。

到了唐朝，这种习俗已经记录在国家的法令里，《唐大诏令》明确规定，"每至九月一日，荐衣于寝陵，贻范千载，庶展孝思。"就是说每年九月一日就要到先祖埋葬的地方进行祭祀，为后人做出孝顺的榜样。之所以规定九月一日而不是十月一日，因为诗经里记载"九月授衣"，在这道法令里，还嘲笑了端午等节日，说这些节日"事无典实，传之浅俗"。可以想见这部法令的拟稿人一定是一个食古不化的老朽。

他照搬古人条文，却不知农历九月尚是金秋，十月还有小阳春，让先人九月穿棉衣不是有点早吗？

因此这个法令很可能影响了民间为死去亲人烧纸的习俗，但老百姓并不买九月份的账，你们当官的读书的愿意九月就九月吧，反正我们就在天气转冷的十月。这一点从唐朝放假制度《假宁令》中可以看出，唐朝明确规定十月一日是法定假日，估计就是因为这一天老百姓都要上坟。

不过最早大家送的都是真正的衣服，从布衣到纸衣，这期间还有一个过渡。

｜纸衣：从活人到死人｜

严格地说，纸衣应该属于纸马一类，但和纸马不一样的是，纸衣并非一开始就注定送给鬼的，而是给活人穿的。

现代人肯定会问一句：放着好好的布匹不去穿，为什么要穿纸衣？这个问题类似于警察问罪犯："你为什么造假钞。"罪犯说："因为不会造真的。"古人的逻辑也这么简单明了，穿纸衣就是因为没钱穿布匹。

唐宋之前人们的布料就两种，丝和麻，富人穿丝绸，穷人穿麻。

至于棉花种植那是宋朝以后的事情了，我们前面引用诗句，无论是"征衣一倍装绵厚"还是"含情更著绵"用的全是绵字，便是因为她们在寒衣里放的是丝绵，而不是我们现在的棉花。

杜荀鹤写过一首《蚕妇》诗："彩色全无饥食加，岂知人间有荣华。年年道我蚕辛苦，底事浑身着苎麻。"这个养蚕的妇人跟我们现在的盖房子的农民工一样，盖一辈子大楼，却也得不到半间立足之地，她养了一辈子蚕却连块丝绸也穿不上。

实际上，能穿麻布衣服已经不错了，许多人穷得连麻布这种衣服也穿不起，诗经里的劳动者们抱怨"无衣无褐何以卒岁"，那是因为我们蔡公公还没有出生，等到蔡伦造出纸张，穷人们就多了一种选择：穿纸。

翻看唐史，一旦出现动乱，随后的结果就是有人穿纸衣。例如唐朝安史之乱，回纥兵在洛阳帮助唐朝打败了叛军，他们就开始了对民众的劫掠，以至于百姓都开始穿纸衣。后来到了藩镇割据的时候，民众穿纸衣的记载也就越来越多。

市场需求决定一切，经过唐末五代的战乱，这种纸衣的需求量大，到了宋朝都出现了专门的技术，用榖树皮制作，穿旧了之后居然还有办法翻新，破了还能缝补，价格便宜，保暖性也很好，除了纸衣还有纸被，实在是穷人们居家旅行的必备之物。

不过纸衣纸被这么好，许多不太穷的人也开始穿着，尤其是文士们开始穿着，也就让纸衣多了一份文雅。有人就曾送给陆游一床纸被，陆游写诗夸道："纸被围身度雪天，白于狐腋软于绵"，这纸被白于狐裘也就算了，居然比绵还要柔，可见制作工艺的精良。另一个王洋也写诗夸奖自己的纸衣纸被："我有江南素茧衣，中宵造化解潜移。隆冬必可独不死，分向苕溪雪暗时。"那份得意跃然纸上。

诗里的素茧衣就是纸衣，取这个名字是因为佛家认为蚕茧是有生命的动物，破茧取丝等于杀生，做纸衣不用杀生自然称为素茧衣。正因为此，许多佛家僧人就穿着纸衣，唐代禅僧克符因为经常穿纸衣，得名"纸衣和尚"。唐代诗人殷尧庸在《赠惟俨师》中也夸奖一位和尚的纸袄"云锁木完聊息影，雪香纸袄不生尘"。

佛家的抬举让纸衣无形之中又多了一层修行的含意，为死人送纸衣就比送其他衣服多一项好处，更重要的是给死人送纸衣经济实惠，活人都没得穿，把好好的布匹给烧了岂不是太可惜了，于是纸衣开始在十月初一大行其道。估计一开始的纸衣都如真人般大小，后来发觉小点也没啥，就小了点，结果发现多数鬼没有找回来，于是再小点，越来越小，最后成了一个象征。

即便是个象征，到了明朝的时候纸衣还是比较讲究的，《帝京景物略》上用五色彩纸剪成衣服、帽子和鞋等，让衣裳华丽。但是到了清朝，却又多了一个规矩，刚死的人不能用五彩纸，要用白纸，理由是新鬼不敢穿彩色，穿上彩色会哭的（见《历代诗话》）——大概新做鬼要低调，到了阴间不要太张扬吧。

但是不久之后，规矩又变了，有的人竟然只给死去的亲人烧一个纸包裹，里面随便塞上点纸张，美其名曰送个衣裳包，啥都有了。

到了现在，据我在街头观察，民间十月初一十之八九都烧纸钱，把衣服的事情给忘了，大意让亲人自己买吧，却不知道这么多人烧钱，阴间该何等的通货膨胀——人心不古啊，做鬼也倒霉。

｜十月朔的民俗｜

十月初一的寒衣是要烧的，但按照民间讲究可不能简单地一烧了之，还要注意时间和方法。有些是属于封建迷信，权当谈资，我姑妄说之，听了一笑即可，不可当真。

首先在焚烧的时间上，我老家邯郸有个说法，农历十月初一是阎王给小鬼放风的日子，放鬼们出来，而清明是收鬼的日子，一放一收，时间跨度半年，像是鬼们放了一个大寒假。所以十月初一给鬼送衣服要在下午送，这时候所有的鬼才能从地狱里走出来，才能拿到自己的东西，而清明则是要早上烧纸钱，这样才能保证他们在被收回去之前收到这笔钱。其次在焚化上,一定要把纸张烧干净,否则有一点没烧完,鬼也收不到这些衣服,就算收到了,估计上面也有窟窿,那就是没有烧完的那部分。

最有趣的是,有的人烧纸钱纸衣还会为在旁边另烧一小堆,为了给那些孤魂野鬼,让他们也能得到救济,充分体现了"老吾老以及人之老,衣吾鬼以及人之鬼"的精神,而且这个精神还颇有渊源,早在明朝,洪武皇帝就叫人在玄武湖设立厉坛,专门祭祀那些无家可归的孤魂野鬼。这可能是因为朱元璋早年当过和尚要过饭,见识过人间的悲凉,祭祀野鬼也是一种恻隐之心的表现。

除了寒衣节,十月初一还有一个名字:开炉节。这一天大家都要生火炉取暖了,大致的意思就好像北方开始集中供暖一样,古代虽然没有集中供暖设施,但"供暖"日期却是统一的。所谓"开炉岁岁是今朝,暖气潜通称我曹",暖气,多么熟悉的称呼,"十月今朝又初一,丛林正值开炉日"这两句诗告诉我们,统一的供暖日期就是十月初一。

以上两句诗的作者都是宋朝的僧人,统一供暖是寺庙的习俗,后来才影响到民间。《梦粱录》上说"诸大刹寺院,设开炉斋供贵家"。这一天寺庙要摆开斋饭让那些来拜佛的有钱人享用,普通人家即便不去那儿也要在家好好吃喝一顿,称为开炉酒。

这是将古代在十月份庆贺丰收的习俗和开炉节融合到了一起,周朝的时候虽然没有开炉这一说,但是十月份是个丰收的季节,周王会带领大家一起吃一种叫"黍臛(黍米配肉羹)"的东西,这个习惯一直传到了汉朝,后来大家就越吃越有花样。终于有了开炉节,就更要好好吃了。本来满是悲苦的十月初一,成了一个吃饭的节日,"十月一,油唧唧",对于鬼来说也是好事,既然刚放出来就乘机多吃一点吧——这才是"纵做鬼也幸福"。

开炉节被现在的统一供暖取代了,生活好了天天油唧唧,十月初一那点好吃的也不足为奇,现在留下来的独有送寒衣了。虽然现在变成送寒钱了,但这反映的是中华民族的一种心理认同,是我们内心共同的一份牵挂。当年日寇犯我中华,抗战爆发,国民政府财力不足,就成立过一个叫全国寒衣总会的组织,为前线将士募衣、募料、募款、募工,从 1938 年 9 月成立到 1942 年 3 月解散,共募集衣物资金两千万元以上(不要拿现在的物价去衡量这个数字,要知道那时候一般人员工资也不过三十元),使将士们不至于受冻。"寒衣"发挥了其最早的作用,为打败侵略者做出了一份贡献。这才是:

"岂曰无衣,与子同袍,王于兴师,修我戈矛,与子同仇。"

《古今谭概》上说海边人家经常突然被天降大粪淹没——跟泥石流一样,需要组织人赶快挖掘才能活命,粪里一股鱼虾的腥味。

阳春白雪同掩鼻——神仙的内急问题

如果唐朝流行取笔名，李白年轻时候的笔名估计是李……大鹏，他一向以《庄子》笔下的鹏鸟自比，年轻的时候拜访渝州刺史李邕，李邕不太喜欢他的高谈阔论，他给人家写诗"大鹏一日同风起，扶摇直上九万里"。这大概就是唐朝版的"今日你对我爱答不理，明天我让你高攀不起"。他遇见了司马承祯，这个被传得神乎其神的道士倒对他青眼有加，李白大喜，写下了《大鹏遇希有鸟赋》仍将自己比作大鹏，将司马承祯比作希有鸟——一种比大鹏还要大的鸟，《神异经》没有正面说它多大，只说这鸟背上有一块"不毛之地"就有一万九千里大,这鸟儿的大小可想而知。

李白在这篇赋里尽情描写了大鹏鸟飞翔时的潇洒,说这鸟"喷气则六合生云,洒毛则千里飞雪",这鸟都可以造成自然灾害了。看到这里,我就不自觉地想起毛主席在《念奴娇·鸟儿问答》里借大鹏鸟之口斥责蓬间雀:不须放屁。对照李白这句诗,我觉得蓬间雀放不放屁倒无所谓,这大鹏鸟才真正不能放屁,因为它"喷气则六合生云",放个屁还不得乌云滚滚,倘若要拉个屎可真是要"试看地覆天翻"了。

这还真不是我杞人忧天,大鹏鸟的粪便问题从明朝见诸记载了。《古今谭概》上说海边人家经常突然被天降大粪淹没——跟泥石流一样,需要组织人赶快挖掘才能活命,粪里一股鱼虾的腥味,显然是因为这鹏鸟从鱼变化而来,还保留着吃海鲜的习惯所导致的。到了清朝康熙年间大家对这种事都有经验了,《续子不语》里说海南人民看到黑云蔽天,空气中闻到异常腥秽,就知道这该死的大鹏鸟要拉屎了,于是全村人都逃跑,第二天就会发现房倒屋塌,如同台风经过。这鸟还爱掉毛,有时候掉毛一根,都能盖住数十间房屋,毛孔中骑马穿行都不成问题——什么"洒毛则千里飞雪",这可比飞雪厉害多了。

大鹏拉个屎都这么厉害,那希有鸟怎样呢?这个不见记载,毕竟这鸟是大鹏没法比的,《庄子》里说鹏鸟要从北溟飞到南海,这不就是一个候鸟吗？而且这鸟徒有其形，《孔氏志怪》上说楚文王的一只鹰就曾杀死过一只大鹏的雏鸟，死的时候也是"羽堕如雪，血洒如雨"——只是傻大黑粗，毫无战斗力。但是希有鸟可不一样，这鸟住在昆仑山上的天柱上，是神鸟，而且《神异经》上还说了这鸟儿东面翅膀下覆盖着东王公，西面翅膀下覆盖着西王母，它简直就像一个小区，是东王公和西王母共同的家（东王公住在一单元，西王母住在二单元），倘若要是拉屎放屁，那东王公和西王母怎么受得了？

况且，东王公和西王母那是何许人也？到了五代时候《仙传拾遗》上说，东王公又名玉皇君——这就是玉皇大帝啊，天上的领导核心。你这鸟再大也大不过他，怎么能随便放屁拉屎呢。

曾经有一种凶猛的神兽在玉帝的地盘上随地大小便，玉帝一生气就封闭了它的肛门，让它以后只能吃不能拉——这个动物就是尽人皆知、人见人爱的貔貅。

这是个无从考证的民间传说，不见于古籍（实际上在古籍里貔貅一般就借指士兵，从来没有什么招财辟邪的功能，这个不拉屎的故事一下子让貔貅赢取了大量的信徒，成了财神一样的神兽），这个故事的有趣之处在于说明两件事：第一，天上的神兽都是需要大小便的（除非被玉帝封了肛门）；第二，大小便要讲规矩，不能随地大小便。

如果说这是个传说不足为证的话，我们再看看《西游记》第六十九回，孙悟空调制了"乌金丸"给朱紫国王看病，这乌金丸的配方之一就是白龙马的尿，众所周知，这马乃白龙所变，显然这龙也是要小便的。

由此我们得知这些神仙家的大牲口们都要拉屎尿尿的，那大牲口的主人——神仙们是否也需要呢？

｜神仙的内急｜

这似乎不是个问题，换个角度思考，大骡子大马需要大小便，我们这些主人难道就不需要吗？但是我们现在讨论的是神仙，神仙虽然长得跟人一样，好多神仙也都是人类变化过去的，但是跟人类不是一个物种，就像许多人当了领导，就马上看起来跟普通员工不一样，特别是在有些单位，专门为领导修建厕所，以免大家看到领导拉屎，心生鄙夷——原来你也要蹲下来的。

神仙高高在上，比人间的领导还高级，更要注意这个问题了。西方人在这方面也不能免俗，马丁路德就明白宣称"上帝无大小便"，伏尔泰更是从生理上解释了为什么无大小便，因为"上帝无肠胃，不饮食。"——这位"外国老天爷"压根就没有这个零件，所以说就不需要拉屎尿尿。

中国的神仙专家们最早也持这个态度，但是要想证明神仙无便溺，最有说服力的逻辑是伏尔泰那样的，神仙没肠胃，不饮食，所以无便溺。但是我们的老祖先们从来笃信"人法地，地法天"。倒推回去，人有的天也应该有，人要吃饭所以神仙也要吃饭，例如王母娘娘每年都要搞个蟠桃会。但是要牵扯到大小便上，神仙专家们似乎就忘记了这个道理，在各种故事予以否认。

《玄怪录》里有个《古远之》的故事，古远之死后被神仙带到了一个几乎实现共产主义的和神国，这里人最大的一个特点是每天吃一顿饭，其他时候就吃瓜果蔬菜，这里没有任何厕所，"餐亦不知所化"，也就是说吃的东西不知道跑哪儿去了；《海陵三仙传》里写一个神仙把自己关在一个小屋内，吃饭喝酒样样不误，屋子里却没有厕所，显然也是不拉了。

为什么不拉呢，因为屎尿是个不好的东西。葛洪在《抱朴子》里说："长生要清肠，不老须通便。"把肠子里的屎弄出去是成仙的第一步，王子年的《拾遗录》里介绍了个清洗肠子的方法，说有个浣肠国，从嘴里把肠子拉出来，洗干净之后放回去就可以"啸傲而飞"，完全是成仙了。

注意这里只是洗干净了，肠胃并没有消失。《玉笑零音》上说："地以海为肾，故水盐。人以肾为海，故溺咸。"就是说海是大地的肾，所以水里有盐,而人的肾就如海一样,所以尿是咸的。听起来像是车轱辘话,透露出来的还是"人法地,地法天"的道理,既然大地都是有肾脏的,那天肯定也有,天有肾脏,神仙铁定也是少不了的,如此推来,下雨便是天的肾脏放水,那就是尿了——《魏书》上说前秦的那位独眼龙皇帝苻生常站在轿上往下尿,轿夫被淋身,还得夸这是天上下雨,可见在当时人的想象里,下雨也是神仙在尿尿。

神仙有肾脏,其他器官想必也都一应俱全——我们当然没有解剖过神仙,但是孙悟空进入过他们肚子里。

《西游记》里孙悟空先后钻过许多妖怪、神仙的肚子。妖怪就不提了,这里面最著名的神仙有两个,一个是铁扇公主,一个是黄眉童子,黄眉童子自不必说,是弥勒佛跟前敲磬的童工,肯定是个神仙了,据牛魔王所说铁扇公主"自幼修持,也是个得道的女仙"。孙悟空钻入这二位肚子里,见到的也是心肝脾肺,都和凡人一样,所以才把这二位折腾得七荤八素。因此从生理构造上是证明不了神仙不拉屎的。

《拾遗录》上说的清洗肠子洗掉的也只是凡间的屎尿,神仙可能也在制造属于他们自己的屎尿。晋人意淫汉代皇族生活,在《汉宫春色·鲁元公主外传》里说,鲁元公主的女儿张嫣嫁给自己的舅舅汉惠帝,成为孝惠皇后。有一次鲁元公主与皇后交谈(其实就是母女唠嗑),鲁元公主就好奇地问:"为什么你的粪是香的呢?"皇后说:"也许是我入宫后经常喝花露的缘故吧。"

虽然孝惠皇后这时候还是个凡人（后来还成为花神），但这逻辑可用于神仙头上，你可能拉的不是凡间屎，但不能说不拉屎。

《冥祥记》里就说晋朝时有个叫康法朗的和尚到印度取经（晋朝的西游记），过了沙漠又走了一千里，在一个破庙里看见了两个和尚，一个在读经，一个得了痢疾，拉得到处都是，但是读经的和尚视若无睹，康就起了恻隐之心，为这生病的和尚擦拭身体、做饭，照顾得无微不至，过了六天这和尚病情加重，拉屎如同泉涌，康料这和尚必死无疑了，但仍旧悉心照顾。万没想到，第二天这和尚容光焕发，满屋的粪便都变成了香花，像大多数俗套的故事一样，原来这是得道前辈对他的一种试探。

从这个故事我们可以看出，原来这些爱折腾我们凡人的得道僧人拉起屎来也会如同泉涌，不同的就是他拉完之后，大便可以变成鲜花，但拉屎这个过程也是不可少的。

还有个成语叫喝风屙烟，就是形容神仙们的生活，清朝的《笑得好》上有个人炫耀自己的奴仆从小跟一个神仙学了喝风屙烟的法术，光干活、不吃饭（另一个吝啬的地主很不以为然，他认为不吃饭，还应该能拉屎才是最好的，因为拉屎可以积肥）。喝风屙烟这个成语很好地说明了即便你喝风也要拉屎，哪怕拉出来的是烟，何况你吃饭呢？

《古远之》上所谓"餐亦不知所化"——那或许是神仙们的吸收能力超好,吃的东西完全吸收了,那这样一来神仙岂不个个都是大胖子,这显然不符合现实。还有一种可能,武侠小说中的高手喝酒常常将酒从别的地方逼出去,神仙或许也是如此。高手只能逼出液体,逼不出固体,神仙估计液体固体都能逼出。

《遗史》上有个唐朝道士周隐克的故事,他跟一群人在一起比赛谁能喝茶,周隐克喝了好多碗,结果另一个人就一直上厕所,后来那人忽然明白过来,赶忙哀求周隐克饶了自己,周说:"我喝了这么多茶,实在懒得上厕所,就让你替我了。"王士祯在《居易录》上也提到有个人有这种本领。

这说明,上厕所这种小事神仙完全不用亲自去做,他们可以找凡人替代,如果精通了这种法术,上厕所真的可以让别人代劳。

但周隐克这番话也告诉我们另一个事实,即神仙喝了水也是需要尿尿的,尽管他们可以找人代替,但是如果这个人就是憋着,就是不尿,就像嵇康在《与山巨源绝交书》里说得那样"每常小便而忍不起",那神仙是不是也会很难受呢?看来有时候他们也是需要亲自上厕所的——天上还真有一个厕所。

《史记》上说在南方七宿之一的参宿南边有四颗星星名叫天厕,厕下有一颗星叫天矢——这显然是个通假字,通"屎"。有厕所有屎,神仙也要大小便这件事,看来是事实确凿毋庸置疑了。

为神仙辩护的人或许会说,那厕所是供各种大牲口用的,你上文不是说了牲口是不让随地大小便的吗?那我们就再看看《西游记》好了,孙悟空说过最有趣的一句话是"放屁添风",就是不无小补的意思。猪八戒有两次说自己没什么本事不肯去打妖怪的时候,就被孙悟空和沙和尚这么骂。看来这屁也是神仙家的常事,否则也不会说出这么形象的比喻来。

在《西游记》第四十四回里,孙悟空、猪八戒和沙和尚扮作三清的模样偷吃供品,骗得虎、鹿和羊三个妖怪上当乞求圣水,这师兄弟三人各自尿了一罐子给他们。这三人在天上可都是有身份的大神,充分说明神仙会大小便。

当然,还不能忘了孙悟空在如来佛的手心里有过一次最著名的小便,这个时候孙悟空的身份可已经是齐天大圣了,神仙级别不低,依然需要大小便。如果看元杂剧《西游记》,那上面的孙悟空更是像一个三俗的相声演员,屎尿屁不离嘴,第十四折他们收猪八戒的时候,孙悟空来到山上,赞叹一声:"好高山,好明月。我且屙一堆屎。"这语气转折得堪比诗人。到在火焰山下,听当地人说铁扇公主如何厉害,孙悟空不屑:"我一胞尿溺,也溺死了她。"看来孙悟空的尿也是个武器。

故事的最后，他们师徒到了中天竺国，孙悟空遇见了一个卖胡饼的老婆婆，孙悟空要买点心吃，这老婆婆是佛祖课堂上的旁听生，居然张嘴就问："你是要过去心、未来心还是现在心？"这显然就是禅宗的斗法了（俗称吵架），孙悟空一时语塞，老婆婆又问："你有心无心？"孙悟空说："我原来有，屁眼宽屙掉了。"这回答也是令人绝倒。

千万不要以为孙悟空是个粗鄙的猴子才这么三俗，事实上最后这段是真正发生过的，而且发生在唐朝著名的德山宣鉴禅师的身上。德山禅师在北方少年成名，年轻的时候颇为自得，就去南方找龙潭崇信禅师斗法，结果半道上遇见一个老婆婆，被问了一番什么心的话。他当时可没有说什么屁眼宽的话，但当他在龙潭禅师的教诲下成为禅宗大家后，说的话可比孙悟空厉害多了。他为了破除执念，教导弟子说："这里无祖无佛，达摩是老臊胡，释迦老子是干屎橛，文殊、普贤是担屎汉。"其实道家的二号祖师爷庄子也说过"道在屎溺"的话，看来真正的高人们是不会在乎这些东西的，该吃就吃，该拉就拉。

《说郛续》上辑录一个张剌达（这张剌达估计就是张邋遢的谐音，而张邋遢正是张三丰的外号）的故事，他被明成祖朱棣召见，朱棣问他什么是道，他就说"能吃饭能拉屎就是道"。朱棣非常生气，张剌达钻入一个瓮子里不见了。

可见吃饭拉屎和得道并没多大关系,那些难以自圆其说的"神仙不拉屎"的故事都是自欺欺人,真正的神仙敢于直面淋漓的小便,敢于正视熏人的大粪。只有正视了污浊才能有澄清天下之志——《世说新语》里说东汉的陈蕃"登车揽辔有澄清天下之志";当年聂绀弩被打成右派,在北大荒劳改被派去打扫厕所,他有句诗就写"澄清天下吾曹事,污秽成坑便肯饶?"把打扫厕所和澄清天下关联起来了。

也许有人质疑,神仙高高在上,完全不需要厕所啊,《法苑珠林》上说佛教里四大洲中的北俱芦洲人大小便时大地就会裂开一条缝,形成厕所,蹲下拉完,大地自动弥合,这等于走到哪里就带上了厕所。神仙就更方便了,他们随便找两块白云,往上面一蹲,啪嗒啪嗒拉到下界不就行了吗?

事情当然没有这么简单,神仙自然有——

| 建立厕所的理由 |

也许最早神仙们大小便就是随便找两块白云那么解决的,那时候地上人口少,大地宽广,但是后来随着人口越来越多,山上海里都有人了,如果神仙还"随天"大小便,这样的"高空坠物"即便不像大鹏粪一样砸得墙倒屋塌,但砸到人总不好,即便砸不到人,砸到花花草草也不好。

而且神仙们后来发现,自己的大粪对于凡人来说不光是肥料,还有着其他重要的意义——玉皇大帝放屁都非同凡响,换成拉屎屙尿对于凡间来说岂不更是如同醍醐灌顶。

莫说玉皇大帝,就算是神仙家的宠物,大小便也是非常了不得的。《居易录》上写了一种叫獏的神兽,以铜铁为食物,拉出来的粪就是兵刃,可以切开玉石,撒出来的尿可以融化钢铁。东方朔在《神异经》说的神兽啮铁也有这种功效。最危险的是一种叫祸斗的神兽,这种动物长得像狗,以火为食物,也有说它吃狗粪,不管吃什么吧,拉出来的粪都是火。这种动物如果不加管教,任由其随地大小便,很快就会酿成大祸。

高端一点的动物就更了不得,《西游记》第六十九回孙悟空为国王配药,要用到马尿作原料,白龙马不肯尿,说:"我若过水撒尿,水中游鱼食了成龙;过山撒尿,山中草头得味,变作灵芝,仙僮采去长寿。"看来白龙马这尿甚是厉害,都能引起动物植物的基因变异。

其实孙悟空的猴尿也了不得,《红楼梦》第五十四回里贾母讲了一个故事,说某家有十个儿媳妇,唯独第十个口齿伶俐,能说会道,讨公婆欢心,另外九个就怨恨老天没生个巧嘴,到阎王殿上讨个说法,结果遇见了孙悟空,孙悟空说:"哎呀,当年你们十个托生时,我在阎王殿上尿了一泡,唯独那第十个媳妇喝了,所以才口舌伶俐,如果你们也要那样,不妨我再给你们尿些吧。"从这个故事看来,当年五百年的有期徒刑,并没有让孙悟空改了随地大小便的毛病,在阎王殿上照样大小便,而且一泡尿能够增进口才,要是现在喝一口,阿谀奉承之话随口就来,管保在职场上飞黄腾达。

这还只是在生理上的一个小小的改变,天上那些大牌神仙,屙个尿都是金汁。《宣室志》上有个叫韦思玄的一心想学炼金术,有个叫辛锐的人来拜访,住在他家里,这人遍体烂疮,浑身流脓,韦家人很讨厌他(居然还让他住在家里,真是仁义)。这天韦思玄请客,就没有叫这位,辛锐居然不请自来,坐到席上,当众小便,众人都愤怒地站了起来,这辛锐也告辞离去。等到韦家仆人打扫卫生的时候才发现,他的尿居然是紫金,大家这才明白此人是天上主管金子的神仙。

拉屎就更是了不得,那是治病救人的妙药。雍正年《四川通志》上有个王守中的故事,这王守中从小被领去学法术,十八年后,他哥哥死掉了,这王守中突然回来说要救哥哥。他把哥哥从棺材里抬出来,很快就救活了。哥哥又活了二十年,最终被王守中带走去学道了,临走前说了一句非常牛的话:"我的大便能够治疗一切病。"家里人一试,果然如此。这也算是他给家里留下的财富了。想必这么多年,他每次拉屎都会拿东西盛了,风干藏好,给家里留下灵丹妙药。

看了这个故事，我立刻想起许多书上影视剧里都爱弄一个背后背着葫芦的老道，治病救人时就从葫芦里倒出一粒药丸来喂病人服下，常常收到立竿见影的效果。于是我不怀好意地猜测，那里面装的估计都是他平常的大粪吧。

《香饮楼宾谈》里有个道士背着一个小孩到药铺里乞讨，结果这孩子拉到人家柜台上了，大家非常生气，道士说："不要生气，我让这孩子把屎吃了吧。"居然摁着孩子的头把拉出来的屎都给吃了，后来抱起孩子背着走了，众人才发现他后面背着的不是孩子而是一个葫芦，柜台上还有一点剩下的屎，变得非常香，吃下一点，疾病全消。

当然有人会说：这明明就是葫芦里的药撒了出来，不是屎。但是为什么丹药要伪装成屎的样子呢？道士自己不觉得恶心吗？之所以会呈现出屎尿的样子，是因为那丹药本身就是屎。

我们再来看《神仙传》上壶公的故事，壶公就是大名鼎鼎悬壶济世的那位，他在市场上卖药，日入万金，晚上就跳到一个壶里住，市场的一个管理员费长房看出此人不简单（用膝盖想都能知道这是个神仙），就每天给他打扫卫生，还送酒饭，壶公终于感动了，开始考验他，第一关让他坐在一个大石头底下，大石头用绳子悬在房梁上，还有一群蛇来咬绳子，费长房知道这就是个游戏，压根就不害怕，顺利通过第一关。到了第二关，壶公让他吃屎，屎里面还有一寸多长的蛆，这就不好玩了，费长房拒绝，壶公最终没能把他引入天宫，只传了他一些法术。

这壶公说他自己因为在天上不敬业被罚下凡间，看来他在天上也就是个普通公务员，这大粪里还有蛆，说明时间长了，估计是他从天上的厕所里偷挖出来的，也难为了他的一片苦心。同样我们有理由怀疑，他在人间治病的药也可能是从天上厕所挖出来进行改良的，不过纯度不高，只能治病，不能成仙。《香饮楼宾谈》里那个道士葫芦里的丹药，同样也是道士从天上厕所挖下来的屎。

综上，我们可知，神仙的尿是黄金，屎是成仙药，都是稀缺资源，如果任由神仙大小便，尿会造成人间通货膨胀，屎会造成遍地神仙，如果人人长寿不死，那岂不是人口大爆炸，影响生态平衡。所以天上必须要建立一个厕所，全面管理神仙的大小便。

尽管如此，我们这些凡人从天厕里的天屎的颜色也可以判断吉凶，《史记》就说这颗星星黄色的时候就吉利，青色、白色和黑色则就是凶兆。唐《开元占经》上记载，魏国时候的天文专家石申（就是《甘石星经》上那位姓石的）就说天屎的吉凶主要是关系着达官贵人的身体健康，当这星星是青黑色的时候，就表示要得腰以下的疾病了，黄是吉，白是凶，黑则死。他还说"厕星不具，贵人多病，一曰夭，一曰陷厕"。这天厕星出点问题，要么就是死，要么就是掉到厕所里。

其实掉到厕所里也是淹死，春秋时的晋景公就是这么死的。这位景公生病了，有个巫师给他算卦，估计这巫师就是从天厕星观察到的，说他吃不到明年的新麦了，晋景公非常生气，他偏要活，还真是活到了第二年麦子成熟的时候，景公急让宫人做饭，他要打破巫师的咒语，但还没吃，就觉得肚子翻滚，急着上厕所，结果一脚踏空，掉进厕所淹死了。

看来这颗天屎真是不简单，天庭必须要加强管理，只能看不能吃，还要防止有人盗窃天屎，怎么办呢？必须要委派专门的管理人员了，这就是——

天庭守厕人

天上最有名的厕所管理员（应该叫所长吧）估计就是刘安了，刘安原本是淮南王，《史记》上说他因为谋反被杀，但是葛洪却不这么认为，他在《神仙传》里说他压根就没有死，因为他结交了八位神仙，在抓捕他的人到来之前就服药成仙，仓促之间，药撒了一地，鸡犬吃了，也都一起升天，开创了带着宠物修仙的先例（同时也创造了鸡犬升天这个成语）。结果他到了天庭，不懂规矩，还觉得自己是王爷，自称寡人，惹得玉帝不高兴，责罚他去看守厕所——这比孙悟空当弼马温还不如，但他又没有孙悟空那本领，只能老老实实看守厕所。

这个身份让他几乎成了修仙界的笑柄，《抱朴子》里有个叫须曼卿的修道者，他已经飞升成仙了，却因为在玉帝面前失了礼数被罚下界来，他提起自己就拿刘安开涮："我这算什么呀，当年刘安礼数不周，现在还看厕所呢！"整个就是五十步笑百步。

后来的诗人就更别提了，宋郊说："可怜南面称孤贵，才作仙家守厕人。"刘克庄也说："早知守厕去，何须拔宅来。"王安石对他成仙这件事都起了疑心："身与仙人守都厕，可能鸡犬得长生？"在他们的想象里，刘安就是在门口递纸的。

这也太看不起我们淮南王了，据我看，刘安毕虽然是个所长，但毕竟属于天庭公务员序列，正像孙悟空当弼马温，手下还有"丞、监副、典簿、力士、大小官员人等"，刘安手下肯定也有一群马仔，递纸这种事不会亲自去干的。

而且刘安管理的这个厕所还属于公厕，早些年的公厕的管理员多么牛，我们都不陌生吧，不给五毛钱，就算拉到裤子里也没人管你。明朝笑话集《解愠编》里有个雁过拔毛的贪官，凡事无不贪腐，有人就说这样看来你只有管厕所才能不贪腐吧？哪知这位说，我如果管厕所，有人想上，我就不让他上，逼着他掏钱给我，有人不想上厕所，我就偏偏逼着他上，看他敢不贿赂我？——权力如此之大，怎么会给你送纸？而且随便使唤神仙是要受责罚的。《夜谭随录》上有个人叫潘烂头，有点法术，有一次上厕所忘了带纸，就诵咒语，叫来一个神仙，神仙问你有啥事？他说给来拿两张草纸。气得神仙用笔点他额头，头上长烂疮一辈子。看你还敢不敢让神仙给你送草纸。

要送也是自己家厕所的管理员给你送。

好多大神家里就有私人厕所，例如董贤，就是跟汉哀帝刘欣搞出了一个成语"断袖之癖"那位。《子不语》里说康熙年间西安有个官员在野外遇见了一个庙，因见庙里的神仙长得妖冶，当即准备毁掉。当晚这神仙来找他了，自称是董贤，死后成神，在此保佑一方风雨。一听是他，这位官员不禁大为好奇，董贤委屈地说："皇帝不举，我们俩十分清白。"董贤家里还有一位秃头囚犯，董贤介绍说这是王莽，当年害死了我，死后被天神罚到我家管理厕所。犯一点小错，我就狠狠打他。有趣的是王莽手里还拿着一本《周礼》，挨打的时候拿这本书护身——不知道董贤上厕所的时候他是否也拿着这本书站在后面，当董贤结束后，他就撕掉一张纸送上去。

这应该是世界上最没有出息的工作了吧，但就这么一个工作，好多人也抢着干。《幽明录》里说有个人上厕所，每次拉完屎总有人偷偷送他草纸一张。有一次突然不送了，这个人忽然听到门外有打架的声音，急忙去看，竟然是自己死去的男奴和女婢在打架，两人在抢着给他送纸,当奴想要给他送纸的时候,婢就在后打他,当婢要送纸的时候,奴就在后打,两鬼相持不下。

看来这两个鬼的目的就是争夺厕所管理员的职责。我觉得他们最终目的是想混入刘安的队伍,因为私人厕所管理员也要归刘安管理。毕竟刘安是天上的管理厕所神仙,世上的厕所都要归他管理,换言之他就是厕神,跟门神、财神是一个级别的家庭保护神。

实际上厕神比门神、财神更威风,不是有一副对联吗:"任他盖世英雄,入此门还得低声下气;凭你齐天大圣,闯本所只宜屈膝躬腰"。孙悟空到了这里也只能屈膝弓腰(孙悟空这样的好像也不怎么上厕所,都是随地解决的),连玉皇大帝都做不了的事情,刘安都可以做到。而且,在厕所工作,也更容易受领导重视的,例如汉武帝当年就是在厕所里接见卫青的,卫青从一个奴隶直线上升为将军,估计跟他在厕所里递纸(其实那会都不是纸,而是棍子——这个我们后面谈)有关系。

所以在最早的时候,厕神并不叫厕神,而是有一个很牛的名字——"后帝"。虽然是主管"后门"的帝王,但这也是帝王级别的,刘安在人间筹划谋反不成,到了天上当了后帝,也算是实现了梦想。

后帝的权力很大,他可以在人间给凡人赐富贵,尽管赐富贵的地点大多发生在厕所里。据说东晋时期的名将陶侃就是他栽培的,《异苑》上记载,陶侃年轻的时候,有一次上厕所,正蹲着呢,突然闯进来十几个人，簇拥着中间一个身穿红袍的汉子。陶侃估计当时吓了一跳，心说："这位看来很急啊，带着这么多人跟我抢坑来了？"哪知对方说道："我是后帝，因为你是一个长者，所以我要给你一些好处，三年内不要跟别人说这事，保你富贵。"他们都走后，陶侃站起来，只见坑里刚拉下大粪上盖着一个"公"字的大印，下面还有一个签名"厕神后帝"，陶侃后来遵守诺言，没有跟人显摆这事，果然平步青云，建立了不世功勋，还有一个很出息的孙子陶渊明。

后来后帝还栽培了南朝宋时的沈庆之，不过这沈庆之不是在厕所遇见的后帝，后帝只是给他托了一个梦，《拾遗录》上说他梦见自己带着仪仗队走进了一个干净的厕所，厕所里非常干净，但再干净也是个厕所，他醒来之后觉得很恶心。有人为他分析此事，说这是好事啊，有仪仗队说明你该富贵了，厕所是后帝所在，说明你在当今皇帝这里没有升职空间了，等下一任皇帝上任，你就可以升官了。后来太子即位，沈庆之果然升官。但是这托梦栽培的毕竟不如当面签字盖章的厉害，沈庆之只有一茬皇帝的富贵，等再一换皇帝，他就被弄死了。

《宋书》上说他死之前也做了一个梦，梦见有人给了他两匹绢，说："这绢尺寸足够。"他醒来之后就说知道自己命不长久了，因为两匹就是八十尺，这一年他正好八十岁，梦里这人说："尺寸足够。"看来到八十这里就够了。

我觉得这个给他托梦的人也是厕神,虽然这个梦没有发生在厕所,但看他拿着绢,而绢是由丝绸织成的,丝绸从蚕桑所来,蚕桑也是厕神管理的范围(这个我们下面再说)。不过这时候厕神可能已经不是刘安了,这时候他已经升迁了。

《仙传拾遗》上有个叫刘商的人也修道炼丹,他像个活雷锋一样把自己的炼丹材料都无私地送给别人,最终感动上天,让他成了神仙,刘商成仙后给别人说:"我的祖先淮南王刘安现在是九海总司,现在派我去南海去上任了。"九海总司听起来是一个很厉害的官职,还有人事任免权,这说明刘安脱离了厕所所长这一位置,迅速攀升了。

不过从此以后,厕神的地位每况愈下,剩下来的都是一些能力平庸之辈,所能管理的也就是蚕桑这些第一产业内的事情,甚至有时候还吓人,搞得神鬼不分。具体情况请看下篇——鬼的如厕问题。

《子不语》中说有个恶人出去游玩,突然想上厕所,就捡了一个骷髅头往里面拉屎,还问:"好吃吗?"没想到这鬼随口答道:"好吃。"吓得这人裤子也不敢提,撒腿就跑,那骷髅就在地上一路滚着紧追不舍。

雪隐逐臭顼天竺
——啖屎鬼的成长之路

柳宗元用"千山鸟飞绝，万径人踪灭"来营造高冷的意境，似乎一切都静谧了，但是明代许多小说里爱用一句诗"雪隐鹭鸶飞始见，柳藏鹦鹉语方知"，这两句简直是在跟柳宗元作对：别以为鸟飞绝了，那鹭鸶就藏在雪下面，你不过没有看见罢了，等它飞起来的时候准能吓你一大跳。

我们这篇题目叫做"雪隐逐臭顼天竺"，倒不是跟柳宗元作对，说雪里面藏着什么鬼神，此雪隐非彼雪隐，此雪隐指的乃是五谷轮回之处——厕所。《西游记》里孙悟空把厕所叫做五谷轮回之所，名字取得颇有佛教特色，但是毕竟里面戏谑的成分居多，佛教并没有采用这个名字，而是取了一个非常高雅的名字：雪隐，据说是因为宋代高僧雪窦明觉禅师在灵隐寺打扫三年厕所最终大悟而来，雪即雪窦明觉禅师，隐则是灵隐的隐，从而雪隐就成为禅林厕所的代名词。这个词咱们现在很少用了，日本却还在广泛使用。逐臭顼天竺是啥意思呢？下面再说。

这说明不光扫地里面出高人，厕所里面也是高手辈出，许多神仙被贬到凡间来就在厕所里工作，《逸史》里有个故事说，隋朝年间有个王员外喜欢道术，找了一帮道士在厅堂高谈阔论，王员外上厕所的时候，打扫厕所的裴老汉说这些家伙都是骗吃骗喝的，不要信他们。这裴老汉还给他送了一些"保健药"，王员外去裴老汉家探访，但见美女数十人伺候着老裴，吃的也是非常珍贵。只不过裴老汉就接待了他一次，再去寻找，已经不见了。

从这个神仙的生活条件来看，他在厕所里工作绝对不是为生活所迫，他之所以选择这个工种，估计是为了完成自己在人间斩妖除魔的任务，对于许多妖魔鬼怪来说，厕所还是必来之处，毕竟人有人言，鬼有鬼屎——

鬼屎

"鬼屎"是中药里的一味药,现在证实是生长在阴湿地方的一种菌类。最有趣的是这个名字,古人在厕所(阴湿之地)里看到这种黏糊糊的东西,估计第一个想到的这是鬼拉的屎,所以就取了这么一个诡异的名字。这名字最早记录在唐朝的《本草拾遗》上,充分说明在古人的想象里,鬼这种生物是拉屎的。

鬼毕竟不同于那些高高在上的神仙,不用遮掩这个问题。鬼是比人类还要低一个等级的物种,他们生活在阴暗潮湿的地狱里,人需要拉屎,鬼自然也得拉屎,而且鬼必须比人还要拉得多,因为地狱里对屎尿的需求挺大的,佛经上说有一层地狱叫屎尿地狱,那里面遍布屎尿,作恶的人就在屎尿中游泳。如果鬼不拉屎,他们根本无从建造这个暴力机关。

所以鬼不但要拉屎,而且要拉得多,拉得臭。当年刘半农先生整理,鲁迅先生作序推荐过一本清朝的通俗小说《何典》,上面写尽鬼的丑态,写一个"形容鬼"上厕所,就说他"显出那个无框裆的碗大屎孔"。肛门碗口大,这造粪能力可见一斑。我总觉得这还只是鬼界的泛泛之辈,真正能力超群的鬼估计都被阎王招走当了造粪公务员,他们每天蹲在屎尿地狱顶上,源源不断地往下输送"刑具"。

什么,他们为什么不从人间引进呢?这你就不了解了,人间的大小便到了阴间那就不是大小便了,那是酒饭,群鬼早就抢着吃了。《纪闻》就有个故事,说群鬼把粪汁当酒喝,一杯粪汁对于鬼来说就是酒水,那粪岂不就是粮食了。

事实上,许多在阴间过不下去,"偷渡"到人间的鬼就靠吃厕所里的大便为生。《阅微草堂笔记》里说有个画家罗两峰,看见有些鬼喜欢到厕所里去,想不通缘由。其实这有什么难理解的,佛教里早就说了,这就是一种啖屎鬼,这种鬼靠吃屎为生。慈悲的和尚们上厕所的时候经常要弹指三下,警告这些鬼退下,同时也提醒,我来给你们送饭了。《益智录·义鬼》故事里人对鬼说"盖君所急需,实仆之粪土"——你们所需要的,不过是我的粪土罢了。

鬼对人类的粪便如此喜欢,爱之心切,有时候给贵人送礼,还把大粪当成珍宝。《异苑》上有个梁清的故事,此人是南朝宋时的一个官员,他们家里老是出现鬼魅,拿着大粪到处扔,把家里搞得乌烟瘴气,一个婢女问他们为什么这么做,这些鬼说:"我们是天上的神仙,不要喊我们鬼,大粪是钱财的象征,扔大粪是表示你们家要富贵了。"虽然这个家伙号称是神仙,但绝对是个鬼,神仙才不会这么重视人类的大粪呢,后来梁清请了一个外国道士波罗迭,将这些鬼给赶跑了。

不过这种大粪喜好实在是为生活所迫，因为没得选，所以只好重口味，毕竟鬼是人变化过来的，如果给他们机会，他们也向往更好的生活，不愿意住在大粪堆里。例如尸骨被埋在厕所里时他们也会非常恶心，百计求脱。《广异记·宋参军》里就写这么一个故事，某少妇被人所害，尸体扔在厕所，她就哀求宋参军帮忙把尸骨挖出来，宋参军是个爱读金刚经的人，不但将她挖出来，还用兰汤洗净，这鬼感激不尽，从此经常来给他报信。

所以千万不要因为鬼爱吃粪，就不尊重尸骨，鬼能报恩，自然也能害人。《子不语》中有一个骷髅报仇的故事，有个恶人出去游玩，突然想上厕所，捡了一个骷髅，放在屁股底下，往里面拉屎，还问："好吃吗？"没想到这骷髅随口答道："好吃。"吓得这人裤子也不敢提，撒腿就跑。那骷髅就在地上一路滚着紧追不舍，后来这人跑到桥上，骷髅上不去就滚回原处了。但这事没完，这人回到家就疯了，每天拉屎，拉完抓一把送到嘴里，自己问自己："好吃吗？"最后暴毙。

这显然是一种报复，站在骷髅的立场上来看这个事情，虽然你的大便我能吃，但是我也不吃你这"嗟来之食"，你如此对我侮辱，我自然要报复。

其实这家伙倘若备上酒饭好好款待一下这个鬼，赔个不是，没准骷髅就会宽恕了他，因为就发生过这种事，有的鬼公然拿这种事碰瓷，就为求一顿好酒好菜,也被袁枚写在《子不语》里。有人抱着小孩出去看唱戏,抱小孩在路边小便,当晚回来,孩子操着北京话说:"小孩子无礼,怎么敢尿到我头上?"小孩的爸爸在刑部(公安部)上班的,知道依法办事,第二天就跑到城隍老爷那里告状了,当晚消停了。但到第三天这个鬼竟然带着一群伙伴来闹,个个都操着京腔:"你丫不过是个小官儿罢了,还敢告状,快拿好酒来招待。"家里人无奈,忙拿出酒来,不料群鬼喝了酒,又要吃灌肠。孩子的爸爸第二天又跑到城隍老爷那里烧了诉状,城隍老爷的办事效率可比有些政府部门快多了,当晚就将这群北京鬼一顿猛打,再也不敢来了。

其实这些鬼还是好的,毕竟讹诈东西吃还寻个借口,有的鬼竟然从厕所里跳出来开始干起抢劫的事。《三水小牍》上有个《秄儿》的故事,秄儿是个小孩,一天给主人送饭,忽然大叫一声晕倒在地,家里人赶忙找过来,只见他面色发黑,浑身发冷,半天才醒过来,四处找过来,只见他端饭用的盘子在厕所门口的马厩里,厕所里有一张煎饼。故事没有说到底怎么回事,但显然是一个鬼在厕所里吃屎吃烦了,公然干起抢劫煎饼的事。

这说明厕所里的鬼越来越多,正所谓林子大了什么鸟都有,厕所不大但什么鬼也都有。有必要对这些鬼怪进行一番梳理,提高大家的警惕。

| 厕中鬼怪 |

《庄子》里就注意到了厕所的鬼怪，齐桓公小白遇见鬼，皇子告敖跟他说，这世上有很多鬼，其中"户内之烦壤，雷霆处之，东北方之下者，倍阿鲑蠪跃之；西北方之下者，则泆阳处之"。烦壤就是粪壤，一般的注解都是分开解释的，说家里的粪堆，有名雷霆的鬼居住，东北角有倍阿鲑蠪（也有人说这是倍阿、鲑蠪两种鬼的）跳动，西北角有一种叫泆阳的鬼驻扎。但我觉得一句话应该连起来理解，通篇都是在说厕鬼的，首先雷霆是厕鬼的统称，然后厕所在不同位置，活跃的具体鬼还不一样，东北角的厕所，有倍阿鲑蠪鬼，西北角的厕所是一种叫泆阳的鬼。

让人吃惊的是鬼的这些奇怪名字，倍阿鲑蠪、泆阳怎么听怎么像是外来音译的，而且雷霆这个震天响的名字居然是厕鬼，我脑海中顿时浮现雷震子从粪坑中飞跃而出的画面。

《酉阳杂俎》里取的名字就更绝了，段成式说厕鬼名叫顼（xū）天竺，这个名字简直是外国人取的中国名字，天竺是中国对印度的称呼，而顼是颛（zhuān）顼之顼，为中华五帝之一，三字连通了中印。当年印度诗人泰戈尔访华，梁启超给他取了一个中文名字竺震旦，因为竺是印度，震旦则古印度对中国的称呼，自然也是贯通中印文化，据说泰戈尔十分欣赏——我总觉得梁任公取这个名字的灵感来自厕鬼。

为什么厕鬼有这么奇怪的名字呢？无从考证，我不负责任地进行推测，主要是因为这些鬼都来自海外，因为海上有逐臭之夫。

这事记录在《吕氏春秋》上，说有个人身上非常臭，家人都难以容忍，无奈他只好"乘桴浮于海"，不料海上竟然有喜好他这臭味的，整天跟着不离左右，就为品味他这臭味。

《谐铎》上还据此写了一个故事《蜣螂城》，写一个人在海上漂泊，误入到一个国家，此国处处以臭为香，对香味避如瘴疠，他们以蜣螂为城，以烂鱼败肉为食，此人初到此地被众人当成妖孽，后来跌入粪坑，才被人接受，还被当地大户送一个美女。这显然就是逐臭之夫群居而住的国家。

《吕氏春秋》虽然成书晚于《庄子》，但记载这个传说肯定是之前的，这些逐臭之夫们后来慢慢到了大陆，发现厕所这个美好的所在，他们就居住在了这里，慢慢地就霸占了这个地方，成为厕中怪物。至于为什么有的叫顼天竺，有的叫雷霆，有的叫倍阿鲑蠪、洪阳，则估计是因为海上的这些逐臭之夫籍贯不一样所导致的，例如顼天竺可能原籍印度，倍阿鲑蠪则显然来自日本。

这是在最开始，到了后来，地狱里的鬼也来到人间吃屎，这些怪物的数量自然没有办法和鬼比（有多少人就有多少鬼），所以慢慢就少见了，后来厕所中的鬼怪又出现了一些新的名字，如笙、卑、依椅、肃霜之神等，听这名字也大都是外来的。这些鬼普遍具有以下特征：

一是形象不佳。古人注解《庄子》，说倚阿鲑蠪这种鬼一尺四寸高，像个小孩，穿黑衣戴红帽，带剑持戟，而泆阳则是豹头马尾，形象都不太强。陶渊明在《续搜神记》里说厕鬼长得像是一张席子。故事主角叫李颐，他父亲是个唯物主义者，从来不信妖邪，买了一座凶宅居住，有一次上厕所看见墙壁里有张五尺高席子一样的东西，他举刀就砍，结果这个妖怪从中分裂为两人，他再砍又变为四人，这四人夺过刀砍他父亲，又杀他全家，他们家人可没有这种自我分裂的本领，全部毙命。

除了长得难看，他们身上还臭气难当，毕竟逐臭之夫嘛，《醉茶志怪》上说有一种屎魔，虽然没有明说这种鬼来自厕所，但是看着名字也知道其出身了。这家伙长得像个布囊一样，常常晚上出来，如果能够躲避，这家伙就过去了，但是倘若躲避不及，就会弄得满衣粪汁，臭不可耐，倒不怎么害人。

估计正是因为形象不强，所以这些鬼大多自卑，这是厕鬼的第二个特征。明朝的董斯张在《广博物志》（引《白泽图》）里说厕所里有一种鬼怪叫卑，光看这名字就知道她有多自卑了，据说相貌似乎还不错，但是十分自卑，你只要一喊她"卑，你好啊。"她就会羞惭而去，这分明是一个有自闭倾向的厕鬼。不光是女鬼如此，男鬼也如此，《幽明录》上说阮侃在厕所看到一个这样的鬼，身高一丈开外，浑身如碳，眼大似斗，一身黑衣，还戴着头巾，距离他一尺多远，阮侃说："人们都说鬼讨厌，果然如此。"就这么一句，这鬼羞赧而退。

心理学家说有时候自卑者的表现就是极度自负，厕鬼也是如此，《白泽图》还介绍了一种厕鬼名叫倚椅，这种鬼估计天天靠着椅子坐着吧，他一身青衣，还爱拄着一根竹杖，人们遇见他，只要能喊出他的名字就可幸免于难，倘若喊不出来，就会遭到格杀——这个鬼的心理已经极度扭曲了。

鬼的第三个特征是臭美，正所谓丑人多作怪，这些相貌不佳、有不良嗜好而且又极度自卑的鬼怪，追求起美来，更是彪悍得很。《广博物志》里介绍卑这种鬼的时候就说她爱拿一面小镜子。《阅微草堂笔记》上说个卖花的拍打一户人家大门，问："怎么半天了还不送花钱出来啊？"这家人说没有人买花，送什么花钱。卖花的坚持说有个垂髫少女买了花进到此门了，正吵吵呢，忽然有个打扫卫生的佣人惊叫："厕所的扫帚上怎么插着花呢？"大家看去，果然破扫帚上竟然戴着几朵鲜花。卖花的看了之后说都是刚才卖出去的，这家人就知道是鬼怪作祟，把扫帚焚烧了，听得火中啾啾有声，随之血出如缕。这明显是厕所里的一个爱臭美的鬼啊。

纪晓岚最后发了一番感叹:"你这道术没成,却爱好臭美,真是自取灭亡啊。"他哪里知道,厕所里的鬼怪普遍本领不高,这是厕中鬼怪的第四个特征,估计这是厕所里格局太小所限制的吧。《幽明录》里说有个叫阳起的人,懂抓鬼的法术,有一天他妈妈上厕所看见了一个头长数尺的鬼,阳起大喜,说这是肃霜之神啊,就把这鬼抓了给自己当奴隶。这家伙跑得快,阳起就让他送快递,几千里的路朝发暮返。阳起有个仇人,就派了肃霜之神过去,这家伙半夜爬到人家床头,张大红红的眼睛,把舌头伸出来垂到地上,这仇人看了一眼就吓死了。其实这些厕所的鬼也就这点本事,倘若你不害怕,这鬼也就无能为力。

《甄异录》上说东晋的帅哥庾亮在荆州当领导的时候,有一次上厕所,看见面前的粪土里钻出一个怪物,两眼赤红,身上还散发着诡异的光芒,庾亮毫不害怕,挥手便打,打得砰砰有声,这鬼竟然被他打得缩了回去。故事的最后说从此庾亮就生了病,因病而亡。但我觉得这两者没有什么关系,因为《阅微草堂笔记》上有个许南金做得比他还过分,许南金晚上端着蜡烛上厕所,跟庾亮一样,看见厕所地上钻出一个鬼脸,许南金说:"我正愁没地方放烛台呢。"就把蜡烛放在这鬼的脸上,这鬼就盯着他看,老许正好拉完了,掏出纸来擦屁股,擦完对这鬼说:"我听说有逐臭之夫,看来就是你了。那我就喂你吃点吧。"拿着刚擦完屁股的纸在鬼的嘴上一阵擦拭,这鬼一阵呕吐,灭烛而逃，而这老许却好端端的没有什么事。

到了隋唐时候，厕所里终于出了一个本领比较大的鬼，名为郭登。这个鬼什么来历没有人知道，但我总觉得他和晋朝那位风水大师郭璞有点渊源，倒不是都姓郭，而是因为郭璞当年神乎其神，似乎全靠厕所之神的庇佑。《晋书》上说郭璞和桓彝关系不错，桓彝在郭璞家里随便出入，但郭璞告诫他，你在我家哪里都可以去，唯独厕所不能去。但桓彝后来有一次喝醉忘了这茬，结果就走到了郭璞的厕所，只见郭璞披散头发，赤裸身体，口中衔刀正在祭祀。二人相见，郭璞长叹一声："你我二人都命不长久了。"郭璞在厕所里祭祀什么神，只能是厕神了，很可能他平常神乎其神的本领都是从厕神这儿得来的。

为什么桓彝见到就表示两人命不长久呢，因为厕神郭登就有一个规矩，见到我的人非病即死。估计正是为此，古人进入厕所都要戴帽子，估计是一旦看见郭登，就赶忙把帽子拉下来说"我没看见，我没看见"。

郭登害死的最著名的一个人是李赤。柳宗元专门为他做传记，说他是江湖浪人，喜欢写诗，估计比较喜欢李白（你是白我是红，还不盖过你，后来他的诗似乎还混入了李白诗集里，搞得苏东坡读李白诗都很奇怪，为什么青莲居士的写作水平突然下降了），但是李白爱喝酒，他却爱上厕所，说是这里有一家人要招他为上门女婿，朋友拦都拦不住，最终在厕所的粪坑里完成了梦想。

但是柳宗元没有说厕所里什么人招他当女婿，《括异志》说得比较清楚，李赤有一天和朋友出去玩，夜宿驿站，大半夜朋友看见李赤突然起身，留了一封信说"我被郭家选为女婿了"。后来突然又失踪了，朋友在厕所里找到了他，要拉他出来，他却非常生气："我马上就要结婚了，你捣什么乱？"显然这里的郭氏就是郭登家的女儿了。

从这个故事看，郭家的女儿真是强悍，喜欢上谁，必须倒插门过来。有女如此，乃父郭登在厕所里就更是欺男霸女了。《纂异记》有个荥阳氏的故事，唐朝有个县令上任途中夜宿古寺，遇到一个穿着孝服的鬼，他们的坟墓上被修建了一个厕所，妹妹被厕神霸占，自己成为厕神家的杂役，受尽凌辱，这鬼请求县令帮自己搬家。县令当即答应，鬼正要感谢，突然有人慌张地跑过来说"郭君看到你没有打扫卫生，正生气呢。"这鬼赶忙跑回去了。

这个郭君定然是郭登了，不过这个鬼竟然称他为厕神，看来郭登在厕所里已经权势熏天，被"天庭人力资源部"（这是我脑补出来的机构，不过好像应该叫神仙资源部，毕竟他们不是人了）纳入编制了，说明在刘安之后，郭登成了厕神。

不过郭登这厕神就没有刘安那么风光了，刘安身为厕神，职称却是帝（后帝也是帝），这郭登是个厕神，但实际上还是个鬼，他也就欺负一下埋厕所里的鬼，吓唬吓唬老百姓。《续玄怪录·钱方义》上说他每月六日都要出去转一圈，因为他的原则就是谁见着了谁死，所以极大地扩大了他的影响。但是郭登本人却一心想着离职升迁，为此不惜托钱方义给佛祖送礼。钱方义半夜上厕所遇见了郭登，赶忙要回避，郭登却拉住他解释说："别害怕，我不弄死你，求你帮我抄一卷金刚经，好让我脱离厕神。"钱方义很够意思，让人写了三卷。郭登上门感谢，又说："我虽然升官了，但是厨房的伙食没有多大改善，求你再为我抄七卷吧，让我改善伙食。"钱又照办为他抄了四十九卷，结果郭登直接升到天宫，到玉帝的厨房吃起来了。

郭登为什么要脱离厕所呢，原因是这个工作太卑微，待遇太差了。有出元杂剧叫《降桑椹蔡顺奉母》，那上面增福神召集各位基层神仙开会，厕神首先出来，他自我介绍："我坐的是净桶，玩的是粪坑。尿长溺一脸，屎长污一身。何曾得闻清香味？每日人来把屁熏。"看来这厕所里只能居住逐臭之夫，倘若成为神仙，还是尽快谋求升迁的好。

但是厕所也是一处基层政权，倘若神位空缺，就会被邪魔乘虚而入，危及天庭地位，所以天庭神仙资源部只好继续从鬼中来招安。

｜招安过来的厕神｜

厕神的位置真是让人力资源部头疼啊，这时候我觉得人力资源部应该想起三位娘娘：云霄、碧霄和琼霄。《封神演义》里的这三位来头不小，和财神爷赵公明是同门的师兄弟，当年曾让姜子牙头疼不已，依靠元始天尊和老子二人之力才灭了她们。最后姜子牙封神，让她们"掌混元金斗，专擅先后之天。凡一应仙凡入圣，诸侯天子，贵贱贤愚，落地先从金斗转劫，不得越此。"——听起来十分高大上，作者随后吐槽"混元金斗，即人间之净桶。凡人之生育，皆从此化生也。"——所谓净桶就是马桶，过去人出生都在马桶里，那把金蛟剪则显然就是剪掉脐带的剪刀了。

不过三宵娘娘的职位涉及马桶，这就跟厕所有了一定的交集，况且三姐妹同时担任一个职务未免有点浪费，干脆把厕所也交给她们吧。

三位女神倒也没有推辞，她们以企业家一样高瞻远瞩的目光认识到厕所虽小，如果能经营得当，也必能赢取大量信徒。首先她们废除了看见厕神就得死这个恐怖规矩，其次她们利用人脉为厕神增加职能，她们最大的人脉是师兄赵公明，这是大名鼎鼎的财神爷，就从师兄那里为厕神增加了一个让人发财的职能。

为了改变人们的印象，她们效法商鞅，采取城门立木的方法。《灵应录》上有个人经常祭厕神，一天在厕所遇见一个黄衣少女，少女说："感谢你经常祭祀我，我呢送你点东西。"取出个小盒子，手指沾了一下什么涂抹在老王的耳朵上，说："注意听蚂蚁说点啥。"第二天这人就见柱子边一群蚂蚁在搬家,有蚂蚁说:"搬家到一个暖和的地方,这下面有宝物,特别寒冷。"这人赶忙挖掘,结果得了十锭白金。

这明显就是一次作秀,但效果很明显,这让人们认识到,见到厕神非但不用死掉,还可以发财致富,厕神的粉丝估计因此大涨。

但是一个厕神不让人害怕,只让人发财,这还是厕神吗?这不成财神爷了吗?所以厕神让人致富的道路只能通过厕所的资源:粪。为了让人们认识到这一点,她们派出了一个婢女,还给她取了一个十分吉利的名字叫如愿。这事记载在《博异录》里。一个叫欧明的商人每次路过彭泽湖都往湖水里扔一些东西进行祭祀,有一天突然被一群黑衣人请了过去,说是青洪君要见他。欧明知道遇见神仙了,他就跟着走,路上一个迎接他的人说:"青洪君如果问你想要什么,你就说想要如愿。"欧明到了,果然青洪君要满足他一个愿望,他说我要如愿。原来如愿是一个婢女,欧明带着如愿回家后,做生意事事如愿,成了大富豪。这时候欧明就有点不喜欢如愿了,大年初一因为如愿起得晚了,欧明就要打她。如愿跳入粪坑不见了,众人在粪堆里一阵捶打,也不见如愿出来。后来欧明家里慢慢变穷了,他才知道这一切都是如愿带来的,于是他每年初一都派人在粪堆里拿着棍子拨拉,一边拨拉一边痛喊:"让我富,让我富。"

很显然如愿就是厕神派来的,她选择"粪遁"的方式就是告诉你,老娘就是这儿的人,顺便建立了粪和致富的关系。当然光有这些还不够,她们还为厕神增加了许多娱乐性成分,让厕神和大家互动:扶箕。

由于簸箕是厕所里常见的工具,人们就在簸箕里面装上沙土,弄个棍子插在上面,让人扶着,厕神就降临,借着这个人的手和大家交流,或是预言祸福和年景,通过这种喜闻乐见的方式和大家沟通,一下子征服了大量的粉丝,后来这种形式被许多神仙都借用了,改称扶乩,后来又出现了笔仙等等,这都是盗版人家三霄娘娘。

粉丝多了,三霄娘娘也开始寻找代理人,这三姐妹颇具商业头脑,她们树立了一个标准,不管谁当厕神,必须有一个统一的名号:紫姑。这个名字取得非常好,因为紫是道家尊崇的颜色,所谓紫气东来,表示这不是凡人,而姑正好体现了这一神仙平易近人的特点。

据我猜测,她们最早应该请过著名的东施。古人喜欢把厕所建在东面,将上厕所称为登东,也把厕所叫做东司。东司和东施谐音,于是就把东施称为厕神啦。

但东施没事老皱个眉头太不吉利了,三霄娘娘很快就将她换掉了,后来估计是为了利用人们的同情心吧,她们专门选择那些在厕所里颠沛而死的孤魂野鬼作为培养对象。她们先是选了那个被刘邦大老婆害死在厕所里的戚夫人(《月令广义》),后来她们又选择了一个叫何媚的姑娘。

这个何姑娘可了不得，她从小读书，善于作文，和人类互动的时候经常吟诗作答，这一下子就俘获了当时文艺青年的心，在那个没有电视没有报纸的年代，文人的笔就是时下热门的自媒体，获得文人认可，那可就征服了舆论。

这位何媚姑娘当年跟大文豪苏东坡还有一番对答，她自然知道苏东坡一支笔的厉害，有意借苏东坡来传名。在苏东坡被贬黄州之前，她就对人说苏公要来了。苏东坡到了黄州自然大感兴趣，亲自前去观看。何媚就乘机将自己的身世讲述了一遍，她说她本是一个伶人妻，寿阳刺史李璟贪图她的美貌，害死她的丈夫霸占了她。但是后来她遭到李璟老婆的嫉妒，被害死在茅房里。后来天使（估计是三霄娘娘）可怜，让她做了厕神。她还写了几首诗，请苏东坡指教，苏东坡夸她有"妙思"。最后这位姑娘对苏东坡说出真心话："公文名于天下，何惜方寸之纸，不使世人知有妾乎？"苏东坡还真就为她写了一篇《子姑神记》——估计当时主要靠听，将紫错成了子（其实苏东坡听到的这些，早在南朝宋的《异苑》都提到了，那时就叫紫姑，只不过不是唐朝人罢了），后来到《东坡志林》就写成了紫。

既会算卦，又会写诗，还能写着诗算卦，紫姑越来越受大家欢迎（我甚至怀疑八仙里的何仙姑就是紫姑变化来的，紫姑原名何媚，何媚这个姑娘成了仙姑，那不就是何仙姑吗），大家对于紫姑不光是一种信仰,更是一种依赖了,发展到最后,简直把紫姑当成了一个搜索引擎,沈括在《梦溪笔谈》里说请紫姑不必等到正月十五,随时都可以问,简直是"内事不决问紫姑,外事不决也问紫姑"。

厕神太火,乃至许多大神都要借光。《睽车志》上说连岳武穆都要借紫姑神说话,岳飞在风波亭死后,临安一家人请紫姑神,结果岳飞来了,他先签了一个名字,众人无不吃惊,这和过去岳飞的签名完全是一个笔迹。岳飞随后写了一首诗:"经略中原二十秋,功多过少未全酬。丹心似石今谁诉,空有游魂遍九州。"写的还是他壮志未酬的遗憾,秦桧听说后,惊得四处抓人。

岳飞这样的忠良不过是借紫姑这个媒体,抒发一下心中不平,有的妖魔假冒紫姑之名招摇撞骗,则极大败坏了紫姑的名声。宋朝的洪迈《夷坚志·女鬼感仇铎》开篇就说"紫姑神类多假托,或能害人。予所闻见者屡矣。"——这种事他都见多了,接着他就举了一个例子,说一个鬼借紫姑之名迷惑书生仇铎,她一会说自己是白狗精,一会自称是白蛇精,非要嫁给仇铎,上演《白蛇传》。有鉴于此,我们有必要把厕所里的妖怪进行一番介绍,以供大家安全如厕,那么请看下篇——妖怪的如厕问题。

《夷坚志》上说南宋时一个叫王概的人夜里在夜壶里撒尿,忽然看见一个美女在旁边,将手伸进夜壶里,竟然拿出几颗碧绿的珠子,用红线串在一起。

青词黄溺共氤氲
——屎尿的妖邪之用

《西游记》里孙悟空屡次钻入妖怪肚子里，从丑陋的黑熊精到骄傲的铁扇公主，从美丽的白毛老鼠精到凶狠的青狮妖，从七绝岭呆笨的长蛇到小雷音狡猾的黄眉都被他钻了个遍，这个办法可谓屡试不爽，每次钻进去都让对方折服，唯一被他钻进去后试图反抗的只有青狮妖了，这妖怪想了许多法子，先是要喝盐水，想把孙悟空吐出来，接着又想绝食把孙悟空饿死到肚子里，最后又打算喝毒药想要把孙悟空毒死，这些统统都不管用后才开始求饶、激将。我就奇怪，他为什么不吃点泻药把孙悟空给拉出去呢？难道妖怪不用拉屎吗？

这是不可能的，因为一个比孙悟空高明得多的神仙也曾钻进妖怪肚子里去，据他所见，妖怪是有肛门的，这个神仙就是如来佛祖。《西游记》第七十七回，孙悟空向如来佛求助除掉狮驼岭三妖时，如来佛说那大鹏精是他亲舅舅，细究原委，当年凤凰生下双胞胎，一只大鹏，一只孔雀，孔雀一口气能把四十五里路之内的东西全部吸光，当年正在修行中的如来佛被他吸到肚子里。如来佛就说他原计划从这妖怪的肛门出去，最后实在怕肮脏玷污了真身，就挖开妖怪的脊背钻了出去。

这说明孔雀妖是有肛门的，并且肛门里是有屎的，不然如来佛也不会害怕被玷污了真身。孔雀算是妖怪里级别最高的了，《西游记》里他被如来佛当成母亲，《封神演义》的孔宣更是商汤的保护神（因为玄鸟生商嘛）。这么高级别的妖怪都要拉屎，那别的妖怪就更不用提了。

从修炼的逻辑上推，妖怪也不能不拉屎，所谓修炼不就是按照人的形状来修炼吗，既然人类需要拉屎，妖怪自然也不能省略这一步。再说了妖怪在动物阶段本来就是要拉屎的，成了人形，自然也少不了这一步。如果没有肛门，很容易坏事的。《河东记》里有个叶静能的故事，说唐朝的汝阳王喜欢饮酒，酒量也很大，有一次叶静能路过他家，汝阳王就劝他喝酒，叶静能说我有一个徒弟，善于饮酒，明天让他过来陪你喝。第二天果然这人就来了，这人不但能喝，还能说，小杯不尽兴，又换成大杯。一会大王快喝醉了，这道士兴致还挺高，又喝了好一阵，这道士说我就这一杯了，汝阳王看他面不红心不跳，还要让他喝，这人无奈只好喝了一杯，结果砰然倒地，显出原形是个大酒桶。

看来这是个经过叶静能调教速成的妖怪，他还没有进化出排泄器官来，只能硬性强灌，如果他有排泄器官，中间多上几次厕所，就不会这么快露出原形了。所以不管你原形是什么，哪怕是一株植物，一个物件，甚至一团气体进化成妖怪，进化成功的一个前提条件就是要能排泄。

《后西游记》上写一个蜃妖，这蜃本身就是一团气体，善于变幻成城郭，吸引人们进入，将人物一并吃掉，唐半偈、猪一戒和沙弥误入妖口，走了十几里路，突然觉得不对，发现自己已经被妖怪吞入肚子里了，猪一戒的第一反应就是我们要变成妖精粪了。他们后来被一阵风刮到一座房子前，抬头看竟然写着五脏庙，是妖怪的五脏所在。这一团气体进化成妖怪，各项器官是齐全的，特别是在排泄上半点马虎不得，否则被屎尿一憋，非得打回原形不可。

既然妖怪都有各种排泄器官，妖怪们为什么不想着把钻入肚子里的孙悟空给排泄出去呢，铁扇公主和白毛老鼠自然不必说，女孩子，害羞嘛，熊罴怪、黄眉当时是因为有观音菩萨和弥勒佛在场，不敢造次，但是青狮不存在这个问题，他完全可以靠泻药把孙悟空给拉出去啊。这也是有妖成功过的，元杂剧里有个《沙门岛张生煮海》的戏，戏里面说石佛寺有个小和尚被虎妖吃了，他跟孙悟空一样，在虎妖肚子里折腾，老虎哀求他出来，他害怕从口里出来会被老虎咬死，就要求从"后门"出来，这虎妖爬到山冈上，屁股冲后，放了一个响屁，这小和尚就乘着屁跑了出来。

青狮没有这么做估计一是因为害羞，二也是觉得连吐都吐不出来，拉就更难了，而且孙悟空肯定也不会往那儿走，连如来佛祖这么高的修为都害怕被妖怪的粪玷污身体，孙悟空就更不能了，因为屎尿从来都是修道者的大忌。

｜修道者的大忌｜

我们老祖先素来相信皎皎者易污，也就是说，越是高贵纯净的东西就越容易受到污染，修道就是将自己身躯从尘世中不断提纯的一个过程，非常害怕污秽的东西。明白了这一点就很容易理解过去的人祭祀或者其他和神类接触前要斋戒三日、沐浴更衣，实在是因为我们这些"肉人"身上多有不洁，怕神仙嫌弃不肯下降。

所以要想神仙远离自己，最好的办法就是恶心他。《邺侯外传》上说李泌小时候就有人告诫他父母："将来你这孩子一定会白日飞升。"他父母吓坏了，这一年八月十五，就见彩云挂在树上，笙歌满屋，看来神仙马上就要接他走了，他的家人可不舍得，弄一些大蒜和韭菜捣烂了，往彩云上播撒，结果神仙走了。之所以要用大蒜和韭菜，是因为这东西有味，神仙不喜欢这些重口味的东西，李泌家里人好歹是皇族，只用了这些蔬菜，其实只要派个产妇搂住李泌，神仙一样接不走他。

《神仙传·王远》的故事里，那个以拜寿闻名的麻姑来到蔡经家里，她像个国家领导人到平民家里视察一样，一一接见蔡经家人，到了蔡经兄弟媳妇，忽然叫她立住不得上前，因为她刚生完孩子，身上还有污秽之气。原来在神仙眼里生育本身就是不干净的，我们这些凡人生来就是不干净，这是我们的肮脏之源——简直是胡说八道，这是对妇女的侮辱，更是对云霄、琼霄和碧霄三位净桶娘娘的职业歧视，三位娘娘应该找他算账，派紫姑出马教训一下这位喜欢拜寿的女人。

紫姑所掌管的屎尿几乎是所有神仙的克星，兜头浇下来，什么法宝就都不灵了。

《封神演义》上第八十六回张奎捉了杨戬，第一次他要斩杨戬，被杨戬用移形换身的法术害死了他的宝贝坐骑乌烟兽，第二次为了破杨戬的法术，他用的招式就是"将乌鸡黑犬血取来，再用尿粪和匀，先穿起他的琵琶骨，将血浇在他的头上"，当然再一次被杨戬用移形换身的方式逃脱了。

聪明的人类也巧妙利用大粪来达到自己的目的，《录异记》上说清康县往西有个深水潭，有一条白龙就住在这里，天旱无雨的时候，大家就把牛羊粪等扔到潭里，随即就下起了大雨。看来这粪便令这龙恶心不安，赶快起来上班去了。这个故事说明只要我们掌握了神仙规律，发挥主动能动性，就能"人定胜天"。

所以我觉得神仙之所以设立厕神这一职位，主要目的是有效管理人类的屎尿，避免威胁到神仙的生存。这是个专业技术性岗位，需要进行专门栽培。佛祖手下专门设立了一个秽迹金刚。据唐朝的《秽迹金刚说神通大满陀罗尼法术灵要门》上说，当年佛祖涅槃，大家都很伤心，只有一个螺髻梵王非但不悲伤，反而和天女一起淫乱享乐，于是僧众就派了许多咒仙（骂人高手）前去讨伐，没想到这螺髻梵王竟然在宫殿周围用大粪等各种污秽制作了一道天堑，咒仙们纷纷阵亡（被恶心死了）。于是又派了金刚圣众前去，但金刚圣众也是束手无策。大家都伤心得哭了起来：如果如来佛祖活着就不会这样了，唉佛祖啊你走得太早了，他这么欺负我们。估计佛祖也是被他们烦得受不了，干脆从自己的左心生出一个金刚，这金刚到了螺髻梵王处，用手一指，所有污秽立即不见，进而降服了螺髻梵王。这个金刚就是后来的秽迹金刚，专门负责对付企图恶心我佛的孽障。

其实金刚就是佛教负责安保的干部，在道教里这个职位叫灵官。道家的灵官据说有五百之多，其中想必也有专门负责清理污秽之物的。《稽神录》里有个张铤的故事，张铤做官正直，被调到彭泽当县令，当时县衙后面有个神庙，庙前边古木茂盛，各种鸟儿居住在上面，拉得县衙里到处都是屎尿。大家都说这是神仙的鸟儿，谁也不敢捕杀。张铤很生气，托巫师带话给神仙："你们神仙的鸟儿在我的官衙里拉屎，太不像话了，三天之内不把这些鸟儿给赶跑，我就要砍树拆庙了。"不出两天，有数只鹰隼飞来对群鸟奋力驱赶，第三天大雨倾盆，将县衙冲得干干净净。

显然，过去庙里的灵官只负责保卫自己庙，从来不考虑邻居的感受，没想到来了个强势的官儿要毁了自己的庙，这才不得不派灵官化作鹰隼将群鸟赶跑了。

不过在道家眼里，污秽不光是大小便，还包括各种妖怪。《聊斋志异·灵官》的故事里，朝天观的道士交了个朋友，这朋友借住在观里，每年冬至祭祀的时候，这朋友总要告辞一阵，道士就很奇怪，朋友给他说了实话，原来这是一只狐妖，因为每年冬至祭祀的时候，天上的灵官都要来观里清理一下，他要躲一躲。可是这一年冬至这狐妖一去，好久才归来，对老道解释说我这次差点见不到你了，这次灵官来清扫的时候，我懒得远避，就躲藏在阴沟里，没想到神仙发现了我，就鞭打我，我就跑，一口气追我到黄河岸边，没有办法，我就躲藏在厕所里，灵官嫌恶心，于是就放过了我。

躲进厕所就不再追捕了，倒不是这个灵官除秽能力不强，很可能这个灵官见这个妖怪如此能豁得出去，就算了，因为妖怪也是修道者，他们也是不断地自我提纯，先是脱离动物本性，进入人类范畴，然后再自我提纯，上升为神仙，非常辛苦，他们对污秽之物也是很忌讳的。故事里的狐妖在粪坑躲过了一劫，他自己后来也修炼了百日才缓过神来。

正因为如此，妖怪修炼的场所非常忌讳他人随地大小便。《萤窗异草》上说，易县有夫妻两个各乘一驴从外地回家，走到半路上妻子想小便，就下了驴在一个古墓边上尿尿。刚尿完就见两个浑身是毛的人走了出来，大声呵斥：你怎么能在我家门口尿尿呢？上前把她衣服脱了精光，女子羞愧难当，光着身子藏在荆棘里不敢出来。她的丈夫走了半里路，才发觉妻子没有跟上来，回来去找，只在古墓边上见到衣服，以为妻子被狼吃了，收拾衣服大哭而回。这妻子藏到半夜出来自然找不到衣服，正好遇见一行人走了过来，幸好其中有自己的哥哥，这才得以安全回家。后来就有人说那墓里住着两只黄色的狐狸，估计这女子遇见的就是两只狐狸。显然这两只狐狸对这种污秽之物十分厌恶，才会对这女子如此愤怒。

这个故事告诉我们，在野外千万不要随地便溺，你不知道自己会尿在哪个妖怪家门口，规定1949年之后的动物不许成妖，也是为了保护大家安全。当然现在民风开化，剥去衣服也没什么大不了，但要知道，并不是所有妖怪都像那两只狐狸一样厚道，有的妖怪还要杀人。

这事记在《耳食录》上,也是有夫妇两人从外地回家,半路上女子想要小便,就在一棵大树下解决,结果突然被人按住胳膊强行脱下裤子,再看身后根本没有人,裤子却不见了。夫妇两个仓皇到家,当晚听见外面有人叫丈夫的名字,男人就出去查看,结果砰的一声跌倒在地,头颅不见了。县令来了听说白天丢失裤子的事情,急忙找过去,在尿尿的地方一阵挖掘,挖出了一块大石头,把石头拉出来,只见这女人的裤子和男人的头都在这儿。大家非常害怕,将这块石头敲碎,竟然有血流出来,数里之外都能闻到腥臭。

这究竟是什么妖怪不得而知,但很显然祸端起自这个女子在人家门口小便,看来最安全的撒尿方式是先预备下一盆子屎尿,一个人大小便,另一个人端着警卫,发现有不明物体出现,立刻兜头浇下去,就能让其显出本形。

《三国演义》第二回上刘关张大战太平军将领张宝,张宝发动妖法,当即"风雷大作,飞沙走石,黑气漫天,滚滚人马,自天而下",刘备诱敌深入,关羽张飞将猪羊狗血和屎尿一起泼下,霎时间,所有兵马都变成了纸人纸马,刘关张当即大获全胜。

书里一直以妖人称呼张角、张宝和张梁三兄弟,其实人家这是太平道,《三国演义》里都说他这法术得自一个碧眼童颜的老头,这老头自称叫南华老仙,而庄子的尊号就是南华真人,看来这书是庄子显灵送给他的。这么说来,太平要术真的不是什么妖法。再则说了,从他这法术轻易就被污秽所破这一点来看,这法术就是正经法术,倘若他真的是邪门歪道,屎尿根本就不管用。

| 真正的邪门歪道 |

为什么说屎尿对于真正的歪门邪道没有用处呢?因为真正的歪门邪道本身就是肮脏的,正所谓久居鲍鱼之肆不觉其臭,久在肮脏之地,也不觉恶心了。

佛经里有个故事说有头猪叫大腹,一日遇见狮子,竟然要挑衅狮子,他说:"你等着,我回去披挂回来再与你战。"然后他就跑到茅坑滚了滚,沾满粪便,狮子一看,后避三舍,恶心得甘拜下风。

这是个寓言,告诉我们不要和没有下限的家伙争斗,否则只能自甘堕落。有趣的是,在咱们古代的笔记故事里,猪也是和肮脏关联在一起的。因为过去猪圈建在厕所的下面,猪给人一种非常不干净的印象。所以猪有时候直接可以当成污秽使用,破人法术。《逸史》有个吕生的故事,吕生一心成仙,终于修炼到了可以不吃饭的境界,他妈妈却以为这孩子得了厌食症,一心要拯救他,就在他喝的水里放了一块猪油,逼着他喝,结果这碗水刚送到鼻子旁边,他多年修炼的内丹——一个小金人从他嘴里蹦了出来,然后他就晕了过去。

可见猪作为污秽之物,对神仙的杀伤力并不比大粪少,不过这只是猪的客观影响力,猪在主观上并不像佛经里说得那么堕落,在咱们的故事里,猪都有一颗自强不息的心。

《符子》上说燕国的丞相得了一头猪,让人将这只猪杀了,当天晚上他梦见这只猪前来感谢他:"上天让我当猪,天天吃屎,今天幸亏你杀了我让我解脱,我一定报答您。"后来这只猪还真就报答了他。

《广异记·崔日用》里崔日用遇见的那群猪,更是为了自由不惜抛头颅洒热血。崔日用到汝州当刺史,一天半夜,一群黑衣人到他家来,这些人或是瘸子或是瞎子,看起来就不是善辈。崔日用就问:"你们是什么鬼?"有个瘸子就说:"我们是猪,在各家寺庙里供养为长生猪,迟迟得不到死亡,我们一点也不想过这样的生活,求求您把我们杀了吧。"第二天崔日用到了寺庙,果然看到这里养了一群或跛或瞎的残疾猪,崔日用当即下令把这些猪杀了。这些猪过了几天来感谢,还赠送给崔一把宝剑。

这些猪舍生取义追求自由的精神堪比王小波笔下《一只特立独行的猪》,这是猪版的"不自由毋宁死"。正是猪的这种精神,还一度还被选作了厕神(时间上在紫姑之前)。虽然是一头畜生,但威风也不少,也有着谁见了我就得死的规矩。《纪闻》上说有个叫王升的人早起串门就见到了怪物，这怪物一个大耳朵深眼睛，虎鼻子猪牙。有人就说：这是厕神，见到了就活不成了，你节哀顺变吧。后来王升果然就死掉了。

其实如果他祭祀一下，就完全可以避免悲剧发生。《纪闻》里说刁缅他们家里就出现了厕神，形状也是头大猪，但不同的是这头猪浑身是眼，从厕所里钻出来满院子溜达，好多人都看见了，刁缅当时没有在家，等他回来，赶忙进行了祭祀，厕神就没有再出现过，而刁缅回来还升官了。

这说明作为猪难脱爱吃的本性，他出来就是找吃的来了，就跟万圣节的小鬼"不给糖就捣乱"一样。刁缅比较识相所以才逃过了一劫。

猪担任厕神时间不长，估计后来也升迁了，去天上当了一个雷神，《酉阳杂俎》里就说雷神是猪头，《唐国史补》里也说雷神"其状如彘"。我甚至怀疑这头猪后来担任了天蓬元帅，因为在《西游记》第六十七回，他们师徒来到七绝山上，要过稀柿洞，据说是多年的烂柿子填塞的道路，说起来是柿子，但那味比掏厕所都难闻，老百姓叫稀屎洞，其恶心程度可见一斑。这连孙悟空都束手无策，最终出来扫除危难的是猪八戒，他变成一头大猪，用嘴拱出一条道路来——这说明他还保留着多年在厕所里养成的好习惯：不怕脏只怕累。

猪八戒当然不是妖怪，但一个出身低贱的神仙都能不惧肮脏，一个多年生活在厕所里的妖怪，就更不怕屎尿之类的污秽了。

《纪闻·王无有》的故事上说，王无有的媳妇生性妒忌，王无有生病上厕所，想让婢女扶着去，结果媳妇不答应。老王只好自己去，只见厕所的坑上对墙蹲着一个人，又黑又壮。这人突然回头，长得深眼窝高鼻子，虎口黑爪，对王无有说把你的鞋给我。王无有吓了一跳，还没有明白过来，这妖怪一把将他的鞋抢了过来，放到嘴里嚼吧嚼吧吃了，鞋里面居然流出血来，就跟野兽吃肉一样。王无有回去跟媳妇说了，媳妇以为他在骗自己，目的是让婢女去送，当然不能让他得逞，于是亲自来送。结果那鬼怪还在等着，一把又抢过他另一只鞋来，又吃了。两人吓得都跑了回来。王无有再也不敢去茅房了，就到后院去解决问题，过了几天竟然又遇见这鬼，说："还给你鞋。"一双鞋好好的还了回来——敢情是把鞋当口香糖了，你说这毛病有多恶心。故事里没有说这是什么妖怪，但对付这种在厕所里的妖怪，泼洒大粪肯定毫无用处，没准这妖怪就是在厕所里以大粪为食呢。

这方面最厉害最恶心的妖怪非尸头蛮莫属，《岛夷志略》上说这是一种女妖怪，长得跟人一样，就是到了晚上她的头会飞出去，专门吃人的屎尖，然后根据臭味就能找到拉屎的人，和拉屎的人睡觉，吃掉这人的肠胃——上厕所不冲是一种多么可怕的行为。所以当地人拉完屎都要冲洗，如果是旱厕，要用棍子把屎尖给铲除掉，不给这种妖怪作案的机会。

对付这种妖怪，如果大便砸过去，那岂不是肉包子打狗（原谅我用这个比喻吧），莫说破了他的妖法，这个妖怪估计会接过来端详一番寻找屎尖，或是咬上一口，大吼一声："怎么不是新拉的？"

尸头蛮毕竟属于蛮夷的妖怪，行事风格十分野蛮，我王化之下的妖怪即便玩弄起屎尿来也充满了文艺气息。《夷坚志》上说南宋的时候有个叫王概的人住在驿站里，半夜在夜壶里撒尿。忽然看见一个美女在旁边，将手伸进夜壶里，竟然拿出几颗碧绿的珠子，用红线串在一起。他吓了一跳，忙问："你是干什么的？"这女子忽然不见了。从此以后这个人每次尿尿，这个女子就会从地下钻出来，或是在夜壶里，或是在厕所内捡出几颗珠子（这位大哥还能好好尿尿吗），过了两年，这女子身上从头到肚子挂满了珠子，而王概却日益憔悴，尿里拣出来的珠子也越来越少，也就一两颗了，而且色彩也由绿转白。这女子不好意思地说："我的事情成了，但是伤害了您很过意不去。"说完不见了。而王概当晚就尿不出来，第二天浑身冒汗而死。

这是个什么妖怪，她取珠子的目的何在，我们都无从得知，但她最后说自己的事成了，说明这些珠子对她来说意义非常。这个故事告诉我们，人类的屎尿并不只是肥料，对于妖怪或者修炼妖术的人来说，有着更重要的意义。

屎尿的用处

其实妖怪对屎尿的利用主要灵感来源于人类,因为我们的医生早就将屎尿列入了各类药方里,还取了很多高大上的名字,例如"黄龙汤"就是大粪,例如人中白就是尿碱,人尿还有一个更搜的名字叫轮回酒,听起来像是阴阳路上孟婆汤,谁知道竟然是人中白。

这都是中医上的用法,妖怪看到人类的屎尿有如此好处,那些修行邪法的反证也不避讳,就设法从这方面寻找突破口。《野人闲话》上说有个寺庙的方丈喜欢烧炼,他将和尚们的尿液熬制成白霜(其实就是尿碱),估计是修炼什么邪法,结果寺庙里一个管采购的和尚看不惯这些,将钱物和他人交接,愤而圆寂,在火化的时候他突然睁开了眼睛说:"谢谢大家来送我。"随即焚化。这时候方丈才知道得道高人就在他们庙宇里。

不过我觉得这位得道高人估计没有把尿给方丈熬制尿碱,否则得道高僧的尿对于许多修行的妖怪来说可是至宝。《江南通志》上说唐朝时有个禅师,每次尿尿就会有一只鹿来饮,时间长了,这鹿竟然产下一个肉球(跟哪吒一个道理),肉球打开,是个小女孩,禅师就将她收养了——一只鹿靠喝大师的尿竟然能产下人胎,大师这哪里是尿,分明就是随地生根的种子啊。这还只是一只鹿，倘若是一个妖怪有意来喝，估计至少要增加一甲子功力。

妖怪们喝不到大师的尿可以喝特定人群的尿，例如童子尿，这些尿也有特定功效。《搜神记》里说王莽当政的时候，京城里出现了一个肉球，刀砍剑剁都弄不开，有道士说，想打开这个肉球很简单，找个七岁男童尿浇下去就开了，不过这个肉球里是个符咒，上面写着王莽将死，汉朝再兴——原来这个肉球是上天给王莽下的病危通知书。

童子的一泡尿竟然赛过所有刀剑，有倚天屠龙的功效，旁门左道迅速从中看到了修炼的途径，明朝的嘉靖皇帝一心梦想成仙，天天让严嵩给他写青词（申请书），顾可学从中看到了机会，趁机献上"秋石秘方"（《本草纲目》里说淮南子丹成就取名为秋石——淮南子这丹药成分可疑，难怪他登天要看厕所），就是取童子尿，去掉首尾，只留中段，然后再加以提炼，说是能延年益寿，嘉靖大喜，封赏他为礼部尚书，成为一代"秋石尚书"。和严嵩这"青词宰相"倒是相映成趣。

不过这童子尿指的是男童，对于女性来说要利用的不是排泄物，而是另一种神秘的东西——经血。《万历野获编》上说朱元璋小女儿的驸马赵辉就喜欢喝女人经血，活了一百多岁，看来效果不错，导致有一群跟风的人。连狐狸也跟着凑热闹，作者说北方的狐狸多有成妖的，而南方少见，究其原因，有人说这是因为北京居民将屎尿经血等随地倾倒，狐狸吃了人类的经血，所以修炼得就快。从奇幻的角度来解释这一点似乎也有道理，毕竟经血是死去的卵子，是构成人类的一部分，狐狸吃了，有助于其往人类的方向进化。

这一点得到了一些妖道的肯定，将女人的经血纳入了修炼药方，他们做起来可专业多了，制定了严格的规则，首先经血不能是所有人的经血，要是处女第一次来月经时的血，再配合夜半的第一滴露水及乌梅等药物，煮过七次，变成药浆，再加上红铅、秋石（这可真是对前人成果的兼收并蓄）、人乳、辰砂（湖南辰州出产的朱砂）、松脂等药物炮制而成，最后取一个高大上的名字"红铅"（也叫红丸）。明朝的泰昌皇帝重病时，有个朝臣李可灼就进献了一颗红丸，说是当年神仙所赠，泰昌皇帝吃后很快就去见神仙了。

这说明这种进补的方法都是扯淡的，这一点菩提老祖可以为证。

《西游记》上菩提老祖询问孙悟空要学什么法术的时候，先说了"静"的法门，就是打坐参禅，孙悟空自然不学。菩提老祖又说了"动"的法门，就是"采阴补阳，……烧茅打鼎，进红铅，炼秋石。"这里面赫然写着进红铅和炼秋石，可见这个当时多么流行，但是当孙悟空问这个能否长生时，菩提老祖说"可比水中捞月"。就是一场空呗。

其实要说有用，倒是动物的粪便有点用处。

《西游记》里孙悟空在给朱紫国王看病的时候，除了白龙马的尿，所开的药引子有"半空中飞的老鸦屁，紧水负的鲤鱼尿"等，这药听起来平常，找起来可就费了劲了，也就孙大圣这神人才能开出这神方。

孙悟空用动物的屁和尿救人，妖怪却用动物的粪便来害人。例如住在黄花观里的蜘蛛精师兄多目怪就用百鸟粪熬制成毒药，这鸟粪经过他的煎熬竟然剧毒无比，据他自己所说"若与凡人吃，只消一厘，入腹就死；若与神仙吃，也只消三厘就绝"。唐僧、八戒和沙和尚吃了差点送命，最后靠着毗蓝婆婆的解毒丹才幸免于难，这个妖怪对粪便的利用也算是到了极致。

为什么百鸟粪这么毒呢，看他炼制的方法"山中百鸟粪，扫积上千斤。是用铜锅煮，煎熬火候匀。千斤熬一杓，一杓炼三分。三分还要炒，再煅再重熏。"这是反复提炼啊，这妖怪可真有科学家的实验精神。

他这实验过程，跟过去炼制蛊毒实出一辙。养蛊的人在端午当日取蛇蝎蜘蛛蜈蚣等各种毒物放到一个瓮子里，让它们互相残杀，最终活下一个，就变得剧毒无比（可见《小豆棚》）。这其中又以金蚕蛊最毒，《客窗括异志》上说这种蛊喜欢吃蜀锦，然后拉出的粪剧毒无比，比这百鸟粪更厉害的是，被这种蛊害死的人所有的钱财都要归了放蛊人。这么说来，这蜈蚣精的百鸟粪没准就是一种蛊毒，因为蜈蚣和蜘蛛本身就是炼制蛊毒的原材料，他们成妖自然就掌握这种技术，不过他们爱惜同类，改用百鸟粪。

炼制蛊毒的人终身也被蛊所役使,这也是害人害己的事情。古人就想象最好能有一种动物直接屙金溺银,那多好啊,外国人有下金蛋的鹅的故事,但是鹅下金蛋毕竟一天一枚,数量太少。咱们的老祖先想象力更为奔放:一头牛能够拉屎成金。牛不但比鹅个大,而且这是拉屎,只要让他多吃草,就能多拉屎,那金子可就不限量了。

当年秦惠王就得到了这么一头牛,而且这头牛还是石头牛,连草都不吃,每天专门拉金子,太环保了。北齐的刘昼在《新论·贪爱》上讲了这个故事,秦惠王有这么一个宝贝,却并不想占有,他要将这头牛送给自己友好邻邦蜀王,估计当时那番言辞就跟现在撸串摊上的小青年拍着胸脯说什么"千金如粪土,友谊值万金"一样,这头牛算什么,送给你了。天真的蜀王相信了,尽管蜀道难于上青天,还是派出了五丁力士开山填谷去迎接。但这一切都是秦国制造的阴谋诡计,秦国的军队跟随其后,上演了中国版的木马屠城。

蜀王在最后估计想通了一个道理,什么"千金如粪土,友谊值万金",既然千金都是粪土,万金不过是十倍的粪土(金岳霖先生说过的),这分明就是说"友谊如粪土,吃下不能吐"。

秦国灭掉蜀国后大概就直接杀掉了蜀王,因为怕他真的吃粪,历史上曾经有过教训,一个国家打趴下了另一个国家,吃败仗的国王甘心吞粪,最终反败为胜。这是谁呢?请看下篇——人类的如厕问题。

《广异记》里说一个姓裴的小伙子在野外遇见一个独行的美少妇,挑逗后跟着少妇到了家中,吃饭中途肚疼去了厕所,正准备用佩剑削纸,宝剑刚出鞘,突然发现自己坐在一片坟地里。

每日更忙须一到
——人类的如厕简史

刘安在成仙之前，幻想成仙之后的生活无比美好："使风雨，臣雷公，役夸父，妾宓妃，妻织女！"翻译成现代话就是："风雨就是我的淋浴头，雷公给我当打手，夸父替我东奔西走，娶了织女在家守，洛神做妾每日把凌波秀。"把天上的神仙都意淫了个遍。但没有想到，成仙之后自己成了看厕所的，这下轮到别人在成仙的梦想里使唤他了。明末一个叫袁祁年的，他做梦梦见自己到了天庭，天庭一夜游，居然做的一件事是"偶便玉阶上，淮南送厕筹"——他不小心拉到了天庭的玉阶上，让刘安来给他送擦屁股的厕筹，那厕筹是什么？

如果听说过算筹、觥筹就应该知道，筹是棍子，算筹是用来算术的，觥筹是行酒令的，从而可以推断出厕筹就是摆放在厕所的，古人再废寝忘食也不至于上厕所的时候还做数学题，还要喝酒行令，这厕筹有比做题行令更要的用处：擦屁股。

棍子？为什么用棍子，棍子怎么能用来擦屁股？这就要说起擦屁股的历史了。

| 擦屁股的历史 |

其实这个袁祁年想象力挺贫乏的，人类用棍子擦屁股，就幻想神仙也用棍子擦屁股，但神仙那么高贵，拉出来的屎都是灵丹妙药，难道就不能不擦屁股吗？或者神仙法力高强，大喊一声屎去，屁股立刻就干净了，再不济，神仙也能变出一包卫生纸来，就算变不出这么高级的纸，变出两张废报纸也行啊。

但是古人的确不用纸的。

在蔡伦之前，人们没有纸，肯定不用，随便捡起一块土坷垃一个小石头都能解决问题，讲究一点的，估计会用棍子，那时候最现成的棍子就是竹简，考古证明古人的确会用废旧竹简擦屁股，就跟我们现在用废纸擦屁股一样。后来，我估计古人发现这东西擦屁股很好，干净,不会像坷垃一样掉渣渣,而且还能反复使用,于是大家纷纷学习。而且大字不识的人,砍竹子削成竹简擦屁股,情怀一下子就上去了。脑补一下这个场面,你在孔子的班上学习,上厕所的时候,拎一捆竹简就走,夫子估计也会大为赞赏"孺子可教也"。

孔夫子倒是没有说过厕筹,但差不多跟他同一个时代的印度佛教宗师释迦牟尼佛却对此专门做过解释。

《毗尼母经》里有个和尚拉完屎擦屁股,由于技术不娴熟,把肛门划破了,上课的时候一脸痛苦,佛祖知道后,立即更换上课内容,专门讲述了擦屁股的方法,佛祖说上完厕所要用厕筹仔细刮干净,不能在墙上蹭,不能用石头、青草、土块以及奇花异草。而且佛祖对于厕筹的具体用料规格也作出专门的规定:所应用者,木竹苇作筹。度量法,极长者一磔,短者四指。不得不佩服佛祖的细致入微。

有情怀,能擦干净,能反复使用,还有佛祖的耳提面命,厕筹迅速流行开来,即便蔡伦发明了纸张,大家也只是觉得"哇,以后我们可以不用竹简写字了,竹简可以好好当厕筹啦",很少有人想到纸可以用来擦屁股,即便再富贵的人也不例外。例如石崇,这家伙富甲天下,又爱炫富,在厕所上也十分夸张。《世说新语》说他的厕所是一间大屋子,豪华得跟宫殿一样,有十几个服装华丽的婢女专门侍候他上厕所,茅坑居然是一张大床,上面被褥齐全,就像一间卧室,每次上完厕所都要换一套衣服，好多人都不好意思去他家上厕所。《裴子语林》说贫贱出身的刘寔去他家上厕所，还以为走进了卧室，赶忙退出来，石崇告诉他这就是厕所后，他进去看看，有两个婢女捧着的锦囊里装的就是厕筹，但他却拉不出来。

看看石崇这么爱炫富的人也只是用厕筹，豪华之处不过是用锦囊装起来雇两个美女罢了，其实单就这一点来说，石崇如果和另外两位比起来的话，还差了一点。

一个是东吴的亡国皇帝孙皓。当年孙权何等彪悍，曹操都恨不得生个这样的儿子（生子当如孙仲谋嘛）。可是这孙权的孙子却实在不成器，昏庸残暴，最终亡国。《法苑珠林》说在他的后花园里挖出一个金人，这尊金人造型奇特，双手合十，类似佛像，孙皓既没有把他当成祥瑞，也没有号称自己发现了释迦牟尼的墓。他对金人丝毫不在意，将它摆到厕所，这金人不是双手供在胸前吗，正好用来摆厕所的必用之物——厕筹。

另一个是北齐的皇帝高洋。《北齐书》记载北齐皇帝高洋所用厕筹都要宰相杨愔亲自为他削好送来，他拉屎的时候，就让宰相杨愔捧着厕筹站在一边。

一个是佛，一个是宰相，这两位完爆石崇。不过跟南唐的和尚们比起来，这两位也有一定的差距。为他们削厕筹的乃是南唐的皇帝后主李煜。这个浪漫诗人以帝王之尊带着夫人小周后穿戴僧衣僧帽亲自为僧人削厕筹，这还不算，削好厕筹，怕损害僧人们高贵的肛门，夫妻二人亲自拿厕筹在脸上蹭拭一番，稍有芒刺，便再加修整。

如此虔诚，最后还落了个仓皇辞庙，垂泪对宫娥的下场，不知他在吟唱"故国不堪回首月明中"的时候有没有想过，当初如果能以这份虔诚为自己的士兵削厕筹，结果会不会不一样。厕筹从来都是军队的军需物资，唐德宗时的著名画家韩滉当节度使的时候非常认真，为部队供给的物品，哪怕细微如厕筹这样的物品他都要一一记录，唯恐遗忘。一个艺术家能做官做到如此细致的地步真是难得。李煜若能如此，或许还能在赵匡胤的卧榻之旁多酣睡几年。亏他还自命唐皇，居然连一个节度使都学不来。

古人怎么就这么死脑筋，为什么就不能用纸呢？其实上面的几个故事都是上层社会的，我稍微靠谱一点的推测，下层社会的劳动人民，有可能是用纸的。我们来看唐代的戴孚在《广异记》里写的一个故事，有个姓裴的小伙子，在野外遇见了一个独行的美貌少妇。小裴用言语挑逗，少妇不吭声，只是走路，小裴就跟着人家，结果到了家门口，少妇居然邀请小裴进去坐坐。小裴求之不得，进去之后，家里的一个老婢先是对他怒目而视，后来看他温文尔雅（小裴同学变得好快），就邀请他入座吃饭，结果刚吃了两口，小裴突然肚子疼，就跑到厕所里。书上说他解决完后顾之忧,就拿出佩剑削纸,准备擦完屁股赶快进入正题。哪知道他这把剑乃是一柄辟邪利刃,结果纸还没有削下来,就见灵光一闪,什么厕所、房屋、美女统统不见了,发现自己坐在一片坟地里——原来那少妇和老婢都是鬼。

从小裴在厕所里削纸这个动作看,说明古人拉完屎也有用纸擦屁股的,唐代来中国做生意的阿拉伯商人苏莱曼在《印度中国见闻录》里记载,"中国人出恭后居然不用水来清洗,仅用纸擦抹一下了事"。由此可见唐朝的老百姓擦屁股的确是用纸的,但是一张纸居然需要用剑来削,这纸张肯定很厚很硬,擦起来一定不如光溜溜的厕筹舒服,所以上层社会才弃而不用。

一直到了元朝,造纸技术有了进步,上层社会才开始逐渐使用纸张,但是纸张还是很硬,有多硬呢?我们可以从《元史》里的一个小故事看出来。忽必烈的儿媳妇对婆婆非常孝顺,婆婆上厕所需要纸的时候,她就在外面使劲揉那张纸,把纸尽可能地揉软了,最后在自己脸颊上擦拭,感觉一点也不刺的时候才拿去送给婆婆——是不是和李煜的故事很像?皇宫用的纸尚且如此,其他纸肯定不会好到那儿去。

上层社会掌握话语权的文人最看不惯自己辛苦写下来的东西让这些贩夫走卒擦了屁股,所以提出了种种限制。颜之推在《颜氏家训·治家》上说,"故纸有五经词义及贤达姓名,不敢秽用也",意思是纸上有圣贤文章和大人物的姓名，不能用这些纸张擦屁股——这也就是说不能用写过字的纸来擦屁股。为了宣传这一点，后来的人也编出许多《惜字律》专门告诫人们爱惜字纸，后来大概觉得只讲《惜字律》力度不够，于是又扯大旗作虎皮抬出一个文昌帝君来，用文昌帝君的口气告诫人们敬惜字纸，说但凡爱惜字纸的就一定能当上大官，享用富贵，反之则定要遭报应云云。这样的思想灌输之下人们哪敢用废纸来擦屁股——专门买新纸也没必要花那个闲钱，而且富贵家的老爷们都还用厕筹呢，老百姓还是用坷垃和棍子吧。

　　有外国学者怀疑中国皇帝用丝绸来擦屁股，这完全属于主观臆断，中国虽然盛产丝绸，但应该不会用丝绸来擦屁股，倒不是因为皇帝老儿节约，而是因为丝绸那么光滑，又不善于吸水，估计擦来擦去也擦不干净。试想连孙皓高洋之类的流氓皇帝都是用厕筹，其余不那么流氓的皇宫贵族估计也不会在这方面做文章。不过明朝明孝宗的确使用过绸缎，但他这擦屁股所用的丝绸不是江浙一带所产的上等丝绸，而是四川野蚕所吐丝所织成的巴掌大小布块，应该粗糙如土布，软和吸水，这才符合屁股需要。每次他使用完，布就随手丢弃，有个太监看得可惜，就把皇帝用过的布收集起来，洗去"龙屎"，缝制了一个门帘，结果被皇帝看见了，当皇帝得知这些门帘竟然从他屁股下"集腋成裘"，大起节省之心，不再用布，这短暂的奢侈之风也就结束了。

这位明孝宗停止使用布帛，估计他也不会再去用厕筹了，因为明朝皇家专门设立了"大内卫生纸厂"——宝钞司，专职生产御用卫生纸（那时叫秽纸），大大提高了卫生纸质量和产出效率，从此在擦屁股的问题上，纸张开始渐渐盖过了厕筹。

以至于明朝人就开始笑话他人不用纸了，冯梦龙在《古今谭概》上记载，学者胡应麟和朋友聊天，朋友就说安平这一带老百姓男男女女上厕所都不用纸，用瓦砾擦屁股，真够恶心的。胡应麟这家伙博闻强记，马上想起来安平唐朝时期属于博陵，而《西厢记》里的美女崔莺莺就是那儿的人。客人说："恐怕大家闺秀不会用砖头瓦块吧。"胡应麟坏坏地笑了："大家闺秀充其量也就用个棍子，强不到哪儿去。"如此评头论足，可真有些不厚道！

其实这帮明朝人有什么高兴的，要是跟唐朝人说明朝最终被清给取代了，这个唐朝人估计也会哈哈大笑，一个朝代怎么会被一个厕所取代呢？因为清在古代就是厕所的意思。

│厕所的历史│

厕所有许多名字，雪隐、五谷轮回之所这些不必提了，除此之外，还叫屏、清（也写作圊）、溷，等等，叫屏可能是因为这个地方比较隐蔽，叫溷则是因为这个地方养着猪，所以厕所还有一个名字叫豕牢，就是猪的牢房，《国语》上说周文王就是出生在豕牢，韦昭注解豕牢就是厕所。《后汉书·东夷列传》上说扶余国王东明刚出生的时候就也被他爹扔到了豕牢，猪给他吐气取暖——猪跟这些大王关系都不错。

厕所叫清，估计是因为这个地方需要经常清理打扫，但是一个真正能够称得上"清"的厕所估计只有石崇那样的了。他的厕所里烧着各种名贵的香料，进出要换衣服，而且还美女成群，她们中肯定有负责打扫卫生的，这才是名副其实的"清"。许多人去他家上完厕所，很为在美女面前换衣服而害羞，王敦却十分从容，好像见惯了大场面一样。殊不知，就这么一位，当年刚和晋武帝的襄城公主结婚的时候，进了人家厕所，看见里面有干枣，就吃了个干净，出来才知道人家那是上厕所的时候为了防止臭味用来塞鼻子的。看来他后来的大大咧咧都是因为当年在厕所里受了刺激。

李商隐写诗说"长筹未必输孙皓，香枣何劳问石崇"。把王敦吃枣的厕所说成了石崇的，但石崇的厕所焚烧着那么名贵的香料，似乎用不着枣了。再说，一个人进厕所，脱裤子，拿起两颗红枣塞进鼻孔里，想象这个场面其实挺滑稽的，不符合石崇的风格。

在防臭这方面，最有创意的当属明朝的倪云林。

倪云林是元末著名画家，这个艺术家有十分严重的洁癖，仆人为他挑来山泉水,他用前桶做饭,后桶洗脚,说是怕这仆人半路放屁。但再有洁癖也要拉屎,于是倪大画家就发明了一个很有创意的茅厕,建立一个高楼当作厕所,下面铺上鹅毛,大便落下坠入鹅毛当中,无声无息,他身在高楼之上眼界开阔,空气流通,大便虽从身体排出,不见其形,不闻气味。他的厕所虽然没有石崇的豪华,但创意一流,令人感叹。

大唐愤青杜甫说"朱门酒肉臭,路有冻死骨",这说的是吃喝,其实在厕所上也是如此,贵族们穷极奢侈,老百姓们却无厕所可用,套用老杜的诗就是"朱门厕所香,民遗大路上"。

早在周朝,咱们老祖先就发明了公共厕所,在大路上建立厕所以供人们方便,构成了"四海之厕莫非王屎"的良好局面。《墨子》中都明确记载着公共厕所的建立方法,汉唐的时候也还有,宋朝的时候公厕虽然不多,但有专门收集粪便的人,公共卫生也还可以。

到了明朝,出现了民间资本开发公厕的事情,不知道这算不算资本主义萌芽的东西。这些萌芽资本家都是地痞流氓,人们进来方便都要交费,等粪便积攒多了,他们再出售给农民,这样又挣了一笔钱。浙江乌程(现在的湖州)有个穆太公,他盖了几间公共厕所,厕所取名"齿爵堂",将厕所里面张贴纸画,布置得很有文化气息,他的厕所非但不收费,还免费赠送草纸。为了宣传自己的厕所,他大做广告:

"穆家喷香新坑，奉求远近君子下顾，本宅愿贴草纸。"看这广告词非常具有现代商业气息，就差找个代言人了。果然他这厕所生意大振，十里八乡的都来上厕所。穆太公的粪坑很快满起来，他靠卖粪大赚一笔。可惜这个太公生在明朝，若是现在，一定会成为连锁公厕的大老板。

可是到了清朝，这个和厕所同名的帝国王朝竟然对厕所管理得十分松懈，出现了京师无厕的场面。没有厕所的最大好处就是处处都可以做厕所，人们都将自己的大便倾倒在大街上，或者晚上直接到大街上撒尿拉屎，称为野屎，许多店铺竟然将人在自己门口撒尿视作大吉大利的事情，说这是象征着财源滚滚，他们的逻辑非常好笑，人的屎尿就是"人中黄"，和金子同色，所以有人便溺就表示有人送黄金上门了。有没有财源滚滚不得而知，倒是人们在街上拉屎撒尿导致大路升高，比店铺地面都高。

厕所少了，另一个东西就必然要多了，那就是马桶。《梦粱录》里说宋朝的杭州人口多厕所少，大家于是纷纷就用马桶解决。

其实马桶的发明跟雨伞在性质上是一样的，人们有房屋可以避雨，但是不能顶着房屋到处乱窜，于是就发明了雨伞。马桶也是这样，人们先发明了厕所，但是不可能带着厕所随意行走，不得已就又创造了马桶，好随时解决方便之用。后来发现马桶太大，小便也用不到这么大的，于是就开发了一个可以随身携带的，于是夜壶就出现了。

最早的马桶被我们的老祖先称为楲窬，这两个字虽然看起来生僻，读音却很熟悉，和卫浴读音相同，这让我们不得不佩服老祖宗的先见之明，他们似乎知道这东西后来会被称为卫浴一样。从这个名字上判断，楲估计是指的材质，窬是个洞，所以最早的马桶可能就是一段大木墩子，中间掏空用来装排泄物的，可是这种卫浴非常不易清洗，毕竟天然的树木对排泄物吸附性很强，气味也更可能长久保留。到了商朝的时候，就出现了陶器制作的便器，这个时候的名字叫清器，厕所当时叫清，自然这流动性质的厕所就叫行清了。

周朝的皇族对行清很重视，周朝的皇族专门设立了政府机构"玉府"来管理这些重要的私人物品，《周礼》上说每次周王外出，就专门有公务员拎着行清跟进。

商周时期的清器外形比较简陋，基本上就是一个瓷罐，偶尔也有故作造型的，在腹部捏成鸡尾巴或鸭尾巴。也许这种带造型的明显比不带造型的销售量高，市场经济那无形的手第一次作用于马桶，带造型的渐渐替代不带造型的，春秋战国时期的清器都有了各种动物造型，可能清器这个名气太雅了，让人听起来不知所谓，文化水平不高的人还以为是装清水的呢，慢慢地大家根据这些动物外形称为兽子，再则兽和溲同音，溲本来就是屎尿的意思，一语双关，既照顾了外形，也明确了实质。

可是这些各具特色的动物造型渐渐也分出了优劣,老虎的造型广受欢迎,渐渐取代了其他各种造型,人们开始以偏概全,所有兽子都称为虎子,哪怕这造型是一只猪也叫虎子。

为什么老虎的风头这么亮,古人留下了两个传说,一个是很暴力的,一个是很黄很暴力的。

很暴力的那个是关于汉朝飞将军李广的,有一次李广和他的兄弟在山上打猎,射杀了一只老虎,李广就用老虎的头颅做枕头,用铜铸成老虎外形的夜壶。后来人们追星,都将夜壶铸成了老虎的样子,虎子就逐渐取代了兽子。这个记载出自《西京杂记》,记载很值得怀疑,如果这是真的,那这飞将军还真够不堪的,以他那名垂青史的本领射杀一只老虎根本不在话下,犯得着像赵襄子对付智伯一样,又做枕头又做夜壶的吗。

那个很黄很暴力的就更不靠谱了,元朝人陈芬写的《芸窗私志》,他说在神鸟之山,有种野兽叫做麟主,麟主是百兽之王,这麟主每逢撒尿的时候就叫老虎张开嘴接着,所以人们就把夜壶铸成老虎的样子,虎子之名也因此而来。《芸窗私志》相当于一本古代玄幻小说集,里面记载了许多扯淡的事情,这个事情与其说在追溯虎子的源头,倒不如说是他根据虎子的名字杜撰的一篇奇幻小说,而且里面有很大隐喻,你看他说在神鸟之山,这鸟在古代有时候和吊同音,指的是什么,我不说你们也知道。

后来到了明朝，有个写小说的也许是看到这段来了灵感，就在他的传世名作里加以发挥，他让一个奸夫做麟主，一个淫妇做虎子，这个男的和女的都来自《水浒传》，男的叫西门庆，女的叫潘金莲，那部书叫《金瓶梅》，具体情节我就不叙述了。

其实完全不用扯那么多，这虎子之名的来历完全和当时的风俗有关，老祖先们相信老虎具有辟邪的能力，《山海经》里神荼郁垒捉拿了恶鬼都用来喂他们的宠物老虎，所以人们相信老虎能够辟邪，东汉的《风俗通义》中就说画虎在门，鬼不敢入，有道是左青龙右白虎，这老虎跟龙并列，可见神威不小。老虎在道教里被称为西方之神，主管征战杀伐，是非常阳刚勇猛的一路神仙。不仅狐假虎威，人也要假虎威，当时兵符都做成虎形便取此意；兽子用在胯下，那是非常阴暗潮湿的环境，更需要这样勇猛阳刚的神仙来驱邪避害，铸成虎形也是在情理之中的。

然而虎子这名字叫了没有多长时间，到了唐朝被禁止了，李渊的爷爷叫李虎，没准小名就叫虎子，按说这个名字听起来是很阳刚的，可是夜壶早就抢了先用了这个名字，别人喊起来就有一点臭臭的味道了。估计李虎小朋友当年受过不少笑话，可是没有办法，但他万万没有想到自己祖坟冒青烟，孙子当了皇帝，李渊皇帝为他爷爷出气先拿夜壶开刀，规定虎子之名归他爷爷专用，夜壶只能改名叫……马子。

马子？是不是有人想起了自己的女朋友。没错，此马子和彼马子就有着很深的渊源。

为什么不让叫虎子之后就改名叫马子，有一个比较黄的解释，翻开《说文解字》看看，解释马部的时候，说马是个象形字，像什么？女阴。实际上古代有些人就是把马子当妻妾一样看待，《续子不语》有个"溺壶失节"的故事，有人借用了一下他人夜壶，对方大怒，说这夜壶口含男根，你怎么能随便借用呢，愤怒之下将夜壶痛打三十下，扔了。

尽管如此，我还是觉得这种说法比较勉强，我倒以为马之所以能替代老虎为拉屎的桶代言，主要是因为马也是极为阳刚的动物，有道是龙马精神，这马和龙是相提并论的，再例如十二生肖里和马相配的地支是午，这是极阳的意思啊。最重要的一点这世界上有一种怪兽叫马虎（这种怪兽经常被老师认出来："这次考不好，都因为马虎。"）经常害人，这家伙估计是马和老虎杂交生下来的吧，马和老虎关系如此之近，老虎下岗，自然好朋友马就来代言啦。

马子虽然是贱物，但不乏有钱有权的流氓在这上面大做文章，后蜀皇帝孟昶的夜壶就用宝物装饰，称为七宝溺器，赵匡胤灭掉后蜀竟然不知道这是干什么用的，得知是尿壶后十分吃惊："尿尿都这样，吃饭又该用啥？"

明朝的严嵩在这方面和孟昶有一拼，一代权奸败落后，从严嵩家搜出他所用的夜壶，材质是用白金，造型居然是女阴，这老贼看来颇有学问，知道这马字的由来，才用这么货真价实的马子。

可惜这些人只知道在这骄奢淫逸上下工夫，却没有人对抽水马桶的改造用心，只有明朝一个叫陈眉公的做过一点好笑的发明。陈眉公大概是当地的风流人物，事事领风气之先，都创立了品牌效应，他吃的饼叫眉公饼，戴的头巾叫眉公巾，交往的妓女也叫眉公女客，他发明了一种眉公马桶，听起来空前绝后，却是将原来马桶的底去掉，野外游玩的时候带上，坐上去大便——这还是随地大小便，当然文雅的说法叫拉野屎。

似乎爱好自由的人在拉屎上都爱好这个，在野外"登高拉野屎，天地一茅坑"——当年国民党元老吴稚晖这句诗满满的霸气啊，当年蒋介石让他出来做官，他说自己喜欢拉野屎，受不了约束。在他看来，什么功名富贵，"万事莫如屙野屎"。这屎尿里也充满了励志精神和为官做人之道呢。正如庄子所言——

道在屎溺

《水浒传》上说鲁智深来到大相国寺,方丈安排他去看菜园子,他不想去,有和尚为他讲解了一番,说他这菜园子的菜头跟管厕所的净头一样,都是重要岗位,只有分工不同,没有高低贵贱之分,忽悠得鲁智深上任去了。从这一点我们可以看出,管厕所也是有专门分工的。

寺庙里如此,外面也如此。《朝野佥载》上说长安有个大富豪叫罗会,他就靠清理厕所为业。别人说他你这么有钱了,为什么还要干这种肮脏的事情呢。他说每当他停止不干这工作的时候,他的家境就立刻败落了,一干起来这个行业,就又立刻兴盛了。于是他明白,他这份工作是上天注定的,只好老老实实干下去。

这说明掏大粪是个暴利行业,这个工种的人事任免权是由上天决定的,你一个凡人是没有资格换工作的。

其实这是一种典型的宿命论。南朝梁(南朝第三个朝代)的范缜就十分反对这个。范缜是咱们历史课本特别强调过的一位唯物主义者,佛教徒王子良对范缜大讲因果,范缜不信,王子良说:"君不信因果,世间何得有富贵,何得有贫贱?"范缜的回答充满了诗意:"人之生譬如一树花,同发一枝,俱开一蒂,随风而堕,自有拂帘幌坠于茵席之上，自有关篱墙落于粪溷之侧。"人就像是一棵树上的花，一阵风吹来，纷纷飘洒，有的落在茵席上，有的落在厕所里。范缜情商很高，末了他还恭维王子良：您就是落到茵席上的，而我就是落在厕所里的。

我记得上政治课的时候，老师举出这个例子，说范缜这个唯物主义有一定的局限性，他否定了因果，却落入了宿命论的圈套，认为人命天定，否定了后天的努力。

我觉得老师这是扯淡，人家范缜只是在强调偶然性，你怎么知道人家就否认后天的努力呢，而且以范缜的学问，不可能不知道李斯的故事，知道李斯就不可能否认后天的努力，因为李斯是厕所成功学的一个典型案例。

《史记》上说李斯当年是一个小官，他看见仓库的老鼠吃得脑满肠肥，而厕所里的老鼠却只能吃屎，悟出一个道理："我要发愤图强，改变自己的环境。"于是他就辞职学习，终于……后来被秦二世砍死了。这说明后天的努力对人的命运改变有着非常重要的作用，李斯也算是在厕所证道的人——证的是成功之道。

但李斯不是第一人，在他之前，春秋时期有个人通过嘴亲自证了此道。这个人是大名鼎鼎的越王勾践。

《吴越春秋》上说当年越王勾践被吴王夫差打败，越王被俘。正好吴王生病了，越王主动要求品尝一下大便，然后像个老中医一样说了一番套路:"听说人的粪味顺节气就是好,逆时令就是坏的,大王这便便正是春夏之气(春夏什么气?),看来快好了。"吴王后来果然就好了,夫差看勾践这小子这么没出息,大粪都敢吃,想来不会有什么作为了,三年后就把他放了。没想到越王回家就发愤图强,最终报了仇。

都说越王勾践最伟大的精神是卧薪尝胆,殊不知人家屎都吃过了,一个胆算啥?常言道"咬得菜根百事可做",以此来推,那吃得大粪则心想事成了。站在夫差的角度上来看,对付这样的敌人,一定要像《吕氏春秋》里赵襄子对付智伯那样,把脑袋拧下来当夜壶用——你不是想品尝吗?那就让你品尝个够。

但是很少有人站在夫差的角度来看问题,毕竟他是个失败者。更多的人是从越王勾践身上学习,总结他的成功之道。据我总结,大致可以分为三派:

一是跪舔之道。这些人从越王勾践身上学会怎样通过屎尿来跪舔。例如唐朝的诗人宋之问当年谄媚张易之兄弟,就亲手捧夜壶,最终赢得了张家兄弟喜欢。他还只是捧个夜壶,真正掌握精髓的是御史郭弘霸,《新唐书》上说这家伙为了巴结魏元忠,在魏元忠生病的时候,品尝魏元忠的大粪,像勾践一样说出一番道理来。不过魏元忠可能知道夫差最后的下场,将这个家伙狠狠羞辱了一番,大家都给郭弘霸取了一个尝粪御史的外号。

这个跪舔之道第一次失败了，但世上像魏元忠这么清醒的人毕竟还是少的，大部分的家伙一见对方如此诚恳，立刻拉为心腹。有诗为证："舐痔或尝粪，车服夸新好"（宋张九成《十九日杂兴》），这是求取富贵的有效法门。就拿郭弘霸来说，这套法术在你这不灵，在别人身上却屡试不爽，做官也顺风顺水，还差点将魏元忠置于死地。

其实这小人在谄媚的时候还在修炼越王勾践传下来的第二门法术：阴损。范蠡评价越王"长颈鸟喙，可以共患难，不能同富贵"，这不是一个心机很重的阴损之徒吗？郭弘霸这些人拼命拍马屁都是在辅修阴损之术，通过这方法来陷害对方。你得志的时候为你捧夜壶，一旦你失意，第一个和你翻脸的也是他们，当年韩安国沦为阶下囚的时候，受尽狱卒田甲侮辱，他忍不住提出警告："你难道没有听过死灰复燃吗？"这田甲不屑地说："燃了我也要一泡尿浇灭它。"——肯为你喝尿的人也是盼着要你喝他尿的人。

也有人单修阴损之术的，最著名的受伤案例当属廉颇，他因受猜忌跑到魏国，后来赵王想再起用他，廉颇为了证明自己，一顿饭吃一斗米，十斤肉，披甲上马，但使者回去，一句话就毁了他："廉颇将军能吃，但是一顿饭就拉三回屎。"这一句话堪比一把刀啊，一下子就诛灭了廉颇的爱国心，割断了赵王的用将之意。这种人可能不谄媚任何人，但是也不要轻易得罪这种人，否则他们报复起来，将是大麻烦。

《韩非子》就举了夷射的例子，夷射是齐国的大夫，有一天在齐王那儿喝酒，喝醉了出门，走到门口，看大门的是一个被斩去双脚的刑徒，这家伙居然向夷射要酒喝，夷射骂了他一顿。于是这个刑徒在门口弄了一些水渍，第二天齐王出门看见就问："是谁尿这儿的？"刑徒说："我不知道，但是我看见夷射昨晚在这里站着。"齐王大怒，竟然杀了夷射。

一个区区的刑余之徒竟然通过一泡尿扳倒了一个大夫，这难度比越王勾践复仇也不小吧，让人不寒而栗。

这又是阴损，又是跪舔，难道勾践成功学充满了负能量吗？当然不是，也有就算是拍马屁也是站着舔的，例如郅都。《史记》上说汉武帝的爱妾贾姬上厕所，结果一头野猪也跟了进去，汉武帝要英雄救美，郅都一把拉住他说："死了一个姬妾自然会有另外一个姬妾选上来，您怎能不爱惜自己的身体呢。"看这话说得多么冠冕堂皇，一点都不带舔的痕迹，但是皇帝心里很舒服，皇帝他妈知道了，好好赏赐了郅都一番。

还有人将这谄媚之术用到追求爱情上，民国初年的戏剧演员刘喜奎红极一时，粉丝成群，易顺鼎追求她，写下"七愿"诗，其中有两愿是"愿将此身化成纸，喜奎更衣常染指；愿将此身化为布，做成喜奎胯下裤"。处处都是人家的隐私，这就有点变态了，王喜奎当然不敢答应啦。

当然，越王勾践真正的正能量是我们语文课本里经常提及的发愤图强，继承这种精神的都成了大英雄，例如范雎，当年在魏国被怀疑是"魏奸"，被人打得半死扔进了厕所，大家都往他头上尿尿，范雎受的耻辱比韩信那胯下之辱有过之而无不及，但是他也挺了过来，潜逃到秦国后，最终成了宰相。范雎还只是做了一个丞相，人家刘备在厕所里一番励志，最终还当上了皇帝。

这事发生在刘备在刘表手下打工的时候。《九州春秋》上说刘备有一天和刘表喝酒，刘备上了个厕所回来就哭了，刘表忙问为什么，刘备说："当年我常年不离马鞍，大腿上都没有肉了，而现在肉又长出来了。岁月不饶人啊，可我创业还一事无成。"刘皇叔就是通过这样的精神，最终一步步当上皇帝。

不过刘备这番话暴露了他的理想，刘表一个手下就想弄死他，刘备以上厕所为由匆忙逃离——这是他们老刘家祖传的新技能：厕遁。这门法术堪比土行孙的土遁，就是通过厕所逃跑。"厕遁"的创立者乃是汉高祖刘邦，刘老三似乎受了厕神的庇佑，他不光喜欢往儒生帽子尿尿，更是创立厕遁之术。当年鸿门宴上，剑拔弩张，刘邦就是借口上厕所逃跑出来了。后来刘邦到他女婿赵王张敖家里去做客，上厕所的时候感觉不对劲，就赶快离开了，后来一打听，这个厕所里果然埋伏着杀手。

刘邦这第六感简直绝了,仿佛厕所里有他们家亲戚——想想也是,天上第一代厕神是他的孙子淮南王,刘邦也可以叫做厕神之祖,想在厕所里害死他,那不就是如同想把一条鱼放在河里淹死一样可笑吗?

《女仙传·酒母》里,卖酒的酒母遇见一个叫于老的人,于老拿着两只稻草编的狗邀请她上天,于是两只稻草狗化为龙,两人骑上,飞纵而去。

骑龙攀天造天关——神仙的出行方式

从人力资源管理的角度来看,孙悟空的就业观念是应予以批判的,他第一次到天宫当公务员,玉帝任命他为弼马温,负责掌管御马监,本来他也干得不亦乐乎,只因听说这官不入流,气得反下天庭,回到花果山,自己扯了一面旗要做齐天大圣——典型的好高骛远。现代人看《西游记》,喜欢站在孙悟空的角度上看热闹,但是天庭用人方式是"凡授官者,皆由卑而尊,为何嫌小?"(这句出自太白金星转述的玉帝圣旨),这理念就是放到现在也没有错,就像一个人刚当了公务员就想做国务院总理一样,这怎么可能?哪个大领导不是从基层一步一步做起来的。

　　孙悟空将当弼马温的经历看成一生的污点，一提就恼火，但实际上这个官真的就小吗？即便不看天宫，放到吴承恩所在的明朝，朱元璋建国时就设立了御马监这个机构，该机构的领导就是七品官——县处级，但军马属于古代战略物资，掌握马匹就等于现在掌握飞机坦克等，马匹需要到塞外采购，需要储备草料，这都需要钱，所以要给予财权；这么重要的军事物资，当然要加强安保，草料场要看管吧，林冲那样的高手看守个草料场都难免被坏人破坏，所以要多配人手。这样一来二去，御马监的权力越来越大，所以后来朱元璋就把御马监的领导变成了四品官，一下子成了省厅级领导，而且不光管养马，还掌管着"腾骧四卫"，至少有两万人——这权势恐怕不是省厅级所能形容的。

　　不过孙悟空要做到这一级别恐怕很难，因为天庭不同于凡间，战马对于神仙来说不像对于人类那样重要——人类的出行方式基本靠走，所以要靠马增加速度，而神仙的出行方式则是飞，速度已经够快的了，不需要靠马。那么神仙为什么要会飞呢？

｜神仙为什么要会飞｜

　　神仙界如果存在达尔文，写出一本《进化论》，他的论点一定是

"神仙是从鸟儿进化过来的"。论据支持就是最早的神仙和鸟儿一样都长着翅膀,在神仙这个词语发明出来之前,他们的统称就是羽人。《山海经》里就记载了一个羽民国,说这里的人"其为人长头,身生羽。"——这里的人都长着大长脸,身上都是羽毛。东汉的王逸专门在这里注解说"羽人之国,不死之民;或曰人得道,身生毛羽也",得道那不就是神仙吗?神仙的这一形象被保留在许多墓的墙壁上和棺材上,充分说明在当时的天国里生活着的神仙都是这个样子。

可为什么神仙要长这个样子,要解释这个原因,还得依靠进化论八字真言"物竞天择,适者生存"来解释——这也是自然选择的结果。我们来看一下神仙们所处的自然环境,要么是高高的山上——昆仑山上;要么是遥远的海上——蓬莱仙境;再要么就是又高又远的地方——天庭。住在这么偏远的地方,如果不会飞,怎么能和自己的粉丝会面呢?不和自己的粉丝会面,怎么能接收听取粉丝的膜拜和尖叫呢?所以,他们必须有一个能和人类沟通的渠道。《淮南子》说了一种天梯叫建木,这是一棵大树,神仙们就是从这棵树来往和人类沟通的,但是这种天梯有一个缺点,神仙可以从这里爬下来,人类也可以从这里爬上去,太不利于天庭社区的安全,神仙自然不会允许这样一个通道的存在(可以参考上帝对西方人建巴别塔的态度),所以这条通道很快就毁掉了。

没有了梯子，神仙们必须要有一个新的技能来弥补这个缺陷，于是神仙就学习鸟儿长出了翅膀。当然也有的神仙没有长出翅膀，没有翅膀他们就只能做一个宅男，无法到人间接收供奉，在漫长的进化过程中被淘汰了，于是人们看到的神仙都是长着羽毛。而那个时候的凡人要想成仙首先就是要长出翅膀。《搜神记》里说刘安成仙之前，弹琴唱歌就是"明明上天，照四海兮。知我好道，公来下兮。公将与余，生羽毛兮"。他就是在祈求天上的神仙赶快下来送给他一粒丹药，让他浑身长出羽毛。

这一点在曹丕的《折杨柳行》里也可见，曹丕写道"西山一何高，高高殊无极。上有两仙僮，不饮亦不食"。在这高得不能再高的西山上，住着两个不吃不喝的仙童，然后曹丕接着写"与我一丸药，光耀有五色。服药四五日，身体生羽翼。轻举乘浮云，倏忽行万亿。流览观四海，茫茫非所识"。也就是说两个神仙送给他一粒仙丹，然后他吃了之后身体就跟 X 战警一样发生了变异，长出了翅膀，靠着这对翅磅，在天上倏忽之间就能行亿万里，四处旅游——神仙翅膀的飞行速度已经超过光速了。

但是神仙长翅膀难免会影响生活，例如许多衣服都穿不上了，还有身后带一对毛茸茸的翅膀毕竟不太方便，特别是夏天，身后捂着一双羽绒被，搞不好要长痱子的，而且吧，自己明明是个高高在上的神仙，长着一对翅膀，很容易被人类称作"鸟人"，这多不好听。例如有个修道者彭祖，就很看不上这些长毛的神仙，《抱朴子》里记载，彭祖就说"古之得仙者，或身生羽翼，变化飞行，失人之本，更受异形，有似雀之为蛤，雉之为蜃，非人道也"。他说这些家伙长出羽毛飞行，就跟燕子变成蛤，野鸡变成蜃一样，已经不是人了——彭祖差点就要说这些家伙都是妖怪了。所以彭祖活了八百岁，宁可在人间死掉，也不长毛登天。

这说明这种形象已经威胁到神仙的粉丝数量了，神仙们必须要改革自己的形象，但这谈何容易，没有了翅膀，怎么出门？于是神仙们慢慢寻求新的出行方法，有的神仙就研制出了可拆卸的翅膀：羽衣。把翅膀当成一件装备，出行的时候就穿上，用不着的时候就收起来。但这就需要出门必须带这么一个大行李，走到哪儿还得脱下来好好保存，万一丢了就回不去了，毕竟也不方便，还挺危险。

有的神仙就开始想法舍弃这一装备，《王子年拾遗记》里周昭王遇见的那个神仙就很说明这个问题。周昭王即位三十年后，一天在梦里见到以为浑身长毛的羽人，昭王就向他询问成仙之道，这个人说："你俗气未脱，不能成仙。"可能是为了让他脱胎换骨吧，这个人给周昭王做了一个外科手术，帮助他换了一颗心脏。半个月后这个神仙来做了一次复查，为周昭王上了一些药。神仙又把剩下的药送了给他，从此昭王将这些药抹了些在脚上,"飞天地之外,如游咫尺之内",速度也是一流的。

看来这位神仙是一位伟大的仙界医学家兼科学家,他利用自己的医学特长,依靠外敷药的方便性取代翅膀,但是我想这种药效应该不太稳定,因为后来昭王南征的时候溺死在汉水,如果这药当时有用,昭王怎么着也得回来死啊。不过这位羽人毕竟撕开了一道曙光,最晚到了春秋战国时期,已经有人研制出了新的方式。

这个人叫列御寇,《庄子》说他"御风而行",我想这种方式也是充分借鉴了翅膀飞行的原理,因为鸟类翅膀飞行就是利用翅膀扇动气流推动自己,所以列子就想能不能不用翅膀,单靠身体来驾驭风呢?最后他成功了,从此神仙们进入了"脱毛时代"。

王充在《论衡》里说"飞者皆有翼,物无翼而飞,谓之仙人",这说明神仙不长毛的形象已经被大众所接受了,基本上所有的神仙都掌握了御风而行的原理,那些太笨实在学不会的就沦落为下等神仙,干一些具体的工作,例如雷公,还有甚至被迫移民到西方,变成了天使。

当然,这些御风而行的神仙并没有停止脚步,他们在飞行的道路上一往直前,探索出新的飞行方式。

腾云驾雾飞

列子乘风的本领是跟随当时的大家壶子学的，但历史上为什么不说壶子乘风，反倒是列子因此成名呢，我觉得可能因为壶子当时对风的利用还处在朴素的阶段。《列子》这本书里，有个尹生想跟随列子学习御风，列子就给他讲了自己当年跟随壶子学习御风的过程，他经过九年的训练，他做到了口中心中都不会有利害，达到物我两忘的境界，内外如一，体光通明，可以把眼睛当耳朵，耳朵当鼻子，鼻子当嘴巴，都没有差别。于是心神凝聚，形体消释，骨肉融化，不知不觉随风飘浮，忽东忽西，最后也分不清是"风乘我"还是"我乘风"了。

这个故事说明当时人们对风的运用还处在随遇而安的境界，就跟一根羽毛在天空中飘一样，无法控制行动轨迹。但是庄子说列子御风而行，这个御字用得甚好，说明列子对这种技术进行了全面改进，乘风如同御马，庄子还说他"泠然善也，旬有五日而反"，说列子飞起来轻盈美妙，十五天一个来回，这不是说明已经从必然王国上升到自由王国了。

但是庄子还是看不上列子，他说列子依靠风，还是有所凭借的，不如"乘天地之正，御六气之辩，以游无穷"。这说明到了庄子的时候，神仙们对于飞行有了更高的要求,既然南华真人提出来理论了,道家的徒子徒孙们就开始研制起来。

所谓"乘天地之正"大概就是利用天地的自然规律,这个还好说,但是"御六气之辩"的六气是什么就不好说了,出现了许多不同的解释,有的说是"阴阳风雨晦明",有的说是早上东方的彩霞、中午南方的阳气、傍晚夕阳下的黄气、夜半北面的沆瀣之气再加上天玄地黄二气。众说纷纭莫衷一是,但有一点是公认的,那就是不要单纯利用一种气体,而是要利用自然界各种东西。

后继者们就像爱迪生试验灯丝一样寻找各种材料,终于,他们发现了一种轻便好用的材料:云。这种东西真的太好了,首先自然界随取随有,取之不尽用之不竭,其次这种材料非常轻便,非常有利于飞行。很快,这种材料在神仙界得到了全面的普及,几乎所有神仙都掌握了这一技能。

不过,云这种材料只是提供了一种飞行的凭借,它本身是没有动力的,拿什么来驱使呢,还是得靠御风之术,利用风作为动力来驱使云的前进。所谓"云为车兮风为马"就是这个道理。《西游记》第三十回中详细描写了猪八戒飞翔的样子:"呆子收拾了钉钯,整束了直裰,跳将起去,踏着云,径往东来。这一回,也是唐僧有命,那呆子正遇顺风,撑起两个耳朵,好便似风篷一般,早过了东洋大海,按落云头",充分说明飞行是靠风力的。

这么说来,御六气跟原来的御风而行没多大差别,实际上八戒这是顺风飞,正好依靠风力,如果不顺风,或者没有风,他该怎样呢?按说列子御风的方法肯定是有用的,但伟大的导师既然要求不要依靠一种动力,大家就开始寻找各种新的"能源"。

最早大家想到的法子应该是从善于奔跑的动物身上借力,例如将马的蹄子截下来安装到人的身上。《山海经》上说有个钉灵国,这里的人膝盖以下都是毛,长着马蹄,善于奔跑。这里的人大概是最早的实验者,似乎还成功了,但是通过这样的外科手术将人和动物"嫁接"在一起,未免太粗暴了,这还不如长出翅膀飞呢,于是这种方法被淘汰了。到了三国时,《三国志》里说钉灵国的人嘴里的声音如同大雁,完全的野蛮化了。

不过先行者的这种试验并非完全没有意义,不过从另一方面提供了一种思路,如果可以将马的奔腾能力提炼出来浓缩到细小的介质,例如毛发,安装到人类身上,即插即用,赋予人类奔跑的力量。这种技术很快就成功了,这就是传说中的飞毛腿,许多小说里都写这么一种人,生下来腿上或者脚心长着长毛,靠着长毛就能日行八百什么的——他们就是神仙的实验品。实验成功后,既然可以把马的力量浓缩了,也可以将鸟儿的力量浓缩了,这样不就赋予飞行的能力了吗?《说唐三传》里写有个人叫马畅,他腿上长着两根飞毛,把毛一扯,就可以飞到天上。后来真正将这项技术充分利用的是观音菩萨,《西游记》里他赋予孙悟空的那三根救命毫毛就浓缩了许多神奇的特性——这已经不单单是为了寻找驱动力了。

因为这时候大家发现了新的动力:金木水火土。这是道家的元素周期表,基本上可以概括构成宇宙的一切了,很符合庄子提出的利用万物理念。怎么利用这五种交通工具呢?对应的是五种运动方式,分别是金遁、木遁、水遁、火遁、土遁。遁有两种含义,一是跑,二是隐形。也就是可以借助这五种元素实现逃跑和隐形的功能。《后汉书》上说解奴辜、张貂"皆能隐沦,出入不由门户",《五杂俎》上解释说这都是五行遁术,还说了修炼这种法术要在空山无人的地方修炼四十九天——看来这种法术门槛也不高,所以许多人都会。作者还举了几个例子,有个叫冷谦的,到金库去偷钱,结果被人抓住了,他提了一个要求,要喝水,别人为他拿来水瓶,他跳到瓶子里就不见了,这就是水遁术,利用水逃跑了(不知道情急之下尿尿是否管用)。正德年间有个老头被坏人抓住,他拿起一块土就不见了,这就是土遁术。

《封神演义》中的神仙们随时都在用遁术。第五十三回,绝龙岭上,闻仲就说:"离地之精人人会遁,火中之术,个个皆能。"可见这种交通方式是非常流行的。所以第九十五回姜子牙带兵打到朝歌城下，一时难以攻下，众人就说："我等各遁进城，里应外合，一举成功，又何必与他较胜负于城下哉？"

这五种遁术中又以土遁应用最为广泛，因为土到处都有，随时可用。《封神演义》里的各位神仙大部分都是在用土遁，其他遁术使用较少。必须要加以说明的是，土遁不是钻到土里去，而是飞到天上去，例如在第九十六回里，杨戬对雷震子说："三妖此时料纣王已不济事，必定从宫中逃出，吾等借土遁站在空中等他，看他从何处逃走。"

钻到土里去的也不是没有，但那不叫土遁，而叫地行术，《封神演义》里土行孙和张奎擅长这个。张奎日行一千五百里，土行孙日行一千里。但是如果他们这不叫土遁，那他们的动力来源是什么呢？

这是一种更高端更清洁的能源：法力。其实提炼动物的能量浓缩到一根毛发上以及五行遁术，同样依靠的也是法力，大家在应用过程中估计也会想到，反正都是运用法术，那么是否可以直接利用法力呢——这就跟货币的发明一样，大家发现使用金银作为通货不过是一种符号，那么是否可以舍弃金银直接用一种符号呢？于是纸币就诞生了，而所谓纸币不也是一种符咒吗？写上一种咒语（数字），就迷惑众生颠倒，这是道家符咒的最高利用境界。

这种新的技术就跟纸币一样，也是利用一张纸，写上咒语，例如写上一匹马就可以当马用了，如此轻便高效，在法术世界里迅速得到应用，最初的成品应该是《水浒传》上戴宗的神行甲马。书里写他启用法术又要烧纸，又要画甲马的，这是对符的利用——我只做介绍，其中运作原理我就不懂了。

道家的符咒技术就如同一个操作系统（佛家估计是另外一个操作系统，如同安卓和苹果），大家可以在这上面开发各种应用，戴宗这个只是一个最简单的应用，各路大神们对法术飞行的应用可就多了去了。

例如孙悟空的师傅菩提老祖就是一个全面掌握这种技术的大神，他一定研制了各种APP，单就出行的动力而言，筋斗云只是其中一种。他在传给孙悟空之前，先让孙悟空表演了一下，孙悟空"将身一耸，打了个连扯跟头，跳离地有五六丈，踏云霞去勾有顿饭之时，返复不上三里远近"。一顿饭工夫也就三里多地，他还处在朴素的飞行阶段，估计主要依靠风力。菩提老祖说："我才见你去，连扯方才跳上。我今只就你这个势，传你个'筋斗云'罢。"——听这口气，显然菩提老祖手中掌握的飞行技术远远不止这一种，但就这一种本领，一个跟头就十万八千里，瞬时加速这么厉害（人体在这种速度下估计会被撕成碎片，筋斗云有风险，学习应谨慎），这该有多大的驱动力啊，所以孙悟空上天入地纵横捭阖所向无敌。

孙悟空第一次接受招安，跟随太白金星上天的时候，孙悟空就嫌金星的云慢，自己一个人先飞过去了，看来这驾云就如同开车一样，主要看发动机怎样，显然太白金星的排量太小了。不过再好的技术，在身体条件不好的情况下，也无法驾云，《西游记》第四十一回里孙悟空被红孩儿的三昧真火所伤，他就说"奈何我皮肉酸麻，腰膝疼痛，驾不起筋斗云"。这说明法力也是力，飞行如同人类的步行，也是一件很累的事情，所以有的神仙就想能不能寻找一个"代飞"的工具，于是坐骑时代就来临了。

龙凤麟：大神的奥迪轿车

第一个被选用的坐骑就是龙了。《大戴礼记》上说黄帝"乘龙扆云"、颛顼"乘龙而至四海"、帝喾"春夏乘龙，秋冬乘马"。韩非子就说"夫龙之为虫也，可扰狎而骑也"，《左传》上说舜就有龙，还专门设置豢龙氏来管理这些"牲口"，说明龙在这个时候还只是大家偶尔的骑乘，并不怎么当回事，更有甚者，还把龙当成一道料理。夏朝的时候，孔甲得到了两条龙，也想找豢龙氏，但这个工作听起来高冷，实际就业很难（社会需求少），找了半天，有人推荐了一个叫刘累的，据说他们家祖先跟豢龙氏学过养龙，但实际这家伙是个厨师，养着养着把龙养死了，做成肉酱送给孔甲吃了。孔甲吃了之后，大感美味，还派人找刘累接着供奉，看来这龙跟猪没什么区别。

但这事到了太史公嘴里就不是这么回事了，《史记》说这两条龙没有被吃，而是觉得孔甲不靠谱，飞走了。为什么会发生这么大的变化呢？估计是司马迁经过考证，发现这些龙来到帝王身边，并不单单供他们骑乘的，而是用来带他们上天的。黄帝就是一个例子，黄帝在铸鼎的工作现场被一条龙接到天上去了，黄帝的小弟们当时纷纷攀附在龙身上要跟着一起走，结果好多人都掉了下来，通过这个事情，太史公认为当时龙来到这些帝王身边，就是为了有朝一日带他们上天，舜是这样，孔甲也是这样，后来两条龙发现孔甲这个家伙太差劲，干脆辞职走了。

根据这个，司马迁说"天用莫如龙，地用莫如马"——天上的龙跟地上的马一个级别，这说明神仙们已经从无意识地乘龙到有意识的驾驭了。所以天上的神仙们看谁顺眼，就会派一条龙下来把他接到天上去，各类神仙传记里这样的人数不胜数。

但是派一条龙过来动静太大，刮风、下雨，龙又长得张牙舞爪，如果没有心理准备，很容易吓着人。例如著名的叶公好龙的故事，叶公那么崇拜龙，大概就是梦想着乘龙升天，在家里到处都画着龙，用的东西上也雕刻龙，结果真龙一下来，吓得神魂颠倒，这次接人的任务失败了。

所以龙在人间必须采取低调的方式，幻化成一个人民群众喜闻乐见的形象，这就是为什么《西游记》里的小白龙要变成一匹马，而不是以龙的形态驮人，主要就是因为龙出门太扰民，太费事，太容易引起关注，要是骑着一条龙，估计妖怪们八百里之外就能知道唐僧来了，八十一难就要变成八百一十难了。再说小白龙是犯了罪，戴罪之身只能躬下身躯给人当坐骑，难不成要变成龙接受膜拜吗？《传奇》里有个许栖岩的故事，他买了一匹瘦马，本来希望好好养胖的，结果这马越吃越瘦，后来他掉到悬崖里，遇见了一个神仙，这神仙就说这马是他家的龙，因为发脾气毁坏庄稼，于是才罚它当了马——看来罚龙作马是佛道两家神仙常用的做法。

后来神仙们派龙接人上天，也采取低调的方式，让龙变化成各种其他形状，例如《神仙传·壶公》的故事里，费长房跟着壶公学道，回来的时候，壶公送给他一根竹杖，费长房像女巫骑扫帚一样飞回了家，到家下来，才发现那竹杖是一条龙。显然壶公是怕龙飞过来扰民，才将龙伪装成一根棍子。

费长房的特点是用一下就还了，但万一龙在这个人的身边要停留多点时间,这个人老是拎着根棍子走来走去,看起来很怪怪的,搞不好要被当成乞丐。所以有的龙就伪装成活物,佛教里的龙变成马驮着取经人,道家的龙却喜欢变成狗。《惊听录》上有个韦老师的故事,这位"老师"不光教学生修仙,他身边常年带着一条黄狗,要了东西就给狗吃,这一天韦老师到一个庙里要饭(一个道士为什么要去和尚庙里要饭呢?),和尚们讨厌这个吃白食的,何况他还来自竞争对手公司的,所以很不情愿地给了一碗剩饭,结果韦老师竟然把饭都给了狗吃。这下和尚们生气了,就想揍他,韦老师带着狗出去,在门前小溪里洗了洗,结果这狗变成了一条龙,韦老师坐到龙身上飞走了,这些和尚吓得目瞪口呆——显然这个韦老师是修成正果后到对手家里炫耀的——你吹嘘你家唐僧的马是龙变的,我们这里狗都是龙变的。

  为什么龙要变化成狗呢?我以为主要是因为道士的导师老子说过,"天地不仁以万物为刍狗",这个刍狗就是稻草编制的狗,是用来祭祀的,自然就有了神力。《女仙传·酒母》的故事里就有个人拿两个刍狗变成了龙,故事的主角酒母是个卖酒的妇女,遇见一个叫于老的人,这人看起来也就五十岁,但自称好几百岁了,酒母对他非常尊敬。一天晚上,这于老拿着两个稻草编的狗过来说:"跟我一起到天上上班吧。"两个草狗就变成了龙,两人骑上,飞纵而去,从此快乐地生活在一起。据说他们落脚华阴山上,经常满山大喊:"酒母于老在此。"——这两个神仙真够没出息的,听起来像是一个老骗子诱拐妇女的故事。

要说真正骑龙谈恋爱有范儿的,非萧史莫属。萧史是春秋时期的人,人长得帅,还热爱音乐,喜欢吹箫。秦穆公的女儿弄玉也喜欢吹箫,秦穆公就将弄玉嫁给萧史,萧史教弄玉吹凤凰的鸣叫声,竟然真的引来了凤凰。最后有一天,萧史乘龙,弄玉骑凤就升天而去了。

看看人家这夫妻俩,把白日飞升弄得充满了艺术气息,最关键的是萧史有乘龙的本领,却教妻子乘坐另一个交通工具凤。想必萧史在教妻子之前,把各种交通工具都摆在她面前,弄玉肯定一眼就看上了凤,首先因为凤的色彩斑斓,姿态优雅,很符合女性的审美观点,其次凤还特别爱干净,李白写诗夸奖凤凰"凤饥不啄粟,所食唯琅玕",凤凰只吃玉石,这也让爱干净的女士喜欢。所以《封神演义》里女娲娘娘的坐骑就是青鸾,也就是一只绿色的凤凰。

正因为此,天宫看上哪个凡间女子,想要让她成仙,就会派凤凰来迎接,但跟龙一样,凤出门的动静也大,有些没见过世面的女子估计也得吓着,于是也采取女子喜闻乐见的形式。例如《仙传拾遗·蔡女仙》的故事,襄阳的小蔡姑娘善于刺绣,被神仙看上了(估计接她到天上当纺织女工,就跟织女一样),天上就派了一个老神仙来迎接她,老神仙没有直接带着一只凤凰过来,而是到她家里下了个订单,让小蔡姑娘绣两只凤凰,要求凤凰不绣眼睛。绣成之后,五彩焕发,老神仙来了,在他指示下把眼睛绣上去,这两只凤立刻就飞动起来,老神仙和小蔡姑娘一起飞升而去。这个故事明显因袭"画龙点睛",但不能算抄袭,龙可以点目起飞,凤为什么就不可以呢?

这说明在坐骑的选择上,神仙并没有单纯依靠龙,而是将更多神兽纳入了交通工具范畴。除了龙凤,神仙中间最流行的坐骑就是麒麟了,这不但是神兽,还是瑞兽,孔老夫子据说就是感麟而生,后来因在鲁国打猎逮到麒麟而封笔,麒麟贯穿老夫子一生,他老人家就是麒麟一样的祥瑞。为什么麒麟会贯穿老夫子一生呢?大概因为他是殷商人后裔——《史记》上记载,孔子临死前七天对子贡亲口说的,他是殷商人的后代。那殷商人和麒麟又有什么关系呢?下面我就要胡说了。

因为商纣王太师闻仲的坐骑就是一只麒麟——墨麒麟,这是《封神演义》记载,闻太师对商朝忠心耿耿,麒麟自然也是商朝的守护神,后来墨麒麟被雷震子一棍打死,闻太师也殒命绝龙岭,闻太师死后被封为"九天应元雷声普化天尊",他那只麒麟肯定也一并被封"九天应元雷声普化天尊的坐骑"——虽然是坐骑,但也是神仙啊,孔老夫子出生的时候送信的那只麒麟,没准就是闻太师那只麒麟(本人姑妄言之,切勿轻信)。

《封神演义》里的黄天化也骑着一只麒麟,只是颜色不同,黄天化这只被称为玉麒麟,肯定是白色的。一只通体雪白的麒麟,听起来就很拉风,正所谓"白玉麒麟,见之可爱"——《宋江等三十六人赞》里就是这么夸卢俊义的,卢俊义取玉麒麟这么一个绰号,大概就是梦想自己成为一只拉风的神兽,以供明主驱使。

正因为麒麟这么可爱,许多神仙就非常偏爱这种神兽。《续玄怪录》上写过一个《麒麟客》,这位神仙的坐骑就是麒麟。他在天庭犯了错误,在人间张茂实家里劳动改造五年,兢兢业业,老板张茂实很感动,要给他涨工资,他死活不答应。五年后,改造结束,为了报答老板,他牵来麒麟和老虎,让张茂实骑了老虎,他乘坐麒麟,带着张老板进行了天宫一日游。

龙凤麟是天宫最大众的三种交通工具,除此之外,还有一些小众的交通工具,一些神仙出于自己的喜好选择一些珍稀的神兽作为坐骑。例如犼,观音菩萨和慈航道人(其实慈航道人就是观音)都选择了这种神兽作为坐骑,明人陈继儒在《偃曝馀谈》中说,犼为章峨山的异兽,形如兔,两耳尖长,身形仅一尺左右。这不就是一个兔子吗,观音菩萨骑个兔子,这形象未免太不严肃了,所以清代东轩主人的《述异记》说,犼居东海,能食龙脑,勇猛异常,身形有一二丈长,形类马,有鳞鬣。长得像匹一二丈长的马,已经基本符合坐骑的标准了。但如果只像匹马还是不够,观音菩萨骑在马上跟唐僧有什么区别,太不威风了。各种神魔小说里都不采用这种形象,一般都是龙头狮身,这样才能威风凛凛。袁枚在《续子不语》里说犼是僵尸变来的,僵尸先变为旱魃,再变就是犼,能和龙斗,一般神仙驾驭不住它,所以菩萨把它当坐骑来镇压、看管。但是观音还没看管住,这家伙在《西游记》下凡劫掠朱紫国王的金圣宫娘娘,虽然三年没能摸过娘娘手一下,却依然痴情——估计是被菩萨感化了。

还有一种神兽名为金睛兽,也许这种神兽眼睛能放金光吧,《封神演义》里许多神仙都骑它,周武王这边的郑伦、崇黑虎,纣王这边的余化、陈奇都骑着这种动物。《西游记》里的牛魔王也有一匹,不同的是《封神演义》众神全称是火眼金睛兽,牛魔王这匹叫避水金睛兽,没了火眼,所以孙悟空变成牛魔王的样子,它也看不出来,傻乎乎地帮孙悟空做了骗扇子的帮凶。

牛魔王的真身是一头大白牛,最后被哪吒用缚妖索穿在鼻子里降服——说到底他还是难脱牛的本性。一头牛能有这样的本领,如果能用作坐骑,比任何神兽都不差。所以神仙们在选用坐骑的范围上,没有局限在天宫,而是将目光投向到了人间。一方面因为天上的神兽资源毕竟是有限的,满足不了神仙多样化的需求,特别是一些神仙经常到人间出差,骑着个神兽难免太过于招摇了,还有一些神仙,即便不到人间出差,他们性格内向不想骑着这种张扬的动物,所以就有了下面这一篇。

《神仙感遇传》里,一个女仙嫁给凡人张镐,时日久了,张镐的冷淡令她失望,就要求张镐为她买一斗鲤鱼脂,倒入井中,自己也跳了进去,最后,骑着一条鲤鱼升天而去。

且放白鹿青崖间
——神仙对人间动物的利用

人间对神兽充满了敬意,例如孔子出生的时候麒麟显身庆祝一下,搞得好像很隆重一样,楚国的狂人接舆说孔子"凤兮凤兮,何德之衰",虽然是嘲笑的口气,但还是把孔子比作凤凰。但老夫子从不以这些神兽自居,他对麒麟完全是怜悯的态度。《孔丛子》上说鲁哀公当权的时候打猎打到一只麒麟,谁都不认识,认为是个不祥之物,就把它扔到了大街上,暂有告诉孔子,孔子一见就号啕大哭,还作了一首诗"唐虞世兮麟凤游,今非其时来何求,麟兮麟兮我心忧",这跟尼采在都灵街头见到老马被主人鞭打而抱马痛哭是一个意思——神兽在这里就等同于尼采那匹马,都是哲人宣泄的工具。孔子真正喜欢自比的是狗,而且还是丧家之犬,《论语》里说,孔子和弟子在郑国走散,有人向子贡描述了孔子的长相,最后说:"那个人是不是像一条丧家狗呀?"子贡将这句话学给老师,老师笑了:"我就是一条丧家之犬。"

孔子不喜欢以神兽自居,却喜欢将别人比作神兽,例如孔子当年听完老子讲课,发了一通感叹:"鸟,吾知其能飞;鱼,吾知其能游;兽,吾知其能走。走者可以为罔,游者可以为纶,飞者可以为矰。至于龙,吾不能知,其乘风云而上天。吾今日见老子,其犹龙邪!"——鸟能飞,鱼能游,兽能跑,抓能跑的用网,抓能游的用钓,抓能飞的用箭。但是龙乘风云上天,我就不知道该怎么办了,老子就是一条龙——我觉得潜台词就是没听懂李老师的课吧。不过孔子就是孔子,把这么一件事说得这么好听,犹龙成了从此成了李老师的代号。

但老子后来成为太上老君,他根本就瞧不上龙,他最喜欢的动物还是自己那头青牛,他过函谷,西去化胡,就是乘坐这头牛。虽然是只是一头牛,但是老子将这头牛训练得上天入地无所不能,《封神演义》里老子就是骑着这头牛飞来飞去的,到了《西游记》里,老子这头牛已经偷偷下凡想吃唐僧肉,把孙悟空、托塔李天王父子、火德星君、水德星君乃至十八罗汉都打败了,甚至如来佛祖看破都不敢说破,岂是区区一条当苦力的龙所能比的(实际上十八罗汉里就是降龙和伏虎两个罗汉，这两个罗汉都不是对手，牛超过龙何止百倍）。

可以说是老子开创了对人间动物利用的极致，除了牛之外，还有人说他骑马，例如公元620年（就是唐朝的武德三年）的农历五月，就有人在羊角山看见一个老头，骑着一匹红鬃白马说："转告唐天子，我是他的老祖宗，今年平定天下，享国千年。"这是《唐会要》里说的，老子居然不骑牛了，改骑一匹马，还放出一个预言，预言还不准，唐朝一共也就三百年，离他说的一千年还远着呢，显然是李渊他们家吹牛。李渊却很认真，追封老子为玄元皇帝。后来到了唐明皇的时候，老子再次降临人间，清朝的《蜀都碎事》上说唐明皇当年被安禄山逼到四川，在山里遇见了老子，不过这时候老子不骑马了，而是骑着一头驴，告诉李隆基坚定信心，一定能灭掉安禄山。唐明皇激动不已，封老子的这头驴为"白卫公"。——他不想想老子的坐骑为什么从马变成了驴，自己的这位老祖先是否经济紧张呢？

甚至还有的说见老子骑的是羊，《太平御览》搜集的资料说老子过函谷关，为尹喜写《道德经》，临走的时候说："一千天后，来成都青羊肆找我。"后来老子骑着一只羊飘然而降——这个地方后来就建立了一座青羊宫，现在香火也很旺。但是在欧阳修的《升天桧》一诗里写老子："青牛西出关，老聃始著五千言；白鹿去升天，尔来忽已三千年。"就是说老子虽然出关乘坐的是牛，但升天的时候却是乘坐白鹿。

牛、马、驴、羊、鹿,这一会老子整出五种坐骑来,老子到底乘坐的什么呢?要我说都有可能,太上老君这么大本领,已经不依靠坐骑来显威风了,相反任何平凡无奇的牲畜到了他手里都能成为神兽,正所谓"只要感情有,喝啥都是酒,只要本领高,骑啥都能飘"。

在老子的带领下,各路大神对人间的动物进行了全面的坐骑开发,海陆空无所不有,下面我就分别做以介绍。

| 鹤鸣九皋 |

神仙选择人间动物作为坐骑,除了老子那种绝顶高手外,其他小神首先看上的应该是飞禽。因为神仙最早就长得跟鸟一样,浑身上下长满羽毛,现在选择飞行工具首先看到的就是鸟。例如三仙岛的琼霄娘娘坐骑是鸿鹄,碧霄娘娘是花翎鸟——按照现在的说法鸿鹄就是大雁,而花翎鸟我觉得应该是孔雀,清朝的顶戴花翎不就是孔雀羽毛吗?这只鸟为什么不直接叫孔雀呢,是因为孔宣的光芒太强大了,同样作为一只孔雀,孔宣打杨戬败哪吒,姜子牙都挂起了免战牌,最后来自西方的准提道人将孔宣收服,用丝绦系住他脖子,骑在他身上就飞走了,显然孔雀成了他的坐骑。

孔雀虽然这么厉害，但是神仙最中意的飞禽却不是孔雀，而是鹤。《诗经》上说"鹤鸣九皋，声闻于天"，听起来就充满了仙气，《相鹤经》上说鹤这种鸟生下来后十六年小变，六十年大变，一千六百年才最终定型，变成白色。还说这鸟二年落胎毛，三年头变红，七年后就能飞到云中，再七年学跳舞……一千六百年后饮而不食——这哪里是鸟，分明就是个修仙者嘛。

所以这种鸟深受神仙们的喜欢，养在自己身边当宠物，跟他一起修仙得道，出门还能当坐骑，多么惬意。而且鹤这种鸟儿不比龙凤，龙凤一旦出动闹得沸沸扬扬，鹤这种鸟儿看起来就很安静，飞起来也很优雅，很符合一些性格内敛的神仙需要。

第一个骑鹤的神仙应该是王子乔，《列仙传》上说王子乔是周灵王的太子，跟着一个道士浮丘公修仙，三十年没有回家，家里人出来找他，他对家人说："七月七日在缑氏山可以见到我。"到了这天，人们果然看见王子乔骑着一只白鹤站在山头，频频向大家示意，几天之后就骑着仙鹤飞走了。

从王子乔以后，仙鹤也成为接人上天的重要交通工具。《神仙感遇传》上桓闿就是这样被接走的，桓闿跟着陶先生学习道术，在陶家打扫卫生，有一天，两个青衣童子驾着白鹤落到陶家，老陶还以为是来接他的，结果竟然把他们家扫地的接走了，他赶快更换学习方法。

这还只是一个打扫卫生的，如果是份量比较重的神仙，天庭就会派出仙鹤仪仗队，《仙传拾遗》上叶法善临死前就有几百只云鹤列队而来，迎接他归天。

叶法善其实也不算啥，最牛的当属骑鹤飞升之后还留下一个景点，几千年后还能让子孙发展旅游经济，这自然是黄鹤楼。崔浩的名诗"昔人已乘黄鹤去，此地空余黄鹤楼"，显然说明这是某位神仙的飞升之地。但这位神仙是谁？由于驾鹤的神仙太多，以至于出现了多种说法。

有的说是三国时，后诸葛亮时期的蜀国丞相费祎，陆游在《入蜀记》里就说费祎成仙，后来经常驾着黄鹤在此休息，就取名为黄鹤楼。《南齐书》上说是子安，他跟费祎一样也是经常驾着黄鹤从这里路过休息。到了明朝大才子王世贞手里，他干脆说这个神仙叫费文祎，字子安，将两个人糅合创造了出了第三个人。说费文祎路过江夏的辛家酒馆，天天白吃白喝，为了报答老板，他就在墙上用橘子皮画了一只鹤（由于是橘子皮，画出来的鹤呈黄色）。这只鹤在墙上蹁跹起舞，这在没有电视的年代可是奇景啊，一下子吸引过来大批游客，辛家酒馆的生意顿时好了。十年之后辛家已经成为当地巨富，这个神仙又来了，拿出笛子一吹，那黄鹤就从墙上跳下来，神仙骑上就走了，辛家就在此建立一座黄鹤楼。这个故事在《东游记》完全重复了一遍，不过主角变成了吕洞宾。

一座黄鹤楼，有四个主角，到底是谁呢？要我说这都有可能，因为神仙那么爱骑鹤，在天上飞来飞去，难免就需要休息，这个地方就是神仙的驿站。正如那句著名的"腰缠十万贯，骑鹤上扬州"，扬州是群鹤聚集之所，而神仙们的休憩驿站就是这座黄鹤楼了。

不过王世贞编的故事里把为什么是黄鹤解释成系橘子皮所画，这点有些俗气，其实《述异记》早就说了："鹤五百年而红，五百年而黄，又五百年始苍，又五百年而白。"这只鹤之所以是黄色，很显然是因为他才一千岁，还比较年轻。

但一只鹤动辄几千岁，难道不能修炼成人形吗？当然能！不过修炼成人形又怎样，还是当坐骑，除了当坐骑还能当杂役。《神仙传》有个成仙公的故事，成仙公在成仙之前名叫成武丁，是县政府的一个公务员，有一天被派去出差，回来的时候过长沙郡，没来得及进招待所，就在野外树下睡着了，半夜里听到树上有人说话："明天去长沙买药。"第二天早上去看，就见这树上居然是两只白鹤。成武丁立刻明白这是神仙的杂役，偷偷跟着，就见这两只鹤变成两个打伞的人。他招呼二人，请客吃饭，两个鹤人吃完问他要干什么，他就说要成仙，鹤人拿出一本书查了查，确定神仙户口簿上有成武丁，就送了他一粒仙丹，从此成武丁就叫成仙公了。

细读这个故事会发现，成仙公是否成仙，跟鹤的仙丹没有啥关系，因为成公仆的名字本来就在户口簿上，仙鹤不过是奉命来送药罢了，这说明鹤是某位神仙的家仆，被派到人间来促使成武丁成仙，不过这次他们的使命不是当坐骑，而是当快递员。

鹤在神仙界如此受欢迎，以至于人间的鹤都供不应求，有的人竟然打起这方面的生意，训练人变成鹤来满足仙界的需求。《子虚录》里讲了一个故事（这本书我没看过，这个故事是从骑桶人文章《鹤》看来的），说有个人叫白雎，爱好修道成仙，跟着鹤川道人学习。每年天上都有一个骄傲的神仙下来，从众弟子中点一个人，师父就会给他一颗仙丹，这个人就会变成白鹤，白日飞升。这一年终于点上了白雎，他激动不已，吞食仙丹之后变成白鹤，急忙飞到天宫，却发现自己还是一只白鹤，有个神仙当了他的主人，主人每次出门，就骑着他。他还发现当年的师兄弟都是仙鹤，这才明白原来师父鹤川道人搞的是仙鹤出口生意，自己不过是当成一只鹤卖到了天宫。他不甘心当坐骑，飞回人间，要求师父收回仙丹，让他重新做人，师父把仙丹收回后就把他扔到一个累累白骨的山洞里了。

这个故事解释了一个残忍的真相，别以为鹤就是自由自在的，实际上，"子非鹤，安知鹤之乐？"鹤也不甘心当坐骑的。如果有个坐骑劳动者协会，他们也一定会向玉帝抗议，要求八小时工作制，这方面考虑最周到的要属南极仙翁了，他有一只鹤当坐骑，另外还养了一只鹿，两种坐骑轮流使用，充分考虑了他们的休息时间，都不骑的时候，就让他们看家护院。《白蛇传》上白娘子和小青盗仙草的时候，就是他们俩拦阻的。

后来南极仙翁的这只鹿在《西游记》里还跑到比丘国吞食了千百个小孩心肝，跟孙悟空大战一场，将要被剿灭时，被南极仙翁赶来领了回去，做了这么大恶，没收到任何惩处，只因为这鹿跟鹤一样都是神仙最爱的坐骑——是陆地上神仙选用坐骑的代表。

| 呦呦鹿鸣 |

《山海经》上说马成之山有一种叫天马的动物，长得像条白狗却是黑头，看见人就飞，郭璞注解说这种动物还长着一对翅膀，这不就是一条会飞的狗吗？为什么叫做天马呢？我以为主要是神仙经常把这种动物当马骑，神仙们骑着来往人间，从天而降，所以大家为这种动物取名为天马。

但是神仙们老是骑个狗太不好看了，后来神仙们发现只要自己赋予动物法力，没有翅膀的家伙也可以飞行，于是神仙们就开始训练真的马匹，这应该是一个漫长的过程，中间想必有不少失败的产品，如有一种神兽叫"乘黄"，《博物志》上说这种动物长得像个狐狸，骑上它，寿命可以延长到三千岁。我觉得这是神仙在训练马这个物种的过程中出现的变异，结果这种动物只是跑得快，还能延长人类的寿命，这两项技能都是神仙所不需要的，而且吧，这动物的模样从狗变成狐狸，形象越来越差，所以就放弃了。但对人类来说如获至宝，称为神马，有个成语叫飞黄腾达，这飞黄就是乘黄——人们就想象自己骑上这种天马飞越直上。

经过艰苦卓绝的实验神仙们终于培养出了天马，就是能在天上飞的马，玉皇大帝非常高兴，专门设立了御马监，作为天宫坐骑的一种。但是马这种交通工具太普通了，而神仙们都爱标新立异，所以这种在人间流行的代步工具在仙界使用得较少。各种笔记故事里，骑马的神仙少之又少，《封神演义》倒有几个神仙骑乘，但本领都不太出彩，如玉清道人的坐骑就是一匹天马，能够腾空飞行，罗宣的赤烟驹能放烟火，这在冷兵器时代可是难得，但也没啥了不起的，在李靖的黄金宝塔面前不堪一击。

姜子牙的坐骑本来是青鬃马，大概就是看到了骑这种平凡的东西没多大出息，元始天尊才将自己的坐骑四不像送给了姜子牙，让姜子牙如虎添翼——其实如虎添翼这个成语本身就是形容一种坐骑：虎。赵公明的坐骑就是一只黑虎，《封神演义》上说他出山参加十绝阵，走到半路，遇见一只猛虎，书中详细描写了他收服老虎的过程，"将二指伏虎在地,用丝绦套住虎项,跨在虎背上,把虎头一拍,用符一道,画在虎项上;那虎四足就起风云,霎时间来到成汤营辕门。"一只平凡的老虎,经他一道符咒赋予法力立刻就能腾云驾雾,这不就是飞虎吗?这个骑起来可比马威风多了。

赵公明骑的是一只黑虎,姜子牙的师弟申公豹名字叫豹却骑着一只白虎,倒是金光圣母骑着一只五点斑豹驹,来自九龙岛的高友乾也骑着一只花斑豹。有趣的是,申公豹不骑豹子,黄飞虎也不乘老虎,他骑的是一头五彩神牛。黄飞虎就骑着这头牛带着家将连闯五关投奔姜尚,堪比关二爷的赤兔马了。

黄飞虎这牛叫五彩神牛,身上想必色彩灿烂,十分耀眼,跟老子的坐骑青牛比起来未免太过招摇了,这说明本事越大,坐骑也就越低调。我们前面说老子曾经骑着他的驴——白卫公来见唐明皇,为什么老子要骑驴呢,我觉得就是因为老子发现自己的牛太有名了,成了自己形象的象征,于是就要不时换换坐骑。但他没有想到,他身为道家第一人,一举一动都为万世师,你骑驴,各路神仙也纷纷骑驴,其中最著名的要属张果老,这老头的驴可以说是出神入化,能够从二维到三维的随意转换,据说平常薄如纸张,就叠起来放在怀里,用的时候拿出来用水一喷就变成了一头驴——从科幻小说《三体》的角度来看,他有一块二向箔,而且还是可逆的。

老子还骑过羊,因此各路神仙也都纷纷跟风,老子骑的是青羊。《搜神记》上说介琰的师傅叫白羊宫,想必骑乘的是白羊。一度骑羊成了神仙的代名词,李白就有诗云:"倘逢骑羊子,携手凌白日。"他梦想着遇见骑羊的神仙,手牵着手白日飞升。甚至骑羊神仙比骑鹤的神仙都还厉害,骑鹤的还只是创立了黄鹤楼这一个景点,但骑羊的神仙却创造了一座大城市:羊城广州——据说就是因为五个骑羊的神仙来到这里而得名。

但有趣的是,老子还骑白马给唐高祖传过话呢,神仙们学这一点的却非常少,看来马真的不受神仙们喜欢,这也说明为什么孙悟空当弼马温没前途,神仙们对这种坐骑根本就不感冒,你这个工作压根就不会受到重视。

孙悟空要想有前途,最好能调到"控鹤监",我们前面说了神仙对鹤是多么喜欢,不过这个地方已经有人了,武则天当年就安排她的两个面首张昌宗、张易之主管这个地方,那可是红极一时。不过尚未听说"御鹿监",能到此担任个"弼鹿温"一定比"弼马温"有前途。因为神仙实在太爱鹿了。

这一点从元始天尊送给姜子牙的坐骑就可以看出来,这四不像就是麋鹿啊,而且不光正面人物喜欢鹿,反面人物也喜欢。《封神演义》中妲己让纣王修建高台以吸引神仙,这台就取名为鹿台,这么高的台子之所以要以鹿命名，就是因为神仙喜欢鹿。不过神仙对鹿最早的利用方式是吃，《搜神记》上管辂为给颜超续命，让他准备清酒鹿肉请南斗神君和北斗神君吃了一顿，延长寿命到九十年。一斤鹿肉换来数十年寿命，这神仙该有多喜欢吃鹿肉。《神仙传》上说葛玄善于法术，他刺树取汁，饮用如同美酒，又"取土石草木以下酒，入口皆是鹿脯。"——拿土石草木变什么不好，却要变成鹿肉，也可见神仙多么爱这口。

神仙为什么爱吃鹿肉呢，因为鹿跟鹤一样都是长寿的动物。《述异记》上也说了"鹿千年化为苍，又五百年化为白，又五百年化为玄"——跟鹤差不多，作者真是够了，难道就不能有点新意吗？还真有，作者还说了，拿黑鹿做肉干吃了以后能活两千年。

鹤虽然也是长寿的，但很少有人吃，吃了就会被骂没文化，如"焚琴煮鹤"，但吃鹿却有着悠久的传统，这是为什么呢？因为鹤能飞，大家一开始就把它当成交通工具，鹿是不能飞的，你长寿，正好我可以吃了延年益寿。但是大家吃着吃着，忽然发现鹿这动物既然能活好几千岁，自然也可以带着它一起修炼，修成仙后同样也可以飞，也可以作为交通工具，于是鹿就改变了被吃的命运，成了神仙的座驾。

《封神演义》中骑鹿的神仙比比皆是，例如十绝阵的十位阵主有九位是骑鹿的，可能他们都来自金鳌岛，大概这个岛上盛产各种鹿吧。

另外必须要提的是姜子牙的四不像,它原本是元始天尊的坐骑,书上说得神乎其神,按照我们现在的分类法,这动物叫麋鹿,也是鹿。

有趣的是,不光中国的神仙喜欢把鹿作为交通工具,外国的神仙也喜欢,圣诞老人就是用鹿作为交通工具的。

李白梦想自己拜访神仙就是"借予一白鹿,自挟两青龙",神仙借给他一头白鹿供他驱使,后来他在《梦游天姥吟留别》中说"且放白鹿青崖间,须行即骑访名山",这简直就是把白鹿当成了私家车,而所谓青崖间就是他的车库。这句诗可以改为"且停宝马在车库,出门就开上大路",真是洒脱自在啊。但是李白万万没有想到,神仙既没有让他乘鹤,又没让他驾鹿,而是给了他一个别人没有的坐骑——

| 骑鲸捞月 |

神仙不光住在天上,还住在海里。《列子》上说,在大海的最东面,归墟那个地方有五座山,分别是岱舆、员峤、方壶、瀛洲和蓬莱,这可以算是神仙们的别墅,但这别墅很不稳定,经常随波逐流,神仙们就奏明天帝,天帝派了十五只大鳌抬头顶住五座山,终于这五座山就稳定住了。虽然这五座山远在归墟,但是架不住龙伯国的巨人身高腿长,几步就来到山上,巨人压根就不把神仙放在眼里,人家在这里并不为求仙药，只为钓巨鳌，钓上来六只，结果岱舆和员峤两座山就漂流到了最北面，最终沉入了大海，神仙们非常惶恐，导致好几万的神仙搬家。天帝知道了此事非常生气，对龙伯国的人进行了基因改造，龙伯国的巨人越长越小，到了伏羲神农的时候他们只有十几丈高了，但从此海上的仙山也就剩下三个了。

后来秦始皇听说这个事，派徐福到海里寻找，《史记》上说徐福找了几年没有找到，对秦始皇说海上有大鲸鱼阻拦，秦始皇派了弓箭手去，果然射杀了一条大鱼，但徐福还是空手回来，这次他说我见到了神仙，神仙跟我要"人事"——这神仙跟西游记里的佛祖一个德行，都爱索贿。徐福说我带的钱不够，就问神仙想要什么，神仙说要给我五百童男五百童女，还有各种技术工人。秦始皇一听，马上满足他。但是如果徐福得到仙药为什么要带回来呢，他自己吃了多好，秦始皇就没有想过这一点，结果赔了童男童女，还一无所获。从此徐福一去不复返。

后来的李白就非常羡慕徐福，他的梦想就是去这个地方找神仙，他在诗里跟着徐福一起出门，一起战长鲸："连弩射海鱼，长鲸正崔嵬，额鼻象五岳，扬波喷云雷，鬐鬣蔽青天，何由睹蓬莱。"自然，他在诗里无数次降服了鲸鱼："手中电曳倚天剑，直斩长鲸海水开。"（《司马将军歌》）在二次元的世界里，鲸鱼是他的手下败将，当李白还活着的时候，杜甫给他一个托病弃官的朋友写诗就说："若逢李白骑鲸鱼，道甫问信今何如。"（《送孔巢父谢病归游江东，兼呈李白》）李白在好朋友的想象里就骑着鲸鱼遨游沧海了。

当李白死去，人们就为他脑补了一个画面，李白在采石江边豪饮，见得水中月美，跳下水去捞月，沉溺江中，早被他打得服服帖帖的鲸鱼游过来，驮上他，远游沧海。梅尧臣的诗里所写"采石月下闻谪仙，夜披锦袍坐钓船。醉中爱月江底悬，以手弄月身翻然。不应暴落饥蛟涎，便当骑鲸上青天。"（《采石月下赠杜甫》）李白骑着鲸鱼上天而去了，这鲸鱼是上天来接李白的一个交通工具。从此李白开创了一个新的交通工具：鲸鱼。这可是前无古人后无来者，很符合诗仙狂放的性格。

李白骑鲸虽然是首创，但在《春秋》的时候人们就注意到了鲸鱼的交通工具潜质，宋玉在《对问》里说"夫鸟则有凤，鱼则有鲸。鲸鱼朝发昆仑之虚，暴鳍於碣石，夕宿於孟诸。"把鲸鱼等同于凤凰，速度奇快，早上从西边昆仑出发，晚上就到了河南的孟诸。既然凤凰能作为交通工具，鲸鱼为什么就不能呢？

李白骑上鲸鱼在海里遨游，我猜想他做的第一件事就是拿起钓杆钓鱼，钓什么鱼呢？鳌鱼。这个可是李白一生的梦想，《唐语林》上说他去拜访宰相，自称就是海上钓鳌客，宰相惊问："你怎么钓？"李白说："用彩虹为丝，以明月为钩，以天下无义气大丈夫为饵。"

李白这是把自己比作龙伯国的巨人了。

但这鳌到底是什么呢？当年龙伯国的巨人之所以用来钓鳌鱼，《列子》上说是为了"灼其骨以数焉"——烧骨头算卦，《列子》里还说了，"天地亦物也。物有不足，故昔者女娲氏炼五色石以补其阙；断鳌之足以立四极。"女娲当年补天除了炼五色石，还用到了鳌，斩断鳌腿撑天，这鱼还有腿，两个特征结合起来，这不就是乌龟吗，不同的是，这是大乌龟，很大很大的乌龟。

从这些用处来看，乌龟在神仙界的地位非常重要，他驮着三座仙山，撑住青天，可以说几乎支撑着整个神仙的家园，它是神仙们的共同坐骑，所以别看乌龟蠢然一物，神仙们对它非常尊敬。《礼记》上把麟凤龟龙称为四灵，它以凡间动物的身份跻身在神兽中间，就是一个明证。有些神仙就选择乌龟来当坐骑，《洞冥记》上说汉朝有个叫黄安的就乘坐乌龟，他坐的这只乌龟有三尺大，龟背平整。他说这只乌龟是当年伏羲造网捞上来的，送了给我。这乌龟二千年一出头，我已经看见他露过五次头了。言外之意乌龟活得长，他比乌龟活得更长，从汉朝到现在又有两千年了，这只乌龟想必又要露头了。

乌龟走得那么慢，怎样当坐骑呢？曹操有一句诗："神龟虽寿，犹有竟时，腾蛇乘雾，终为土灰。"将神龟和腾蛇并举，其实不光腾蛇会乘雾，神龟也会。《初学记》上引过一个故事，有个叫谢糜的人出门，半道上突然遇见了大雾，雾气中就见有个人骑着一只乌龟在走，谢廌知道遇见了神仙，就想拜师。神仙说一句"你没有仙骨"就走了。显然这大雾是乌龟制造出来的，制造出来的目的就是在雾气中飞行。我们常把腾云驾雾并说，可见能驾雾就必然能腾云了——乌龟也是能飞行的。

其实乌龟能飞不是它最主要的本领，因为如果神仙寻找能飞的坐骑，多了去了，完全不用这种形象丑陋的动物。乌龟最大的用处是在水里也可以通行，毕竟空中的鹤、地上的鹿都不能在水里行走，很大程度上限制了神仙的活动范围——从这方面来说，龙还真是最好的交通工具，因为它可以海陆空航行，在海里也是百鳞之长。但是神仙们自然不满足这种单一的交通工具，他们纷纷寻找新的方式，例如牛魔王的坐骑就有避水的功能，号为避水金睛兽，下到海里饮宴毫无阻拦。但是金睛兽不是凡间之物，不能大面积推广，所以大家就开始利用乌龟。

但是李白为什么骑鲸鱼不骑乌龟呢？我觉得主要是因为乌龟形象太差，神仙们骑着完全没有那种潇洒气质，特别是后来乌龟的名声也越来越差，什么龟奴，什么绿帽子都跟它有关，完全没有了神兽的范儿。鳌鱼这种动物在大家的想象里就逐渐脱离了乌龟形象，变成了龙头鱼身的样子，《万历野获编》还说他是龙的九子之一，攀了上层关系。

《封神演义》上的乌云仙就是一只这样的鳌鱼，有个很拽的名字叫"金须鳌鱼"。胡子是金色的鳌鱼，这只鳌鱼在书里完全没有乌龟的样子，书里说它被准提道人用六根清净竹收服，被收服的时候显出原形"摇头剪尾"——这不就是鱼的样子吗？水火童子最后骑上它，带它去了西方八德池中，从此金莲为伴任逍遥。

《封神演义》里说准提道人来自西方，其实就是西方准提菩萨的化身，据我猜测，准提菩萨后来将这条鳌鱼送给了观音菩萨，后来这条鱼又偷偷下界来到人间通天河，成为灵感大王，在《西游记》里掀起一阵波澜。观音菩萨知道它最害怕的是竹子，所以顾不上梳妆编了只竹篮，把它收了。有意思的是唐僧师徒最后要过河，有只老乌龟主动承担运载任务，这只老乌龟说通天河本来是它的地盘，被灵感大王抢占了，乌龟这时候战斗力完全为零了，这只乌龟还托唐僧问佛祖什么时候能去掉背后的壳——它连算卦的本领也没有了，只能当一个傻乎乎的交通工具，最后也没当好，把唐僧师徒都给掀到了河里——冲这个大家也不会再选择它当坐骑，既然鳌鱼都成了鱼，神仙们把目光投向了鱼。

首先对鱼坐骑化利用的当然是水里的原住民：鱼人家族。不要以为这种生物只生活在西方人的想象里，咱们老祖先也多次提到了这种鱼。晋朝的崔豹在《古今注》就说："水里有一种生物，长得像人，取名为水君或者鱼伯，出门的时候乘坐马，很多鱼在前开路，人和马都长满鳞甲,如同大鲤鱼,不过人鱼耳目鼻子俱全。"——这不就是水里的人鱼家族吗?他们已经开始对鱼进行驯化,改造为坐骑了。到了清朝的时候,大家观察得更仔细了,屈大均在《广州新语》就说:"有海怪被发红面,乘鱼而往来。乘鱼者亦鱼也,谓之人鱼。人鱼雄者为海和尚,雌者为海女。"不但直接提出了人鱼概念,而且雄性取名为海和尚,雌性取名为海女,他们出门就骑鱼当马。

不过这种人鱼跟人类一样,都不过是凡间生物的一种,神仙们当然不能随便拉来一条鱼就乘坐,那样滑不溜秋的实在不方便,他们要对鱼进行基因改造,他们最初的方式就是"领鱼上岸",将鱼改造成陆地上动物的模样,使他们成为水陆两栖动物。《博物志》提到过一种牛鱼,也就是长得像牛一样的鱼;《临海异物志》上说有种鹿鱼,《岭表录异》上也提到了这种鱼,说这种鱼在大海中的一个洲里,跳出来就变成了鹿,还说有人捡到一只,头已经变成了鹿,但尾巴还是鱼,还说这种鱼腥得没法吃——废话,神仙们对鱼改造是为了骑乘,不是为了让你吃。

这种改造想必失败了,神仙们转换了思路,能否将鱼游泳的本领提炼出来,直接赋予到神仙的身上呢。《抱朴子》提到了一种丹鱼,就有这个功能。这种鱼游出来身上还能发光,取这种鱼的血抹在脚上,就可以实现凌波微步了。这样做虽然简单实用,但是毕竟过于凶残,如果这种方法流行开来,那鱼很快就会灭绝的,比如丹鱼现在就不见了,想必就是被屠戮光了。

神仙很快就放弃了这种实验,他们改用了最简单的方式,直接骑在鱼身上,第一个这么做的是战国时候的琴高。《列仙传》上说琴高是赵国人,他喜欢修道,经常在涿水里游泳,说是为了捉小龙——可见他一直在寻找一条龙作为坐骑,但是他找了好久没有找到,有一天他对弟子们说:"你们在岸边摆好祭品等着我。"说完跳入水里去了,过了一会,就见琴高骑着一条鲤鱼跳出来了,他在岸边停留一个月,供人瞻仰祭拜,然后他又跳入到水里去了。注意,他并没有上天,而是又跳到了河里,说明他驱鱼的本领还没强大到白日飞升的地步。

那琴高是怎么上天的呢?我觉得琴高是做了一个长期的投资,他在水里训练这条鱼,训练它逆流而上的本领,最后带他来到龙门。根据《太平广记》所引的《三秦记》里面记载,龙门这个地方是大禹当年开凿的,每年暮春时就有鱼逆流而上,从下往上跳,跳上的就能化为龙,每年有七十二个名额。刚登上龙门,就有云雨相随,随后天上降火烧掉尾巴就变成了龙。琴高的这条鱼就是这样变成了龙,然后他就登天了。

这么说来琴高骑的还不能算是鱼,还是龙,而且这种投资很危险,万一跳不过龙门怎么办?所以最保险的办法还是直接能够骑鱼,训练鱼飞翔的能力,那鱼到底能不能飞呢,按照我们"只要法术高,骑啥都能飘"的原理,没有什么不可能,鱼当然能飞。《三吴记》里有一个故事,有个叫王述的人,在天台山亲眼目睹了一条鱼的飞行,天台山可是神仙云集的地方,当年刘晨阮肇就是在这里撞了仙女桃花运的。这个王述没这么幸运,他就看见一个青衣人骑着一条红鲤鱼飞到天上没入云中,王述登高远望,只见大海上风起云涌,电闪雷鸣,过了一会,这个人骑着鱼又回来了。

从他的描述来看,这个人很可能是个负责海上打雷下雨的小神仙,他生活在水里,所以就用鲤鱼当个坐骑,这说明鱼不用非得成了龙才能飞。不过我认为这个神仙的坐骑可能是固定的就这一条鱼,他还算不上真正的骑鱼高手,真正的高手是随便抓一条鱼就能骑的,哪怕这条鱼已经死了,哪怕死了磨成脂粉了,都可以骑。

《神仙感遇传》中有个女神仙就有这样的本领,这个女神很低调,连名字也没留下,只因为她嫁给了一个凡人张镐,所以就称呼她为张镐妻。张镐早年在王屋山隐居,好读书好喝酒,经常拿着书到山下的一个酒馆里去。遇到女神,张镐上前搭讪,美女很大方,跟他一起饮酒,当晚分别后,张镐非常思念对方,第二天还没亮他就去了酒馆,美女已经等在那里了。美女主动告诉他:"我想嫁给你。"两人一起回了家,共同生活了十年,张镐产生了审美疲劳,每天专注于经典著作,对妻子也冷淡了,有时候还吵吵两句。美女说:"既然如此,你给我一斗鲤鱼脂吧。"张镐为她买了,美女将鱼脂倒在井里,她自己也跟着跳了下去,过了一会,骑着一条鱼飞了出来,对张镐说:"我本来打算过几年带你一起升天的,谁知道你这样,咱们就这样分手吧。"说完乘鱼升天了——这是中国历史上第一件女休男的事情吧。张镐被甩后,感觉没意思就出来当官了,说起这个事情,终身为恨。

这个不知名的女神真是骑鱼的绝顶高手,我感觉她是人鱼家族修行成仙的,所以对鱼的运用才这么娴熟。这些人到天上,也会经常怀念他们在水里的日子。《逸史》里有个故事,有张、陈二位同学,一天晚上竟然做了同一个梦,梦见自己被带到一个地方,有道士让他们题写碑石,题目叫做"苍龙溪主欧阳某撰太皇真诀"——可见这个主人公是苍龙河的主管,字写的篆书,文章中有两句"昔乘鱼车,今履瑞云"印象最深。过去乘坐鱼车,今天脚踏祥云,这是一种典型的,在交通工具上抚今追昔的态度。

但是他说乘坐鱼车,没有说乘鱼,说明神仙们在交通工具的利用上并不是单独的骑乘,也是通过其他方式加以改进,使得在乘坐上更加舒服,都做了哪些改进呢,请看下篇——

《史记·天官书》里说"斗为帝车,运于中央,临制四乡。"北斗星就是天帝的御驾。

飞轮回处无踪迹
——神仙的乘车问题

《山海经》里的神仙们动辄乘两条龙，例如"南方祝融，兽身人面，乘两龙"，又有"流沙之西，有人珥两青蛇，乘两龙，名曰夏后开"，还有"东方句芒，鸟身人面，乘两龙"。相关配图上画的这些神仙都是一脚踩着一条龙。其实这样骑龙是非常不舒服的，也是非常危险的，要求驾驶者必须要有非常高的驾驶技术和平衡能力，否则搞不好两条龙一个往左一个往右，驾驶者肯定会掉下来的。但是这些大神们为什么要这么骑呢？

我觉得主要是为了彰显自己的威风："看，我是老大，我有两条龙。"从而把自己和其他小神们区别开来，其实就是通过坐骑来刷出作为领导的存在感。这是在上古时代，比拼的还主要是力量，尽管很难，领导做到没有问题。但是到了后来，领导没有了这个本领，怎么办呢？这就要靠规矩靠礼制了。这就跟刘邦当年刚得天下一样，面对乱哄哄的功臣，彰显不出他老大的地位来，结果叔孙通为他颁布礼仪，面对在他面前一个个谨小慎微的小臣，刘邦大为感叹做皇帝的感觉真好，这就是因为他刷出了存在感。

神仙们肯定也有这么一个过程，当山海经时代过去以后，他们就开始制定规矩，例如什么级别的神仙应该乘什么样的坐骑等等，具体怎么规定，由于涉及天庭机密，我们不得而知，但是从各类笔记故事可见一斑，如《集仙录》里有个女神仙叫谢自然，当她还是个预备神仙的时候，天庭来了一群人到她家里，有人就观察到"位高者乘鸾，次乘麒麟，次乘龙"，可见天庭的规矩是多么严格，故事里天庭最高女领导金母（就是西王母，因为西方属金，所以称为金母）就是乘坐鸾鸟过来的，而谢自然本人呢，作为预备役神仙，她上天庭培训的时候是一只麒麟来迎接她，她回来的时候就派一只黄鹤过来。估计这里面也有讲究，据我猜测，天庭一定有个"公共坐骑管理处"，或者每个天庭的部门都有个"小车班"负责为神仙安排各类车辆。

说到这里，不得不提提孙悟空，他的职位是个弼马温，管理天马的，应该属于天庭小车班下面的一个分支机构，但是我们看谢自然家里那些神仙分三类，根本就没有骑马的，这说明骑马的神仙官职非常低，根本就不入流，难怪孙悟空嫌官职太小。

但是谢自然他们家观察到的景象只是上级见一个预备神仙的情形，况且这时候金母亲自骑乘牲口的，事实上，这就等于领导亲自开车，我们知道这在现实情况中非常少，过去周穆王驾着八骏去拜访西王母还带着一个司机造父呢，堂堂仙界第一女领导，怎么能没有司机呢？不过要说司机，我们还必须从神仙的车说起来。

长回八景舆

河南那片骂人爱用一个词叫"鳖孙"，这句话可是大有来头，《国语》中周景王和他的御用音乐家伶州鸠谈话，提到一句"我姬氏出自天鼋（yuán）。"鼋就是大鳖，这句话翻译成河南话大概就是"我们家都是鳖孙。"不过人家这鳖是天鳖，由此可见鳖孙在古代不是一句骂人的话。郭沫若先生考证，出自天鼋就是出自黄帝，因为黄帝号轩辕，而轩辕的写法在金文里就是天鼋。

要这么说，黄帝的名字应该叫做公孙天鼋，我脑补出来的形象就是公孙先生坐在一只乌龟上，羽扇纶巾，谈笑间蚩尤灰飞烟灭。这模样未免和伟大的中华民族始祖的形象相差太远了吧，所以很多人反对，出于民族自豪感，我觉得黄帝应该威风凛凛地站在一辆战车上，指挥若定，两边各种神奇的战车雁形排开，士卒甲明戟亮。

为什么这么强调战车，因为黄帝名字叫轩辕，从这两个字的构成看就是车子的组成部分。《楚辞·远游》里说"轩辕不可攀援兮"，汉代的王逸注解这句话就说"轩辕，黄帝号也。始作车服，天下号之为轩辕氏也"，黄帝之所以叫轩辕就因为他发明了车。

对这种论点有人怀疑，说黄帝一生发明了那么多东西，如衣服、穿井、作杵臼、作弓矢等等，为什么偏偏拿车辆来作为他一生的象征呢？当然是因为这个发明对他一生来说很重要了，在古代，车是非常重要的战争物资，你看春秋战国时候的诸侯们搞军备竞赛，首先要比的不就是有多少辆车吗？黄帝当年就靠着这项独特的军事优势打败了各个氏族。

例如黄帝在涿鹿与蚩尤大战的时候，《古今注》上说蚩尤作大雾三个月，让黄帝难辨东西，眼看就要打败仗了，生死关头，黄帝发明了一辆车，名为指南车，为将士指明方向，最终破解大雾，战胜了蚩尤。如果没有这指南车，后果可想而知，我们大概就成了蚩尤的后人。黄帝一战成名，他善于制车的名声立刻传遍了各个氏族，从此就得到了轩辕的称号。

但是黄帝这车为什么叫指南车呢？因为这车能指明南方，这不是司南吗？这可是代表中国古代高科技的，黄帝是怎么得到这项高科技呢？一般科技小说就爱瞎掰什么外星人，依我看那个太扯了，我觉得黄帝这项科技是一位神仙传给他的，这位女神叫玄女，她从天而降来到黄帝身边，将这项科技传了给黄帝——这个听起来更扯，但要扯也不是我扯的，这事记载在《黄帝内传》里。后来这位玄女前面又加了两个字"九天"，后来后面又加了两个字"娘娘"，全称为九天玄女娘娘，《墉城集仙录》里干脆就说她是黄帝的老师，是圣母元君的弟子，而圣母元君在《墉城集仙录》里被描述为太上老君的母亲（太上老君的母亲在《酉阳杂俎》被称为无上元君），这么说来九天玄女应该是太上老君的小师妹了，地位不可谓不尊。

圣母元君在葛洪的《枕中书》里被称为太元圣母（这俩人是不是一个人我没有确凿证据，但就算不是一个人，看她们的名字都叫圣母，关系也不远），葛洪说她是东王公和西王母的妈妈，要是照这么排下去，九天玄女还是东王公和西王母的小师妹，众所周知，东王公后来成了玉皇大帝。众所周知，师兄们都很宠爱小师妹的。这位小师妹估计就经常到这位大师哥的车子里来玩，而大师哥不但有车，而且这车就有指南作用。

这辆车我们都见过，《史记·天官书》里就说"斗为帝车，运于中央,临制四乡"。北斗星就是天帝的御驾,《诗经》里说"维北有斗,不可以挹酒浆"。却不知人家北斗七星哪里是什么勺子,人家是天帝的专用车。那个勺子就是天帝乘坐的地方,勺子把就是马匹牵引的地方,关于这点,汉朝人早就脑补过了。

山东武梁祠北斗帝车石刻画像
引自《金石索》

从这幅图上可以看出来,天帝的车简单大方,它的车轮全是云气,说明天帝的车在天上飞,主要还是依靠云的烘托,不需要像人间的车那样做那么大轱辘。可能这里有人疑惑,为什么天帝的车没有动物牵引呢?提这种问题的人就没有驾车的常识,过去驾车的人驾驶到达目的地后,都会把马匹卸下,让马歇息一下。天帝也是如此,没看到天帝正在接受朝拜吗,他是驻车在此,驾车的牲口肯定是早就解开了,旁边飞翔的龙估计就是他的牲口。

可是谢自然那个故事里不是说,第三等的神仙才乘龙吗?为什么天帝作为天庭一把手,还要乘坐龙呢。必须要注意的是,前面说的是直接骑乘的标准，况且是女神的骑乘标准，不能作为唯一的标准。神仙们在乘车的时候标准就不一样了。

《神仙传》里说有个医生沈羲经常救济百姓，有一天出门在道路上碰见仨人，一个乘坐鹿车，一个乘坐龙车，一个乘坐虎车，后面跟着十几个跟班的。这些人告诉沈羲我们是来接你上天的，那个坐鹿车的是侍郎薄延之，乘坐青龙车的是度世君司马生，乘坐白虎车的是迎使者徐福。从三个人的官名来看，那个度世君应该官最大，所以他乘坐龙车，迎使者徐福次之，他乘坐虎车，至于侍郎应该是官最小的，所以他乘坐了一个最低调的鹿车。这里的大领导也是乘坐龙车，充分说明驾车的标准和直接骑乘的标准是不一样的。

在驾车的时候，可能龙才是大领导最喜欢的牲口，例如最著名的太阳母亲羲和，她不但经常带着她的十个太阳一起洗澡，还每天开车拉着他们在天上从东走到西。她最早开的车，据《淮南子》上面说"（日）至于悲泉，爰（yuán）止其女，爰息其马，是谓县车，至于虞渊，是谓黄昏。"就是说到了悲泉这个地方就歇息她的马。说明这时候她驾驶的是马车，但是这句话在《初学记》就被引为"爰止羲和，爰息六螭，是谓悬车"，许慎注解说"日乘车，驾以六龙，羲和御之"，羲和开的车变成了龙车。这说明在大家的想象里，龙车才够威风，才能驮着十个太阳颠来颠去。如果是马车，看起来就怪怪的。

其实这个时候拉车的牲口并不是最主要的标准，最主要的标准有两个：

一是车辆的装饰标准，二是驾驶车辆的牲口数量和颜色。

先看车辆的装饰标准。过去帝王的车辆都有一把漂亮的伞来罩住车子，好让皇帝不受风吹日晒，这个伞叫华盖。崔豹在《古今注》里说这是黄帝发明的，黄帝和蚩尤打仗的时候，一直有一朵五彩云停在黄帝头顶，金枝玉叶，十分漂亮，就称为华盖。崔豹只知道是黄帝发明的，却不知道这是九天玄女从天庭偷来的技术，天帝的北斗车就是有华盖的，那几颗星星就是华盖。那是天帝出门的时候随行在车顶的。

不光有华盖，天帝的北斗车还有专门的停车场，这就跟单位的领导经常画个地方写上专用泊车位一样。《春秋文曜钩》说："咸池曰天潢，五帝车舍也。"有人注解说"舍，库也，五帝车之库府"，这是五位领导的车库。

天帝的车如此，他老婆西王母的车虽然没有如此威严，但却相当漂亮。

《洞冥记》里东方朔跟汉武帝说天上的事，就说西王母驾车到东王公那里去玩，到达地点后，就解开马让它自己啃草吃，结果这匹马在东王公的灵芝地里好一顿吃，这应该就是仙界版的牛嚼牡丹了。东王公大怒，把这匹马扣下，结果东方朔偷偷骑了回来。

在这个故事里西王母就驾上了马，再次说明，牲口的使用标准是不固定的，但是在东方朔这个故事里，王母所驾的车辆叫"云光辇"，书上没有写这车辆的装饰，但光从这个名字看就能感受到这辆车的珠光宝气。

西王母可不光有这一辆车，她还有一辆叫八景舆。《集仙录》里大茅君刚刚得道成仙的时候，经常有人宴请他，有一次紫虚元君和魏华存夫人一起请他，西王母也来了，来的时候就乘坐八景舆，西王母对自己这辆车颇为自夸，席间喝大了唱歌："驾我八景舆，欻然入玉清。龙群拂霄上，虎旆扪朱兵。"根据西王母这歌词，我们看出，驾驶八景舆的就是龙，旁边还有打旗帜的和成列的卫兵，真是威风凛凛——可见这仪仗队也很重要，西王母的仪仗队是虎旗朱兵，黄帝升天之后的仪仗队更是让人羡慕。李白《飞龙引》写了这种情况："宫中彩女颜如花，飘然挥手凌紫霞，从风纵体登鸾车。登鸾车，侍轩辕，遨游青天中，其乐不可言。"就是说黄帝身边跟着一帮坐鸾车的美女，真是"其乐不可言"——这么多美女跟着黄帝，这美妙怎么好意思说呢，说得我也想成仙了。

第二个区分标准是驾驶车辆的牲口数量。我们前面讲了《山海经》里的祝融等好多大神都骑两条龙，这主要是显示领导的范儿，但这需要高超的技术，等到车辆出现之后，实现这点就比较简单了，套车就是了。这个当然不能随便往上加,否则大家一个比一个驾得多,还不造成道路拥挤,为了交通安全,为了显示老大的威严,就必须要规定驾驶动物的数量。《王度记》上说:"天子驾六,诸侯驾五,卿驾四,大夫三,士二,庶人一。"说的是马匹的数量,对于神仙来说就是神兽的数量了。

天子六匹马,神仙住在天上,特别是天帝,那就代表着天,那就是皇帝的法理上的爹,他的驾驶数量一定要超过皇帝。《汉武内传》上元夫人描述神仙生活就有一句"驾九龙以虚腾"——她是西王母的女儿,她说的应该是她爸爸的车驾吧。《云笈七笺》上"帝喾之时,九天真王驾九龙之舆,降牧德之台",在上古时期,九天真王大概就是天上核心级的领导了,他驾着的车就有九条龙。但是她的级别跟老子他妈的座驾还差远了。《抱朴子》里面说老子的妈妈圣母元君她"骖驾九龙十二白虎",给她拉车的除了九条龙和十二条白虎,这马力足够大的。

而且,我觉得不光龙的数量有标准,驾车的龙身上的颜色也应该有规定,《汉武内传》上西王母来看汉武帝就说"王母乘紫云之辇,驾九色斑龙",这里专门提了提龙的颜色有九种,说明颜色在神仙大佬的车辆上也有一定要求。《神仙传》上说王远降临凡间,就是"驾五龙,龙各异色"。王远肯定只是个诸侯级别的小神仙,所以他驾着五条龙，龙的颜色都不一样，他都有这个标准，玉帝就要求更高了。我们可以想象一下这个画面，神仙驾着九条色彩各异的龙奔驰过天空，就像国庆典礼上飞机喷出彩色的烟雾一样。天上的彩虹没准就是神仙的高速公路呢。

注意前面说的都是驾多少条龙，好像神仙都是自己驾车一样，其实才不是呢，一个科长都有司机，神仙更是少不了。要知道驾驶好几条龙那需要相当技术的，特别是无上圣母那样各种牲口混杂的，搞不好反倒不如一条龙跑得快，他们必须要一个非常好的司机。玉皇大帝有专门的司机叫王良，《淮南子》上说"王良、造父之御也，上车摄辔，马为整齐而敛谙，投足调均，劳逸若一。"就是说王良和造父这两个人驾车，对马的性能动力操控得非常好。东汉的高诱注解说他死后就托生为天上的星星，天上就多了一个王良星。《晋书·天文志》上说他就是天帝的司机。

看来这位司机是从人间提拔上去的，但是《淮南子》不是说造父也是老司机吗，为什么不提拔他呢？我觉得也被提拔了，是被西王母提拔了。当年周穆王让造父驾着车去会西王母，西王母估计一眼就看上了这个司机，后来造父死后，她就挖了过来，只不过造父没有成为天上的星星罢了。

但是司机不是谁都能请得起的，有些小神仙，特别是女神仙也懒得驾龙，他们干脆就只坐一辆车，车以云为动力，这种车叫云軿（píng），唐朝顾况《梁广画花歌》中写"王母欲过刘彻家，飞琼夜入云軿车"。在他想象里，王母去拜会汉武帝的时候，就先派了侍女去通知，而飞琼作为一个侍女肯定没有资格驾龙，所以她就乘坐了云軿。《神仙感遇传》上唐朝的郭子仪就见过织女乘坐这种车，那时候他还是个小军官，估计主要负责后勤，有一年的七月初七他去催要军饷，走到半路，突然飞沙走石，走不成路，于是就到路边一个空屋里歇息。半夜里忽然看到周围一片红光，就见半空中飘来一辆云軿，车中端坐一个美女，双足自然下垂，低头正看郭子仪呢。郭子仪赶忙见礼说："今天七月初七，您一定是织女了，求您赐给我富贵长寿。"——七月初七织女不去会牛郎却来见你干什么。织女笑了："大富贵，亦寿考。"说完冉冉升天而去。后来郭子仪果然富贵无比。

既然车辆靠云也能飞，我们前面说过，除了云，依靠各种法力也能飞，于是人间的技术人员就开始了研制，尝试制作飞车。

有鸟有鸟名木鸢

第一个做这个实验的应该是墨子，当年鲁班用木头制作了一只鹊，飞到天上，三日不落。鲁班很得意，但是墨子却说："这没啥用，还不如一个车辖，一个车辖方寸之木放在车轴顶端，就能担其五十石的重量。凡事有利于人的才叫巧，不利于人的叫拙。"一般人看到这里都会以为墨子是在讲实用主义，反对这些华而不实的东西。

事实上墨子也在进行相同的科研，他制作了和鲁班这个类似的东西，《韩非子》里面就说"墨子为木鸢，三年而成，飞一日而败"。鲁班做的是鹊，他做的是鸢，都是在天上飞，而且似乎墨子的技术跟鲁班还有一定的差距，人家能飞三天，他只能飞一天，凭什么墨子要批评人家鲁班呢？

这就要结合墨子批评的话语来说了，墨子拿鲁班的飞鹊和能承担重量的大车比较，说鲁班这个没有用。这言外之意就是你这个飞鹊要是能驮动东西就好了。再则我们知道当年鲁班作为楚国攻宋国的技术顾问，墨子前去调停，两人就攻防即时进行了切磋，最终以鲁班败而告终。这说明墨子的技术并不比鲁班差，那为什么墨子制作的飞鸢要不如鲁班的木鹊呢？

原因只有一个，墨子的飞鸢更注重实用功能，能够驮动物品，所以墨子才要嘲笑鲁班的飞鹊华而不实，也正因为此，飞鸢最多飞一天就下来了——由此我们可以猜测，墨子要研制的就是一台飞车。

墨子最终失败了，但是墨子的这种精神还是流传下来了，蜀汉的诸葛亮后来研制木牛流马，也许就是根据墨子的理念研制的。诸葛亮制造不出能在天上飞的交通工具，他成功制造出了地上的代步工具，只不过他这工具只是效果惊奇，实际上并没有发挥多大效果。《三国志》上明确写着"九年春二月，亮复出军围祁山，始以木牛运……夏六月亮粮尽退。"你看他用木牛也没有解决粮食危机，最终还是因为缺粮退兵。最主要的原因就是这种交通工具太慢"日行二十里"，一天才走二十里，这也太慢了，所以墨子才会倾心于飞车。

诸葛亮和墨子虽然都失败了，但是他们的后继者们却并没有放弃，尝试者代代不乏其人，一直到唐僧西天取经的时候还见过这种，这事记载在杨景贤的《元杂剧西游记》里。唐僧西天取经，走到边疆，驿夫告诉他再往前走驿站就没有马了，只有驴，驴站再行一月是狗站，只能骑狗，再行一月，狗都没有了，只有炮站。唐僧忙问什么是炮站。驿卒告诉他"六根木柱，做一个架子，一根长木做炮梢，梢上一个大皮兜，长木根上，坠铁锤一万斤……把绳子绑了，入兜炮，一榔椎打动关捩子，一炮送十里远。"这其实就是一个巨型跷跷板吧，这固然是飞行了，但是一趟飞下来，估计小命难保，吓得唐僧赶忙叫"打炮送了小僧（性命）"——这是书上原话。

我以为他们失败的原因主要是没有找到合适的飞行动力，他们的动力来源就是机械技术，在汽油尚未被投入使用的年代里，这种单纯的机械飞行自然不能长久。在那个时候要想能够负重飞行，只有依靠一种能源：法力。

可能是为鲁班鸣不平吧，《异苑》写了一个故事，说魏王看见天鹅高翔就说：我如果能像天鹅一样高飞多好啊。有人为他送上一个木天鹅，结果魏王的态度跟墨子一样："这玩意中看不中用，你拿来干啥？"这位大哥说了一句道家的名言："大王知有用之用，未悟无用之用也，我来给你飞一飞。"说着骑上木天鹅飞翔而去，不知到什么地方去了。

这个人叫什么书里没有记载，我推测这个应该叫鲁般吧，《朝野佥载》上记载一个叫鲁般的人也会做能飞的木鸟，只不过他不是鲁国人而是敦煌人，《朝野佥载》上说他在凉州上班，造了一只木鸢，只要敲三下木楔，骑上它，这只鸢就驮他回家了，第二天早起再骑上它去上班，就这样人不知鬼不觉，但是妻子的肚子出卖了他——鲁般妻子怀孕了。丈夫不在家妻子却怀孕了，这说不过去啊，妻子只好向公婆承认了丈夫的飞行工具。鲁般的父亲听说后，当晚就悄悄找到木鸢，敲击了十下，结果坐上去就到了江南绍兴，绍兴人看见一个人骑着木头家伙能飞，大呼妖怪，群起攻之，杀死了老头。

这个故事说明，就算墨子当年真正制作出能乘坐人的木鸢来，也是个危险的事情，很可能被人当成妖怪打死——这也是依靠法力飞行的缺点，如果你没有神仙的战斗力，只有神仙的交通工具，非常容易被误会成妖怪。或许有人疑惑，你有什么证据说鲁般这飞鸢依靠的不是机械，而是法力呢？别着急，这个故事到这里并没有结束。

鲁般听说父亲死后，就又制造了一只木鸢飞到绍兴，替父亲收尸。他回来后，就制作了一个木头人，木头人手指东南，结果整个浙江地区三年不下雨。后来大家上门赔礼道歉，鲁般砍掉木头人的手，当月就开始下雨了。你看鲁般这种本领，这不都是法术吗？所以鲁般的那只飞鸢依靠的肯定是法力。

鲁般的法力来自哪里呢？故事的最后说鲁般就是木仙，也就是说鲁般是天上主管木料的神仙，这也就不难理解他的法力来自何处了。

普通人想要拥有这种法力也很简单，只要拿到神仙的工具就可以了。《潇湘记》里有一个"襄阳老叟"的故事，这个老叟可能就是天上的木仙，他来到人间，将一把斧头送给一个叫并华的人，告诉他："你用这个斧头造东西，造出来就能飞，但是你不能贪恋女色。"并华得到这个斧头，有一次到一个土豪家干活，土豪有个漂亮女儿，他早就忘了老头的告诫，当晚就与土豪的女儿勾搭上了，他对土豪说："我给你造一个木鹤吧，造成就能飞。"木鹤很快就做好了，他又对土豪说："要想骑，你要斋戒。"土豪听信他，就闭门斋戒，结果，当晚并华就带着土豪女儿骑鹤私奔了。土豪当然不吃这个哑巴亏，就告发了并华。很快官府就抓住了并华，这时候他的鹤再也不能飞了。

故事最后没有交代那把斧头的下落，想必被木仙给收了回去。我想木仙赐给并华这把斧头并告诫他远离女色，是想着帮助他成仙呢，但是这个家伙不争气，白瞎了木仙的一片苦心。木仙还将这把斧头送给过一个叫葛由的人。《搜神记》上说这个人经常刻木羊去卖，有一天他骑着自己刻的木羊进蜀城上绥山，从此成为神仙。

既然飞行的动力主要是法力，那其实刻成什么东西都无所谓，之所以木仙会将斧头送给一些木工，主要还是想让他们雕刻成一些现实中的动物，这样骑着飞一来美感，二来也让大家心理上好接受。实际上随便削成一根棍子也能飞，甚至连削都不用削，有些神仙本身就不是木工，也不是李逵，没有斧头，只要利用符咒照样就可以驱使一根棍子去飞。

例如《神仙传》里的介象，他和吴王讨论什么鱼片好吃，介象说鲻鱼片最好吃。吴王说这鱼出自海上，现在怎么得到？介象让人在地上挖个坑放满水，弄个钓鱼竿开始垂钓，一会钓上来一条鲻鱼。吴王说做鱼用蜀地的姜最好，咱这里没有。介象说这个简单。拿起一根竹杖，在上面贴一道符咒，让人骑上竹杖，腾云而起，须臾就到了四川，买姜就回来了，不耽误做饭，堪称世界上最快的速递。

其实竹杖还算是高级的，更有甚者，是骑一根扫帚。《广异记》上有个小官的妻子长得很漂亮，他家里养着一匹马，越来越瘦。他就问胡人邻居，胡人说："你每次夜里去值班，你的妻子就被鬼魅附体，每晚骑马出去。"这个小官不信，当晚偷偷跑回来，就见妻子果然骑马出门了，她的婢女骑着一个扫帚跟在后面，一起升空而行。小官吓坏了，第二天又偷偷观察，结果妻子闻到了他的气味，就说："怎么有生人气味？"要婢女点着扫帚当火把去搜查，小官吓得钻到了一个坛子里。婢女找了一会没有找到，她们又准备出发了，但是刚才扫帚烧掉了，没有坐骑了。妻子就说："啥不可以骑呢？为啥非要扫帚？"于是婢女抓来坛子骑上就飞走了。小官在坛子里，就被他们带到了一个山林里，这里有好多人在开派对，大家欢饮一场。最后要走的时候，妻子又骑上马，婢女又要骑坛子，突然发现了这个小官，不由分说把他推出来，骑上走了。这个小官战战兢兢在野外等到天亮，一问竟然是在千里之外，他一路乞讨，一月才回到家。在胡人的帮助下，他除掉了附在妻子身上的鬼魅。

　　这个故事里，看穿鬼魅的是胡人，帮助小官除掉鬼魅的也是胡人，这个胡人想必从这个事件上收到启发，原来扫帚也可以骑上去当交通工具，回去之后，就在西方进行了传播，从此以后西方的女巫就开始骑着扫帚到处飞。"哈利波特"里将各种扫帚说得神乎其神，却不知道这是一项被中国的法术之士淘汰的交通工具。

　　这个故事里的小官被妻子遗弃在千里之外，靠乞讨才能回家，主要是因为他没有法力,如果他有点法力,在野外找个石头就可以骑着回来。《原化记》有个人叫冯俊,他就是这么回来的。他倒没有什么漂亮妻子,也没有在坛子里被带到千里之外,他是被道士雇佣去送一件东西,结果一送就送了几千里路,要回来的时候,这个道士就让他坐到一块石头上,道士用鞭抽了一下这个石头,就像驱赶一头牲口一样,这块石头就飞上了天,很快他就回到了家。

这不禁让我想起了一个成语"飞沙走石",原来以为这是形容风大的词,现在看来,这没准也是一种法术,这都是各路法力高强人士的交通工具啊,不过这漫天黄沙的肯定不是神仙,而是妖魔。如此说来,现在雾霾重重,沙尘暴频频,这都是妖魔过多的缘故,看来真是要"今日欢呼孙大圣,只缘妖雾又重来",只盼着"金猴奋起千钧棒,玉宇澄清万里埃"。

《广异记》里说一个鬼要求高励帮忙治疗马的腿疾,说自己所骑是木马,用胶水粘好前腿即可。

天长路远魂飞苦——鬼的交通工具

三国时,东吴派张温出使蜀国,和蜀国的学士秦宓抬杠,张温问天有脚吗?秦宓回答天当然有脚了,诗经里说"天步艰难,之子不犹",如果没有脚,哪来的步伐。张温又问天有姓吗?秦宓回答得更干脆,当然有,姓刘。张温说你凭啥这么说,秦宓说天子姓刘,当然天也姓刘了。这事记载在《三国志》的《蜀书》里面,显然这是蜀汉的版本,我猜张温肯定不会善罢甘休,他一定会反唇相讥,不过蜀汉人没有记录罢了。

如果我是张温,我就会说不对,天子还姓孙呢,天为什么不姓孙,当然秦宓会抬出蜀汉正统的说法，毕竟三国孙、曹两家都是汉臣，天子姓刘姓了好几百年，说起来姓孙、姓曹都不如姓刘有说服力。张温如果读书多的话，这时候就应该给秦宓讲一个故事，告诉他天早就不姓刘了。

故事是这样的，没错，天本来姓刘，可是有一天天上的一只白雀来到了人间，被一个叫张坚的人得到了。刘天翁知道后很生气，好几次派人想要杀掉张坚，但是白雀每次都能预先得知消息告诉张坚，张坚都能逃过。后来张坚说冤家宜解不宜结，我摆一桌咱俩和解吧。刘天翁就驾着龙车来到张坚家，张坚的饭菜很丰盛，刘天翁喝醉了。张坚乘机架上刘天翁的龙车就飞往天庭，到了天上，他就自立为天翁，更换百官，封白雀为上卿。刘天翁酒醒后，一切都已经晚了，他就在人间作乱，成了张天翁的张坚为了安抚他，封他为泰山太守，主管人类的生死簿。

讲完这个故事，张温可以得意地望着诸葛亮和秦宓说："看看，你们老刘家已经成了阴曹地府的老大了，天现在不姓刘，改姓张了。"估计包括诸葛丞相在内的一帮蜀汉群臣都会立刻被气得上去对张温拳打脚踢。

这个故事可不是我瞎编的，而是记载在《酉阳杂俎》上，哦，这是一本唐朝的书，张温如果不穿越是估计看不到的，但书虽然是唐朝的书，但这传说却可能出自汉朝末年，这个故事很可能是太平军起义的张角他们编出来的（栾保群先生在《中国神怪大辞典》有提及），张角的意图很明显，现在天翁是我们张家的人了，天子也应该姓张了。正所谓"苍天已死黄天当立"嘛，你们姓刘家的天翁该去泰山管理鬼了。

泰山是中国最早的冥都，这里是群鬼所归之地，汉朝墓志上常有"生人属西长安，死人归东泰山"，也就是说刘天翁成了最早的阎王爷，管理人间的生死，听起来权力很大，但是这里的生活条件却非天上所能比的，这一点从交通工具就可以看出来。刘天翁原来是驾着龙车的，但是成了阎王就完全没有这个待遇了，连出行都成为问题。

例如《搜神记》上说有个人叫胡母班，他路过泰山的时候被泰山府君叫过去，委托他给自己女儿捎一封信，对于神仙来说万里之遥都不过是须臾之间的事，他竟然要委托一个凡人给他捎信，可见他的出行能力很成问题。

他的女儿嫁给了河神，对阎王爷来说算是攀上了高枝，因为他的女儿出门都有风雨随行（这肯定是她婆家派来的仪仗队，河神嘛），但即便如此，他的女儿也是夹起尾巴做人，《博物志》上说有一次他女儿归宁返程，路过姜子牙地盘，不敢过了，去文王的梦里哭求，请文王帮忙说情，文王把姜子牙叫回去，她才敢过去。

阴间官吏的坐骑

　　阎王爷说起来也是"王爷",但这个王爷生活在地府这样物资极度贫乏的环境里,莫说跟天上的王爷,就是跟人间的王爷也是没法比的。首先,龙这种坐骑他是没有的,龙在地府那样阴暗的环境里也不适合生长,阎王爷似乎就没有专门的坐骑。

　　要说地府有的资源只能是死人,因此阎王爷要开发坐骑的话只能从这方面入手,藏传佛教里的阎王敢做敢干,格鲁派的阎罗王脚下都踩着一个人,内阎罗脚下直接踩着一个人,外阎罗骑着一头青蓝色的水牛,这坐骑看似平平无奇,但水牛下还仰卧着一个人呢,密阎罗与外阎罗差不多,不同的是密阎罗是红色,牛和身下躺着的人都是红色的。给人一种不寒而栗的感觉,这阎罗看起来就威风多了。南派三叔在《藏海花》里渲染的阎王骑女尸的故事,似乎也佐证了阎王爷的坐骑真的就是尸体。但是儒家文化影响下的地狱里,阎王爷都是温良恭俭让的,他们在地狱里可以对尸体砍、烧、锯、劈实行各种酷刑,却唯独不会拿过来当坐骑。

　　地府有专门坐骑的只有一个地藏王菩萨,他是佛祖派到地狱的传教士,自然非阎王爷所能比,他的坐骑名为谛听,《西游记》里让他分辨过真假美猴王，这家伙智商还挺高，虽然认出真假，也不明说，就怕俩猴子打起来，把地狱搞坏了——真是一个深谋远虑的坐骑。但可惜，这样好的坐骑阎王爷是没有的，古代笔记故事和小说里阎王的形象都是端坐的，他的坐骑就是那把椅子。偶尔出门，也是乘马。《玄怪录》里有个《崔绍》的故事，主角崔绍因为杀了三只猫半夜被鬼差抓走了，由于他家里经常供奉一字天王，天王就出面保他，阎王爷自然就卖个人情，放崔绍还阳，回去的时候，阎王爷和天王的坐骑高下立判，同样是王，阎王就骑着一匹马，而天王竟然骑着一座山，这坐骑真是令人"高山仰止"，估计阎王跟他说话都要抬着头往上喊，那憋屈劲可想而知。

就连阎王爷骑着的那匹马估计都是人间供奉的，因为阴间本身是不产马匹的，或许有人说马死了之后不是可以到了阴间吗？要知道，在轮回的世界里，所有的鬼魂到了阴曹都是一样的，都是生灵，所谓畜生与人类的区别就在于投胎转世的通道不同，所以死马是不能骑的，地府马匹来源主要是人间供奉，主要就是庙宇里塑造泥马或者木马石马，人类塑造这些就是为了让地府的领导们乘坐。但是泥石这些东西怎么会奔驰呢？也要靠法力吗？我觉得地府不会靠法力，因为地府有现成的资源——鬼魂。抓来一个鬼魂附到这个石马木马上，不就可以奔驰了吗？何必浪费法力。

当然鬼魂都有不同的素质，有的非常适合当马，有的非常适合养马，对于一些特别优秀的适合当马的鬼魂，阴间有时候也强制征用。《夷坚志·汪大郎马》的故事就是一个阴间和人类争夺马匹的故事。汪大郎得到了一匹良马，又得到了一个非常好的马童，相得益彰。正巧这时候要给一个庙前面塑一匹马，大家对工匠说，不如你就照着汪大郎家这匹马来雕塑吧。这个泥塑匠就很用心地将马匹一一丈量，耳目口鼻鼻鬃鬣微芒都惟妙惟肖。结果到了点睛这天，汪大郎家的这匹马突然发狂，带着马童投湖而死。但是庙里这匹马却是活灵活现，夜里出去饮西湖水，还偷吃庄稼——这显然阴间的老爷们彻底看上了这匹马，不但喜欢外形，还喜欢上灵魂。

正因为这些都是木石之物，所以发生损坏，修理起来也非常简便。《广异记》说有个人叫高励，一年夏天在外闲逛，突然有人牵着一匹马过来对他施礼，请求给治疗一下这匹马的毛病，高励说我不是兽医，怎么看病啊？这个人说我不是人而是鬼，这匹马是木头马，前腿有点损坏，你拿胶水粘粘即可。高励就拿出胶水为他粘好，这鬼差感谢之后，上马而去。

这些东西虽然都是木石之物，但冥界的官吏骑上去跟真马没什么区别，与其本身材质没有丝毫关系，克服其原材料本身的一切缺陷。例如，我们都知道有句话叫"泥菩萨过江自身难保"，但是泥马却能，还在历史上留过一段佳话，这就是泥马渡康王。《南渡录》上说当年赵构被送到金兵营中当人质，由于擅长骑射，被金兵认为不是王子，放他回来。赵构连夜往回跑，走到崔府君庙实在太累，就睡了一会，结果睡到半夜梦见有人说："快跑，金兵追过来了。"赵构上马就跑，疾驰七百里，渡过黄河，马匹突然不走了，细看竟然是一匹泥马。

很显然这匹马就是那个庙主崔府君赠送给他的，这崔府君何人呢？姓崔名钰字子玉，正是地狱里的一个中层领导（判官）。《西游记》里他也出现过，李世民被地府叫过去接受质询的时候，魏征告诉李世民不要怕，他在地狱有熟人，这个熟人就是崔钰。后来李世民到了地府，接待他的就是这位崔判官。

这位崔判官救了赵构，也算是烧对了冷灶，他的香火大盛，官位也一路飙升，他从此应该再也不用骑泥马了——阴间物质太贫乏了，这些泥马木马什么的也不是唾手可得之物，而是奢侈品，一般神仙还没有。

《魏书·段承根传》上说段承根的父亲段晖有个同学，一起学了两年，这个同学要回家了，找段晖借马，段和他开玩笑，送了他一匹木头马，没想到这个同学非常高兴，说我爹是泰山府君，派我到此学习——他竟然是阎王爷的儿子，堂堂王子竟然没有一匹马，凡人送给一匹木马就高兴得屁颠颠的，阴间的物质该有多么匮乏可想而知。

我们这里说的还都是阴间的中层以上领导，领导尚且如此，那些基层的办事人员交通条件就更差了，他们的出行基本靠走，特别是到人间出差，常常要走夜路。有时候这还是一件危险的事情，搞不好还要被一些胆大的人给害了。《夷坚志·金四执鬼》说金四走夜路，看见一个鬼，金四就说咱俩玩个游戏吧，你背我一会，我背你一会，这样咱俩走得都很轻松。这鬼竟然答应了，他先背金四，后来金四背上他就不放下来了，喊人捉拿，这鬼差变成一只鹞子飞走了。

这不是会飞吗？他为什么不直接飞呢？我猜变成鹞子这是他的逃跑方式，这种方式对他们的身体伤害很大，在这种模式下是无法到人间履行公务的。他们的公务模式里可能也会飞，但是估计飞不快也飞不远，甚至连一条河也飞不过去，例如窦德玄遇见到的那位。这事发生在《报应记》里，说有个人叫窦德玄，他到扬州出差，渡淮河的时候，船已经离开十几步了，看见岸上有个人面容憔悴，拎着一个包袱坐在地上。窦德玄就让船夫回头拉上了他，这个人感激涕零，告诉窦德玄他不是人而是鬼差，今天去往扬州索窦德玄的命。窦德玄大惊，连忙哀求，鬼差这才知道眼前这位好人正是他的"目标客户"，最后鬼差告诉窦德玄破解的法子。阴间的领导听说后，打了这鬼差几十棍子。

但是阴间的领导有没有想过，鬼差之所以泄密，实在是因为他缺乏交通工具，受了人家的小恩小惠导致的，你要是赋予他更大的本领不就行了吗？例如这个鬼，你让他会飞，他还至于坐窦德玄的船吗？

但是鬼差的人品太差，赋予的本领越大，作恶就越多。《子不语》里就写了两个有点穿墙术的勾魂卒的故事。有个姓余的人喜欢斗蟋蟀，每年秋天都要到城外去抓蟋蟀。这天他抓到很晚才回来，就遇见了两个走路拖拖拉拉的人，这两个人很热情地对他说，天都这么晚了，到我家来坐坐吧，拉着他就进入了一户人家，拿出酒肉招待他。姓余的大为感动，只是听得附近有呻吟声和哭声，到了后半夜更是哭声大起，这两个人拿出一封文书，说事成了，竟然翻过屋顶走了。天亮时姓余的也要走，结果发现门锁着呢，大声呼叫，门被打开，竟然是在丧家，他们吃的饭菜也都是丧家的。这都是这两个鬼差仗着本领偷吃偷喝的，阴司怎么敢赋予他们太大的本领。再则说了，一个鬼差，如果本领太大，谁还当鬼差，人家还当神仙呢。

没办法，鬼差出门就靠走吧，这实在是个辛苦的事，虽然有窦德玄遇见的那个鬼被杖责的前车之鉴，后来的鬼还是改不了这个贪图人类好处的毛病，阴间对此应该也是默许的，领导们的态度就是你可以得人类的好处，但是不能泄露机密。《宣室志》里有个故事，洛阳有个商贩推车外出，路上遇见一个人背着一个大大的布囊，请求把这个布囊在他车上放一放，商贩答应了。此人放下布囊，请求商贩不要打开，他走入旁边的利俗小区（利俗坊），很快小区内传出哭声。商贩好奇，打开布囊一看,里面是个黑乎乎的东西,他吓得赶忙系住了。刚才那人很快回来,又请求说:"我脚疼,能不能坐到你车里。"商贩也答应了,这人坐上车,发现口袋被打开过,很生气,他说:"我是个鬼差,到处撒播一种让人害病的虫子,阎王让我收五百人,可是到现在我走遍了真、虢、晋、绛四个州县,才收了二十五个人。"坐车坐了二里地,这鬼差说你放心,你的寿命还长呢,说完走了。

想想一个鬼背着一个大口袋,徒步在人间行走,莫说鬼,就连人也受不了啊。但是没有办法,他只能这么做,这从这个鬼差的言行来看,他还是一个十分小心的鬼差,对人类还是充满戒备的,但心理上的防线还是没能挡住肉体的疲惫,最终造成了泄密。

鬼差们也在设法寻找代步工具,他们找不到石马和木马,他们就找画上的马,唐朝有个画家叫韩干,他就十分善于画马,《唐画断》上说他经常给各大寺庙画马,却不知鬼差们也盯上了他的马。《独异志》上说他闲坐的时候,有一天有个穿红衣服戴黑帽子的人找他,说我是鬼差,听说您马画得好,希望您送我一匹。韩干这人也大方,以为是索要画的,当即大笔一挥,画出一匹,烧了送给他。过几天这人又来感谢了:"我常年奔波,自从您送给我这匹马,我再也不怕跋涉山川了。"韩干这才知道,这鬼差竟然拿自己画上的马当了交通工具。

这事应该很快在鬼界流传开了,许多鬼生怕韩干不同意,直接趁韩干画好就偷走了，甚至还没有完全画好也给偷走了。《酉阳杂俎》上说有个人牵着一匹马去看马医，马医从来没见过这种毛色骨相的马，正好韩干过来了，一见大吃一惊：这是我刚才画的啊。他回到家一看，那幅图上的马脚上少了一块墨。

看来韩干的马一度风靡地府，其实这时候地府应该组织一次政府采购，请韩干画上一大批，为鬼差们配备坐骑，或者更简单直接一些，把韩干弄死变成鬼，让他到阴曹地府当弼马温算了，为群鬼生产马，管理马。试想这个画面，勾魂鬼来捉拿韩干，韩干给自己画上一匹，骑上一溜烟没影了，两个鬼在后面紧追不舍累得气喘吁吁……这种情况会出现吗？

一去一万里

当然不会。

中国的鬼故事里，一般人死都是被带走的，岂容你自由行动。黑白无常拿着链子，往人的身上一套就要领着走了，就跟押解犯人一样。《幽明录》上有个故事说琅琊某家两个孩子突然死了，父母正伤心，忽然看见两个孩子来了，身上都戴着枷锁对父母说："我们有罪，所以才死得这么早。"从戴枷锁情况来看，两个人已经上路了。

这想想就让人挺痛苦的，且不说被当成犯人这个样子，就说跟着两个丑陋的家伙，一路颠簸，徒步行走，想想也让人挺痛苦的。按照"生人属西长安，死人属东泰山"的逻辑，这一趟的最终目的是泰山蒿里，家住在泰山边上也就算了，还别提广东那些人，就说长安吧，从陕西走到山东，这一趟也够苦的，更何况后来这鬼城还迁到了四川偏远的酆都（其实这个酆都本来就在泰山，后来穿凿附会就跑到了四川，这里面事还挺多，我们另行叙说），更让死亡成为一场漫长得可怕，但又不得不说走就走的长征。

《水浒传》上林冲的形象可能最具有代表性。林冲被董超薛霸押解，表面上奔赴沧州，却不知陆谦早安排董超薛霸在路上结果林冲，要将他送到鬼门关，这二人堪称是黑白无常了，走到野猪林，二人要结果林冲的时候，《水浒传》用了一句很苍凉的诗："万里黄泉无旅店，三魂今夜落谁家。"——万里黄泉路，连个旅馆也没有，今晚不知住到哪里啊，这是施耐庵替林冲操心。

这两句诗其实最早是五代诗人江为临刑之前所做，原诗是"衙鼓惊人急，西倾日易斜。黄泉无旅店，今夜宿谁家。"他在临死之前担心的也是这一趟找不到歇脚的地方。到了明清小说里，黄泉路前面加上万里，强调这一趟的遥远。关于宿谁家的问题，其实这是一个杞人忧天（成语用得不太合适）的问题，仔细分析起来，阴间拘鬼也是一个技术活,跟人间的发配不太一样。

我们看到的黑白无常是到明清才出现的地府"服务模式",在最开始的时候并不是这样的。一开始,地府勾魂卒都是手拿一个抽气的袋子,对着人一抽,人的气息,也就是灵魂吧,就被吸走了,鬼就背着这个袋子回到阴间,到了地府,估计使劲一挤,所有的灵魂就被挤压出去了。这样行动的标准配置应该是三个人,《冥报记》里有个叫李山龙的见过这三个人。据他在地府所见,总共三个人,一个拿棒子,负责敲头;一个拿绳子负责捆人;一个拿袋子负责吸气。三人一起行动,估计他们的工序是首先用棒子将人敲晕,然后拿绳子捆起来,最后抽气,这是一个非常好的配合,设计得可以说是天衣无缝,但是在实际工作中,可能由于鬼差人手不足吧,常常是拿这袋子的鬼单独行动,造成很大的隐患。

我们前面讲过,鬼差没有什么本领,拿着这么重要的工具,一个人行动,就经常发生被人抢夺的事情,这事光在《酉阳杂俎》里就记载了两起,一个是某家有人生病,妻儿守在一边,这天晚上,就见一个人跑到家里来,大家齐上把这个家伙抓住了,把他扔到瓮子里,往里面灌开水,最终得到一个袋子,就是这个取气袋。这鬼苦苦哀求,答应不取他们家人的气了,众人才将袋子还给他。

这个鬼最终还算拿到了袋子,另一个故事的人根本就没有还给他,这个故事的主角是个军卒,他晚上感到有东西压住自己,这军卒武艺高强,就地十八滚,躲开这个压在身上的东西,打了起来。最终军卒不但打退这鬼,还夺了一个皮囊。这鬼差苦苦哀求归还,军卒说:"你告诉我这是啥,我就还你。"鬼差说这是抽气的袋子。哪知这将军非但不还,举起砖就砸,这鬼吓得跑掉,再也不说话了。这军卒后来就用这袋子装水(估计出来都是冰镇的),能盛好多水,袋子呈绛色,像藕丝一样,在太阳底下看没有影子。

看来这种模式风险太大,后来就被废除了,此后实行过一阵自己送上门模式,就是把人弄死,然后让这个人自己上路,但是这种模式也有很多弊端,有的鬼怀念自己的妻子,迟迟不肯离去。

《阅微草堂笔记》里纪晓岚就写了一个眷恋人生的鬼,这人死后成鬼,在院子里迟迟不去,听见孩子哭,听见媳妇和兄嫂争吵都是一脸凄然,但是作为一个鬼他又什么也做不成,后来看见有人给媳妇说媒,他仓皇四顾,最后媳妇出嫁,他号啕大哭……就是不肯上路。

这只能徒增人间伤心事,造成阴间收鬼的效率降低了许多,不过这鬼还算不错的,只是观看,并未施加报复,书上说他受不了阳气的熏烤,但有的鬼强梁惯了,却不害怕。例如有的鬼死得不甘心,他要报仇,肆意到人间胡作非为,破坏人间治安。离得近去报仇也就算了,有的鬼距离仇人上千里,也要前去。李白在《长相思》里写"天长路远魂飞苦",似乎魂是会飞的,其实魂作为气体,那是随风而逝——飘。李白专门在这里用了一个字"苦",对于魂来说,飞也是一件很苦的事情。所以有的鬼魂在人间行走,也要搭车。

《子不语》上有个人进京赶考,路上就遇见了一个鬼,这个鬼说自己也是个读书人,当初本来已经考上,却因为某督学受贿将他排挤,今天他要找那督学报仇去了,想搭这位考生的车去。

在故事里这个鬼还特别交代了一件事,过城门的时候,需要这个考生低声喊鬼三遍,才能进去,因为门神拦阻。这说明鬼在人间行走也有种种关卡,很不自由。阴司设置这种障碍估计也是限制鬼的出行,告诉众鬼黄泉才是坦途,人间到处都是险滩。

但是黄泉路如果真的有那么长,万一自由行迷路了怎么办?《西游记》里的李世民到地府去也是自由行,他就差点遇见了这个问题,唐太宗死后还有一堆御林军相送,但走了一段就剩下他一个人了,"独自个散步荒郊草野之间。正惊惶难寻道路……"这说明一个人自由行到阴间可能会迷路,李世民最终是靠着魏征的熟人崔钰领路才走到鬼门关。

自由行的弊端确实很多,所以这种模式最终没有大规模实行,后来押解才成为主要模式。但是从唐太宗这个故事里我们也可以看出一点,李世民从长安皇宫到地府并没有用太长时间,也就半天的时间吧,完全不像是万里路的样子，这是怎么回事呢？ 唐朝的娄世德也经历过和唐太宗差不多的事，《宣室志》说他小时候经常生病，有一天有人说"跟我走一趟吧，你的病就好了。"拉着娄世德出得大门，竟然直接进了地府大院，娄世德就问："怎么地府大院在人间呢？"鬼差说："阴间本来就和人间很近，你们怎么能知道呢？" 这说明我们人类关于黄泉万里路的想法可能多虑了，地府就在我们身边，对于鬼来说，这点路途好像不成问题。

笔记故事里，许多人死后到地府都是跟唐太宗和娄世德一样，眼一闭，出门走一段路就到了。我们就举《广异记·李及》的故事为例吧，李及家里有个女鬼，因为李及平常喝酒的时候滴水不漏，没有在地上洒过一点，这女鬼喝不到酒，非常生气，就勾结鬼差将李及给抓走了。李及出门走了三十多里路，来到地府，当然，地府的老爷们主持正义把李及给放了回来。

看看李及走了三十多里就到了，阴间的路和阳间的路不是一个概念，这可能是一个物理学的问题，目前科学界没有给出解释。不过据我猜测，很可能地府在各地都设立了分店，泰山（或者说酆都吧）那是首都，他们委任地方负责人来管理地方事务而已，这样就减轻了鬼的长途跋涉之苦，这么说来阎王爷还真人性化。阎王爷对鬼的关心，还在押解模式上，可能黑白无常那样的野蛮押解太霸道了，阎王也采取了新的押解模式。

《子不语》记载了一种很有趣的模式,把死人变成苍蝇。徽州状元戴有祺和朋友某晚在城外饮酒,看见一蓝衣人拿着一把伞从外地过来,戴就上前盘问。蓝衣人说是差役,去拘人犯。戴说我只听说官差到出城拿人,没见过从城外来到城里拿人的。蓝衣人只能说实话,说他不是阳间的官差,来自地府。戴有祺倒不害怕,问他有没有抓捕证,鬼差说我有,拿出来给他看看。戴有祺一看上面有自己表兄的名字,有心相救,就先让这鬼差走了。他坐在路上等,过了一会就见这鬼差回来了,戴有祺问捉拿到了吗?鬼差说拿到了,在我雨伞上。戴有祺一看,这雨伞上有五只苍蝇,嘶嘶作声。他哈哈一笑,把苍蝇给放了。

看来这种模式也有风险,为了避免这种风险,天庭也是操碎了心,为了防止鬼差被欺负,地府甚至开始在人间聘用临时工。就在这个《子不语·鬼多变苍蝇》的同一故事里,就说有个饶氏就在阴间做兼职,每次奔赴阴间公干,她就躺在床上连睡三天不饮不食,有一次她"出差"的时候突然大喊大叫醒来,说有个老妇人不服管,我要收她,死活不肯走,还与我搏斗,最终我解下裹脚布拴住了她。她嫂嫂问那鬼呢?饶氏说在院内梧桐树上捆着呢,说完继续出差去了。嫂嫂去看,树上啥也没有就一只苍蝇,嫂嫂就把苍蝇收起来放到针线盒里了,结果饶氏突然一阵喊叫,好长时间醒来,埋怨嫂嫂:"阴司怪我没有完成任务,打了我三十大板，嫂嫂快把那苍蝇还给我。"看来阴间对兼职人员也真够狠的。经过这一遭难，后来饶氏就辞职了。

其实类似饶氏这样的从业者人不少，饶氏是正常在阴间上班，有的干的却是偷渡的勾当，把活人偷偷带到阴间一日游。《子不语》上有个"吴生两入阴间"的故事，这个吴生非常痴情，老婆死去后思念不已，就托一个叫常妈的丹阳老太带自己去看看，起初常妈不答应，但架不住吴生出的钱多，常妈就同意了。常妈要求他独处一室，衣服鞋子都不能让人动，一动就还不了阳。吴生一一准备妥当，当夜就见一团黑气进到他屋里，猛然扑到他脸上。随即听见常妈的声音说走吧。吴生跟着常妈一出大门，就感觉不是平常的光景了，最终他见到了自己的妻子，他妻子在一个满是血污的大池子内，好像是在泡澡一样。他回来后大病一场，却还想着去，无奈之下常妈又带他去了一趟，结果碰见他的祖先，祖先对这个痴情的后人非常生气，打了他一巴掌，叫了一辆轿子把吴生送了回来。

这里怎么出现了轿子，不是说鬼都是步行吗？那是刚死的时候，怕人贪生不肯来，所以要派黑白无常押解。至于死后，如果没有犯过什么错误，就过正常的生活。就在这个"吴生两入阴间"的故事里，另一位善于走阴的前辈观察阴间生活就是这么说的。这说明在阴间，你如果有钱同样也可以坐轿子，同样也可以骑马，我们这里不是有风俗吗,人死后,要烧纸人纸马,这些都可以成为鬼在日常生活里的坐骑。

《续搜神记》有个故事说有个孩子在琅琊留学,一天晚上突然来找父母说我已经死了,请你们明天去参加我的葬礼吧。他父母吃惊得都顾不上伤心了:"这么远我们怎么去?"这孩子说没关系,外面备好车了。父母坐上,昏昏欲睡,听得一声鸡鸣,已经到了琅琊。再看所乘车辆,都是死人用的纸车木马。这大概都是同学们凑的份子钱买的,这位死后看来在阴间过得也不错。

这么说来,鬼差们为什么不让家里给送纸马过来呢,那岂不是就不用奔波劳累了吗?这些鬼差们倒也想,但是谁给他们送啊,那些人都是过不下去的孤魂野鬼,所以才在阴司衙门谋个差事,但凡阳间有人供奉,谁会那么劳苦呢?《冥祥记》有个人叫袁炳,他死后和朋友感叹:"我活着的时候经常感叹,活着太难,死了才是休息。现在成鬼后才知道自己太幼稚了,活着的时候四处求财,相互赠送求个面子,鬼又何尝不如此呢?"这番话说得还真是悲凉,不过这也是对生者的鞭策,不要迷恋什么鸡汤文了,抓紧奋斗才是正道。

《东京梦华录》记载,每年清明节,北宋开封府各处的纸马铺,都在当街竞相兜售纸马。张择端的"清明上河图"中就画着一家门面比较大的纸马铺,店招上写着"王家纸马",显然也是大规模经营了。

黄钱卷风纸马碎——符咒也要讲艺术

如果你见过农村的葬礼,看到纸马这两个字,眼前是不是立刻浮现出一幅孝子贤孙披麻戴孝,纸扎的人和马威风凛凛,纸钱漫天飞舞的景象……

打住,你想错了,此纸马非纸扎的马,而是一种古老的祭祀神灵方式,虽然也和纸有关,甚至曾经也和马有关……

是不是越听越糊涂,那好,来点通俗的,《水浒传》中排名二十的好汉天速星戴宗惯使神行甲马之术,书上说他把四个甲马拴在腿上,一日能行八百里,绝对一流的马拉松高手。他这所谓的神行甲马就是纸马的一种别称。

除了甲马之外,它还有许多别称,比如"花马子""纸符""纸画""巫画""神贴"等,简而言之,纸马就是在用抽象或者写实的笔法在方寸之间画出一个鬼神的世界,寓形于纸,让普通的纸张充满了不可思议的魔力,用毕即焚,沟通神鬼和凡俗的世界,以寄托人们的哀思、希望和崇敬。

这么说,它和纸扎的马就有了一个共同点:都是封建迷信的东西。但纸马通常是木刻的版画,和年画类似,从艺术上来说,它是一种民俗艺术品;纸马上的各种神灵都附就着一个个神话传说,这又是一种非物质文化遗产。因此我们要说的纸马和那纸糊的马不同,抛去迷信的层面,还有足够多的意义让我们记住它。

| 溯源 |

纸马既然是纸上所画,那一定要先感谢东汉发明家蔡伦,因为有他发明纸,才有可能产生纸马。

有一个很离谱的传说,蔡伦发明纸张之后,无人来买,他就想出一个办法,自己躺下诈死,然后让他的妻子在纸上画满符咒烧给他,他再幽幽醒来。蔡伦通过这种死而复生的方式让大家认识到纸张有一种神奇的魔力,以达到推而广之的目的。

这个传说如果是真的,蔡伦不仅是一位伟大的发明家,还是一个厚颜无耻的炒作大师,当然这不可能是真的,它的离谱之处在于没有考虑蔡伦的实际情况而胡乱臆造。虽然蔡伦同志是供职于国家机关的一名大内公务员,但可惜他的职务是宦官,为了这个神圣的职位他已经像岳不群那样"为练神功,挥刀自宫",哪来的妻子?

尽管如此,这个传说有一个很靠谱的地方,在纸上画神像或者符咒来彰显其威力,这应该是最原始的一种纸马,只不过编造者将纸马的产生归功于蔡伦,认为有了纸立即就有了纸马,显得有些急功近利。

事实上冰冻三尺非一日之寒,在产生纸之前,人们已经开始迷信神像的魔力,他们没有纸张,就画到砖上,现在出土的许多汉墓上,经常可见墓室壁画上画着神仙,如风神雷公雨伯等等,这些神仙后来都出现在了纸马上。

即便在产生纸之后,也并非立即在纸张上画神仙,人们将纸首先用作祭祀的方式是以纸代替钱,就是我们现在经常看见的封建迷信习俗:纸钱。纸张发明之前,我们的老祖先很实诚,都是给死人放真钱,但这样一则容易引来盗贼,二来也太浪费了。南北朝时期,老百姓们大概看到放什么钱死人也不会花,就放些象征性的纸钱。虽然有道学先生阻挠，说纸钱是山寨货，给祖先用山寨货太不尊敬了，然而经济基础决定一切，到唐朝时期纸钱已经逐渐流行。

之所以在这里提到这种烧化纸钱的封建陋俗，因为最早关于纸马的说法是和纸钱联系在一起的，而且还和唐明皇有关系，不知道这个风流皇帝因什么事情得罪了鬼神，他手下管祭祀的官员王玙就用以纸为币，用纸马以祀鬼神。

隋唐时期雕版印刷技术逐渐成熟，开始大规模地印制佛经和佛像，这为纸马的流行做了最后的准备，后来纸马中出现了许多佛和菩萨，大概也因此而来。

经过这么长时间的铺垫，到宋朝时纸马已经非常流行了，据宋人孟元老在他的著作《东京梦华录》记载，每年清明节，北宋开封府各处的纸马铺，都在当街竞相兜售纸马。张择端的"清明上河图"中就画了一家门面比较大的纸马铺，店招上写着"王家纸马"，显然也是大规模经营了。《水浒》中不仅在写戴宗的时候提到过纸马，在写武松的时候，也顺手提到过纸马，如果你读书读得很细的话，应该注意到武松在杀嫂之前，曾经去对门请两家作证，其中一家是开纸马铺的赵四郎赵仲铭。四郎道："小人买卖撒不得，不及陪奉。"这赵四郎说买卖撒不得，虽然是害怕惹祸上身的托词，但也可从中看出，宋朝时候纸马的盛行。

以上所说，只是解释了纸马中关于纸的那一部分，可是纸上画神仙，这和马有什么关系，应该叫纸神才对，为什么叫纸马？

这个问题比较难，没有人知道确切地答案，目前有两种猜测。

第一是源于先秦的祭祀，先秦的时候流行用真马祭祀，到了汉朝，马作为重要的一种作战和生产工具，仅仅杀给死人看太可惜了，于是大家就开始用木马，用后就焚化。后来，人们大概觉得用木头雕刻马匹太费时费力了，到蔡伦发明了纸张，人们就开始用纸马了。

不好意思，在这里我要提出自己的怀疑，从真马到木马到纸马，这个演变过程中的纸马，我越发觉得还应该是那个纸糊的马，因为毕竟纸糊的马才和木刻的马相像，这跟纸上画神没有关系啊。那么先打住，我们来看第二种说法。

据清朝的赵翼在其著作《陔余丛考》中说，过去在纸上画完神像，都要再为其配一匹马，以供神仙骑乘，所以叫纸马，现在大家省略了马，将神像用完就烧，这纸张就是神像的马，所以也叫纸马。

这个记述告诉我们，原来神仙出门也不光是腾云驾雾，还要和现在的领导一样，配备专门的交通工具：马匹。

比较这两种说法，第二种更有说服力，但我以为不妨将这两种说法结合起来看，即人们先用纸糊的马代替了木头刻制的马，后来人们大概感觉纸糊的马也太麻烦了，不如在纸上画马来得简单，于是拿纸涂鸦，画好之后，再焚化给要祭祀的神灵，随后由纸上画马逐渐演化出纸上画神骑马，然后马被忽略，仅仅剩下了神，也就是我们现在的纸马了。现在云南的纸马中还保留着一种单独画马的纸马，或许可为我这种猜测的一种证据。

｜纸马上的神｜

我们的老祖宗相信万物有灵，行为方式从来都是有神仙要供奉，没有神仙也要创造神仙供奉，这就造成了纸马中的神仙浩如烟海，不可尽数。这些神仙如果一一编排起来，像是一个人浮于事的行政体系：

一是中央级别的神仙，首先类似"总统"的神仙，负责掌管全面事宜，主要有玉皇大帝、如来佛祖、阎王爷等，这些神仙大家都耳熟能详自不必说，但有趣的是民间有一个纸马叫"三界全神"，上面画着如来佛祖、太上老君、玉皇大帝、阎王爷和关老爷等，这些神仙似乎完全抛弃了宗教上的差异，为了同一个目的走到了一张纸上，神仙们济济一堂，表情无不严肃认真，像是在召开一个四方会谈的会议。

其次是类似于各部首脑的诸位神仙。这方面的神仙主要是管财、福和寿的。

管财的是财神爷，这是神仙中的财政部长，最有油水的神仙，在诸位纸马神仙中是最受欢迎的一位,其版本有很多种,按分管的工作不同,有增福财神,有转运财神,有如意财神,这些大概相当于财神爷的副职,各管一摊吧。另外还有文财神和武财神,文财神有的说是范蠡有的说是比干,武财神有的说是赵公明有的说是关云长,文武财神单独出现叫独坐财神,有的还一起出现叫双财神;有的财神纸马还带家属,称为财公财母。

管福的神仙就比较杂了,不像财神爷那样有个统一的形象,有的是一匹马,那马就叫"禄马",有的就画一个小孩,有的画一个老头,旁边写着出入平安等字样,有的还画十几个人,称作四方贵人,有的干脆画成玉皇大帝,由玉皇大帝兼职来为自己保平安。

管寿的神仙一般以为就是那个南极仙翁,其实这个来自企鹅之乡的老头在分工中一般只负责老年人延年益寿。纸马上另外还有专神负责小孩的安全,名为娘娘,如送生娘娘管生育安全,引蒙娘娘管孩子教育,眼光娘娘管孩子眼力好,痘疹娘娘管孩子避免出痘疹,另外还有床公床母,这对夫妻专门管孩子别从床上掉下来。这类纸马如此之多,反映出我们老祖先对孩子的重视,也反映出孩子们成长的不易。

二是各地方上的神仙,负责具体而微的工作,如圈神是专门管猪圈羊圈等圈平安的,仓神是专门管仓库的,粪神是专门管粪的,木神是专门管树木安全的,四季花神是管花的。这些小神中最著名的应该要属灶王爷了，灶王爷虽然只管各家灶台，属于级别很小的一个地方神仙，但灶王爷手眼通天，每年专门上天对玉皇大帝言说家长里短，应该属于那种稽查特派员类的神仙，直属中央，不可小窥。

三是各种节令性神仙，农历中每个月都有一两个应景神仙，如正月十五供奉上元天官以求多福；三月份谷雨的时候，要供奉弹弦童子，以求风调雨顺；五月端午这一天纸马上的神仙一半都是各类天师，或是用以镇宅，或是用以除毒；七月初七则有"七姐经"纸马，以求心灵手巧；八月十五的纸马叫月娘或者月神，应该就是美女嫦娥了；十月初一时寒衣节，为避免老祖先在阴间受冻，有专门的寒衣纸马，上面所画衣服可不是一件，而是一套，换换洗洗的什么都有了。

四是行业的老祖，这种老祖一般是历史上的名人，因为和某个行业有关联就被尊为祖师爷。有顺理成章的，如鲁班是木匠行业的祖师爷，杜康是酿酒业的祖师爷，而姜太公因为发迹之前钓过鱼，当然就是渔业的祖师爷爷。还有强拉硬拽的，如达摩老祖是修脚行业的祖师爷，是因为传说达摩老祖赤脚跋涉来华；还有岳飞被称为保镖行业的祖师爷，大概是因为岳飞忠心于主人吧。这些名人除了当祖师爷，有的还身兼数职，如老子李耳，因为他造了八卦炉，铁匠铺、砖窑、烧陶等世上但凡用炉子的地方就都称它为祖师爷，这也真够老君忙活的。

有些行业实在找不到和自己有关的牛人就随手捏造一个，如琢玉行业就敬奉白衣观音为祖师爷,还有赶大车的就供奉车神当祖师爷,挑水的就供奉水夫之神当祖师爷,这些行业大都属于劳动人民,高高在上的圣贤们,无人从事过他们的职业,于是他们只好造出一个神仙来寄托自己渺茫的希望。

五是符咒类的纸马。这些纸马上画的不是神仙,而是一些符号,人们相信这些符号具有很大的力量,能赐人福气,救人困厄。如八卦图是辟邪的最佳纸马,招财符则是求财的好符咒,还有的纸马叫"神魂执照",乃是人死后往生另一个世界所用的"护照",还有的纸马符咒则干脆刻印佛经原文,用这种"语录"的方式保佑平安。

符咒类纸马中还有专门治病的,这类有"黄蜂尾蝶"、"刺虫蚂蚁"等,据说被蚊虫咬了,用这种纸马擦拭一下,然后焚烧,就可褪去消肿,还真的就有效果,这当然不是符咒的力量,原来造纸马所用纸张要用"姜黄"染色,而姜黄正是消炎用的中药材,所以纸马才会有此神力。

｜纸马的使用说明书｜

既然纸马是用来沟通仙俗世界的,必然要有一个媒介来传达,这个媒介就是火苗,所以纸马一般用后就焚,不过,不同的纸马焚烧前的使用方法是不一样的,那些如结婚用的喜神、辟邪用的八卦图等临时应景的纸马都是拿出祷告一番立即焚烧，另外还有持续使用的，这就需要在家张贴一阵，一般期限是一年，岁尾年初再焚烧后重新张贴，这些纸马和年画有些类似，不同的是年画不需要供奉，这些纸马却是要供奉的，而且这些常年张贴的纸马在家中的位置也不相同，等级森严完全不亚于某些会议的座次。而且我们那里的风俗，每个神仙两旁都要贴一副黄色的对联，内容或是讲其职责，或是叙其供奉，更添趣味。

三界全神由于集中了佛道儒的诸位大佬，因此地位最高，通常摆放正房正堂正冲大门之处，绝对九五至尊，两旁的对联写着人们的希望：保风调雨顺，佑国泰民安，横批是吉祥如意。不过也有对联说明人们对三界全神敬奉之心的，通常这样写："叩首三叩首，炉香一炉香。"横批是：洋洋在上。

和三界全神相反，家里面地位最卑的应该是灶王爷，这位"爷"掌管人间烟火，自然被供奉在厨房的灶火旁边，一年下来要熏得一团漆黑，如果真有其人，这位"爷"大概黑得跟博尔特不相上下。灶王爷旁边的对联是这样的：上天言好事，回宫降吉祥。横批是：一家之主。这么说自然是基于这位"爷"每年上天给玉皇大帝汇报人间的情况。当然也有不同的，是这样写：二十三日去，初一五更来，横批还是一家之主。这对联简直是在描写这位爷的行程。

财神爷纸马两侧的对联充满了珠光宝气：天上金银主，人间富贵神。横批是富贵吉祥。这位神仙的像通常是斜着贴的,因为据说是:财神爷身子歪,金子银子飞进来。这真是一个绝佳的讽刺,只有身形不正,才有可能发财,这不是在说贪官吗?

门神,自然要张贴在门口了,这是两位神仙,但他们共享一炉香火,相当于拿一份工资,神仙中,这哥俩的工资是最低的。对联更像身份介绍:左站秦叔宝,右立尉迟恭,横批镇宅驱凶。不过也有不同的,从发展变化的眼光看他们两个,这样写:唐朝两员将,今日二门神,横批同上。

关老爷,人称伏魔大帝,在神仙中按说位置非常高了,但不知为什么,在我家乡那里,他通常要和门神做邻居,也放在门口,不过他是正对着大门口(如果有影墙的话),而门神是在一侧的。关老爷的对联自然是那句最著名的:三国忠良将,万代正直神,横批亘古一人。写得颇有气魄,有一年,我为纸马写对子,推陈出新为关老爷编了一幅:胯下赤兔马,掌中青龙刀,横批斩尽妖孽。现在想想还颇有气势。

这些住家的神仙每年一换,除了灶王爷的是腊月二十三拿下烧掉,其余神仙都是大年三十晚上送走,然后大年初一再贴上。就像神仙们换洗衣服一样,不过神仙们每年换一次衣服,也真够可怜的。

纸马的价值

用"封建迷信"来形容一切民俗,其实是一种很不负责任的行为,许多民族遗产都因此而毁,纸马就曾遭此厄运。虽然纸马是一种源自迷信的产物,在很多层面上却有积极意义。

首先是艺术层面上的,纸马在我们这片古老的土地上流传甚广,因为各地民俗不同,各地的纸马也都形成了自己的风格,颇具艺术价值。如杨柳青的纸马人物形象饱满,形态生动,亲切如长者,显然是受其年画风格的影响,而邢台内丘的纸马,由于版刻较古,其神仙形象都是写意的,质朴如儿童画,很有拙趣。无锡的纸马除了木刻外,还要再以手工彩绘加以装饰,惯用服饰、手势动作来区别人物,使得人物形象细节中蕴含千变万化。当年的许多经典动画片如《天书奇谭》《大闹天宫》中的人物形象都借鉴过无锡纸马中的神仙造型。

其次在精神层面上,纸马作为一种民俗,是中华民族曾经共同的审美情趣,是我们曾经共有的心灵祈愿。在抗战时期,日本侵略者为了奴役人民的思想,就专门下令要求取缔一些纸马,纸马中但凡有至圣孔子、武穆岳飞、先师仓颉等字样,一律杜绝,可见他们对纸马力量的恐惧。侵略者们出售自己所谓的改良纸马,在纸马上加印伪满洲国的日历，印刷标宣传语等，无耻地为他们侵略行径编造谎言。对此，中国的版画学者们予以有力回击，木刻版画家彦涵模仿纸马中的关羽形象，刻制了一幅"身在曹营心在汉"的版画，用以宣传策反日伪军。

这一次纸马真的是在保家卫国了。

后记

《红楼梦》第一回中,那跛足道人一曲"好了歌",把神仙生活说得超凡脱俗,把人类各种情欲生活贬得一文不值,但细察各类怪力乱神所载,神仙生活也未必便如他所言,神仙似乎也有脱不了俗生活,诸如吃喝拉撒,行动坐卧,生老病死,无所不涉,乃至情欲、财欲也都一一具备。由此而看,《红楼梦》中那跛足道人也不过是神仙中的营销员,把神仙生活说得动听无比,好拉甄士隐上钩。神仙如此,鬼怪也就更不用提了,他们作为神灵中的草根阶层人员,虽然脱离人世,这俗世的问题非但不少,却似乎更多。且让我从各类稗官杂史中,将各类故事一一探究，将神灵们的俗生活一一拿出来八卦一番，文字虽荒唐，却无辛酸之泪，东拉西扯，只为博君一笑。

正所谓"非名山不留仙住，是真佛只说家常。"

我这里谈论神仙鬼怪的世俗细碎生活，也算秉承佛家意旨了。

昔者，东坡与佛印一起学禅，东坡问佛印："你看我是什么。"佛印对："我看你是一尊佛。那你看我是什么？"东坡戏说："我看你是一坨牛粪。"后东坡开悟：佛家是见心见性，你心中有眼中就有，看什么，你自己就是什么。以此理猜度，我看神仙的俗生活，也正因为自己就是一俗人。我以俗人之眼看神仙生活，恰如以小人之心度君子之腹，在此还望各类神灵们莫以为忤，切莫对号入座。

图书在版编目（CIP）数据

纸上寻仙记/锦翼著 .- 上海：上海文艺出版社.2018.3（2018.7重印）
ISBN 978-7-5321-6446-2
Ⅰ.①纸… Ⅱ.①锦… Ⅲ.①随笔－作品集－中国－当代
Ⅳ.①I267.1
中国版本图书馆CIP数据核字(2018)第009240号

发 行 人：陈　征
责任编辑：林潍克
美术编辑：钱　祯
封面插画：撒旦君
内文插画：罗丝丝

书　　　名：纸上寻仙记
作　　　者：锦　翼
出　　　版：上海世纪出版集团　上海文艺出版社
地　　　址：上海绍兴路7号　200020
发　　　行：上海文艺出版社发行中心发行
　　　　　　上海市绍兴路50号　200020　www.ewen.co
印　　　刷：崇明裕安印刷厂
开　　　本：890×1240　1/32
印　　　张：15.875
插　　　页：2
字　　　数：277,000
印　　　次：2018年3月第1版　2018年7月第3次印刷
Ｉ Ｓ Ｂ Ｎ：978-7-5321-6446-2/I・5152
定　　　价：78.00元
告　读　者：如发现本书有质量问题请与印刷厂质量科联系　T:021-59404766